E7

DU MÊME AUTEUR

L'oncle Peretz s'envole, Actes Sud, 1989.
Pour inventaire, Actes Sud, 1992 ; Babel n° 815.
Et en fin de compte, Actes Sud, 1992.

Titre original :
Sof Davar
Editeur original : Sifrei Siman Kriah /
Hakibbutz Hameuchad, Tel-Aviv
© Succession Yaakov Shabtaï, 1984

© Institut pour la traduction
de la littérature hébraïque pour les droits mondiaux,
y compris pour la traduction française, 1992

ISBN 978-2-7427-7353-4

YAAKOV SHABTAÏ

ET EN FIN DE COMPTE

roman traduit de l'hébreu
par Emmanuel Moses

POSTFACE D'EDNA SHABTAÏ

BABEL

A l'âge de quarante-deux ans, un peu après la fête de Soukkoth*, la peur de la mort saisit Meïr, et cela, après qu'il se fut rendu compte que la mort était une partie concrète de sa vie, qui avait déjà dépassé son apogée et descendait maintenant la pente, et qu'il s'en rapprochait rapidement, en suivant une ligne droite dont il était impossible de dévier, de telle sorte qu'avait diminué entre eux la distance, qui pendant la semaine de la fête, pour ne pas parler de l'été, un rêve lointain désormais, était presque infinie, avait diminué et que l'on pouvait la délimiter sans difficultés et la mesurer à l'aide des mesures de la vie quotidienne, comme, par exemple, le nombre de paires de chaussures qu'il achèterait encore ou le nombre de fois qu'il irait encore au cinéma et le nombre de femmes avec lesquelles il coucherait encore à part la sienne. Cette prise de conscience, qui le remplit de frayeur et de désespoir, avait émergé en une semaine de la pelote habituelle de la vie, sans qu'il en pût indiquer la

* La fête des Tabernacles qui a lieu en automne. *(N.d.T.)*

raison, comme s'il s'était agi d'une faible douleur, imperceptible au début, qui s'était, par la suite, infiltrée dans les tissus intérieurs, s'était étendue, avait grossi jusqu'à devenir un mal tenace, et ainsi, depuis le moment où il se réveillait le matin, alors qu'il était encore couché, les yeux fermés sous la couverture fine près d'Aviva, sa femme, et jusqu'au moment où il s'endormait la nuit, avec de brefs répits de distraction précaire, il ne cessait de dresser le bilan de sa vie et de mesurer la distance qui le séparait encore de cette mort, qui se dessinait parfois dans son esprit sous la forme d'un jour de printemps inondé de soleil où sa femme, Posner et quelques amis, le plus souvent l'autre homme apparaissait aussi et se joignait à eux, se promenaient au bout de la rue Dizengoff tandis que lui était absent, mais une absence éternelle et définitive. Il se voyait comme un espace découpé dans l'air, à son image entre eux, et parfois comme un portail en fer peint en minium poussiéreux orné de banals bourgeons et de fleurs, fixé dans la muraille de pierre du cimetière qu'il avait vu près de Nazareth quand il était allé, quelques années auparavant, à la fin de l'hiver, observer des oiseaux avec Gavrouch, après avoir finalement cédé à ses prières peu courantes apparemment. Un sentier droit comme une règle, couvert de gravier et d'aiguilles de pin, planté, sur les deux côtés, d'épais cyprès et de pins bruissant à la brise légère conduisait au portail, enveloppé d'un silence absolu, imprégné de l'odeur forte et inoubliable des arbres et de la terre humide, dont maintenant encore il percevait par instants quelque chose ainsi que du bruissement monotone des arbres dans la brise légère dont il était l'incarnation, alors qu'il était étendu, oisif, dans le sable fin, *le Triangle des Bermudes* à la main, ses yeux levés sans but vers la mer étale et l'horizon, et de temps à autre, à la dérobée, à la faveur d'un coup d'œil jeté sur la plage, fixant avec espoir la jeune fille allongée non loin de lui, son visage immobile présenté au soleil, qui se bronzait, et ce faisant, il suivait dans son esprit les rayons du soleil et comme ils pénétraient et se répandaient dans les pigments de sa peau, qu'il n'avait pas exposée depuis des années, et éveillaient le hâle contenu en eux qui remontait et le couvrait. Ce hâle lui faisait l'effet de la fine pellicule d'une gelée chaude, et immédiatement, dans le même mouvement de pensée, un vent extrêmement léger s'était maintenant levé et soufflait de la mer le long du rivage, il nota le plaisir qu'il avait à être là et qu'il avait bien fait d'aller à la plage et il chassa de lui le désespoir et la frayeur et se dit que s'il y allait régulièrement, et il décida qu'il le ferait, alors il se sentirait mieux, tant intérieurement que physiquement et qu'il se ressaisirait et en serait revigoré. Il ne doutait pas que la mer n'eût la faculté d'effectuer tout cela, il lui suffisait, pour s'en convaincre de regarder Posner, et au même instant, il aspira déjà à être tout imprégné du plaisir, de la fraîcheur, et, bien entendu, du hâle qu'il désirait, et il abaissa un moment les yeux et regarda son corps et fut déçu de voir qu'il était encore couvert par la même pâleur embarrassante, un peu plus rouge seulement, et regretta d'avoir attendu jusqu'à maintenant, alors que l'hiver était déjà à la porte et que la saison tirait sur sa fin, pour décider d'aller à la plage. Ce regret ne voulait pas le lâcher, et s'il l'avait pu, il aurait inversé la roue du temps jusqu'au début de l'été ou même jusqu'à l'automne passé, car c'était alors que Posner lui avait proposé pour la première fois qu'il aille avec lui à la plage, pour rattraper ce qu'il avait perdu, comme il souhaitait tant être maintenant, à cet instant précis, aussi bronzé que Posner, et il lança un regard à la jeune fille qui se bronzait, elle était brunie comme du pain frais, et se dit que tout était encore devant lui et qu'il lui fallait apprendre à considérer la vie comme un don, car de la même façon qu'il était né, il aurait aussi bien pu ne pas naître, comme tant d'autres, et il sourit.

Le soleil pencha vers l'horizon, et dans la chaleur estivale, les premières fraîcheurs du soir et la proximité de l'automne se laissaient déjà sentir et Meïr mesura une nouvelle fois des yeux la distance entre le soleil et la ligne de l'eau, il souhaitait tant qu'il disparaisse déjà derrière elle et qu'il soit libre de ramasser ses effets et de partir, et il s'appliqua à s'abandonner intentionnellement au plaisir du contact de l'air et du soleil contre son corps chaud et las, de cette vue de mer et de ciel, et de l'oisiveté totale, c'est cela qui exigeait de lui le plus d'effort, et il envia la facilité avec laquelle Posner le faisait presque autant qu'il avait envié son hâle, et il pensa que s'il se baignait effectivement chaque jour dans la mer, s'il jouait à la balle, buvait de la bière et allait plus souvent au cinéma, le tout comme Posner, il échapperait à la détresse dont il était prisonnier, il lui semblait d'ailleurs qu'elle avait déjà diminué, et pourrait vivre aussi, exactement comme lui, une vie nouvelle, dépourvue de soucis et d'hésitations superflues, comportant les mêmes plaisirs physiques et spirituels occasionnels non contraignants, car, autant qu'il s'en souvînt, il n'était pas si différent que cela de Posner, lorsqu'ils étaient au lycée et à l'armée, ni même au kibboutz. La légèreté, pour ne pas dire l'ironie avec laquelle Posner traitait ses actes, et, à vrai dire, la vie même, suscitaient en Meïr admiration et envie car elles la rendaient agréable et allègre et lui donnaient une dimension de sincérité et de courage, et il lança un regard plus franc à la jeune fille qui prenait son bain de soleil, songeant, un bref instant, à profiter de ce qu'elle s'était retournée et avait changé de posture pour engager avec elle la conversation, il n'avait aucun doute que l'autre homme aurait procédé de la sorte, mais il n'en fit rien et resta allongé sans bouger à regarder la mer, sa main fouillant distraitement le sable fin, et attendit le coucher du soleil, puis il feuilleta tout aussi distraitement le livre tout en continuant à regarder de temps en temps la mer qui se couvrait d'une ombre douce, et le soleil qui s'approchait de la ligne de l'eau où il s'enfoncerait et disparaîtrait, et ce n'est qu'alors, et pas une minute plus tôt, qu'il se lèverait et rentrerait dans l'eau, puis il ramasserait ses affaires et s'en irait.

Peu à peu, presque imperceptiblement, le soleil glissa et toucha la surface de la mer, puis il plongea dans l'eau et disparut, laissant derrière lui une lumière orange qui teintait l'eau et flottait dans l'air, et Meïr, étendu sur le côté sans mouvement, suivait des yeux le déclin du soleil et la lumière orange qui bleuit, fut absorbée dans l'ombre et enveloppa la mer et le rivage, qui s'était insensiblement vidé et l'animation qui y régnait était en train de s'éteindre, alors une sensation de soulagement et de satisfaction l'envahit, comme s'il s'était acquitté d'une tâche essentielle et un poids lui fut ôté. Un vent froid soufflait légèrement de la mer, en ridant la surface et dissipant les restes de chaleur qui se trouvaient dans l'air, mais il continua néanmoins de rester allongé, de creuser distraitement dans le sable et de regarder, impassible, la jeune fille bronzée qui se leva, réunit lentement ses affaires, les ramassa et s'apprêta à s'éloigner, et il ressentit, l'espace d'un instant, le désir de lui parler ou au moins de faire quelque chose, tousser ou se lever à son tour, pour attirer son attention et la retenir, mais la douleur que cette envie éveilla immédiatement en lui l'en dissuada et il continua de contempler, immobile, la mer et la plage s'enveloppant d'ombre, et une bande de lumière blanche et sale était encore visible au bord du ciel, et une tranquillité, une douceur inexprimables recouvraient tout en même temps qu'un abattement qui le remplissait de joie, il souhaitait tant que Posner le voie ainsi et Aviva aussi. Il ne doutait plus, maintenant, d'avoir échappé à ses difficultés, ou du moins d'être sur le point d'y échapper, et de se trouver sur le seuil d'une nouvelle vie dans laquelle il ne tenait qu'à lui de s'engager, tant était totale et profonde la sensation de détente et de pardon, au point qu'il était prêt à se réconcilier non seulement avec la mort mais aussi avec l'affaire de l'autre homme, et il posa le livre sur son tas de vêtements sans manifester la moindre hâte à partir – il éprouvait le besoin de prolonger ce moment jusqu'à son extrême limite et au-delà – puis, passé encore quelques minutes, il se leva, épousseta le sable sur son corps, la mer ressemblait à présent à un désert infini et noircissant de plomb solidifié, et il s'avança lentement vers l'eau qui s'obscurcissait et s'y baigna un peu, puis il sortit, s'essuya, ramassa ses affaires, longea le rivage désert et s'engagea dans la rue Frischman. Il la remonta et lorsqu'il traversa la rue Sirkin et longea l'école, il se demanda s'il ne continuerait pas jusque chez Posner pour boire avec lui une bière sur le balcon, mais quelque chose le poussa à rentrer à la maison, et il tourna, traversa la petite place avec les ficus branchus remplis de pépiements, et monta à l'appartement, qui était vide, sur la table de la cuisine il trouva un mot que lui avait laissé Aviva et dans lequel elle écrivait que leur fils était allé avec des amis au cinéma et qu'elle avait des courses à faire et sa leçon de gymnastique, et immédiatement, son humeur s'assombrit, il essaya de ne pas y penser, ne venait-il pas de rentrer frais et dispos de la plage ? Et sans allumer, il ferma la grande fenêtre par laquelle s'engouffrait un vent froid puis il alla dans la chambre à coucher, prit ses vêtements et se mit sous la douche. Alors que l'eau ruisselait sur lui et qu'il avait plaisir à sentir son corps hâlé et fatigué par la plage, il se dit qu'aussitôt sa douche terminée, il téléphonerait à Drora et s'inviterait chez elle, elle était célibataire et avait commencé à travailler dans leur cabinet quelques mois auparavant comme dessinatrice et paraissait une femme libérée et aimant la vie, et il lui avait fait une cour discrète mais assidue depuis le premier jour au moyen de petites plaisanteries, de sourires, de toutes sortes de manifestations d'affection et d'attention, parfois, il lui achetait un sandwich ou lui versait du café quand il s'en préparait pour lui, mais au sortir de la douche, il décida de boire d'abord un café avant d'appeler Drora, alors qu'assis sur le balcon et buvant son café il parcourait *le Triangle des Bermudes* qu'il avait emprunté à Posner, l'agitation douloureuse, qu'il avait jusque-là apparemment réussi à repousser – car tout n'était-il pas le fruit de son imagination fertile ? –, le reprit. Ensuite, après qu'il eut terminé de boire, il posa le livre sur l'étagère à côté de son lit, rinça le verre et sortit de la maison. Il s'engagea dans la rue Bougrachov, prit l'avenue Ben-Tsion jusqu'à ce qu'il arrivât place Habimah où il s'arrêta un moment et hésita, puis il traversa la rue, entra dans la cabine téléphonique du petit jardin et composa hâtivement le numéro de

Drora, mais alors qu'il était en train de former le dernier chiffre, il laissa un long moment son doigt dans la cavité du cadran, puis il l'en ôta, s'empressa de raccrocher le combiné et décida de se rendre chez Posner et de boire en sa compagnie une bière sur le balcon ou de le faire seul, dans un des nouveaux cafés du nord de Tel-Aviv, et d'un même pas irrésolu, il se mit en marche et déboucha sur la place devant l'auditorium Mann.

La place paraissait déserte, à cette heure, seules çà et là stationnaient quelques voitures et Meïr, qui avait commencé à la traverser en direction de l'avenue Rothschild, remarqua, tout en marchant, un couple qui était assis et qui discutait dans une voiture. Son angle de vue et l'obscurité l'obligeaient presque à les deviner, mais il semblait qu'ils étaient assis l'un en face de l'autre et que la main de l'homme reposait sur l'appuie-tête du siège contigu, et sans le vouloir, il ralentit et les observa, puis, après s'être un peu éloigné, comme si un démon l'y avait contraint, il se retourna. De là, il ne pouvait qu'apercevoir deux silhouettes sombres et la voiture enveloppée d'obscurité qui lui parut très exiguë, l'étroitesse et l'incommodité augmentèrent encore son affliction, la chose ayant eu lieu dans une grande voiture, il n'en doutait pas. La sensation d'abattement et d'humiliation lui causa un nouveau pincement de cœur, il ne comprenait absolument pas comment et pourquoi cela lui était arrivé, et il se remit immédiatement en marche comme si rien ne s'était passé, s'adjurant presque à haute voix de ne plus y penser, car la chose était de toute façon irréparable, au point de vue qui lui importait, et la douleur et l'humiliation qu'il s'entêtait tant à préserver n'étaient autres que les fruits d'un laisser-aller et d'un amour de soi infantiles, et il était préférable qu'il profite de la vie autant que possible et apprécie le fait d'être en bonne santé, d'avoir un travail intéressant et utile ainsi que ce soir agréable, et le soir était effectivement agréable et sa douceur se mêlait à celle qui enveloppait la rue, et il sentit comme, en vertu de ce qu'il s'était dit avec tant de vigueur et de manière si convaincante, la douleur et l'humiliation battaient en retraite et qu'il se remplissait de joie. Et un sentiment profond, exaltant, de sympathie pour Aviva le remplit, et même d'admiration envers son courage et l'indépendance qu'elle avait montrée, bien que cela lui eût tant fait mal, et peut-être précisément à ce titre, mais au même instant, alors qu'il nageait dans la gaieté et dans la sensation que voilà, il avait réussi à réduire à néant l'affliction torturante et à créer une relation nouvelle et plus profonde, et ainsi, également, à se sauver lui-même, s'insinua en lui la peur d'avoir à reconnaître que cet exploit était lui aussi provisoire et qu'il allait prendre fin à un moment donné, il en avait fait l'expérience plus d'une fois lors des derniers mois, et effectivement, lorsqu'il arriva rue Even-Gvirol, la circulation et la foule y étaient denses et tout débordait de vie, il sentit comment l'abattement et la confusion s'infiltraient de nouveau en lui, et le désir de faire, à son tour, la même chose à la même heure et si possible de la même manière l'assaillit, et il décida qu'il téléphonerait aussitôt à Drora. Place de la Mairie, il se dirigea vers une cabine et composa le numéro de Drora et dès qu'elle décrocha, il fut saisi par un sentiment de profond malaise et s'efforça d'afficher un ton badin, disant qu'il espérait qu'il ne la dérangeait pas, cette entrée en matière polie était une erreur, il avait eu l'intention de lui parler d'une tout autre façon, et Drora dit "Non, non. Ça ne fait rien", il espérait percevoir dans sa voix beaucoup plus de surprise et d'intérêt, c'est pourquoi il marqua un temps d'arrêt et lui demanda si elle allait bien, et Drora qui lui semblait indifférente et en tout état de cause manquait d'enthousiasme, contrairement à ce qu'il avait escompté, répondit "Si tu tiens vraiment à le savoir, comme ci, comme ça", et il lui demanda ce qu'elle entendait par là et Drora dit "Je crois que je suis un peu malade", et Meïr dit "C'est la saison. Tout le monde est malade en ce moment. Qu'est-ce que tu as ?" et Drora dit "Quelque chose à la gorge, et comme un poids, et les yeux qui me brûlent un peu." Et Meïr dit "Tu as été chez le médecin ?" et Drora dit "Pas encore. Ce n'est pas sérieux." Et Meïr, qui espérait encore percevoir un signe d'encouragement mais cherchait déjà, dans son for intérieur, à faire retraite, dit "Tu ne devrais pas négliger ça. Il risque d'y avoir toutes sortes de complications. Commence par prendre deux aspirines." Et Drora dit "Je ne prends pas de comprimés", et Meïr dit "Bravo" et lui demanda, toujours sur le même ton ironique, si elle était végétarienne, et Drora rit faiblement, sans entrain, et dit "Non, pas encore. Je ne sais pas pourquoi", il avait l'impression que sa voix n'avait maintenant pas seulement quelque chose de fatigué mais aussi de réservé, mais tout en se préparant à un repli et en parlant de santé il lui demanda, mû par une pulsion obscure, s'il pouvait monter chez elle, et Drora dit "Si tu veux, bien sûr. Mais je crains de ne pas pouvoir être très sociable, aujourd'hui", et Meïr, qui se sentit pris au piège, remua la langue et dit finalement "Je ne veux pas m'imposer si tu es malade. Remettons ça à plus tard", il regrettait à présent de l'avoir appelée, et il raccrocha le combiné et traversa la place. Une lourdeur désagréable se répandit dans son corps, et peut-être était-ce la fraîcheur du soir, il ne souhaitait maintenant qu'être loin de tout ça, il marcha le long de l'enceinte du zoo, l'odeur des animaux empestait l'air, et continua par les avenues tandis que s'insinuait en lui un sentiment d'amertume, de déception, il regrettait surtout son attitude, qui n'avait pas été assez péremptoire, grossière même, il désirait ardemment cette grossièreté, qui était, à ses yeux, un signe de soif de vie et d'énergie, il ne doutait pas que l'autre homme en fût pourvu, il s'employait à présent de toutes ses forces à l'écarter de ses pensées mais l'autre s'entêtait à y resurgir et ce faisant, il traversa la rue Dizengoff et tourna dans la rue Emile-Zola. Alors, comme il avançait lentement dans la rue obscure, il y avait quelque chose d'apaisant et de consolateur dans ces rues familières, il fut de nouveau animé par la certitude que s'il prenait la rue Dov-Hoz et traversait la rue Gordon, sa grand-mère apparaîtrait au coin de la rue Smolenskin, avec ses chaussons de feutre bruns, sa robe d'intérieur grise et le grand châle en laine marron autour de ses épaules, et qu'elle viendrait à sa rencontre tandis qu'un sourire épanoui, plein de sagesse et de bienveillance, couvrirait calmement son large visage aimé, et immédiatement, par le même mouvement de pensée, sinon plus rapidement encore, il sentit le contact de son visage contre le sien lorsqu'il la serrerait dans ses bras et qu'il l'embrasserait, et celui de ses mains épaisses comme celles d'un menuisier, et l'odeur particulière, unique, qui l'enveloppait, elle et sa chambre jusqu'à s'identifier à elle, et dans la même fraction d'image, il vit aussi le ciel bleu et riche, ciel de printemps ou d'automne plein de douceur, qui s'étendait au-dessus du petit balcon où tous deux étaient assis, lui par terre et elle dans la chaise longue, pendant le bombardement italien, et les cyprès touffus et le figuier et l'herbe d'un vert frais, dans la cour, et sans accélérer son allure, dans un sentiment de bonheur douloureux, comme si tout cela existait, était revenu à son état premier et heureux, avant qu'elle ne meure, il prit la rue Dov-Hoz, traversa la rue Gordon, poursuivit son chemin et monta chez ses parents.

Sa mère lui ouvrit la porte et un sourire brouillé était répandu sur son visage, il était pâle, les derniers temps, et sur sa fraîcheur naturelle s'était comme gravée une lourde ombre de fatigue et de résignation et dit "Je savais que c'était toi, d'après les pas", et Meïr dit "Je ne suis venu que pour quelques instants, je voulais voir si vous alliez bien", puis il entra dans la grande pièce, son père y était assis à regarder la télévision et il dit "Bonjour papa", mais son père, qui ne l'avait pas entendu entrer, ne réagit pas, la télévision était mise à fond, et Meïr s'approcha de son père et répéta "Bonjour papa." Son père sursauta, comme s'il s'était brusquement réveillé et un sourire cordial, bien que sans vie et comme couvert de toiles d'araignées, se dessina sur son visage vieillissant et il dit "Je ne t'ai pas entendu entrer. Je suis content que tu sois venu. Comment vas-tu ?" et Meïr dit "Bien", et de l'endroit où il se tenait, il jeta un coup d'œil sur le journal qui se trouvait posé sur le canapé et son père, dont le sourire avait déjà été absorbé par la lassitude du visage, dit "Comment vont Aviva et les enfants ?", et Meïr dit "Tout le monde va bien", et retourna le journal et son père, son regard était déjà dirigé vers la télévision, dit "Tu as bien fait de venir. Va voir maman, elle te donnera quelque chose à manger", et Meïr resta encore un moment à parcourir le journal puis il alla dans la cuisine, où était sa mère, qui lui demanda s'il allait bien et s'il voulait manger quelque chose, et elle rassembla les aérogrammes et le questionnaire généalogique qui était déjà là depuis un mois et que leur avait envoyé un Juif de Houston Texas, lorsqu'il était entré, elle écrivait une lettre à son frère qui habitait Toronto et elle avait ensuite l'intention d'écrire à sa fille qui habitait à Boston et de répondre enfin au questionnaire, et elle les repoussa au bout de la table. Elle avait attendu avec impatience le soir et tout ce qu'elle souhaitait était qu'on la laisse tranquille dans la cuisine paisible et propre, et elle avait prié dans son cœur pour que personne ne vienne et ne la prive, ne serait-ce que par sa présence, du peu de quiétude et du peu de liberté fragile, suspendue à un fil, auxquelles elle avait eu droit après une journée épuisante, pleine de courses à faire et d'obligations à remplir, et pour que personne ne l'empêche, lorsque la maison se viderait et retrouverait son calme, de remplir l'obligation d'écrire des lettres, la dernière obligation de la journée, quelque chose d'imposé et d'oppressant jusqu'au désespoir à ses yeux, comme tous les travaux domestiques et les servitudes de la vie, dont elle ne s'acquittait pas moins avec un zèle sans bornes et une application fébrile, et pourtant elle s'efforçait maintenant, dans chacun de ses gestes et de ses expressions, de nier sa volonté et son désir et Meïr, qui s'était assis à sa place habituelle depuis son enfance, dit "Non, non. Rien du tout. Ne te dérange pas." Il le dit d'un ton appuyé mais sans fermeté, et sa mère dit "Il me reste quelques morceaux de poisson farci de shabbat. Je te conseille d'en goûter", et d'un geste machinal, elle essuya un peu la partie de la table où il était assis, et Meïr dit "Non, non. Assieds-toi", mais sa mère avait déjà posé devant lui une assiette, un couteau et une fourchette et sorti du réfrigérateur les poissons et une petite casserole de poivrons cuits, plat qu'il aimait particulièrement, et elle dit "Tiens, ils sont excellents, cette fois", et elle lui mit dans l'assiette deux morceaux de poisson et dans une autre assiette, quelques cuillers de poivrons, puis elle prit dans la boîte à pain une tranche de brioche tressée et dit "Je l'ai gardée spécialement pour toi depuis shabbat." Et Meïr goûta le poisson et dit "Le poisson est délicieux. Cela fait longtemps que je n'avais pas goûté un poisson pareil", et sa mère dit "Papa aussi a dit qu'il est particulièrement réussi, cette fois", et elle lui demanda s'il voulait un morceau de viande qui restait du rôti qu'elle avait préparé la veille et Meïr dit "Non. Tu as assez couru pour aujourd'hui. Assieds-toi", et il vit sa mère s'approcher du réfrigérateur et dit "Les poivrons sont délicieux", et sa mère dit "Je ne veux pas te forcer", puis elle posa devant lui le plat de viande, en mit une tranche épaisse dans une troisième assiette, replaça le plat en verre dans le réfrigérateur, puis elle remplit à ras bords une coupe rectangulaire de compote de pommes, qu'elle avait cuite elle-même, et comme fortuitement, elle dit, tout en lançant un regard aux aérogrammes qui se trouvaient à l'angle de la table, qu'elle avait l'intention d'écrire ce soir à Rivkah et sans raison apparente, elle approcha légèrement de lui l'assiette de viande, puis, tendue et prudente, elle se risqua à lui demander s'il lui avait déjà écrit et Meïr dit qu'il avait une semaine extrêmement chargée mais qu'il espérait pouvoir le faire la semaine prochaine, et sa mère hocha de manière incompréhensible la tête et dit "Je mets de l'eau à chauffer pour le thé", et elle remplit la bouilloire, alluma le gaz et dit "Ecris-lui, écris-lui, c'est important." Elle dit cela avec une prudence touchante, le ton de sa voix ainsi que ses gestes indiquaient clairement combien elle aurait souhaité effacer les mots qu'elle venait de prononcer mais en même temps, combien il lui tenait à cœur qu'ils se réalisent, tout en débarrassant l'assiette de poisson et en posant sur la table la boîte de plastique bleue qui contenait ses sablés au beurre, et avec un sourire auquel elle essaya de prêter un soupçon de malice, elle dit "Si je le pouvais, j'écrirais à ta place", et elle sortit une poignée de sablés et la mit dans l'assiette qui se trouvait devant lui et Meïr dit "Ne t'en fais pas", et sa mère dit "Quoi qu'il en soit, ne tarde pas trop", puis elle alla verser le thé, se rendant bien compte que ses dernières paroles étaient superflues et irritantes, elle l'avait senti avant de les proférer, et elle sourit, confuse et dit qu'elle non plus n'aimait pas écrire de lettres ni d'ailleurs en recevoir, mais qu'il n'y avait pas le choix, et elle posa les verres de thé sur la table et lui demanda s'il voulait encore quelque chose, et Meïr dit "Allez, assieds-toi. Tu as assez couru", et elle s'assit à sa place habituelle et lui demanda de nouveau comment il allait et Meïr dit que les derniers temps, il était épuisé par le travail et sa mère se cassa un bout de sablé et l'exhorta à se ménager et dit "Tu me sembles un peu enroué", et Meïr dit "Je crois que j'ai quelque chose à la gorge", et il lui raconta qu'il avait été le jour même à la plage et sa mère, dont le visage était devenu grave, dit "Quelle idée d'aller à la plage. C'est déjà l'hiver. L'air est froid", et Meïr dit "Il faisait pourtant très bon", et sa mère dit "Après la fête de Soukkoth, on ne se baigne plus", et l'engagea à aller au dispensaire pour sa gorge, et Meïr dit "Je vais encore attendre un jour ou deux", et sa mère dit "Il vaut mieux ne pas jouer avec sa santé", et lui raconta qu'une de leurs connaissances éloignées, probablement originaire du même village, avait attrapé un léger rhume qui, négligé, s'était développé en une maladie de cœur et Meïr dit "Ne t'en fais pas, je vais y aller", puis il tendit la main vers les pages du questionnaire et lui demanda de quoi il s'agissait. Sa mère prit les feuillets et dit que c'était un questionnaire concernant un arbre généalogique qu'elle avait reçu quelques semaines auparavant accompagné d'une lettre polie d'un Juif de Houston Texas, sans doute un retraité qui n'avait rien d'autre à faire, dont le patronyme était le même que le nom de jeune fille de grand-mère, et qui avait décidé de dresser la généalogie de sa famille, ce pour quoi il envoyait ces questionnaires de par le monde, ils contenaient des questions précises au sujet des parents et collatéraux, des lieux d'habitation, des dates de naissance et de décès, et promettait qu'une fois ses recherches terminées, il enverrait à chacun des parents les détails complets de l'arbre familial, et après avoir marqué une courte pause elle ajouta que d'après leur nom de famille initial, ils étaient d'origine scandinave, pas moins que ça, c'était en tout cas ce que prétendait ce Juif de Houston dans sa lettre accompagnant le questionnaire, et il était même possible qu'ils descendent d'une famille de la noblesse suédoise ou danoise. Elle prononça cette dernière phrase, de son cru, avec un léger sourire ironique et approcha de lui le verre de thé et l'assiette de sablés et Meïr dit "Cela me fait grand plaisir", puis il attrapa un sablé, versa une cuillère de sucre dans son thé et remua, et sa mère dit "A moi aussi", et débarrassa l'assiette de viande vide ainsi que la fourchette et le couteau et dit "A quoi les gens passent leur temps", puis elle se leva et les mit dans l'évier, et brusquement, comme si elle s'adressait à l'air, elle dit qu'elle en avait assez des travaux domestiques et des invités et de toutes les charges et les obligations qui n'en finissaient pas et qu'elle aurait voulu tout planter là et s'enfuir au bout du monde pour y vivre seule, libérée de tout, et qu'elle se contenterait d'une petite pièce, de pain sec, de confiture et d'une poignée d'olives, elle n'avait besoin de rien d'autre. Une ombre de lassitude et de défaite amère couvrit son visage et Meïr prit un sablé et dit "Pourquoi est-ce que tu ne pars pas, un peu ?" Il adorait les sablés au beurre friables de sa mère et bien qu'il essayât à chaque fois de se fixer une limite, il ne pouvait résister à la tentation, et sa mère dit "Où ça ?" et Meïr dit "Va à Jérusalem. C'est une ville merveilleuse", et il prit un autre sablé, et sa mère dit "Seule ?" et Meïr dit "Oui. Pourquoi pas ?" et sa mère, elle sembla un moment rêveuse ou confuse, dit "J'aime être seule", et Meïr ne put se retenir et prit encore un sablé et dit "Pourquoi est-ce que tu ne vas pas de temps en temps au cinéma ou t'asseoir dans un café ?" et d'un geste machinal, sa mère se versa une cuillère de compote et dit que l'occasion ne se présentait jamais parce qu'elle devait préparer le dîner de son père, que quelqu'un venait leur rendre visite ou encore qu'elle devait aller régler quelque chose à la banque ou au dispensaire, et d'un ton résigné, mais avec un grain d'ironie, elle dit "Plus on vit, plus on a de choses à régler", et Meïr dit "Oui. Tu as raison", et il approcha de lui le verre de thé et prit encore un sablé qui, pendant une longue minute, avait été l'objet d'une lutte intérieure, et dit "C'était délicieux", et sa mère dit "Je n'avais rien d'autre à la maison." Imperceptibles, mielleuses, des toiles d'affection et de communion les enveloppaient maintenant tous deux, tandis qu'ils étaient assis ensemble dans la cuisine propre et silencieuse, comme s'ils se trouvaient dans un cercle apaisant de lumière jaunâtre, chauds, proches et différents de tout le monde, et sa mère dit "Mais je marche beaucoup. Parfois je vais chez Weiss, parfois chez Mme Krantz, et parfois rue Nahalat-Binyamin ou chez l'opticien", et elle ramassa du doigt quelques miettes de sablé qui s'étaient éparpillées sur la table et les porta à sa bouche et elle ajouta "J'y vais non pas pour être quelque part mais pour ne pas être quelque part", et un sourire tendre et plein illumina son visage et Meïr sourit et dit "Oui, je comprends", et comme il prenait un sablé, le dernier, les pas traînants de son père dans ses pantoufles bruyantes se firent entendre, il les écouta à contrecœur et avec une impatience rentrée, et bientôt, son père apparut sur le seuil de la cuisine, et déclara, un large sourire répandu sur son visage, "Nous allons à Gibraltar", et il brandit son poing comme un vainqueur, et instantanément, sans s'en apercevoir, il déchira l'affection et la tendresse qui régnaient dans la cuisine et enveloppaient Meïr et sa mère. Un sentiment amer, bien que rentré, de colère et d'opposition envahit Meïr, et sans qu'elle prononçât un mot ou le montrât, Meïr sut que ce sentiment envahissait maintenant également sa mère, qui hochait légèrement la tête en signe d'assentiment, mais il y avait dans son expression, sous la mince couche de joie, quelque chose de réservé et même, peut-être, d'hostile. Son père brandit de nouveau son poing et dit "Nous allons y aller cet été. C'est décidé. Nous allons nous amuser – peu importe ce que cela coûtera. Nous prendrons l'avion pour Londres, et de Londres, directement pour Gibraltar. Main Road. Scottish Corner. Africa Point. Le Rock. 9, King's Yard Lane. Nous mangerons, nous boirons, nous monterons sur le Rock. Ensuite nous voyagerons un peu – La Linea, Algésiras, Cadix, Séville. Séville est incomparable." Et tandis qu'il tenait ces propos avec un enthousiasme joyeux et dans l'intention de se rapprocher d'elle et d'égayer son humeur, qui restait renfermée et inamicale, la sonnerie retentit et il courut ouvrir la porte, lançant immédiatement *"Welcome, mister Gorman !"*, à quoi répondit la voix ricanante de Bill qui dit *"Choulem Aleïchem"*, et Meïr dit "C'est Bill", et il prit encore un sablé, le dernier avant de partir, et sa mère hocha la tête et une expression de déplaisir se lut sur son visage, et cela, non pas parce qu'elle n'aimait pas Bill, au contraire, elle avait pour lui une affection particulière, mais parce qu'au moment même, elle sut qu'elle avait été définitivement privée de sa liberté pour ce soir-là. Et en effet, quelques instants plus tard, Bill apparut sur le pas de la cuisine avec son père, tous deux souriant joyeusement, et avec son accent américain prononcé il dit *"Hello. How are you, lady ?"* et serra la main de sa mère, l'éternel sourire enfantin inondait son visage rougissant, et sa mère dit *"I am fine. And you ?"* Et Bill dit "Très bien", et il se tourna vers Meïr et dit *"Hello Maier"*, et Meïr lui adressa un sourire cordial et dit *"Hello Bill"*, et Bill dit *"How is your business ?"* et Meïr dit *"Fine. And yours ?"* et Bill dit "Très mal", et partit d'un rire enroué, et sa mère sourit et dit *"Bist a millianer, was winstou ? Ganz Amerike is deines*"*, et ainsi qu'elle le leur proposa, tous passèrent dans la grande pièce, à l'exception de Meïr, qui resta à sa place finir son thé et par la même occasion, prit un autre sablé, il n'en restait plus, à présent, que deux, dans l'assiette marron, et lorsque sa mère retourna dans la cuisine et entreprit de préparer un repas

---

* "Tu es millionnaire. Que veux-tu de plus ? Toute l'Amérique t'appartient." (En yiddish.) *(N.d.T.)*

léger pour Bill, Meïr prit congé de tout le monde, sortit et rentra chez lui.

Une fraîcheur hivernale plus vive que ce qu'il ne le pensait régnait dans l'air et le fit frissonner alors qu'il se dirigeait lentement vers la maison par les rues désertes, une lourdeur désagréable ainsi qu'une lassitude se répandirent dans son corps, surtout dans ses jambes, et au moment d'ouvrir la porte, il sut qu'Aviva s'était déjà couchée, et un sentiment amer de déception l'enveloppa, car il souhaitait tant qu'elle l'attendît et s'occupât de lui, et effectivement, elle était au lit, enroulée dans la couverture, à côté d'elle, *A la recherche du merveilleux*, et la lampe au-dessus de sa tête était allumée et projetait de la lumière sur son visage plongé dans le sommeil, mais quand il s'approcha du lit, elle ouvrit un peu les yeux avec effort et dit "J'ai eu une journée difficile. Je t'ai attendu jusqu'il y a un quart d'heure." Il y avait dans sa voix une légère intonation d'excuse et elle ferma les yeux et Meïr, qui dompta la colère de sa déception, dit "Ça ne fait rien. Dors, dors", et Aviva remonta la couverture et dit "On a téléphoné du magasin pour demander que l'on vienne demain chercher le buffet", et Meïr dit, "Nous en parlerons demain matin. Dors", puis il quitta la pièce et entra dans la cuisine et jeta un coup d'œil distrait dans le réfrigérateur, il sentit distinctement comment la lourdeur et la faiblesse se répandaient dans son corps, sous la porte de la chambre de son fils filtrait de la lumière et il songea un instant à y entrer, puis il ouvrit l'armoire, prit le flacon de médicaments et avala un comprimé avec un peu d'eau et retourna dans la chambre à coucher et commença à se déshabiller, et tout en ôtant ses vêtements, sujet à la sensation de lourdeur et de faiblesse anéantissante, le désir de coucher avec Aviva s'éveilla en lui, et pour un moment, il pensa même la réveiller, mais la déception et la colère qu'il éprouvait parce qu'elle ne l'avait pas attendu prirent le dessus et il céda, et alluma sa lampe de chevet puis, irrité et abattu, il se mit au lit et prit *le Triangle des Bermudes* et se dit qu'il couchait trop peu avec elle, bien moins que la moyenne, en tout cas d'après ce qu'il avait lu dans le rapport de Jerys et Geoffrey Kate, il ne se souvenait pas des données qui figuraient dans les tableaux mais uniquement de l'impression nette dans laquelle ils l'avaient laissé, et que résumaient les mots, apparaissant eux aussi dans le rapport et dont il se souvenait, "sexe médiocre", et il lui lança un coup d'œil, elle dormait tranquillement et une rougeur agréable couvrait son visage, et il se dit, sans remuer les lèvres "sexe médiocre", et tira la couverture jusqu'au-dessus de ses épaules et s'en emmitoufla, des douleurs sourdes irradiaient dans son corps ou dans ses os et épuisaient ses forces, et il ouvrit *le Triangle des Bermudes* là où il avait interrompu sa lecture, et pensa à toutes sortes de femmes avec lesquelles il avait couché, puis il chercha une position confortable et apaisante et il se mit à les compter tout en fixant d'un regard flou le visage d'Aviva plongé dans le sommeil. Maintenant encore, un an après, il ne pouvait toujours pas comprendre comment cette femme casanière et honnête avait fait cette chose-là qui l'avait frappé de stupeur à tel point qu'il avait senti que non seulement sa confiance mais également sa vie étaient détruites, et cela, en plus de la vexation douloureuse et de la jalousie cuisante qui avaient accompagné sa vie comme une ombre et n'avaient diminué en rien malgré l'année qui s'était écoulée depuis ou, plus exactement, les onze mois, et malgré les efforts qu'il avait faits pour oublier et les ruses qu'il avait employées pour se convaincre du peu d'importance de ce qui était arrivé. Et il essaya à nouveau de compter toutes les femmes avec lesquelles il avait couché, c'était là sa consolation douloureuse, et cette fois, il s'efforça de le faire méthodiquement, il commença par les premières et avança de l'une à l'autre, il puisa, à cet effet, dans les tréfonds de sa mémoire les jeunes filles les plus lointaines, mais la récolte à laquelle il parvint l'affligea, car elle paraissait pitoyable au regard du nombre de femmes qu'avait certainement eues Posner, il ne le connaissait pas exactement mais il pouvait aisément le deviner, bien qu'il fût sans doute plus grand que celui de Gavrouch, ce qui n'était qu'une piètre consolation, Gavrouch était accaparé depuis des années par un unique amour, et néanmoins, il se sentit réconforté et se dit qu'en faisant des efforts, il pourrait encore dépasser Posner ou du moins se rapprocher de lui. Il se tranquillisa, s'allongea sur le côté et les yeux lourds, il lut "Ce qui caractérise la mer des

Sargasses n'est pas seulement la présence abondante d'algues mais également son calme et son silence terrifiants, fait qui est peut-être à l'origine de la légende désespérante mais pittoresque de la «mer des navires disparus»." Il se souvint à contrecœur d'une interview avec Simenon, qui avait été publiée quelques années auparavant dans un journal quelconque et qui s'était gravée dans sa mémoire, au cours de laquelle il avouait avoir couché avec une dizaine de milliers de femmes, c'était le seul détail de l'interview qu'il se rappelait et à cause duquel elle était restée plantée comme une épine dans son souvenir, et de nouveau l'envahirent des sentiments de médiocrité et de défaite, il n'arriverait jamais à dépasser un tel nombre, et le livre ouvert sous les yeux, il pensa à Rayia, sa réticence d'alors à réaliser son désir empoisonnait ses pensées et se mua dans son esprit, non seulement en quelque chose de naïf et de ridicule mais, ce qui était pire encore, en une aubaine manquée anéantissant la vie elle-même et en un signe de la pauvreté de la force vitale qui battait en lui. Elle le désirait tant et était prête à se livrer à toutes ses volontés, et ils étaient seuls, il n'y avait personne pour les déranger, ni Aviva, ni Bentz ni qui que ce soit d'autre, dans la chambre misérable, étroite et longue, aux murs hauts, d'un beige sale, s'il avait été possible de tout reprendre à cet endroit, et la tristesse d'avoir raté l'occasion se mélangea à la lourdeur et à la faiblesse décourageantes, et peut-être s'en nourrit-elle, son affolement avait été tel qu'il s'était même défendu de regarder et de voir son corps nu, et il ferma les yeux et se vit avec elle dans la chambre misérable, étroite et longue – ils n'y étaient entrés que quelques minutes auparavant et l'odeur des pins et de la résine avec la lumière aveuglante du soleil étaient restées derrière eux – aux murs hauts, de couleur beige sale, qui projetaient affliction et détresse, à la fenêtre grillagée qui donnait sur la cour où il y avait quelques pins poussiéreux, et les vieux rideaux miteux et la courte-pointe rugueuse en laine brute avec ses dessins verdâtres et incroyablement laids, chaque fois qu'il se couchait dessus, il était pris de dégoût, et ils avaient commencé à se caresser et à s'embrasser debout, tout en se déshabillant, c'était ainsi qu'il avait désiré que cela se passât, puis ils avaient continué à s'embrasser, toujours debout, s'il avait seulement pu reprendre les choses à cet endroit – c'est ainsi, exactement ainsi qu'il les aurait conduites –, et après ils s'étaient séparés et il s'était allongé sur le lit très large tandis qu'elle était restée debout et avait retiré les épingles de ses cheveux et les avait posées sur la table, et il avait examiné à son aise son corps et ensuite, tandis qu'elle se tenait près du lit, il avait caressé lentement ses cuisses et son ventre, jusqu'à la toison pubienne, et ensuite il lui avait demandé qu'elle lui tourne le dos, une tension et un plaisir incommensurables se répandirent de par son corps, s'infiltrèrent et se fondirent dans sa maladie, et elle s'exécuta, car il n'y avait personne d'autre qu'eux, dans la chambre, et tous les deux étaient excités et disposés à jouir sans freins, et lorsqu'elle avait eu le dos tourné, il lui avait demandé de se pencher un peu, et elle s'était penchée et avait pris appui sur la table, et ensuite, il lui avait fait écarter un peu les jambes d'une pression de la main et alors, il avait un peu incliné la tête et regardé, puis il avait étendu la main et lentement, par une caresse douce mais décidée, il l'avait introduite entre ses jambes, et elle était restée debout sans bouger, et un tel émoi le remplit qu'il fut saisi par la crainte qu'Aviva, qui était plongée dans un sommeil tranquille, s'en aperçût, il lui semblait qu'elle émanait de lui par vagues qui faisaient frémir l'air de la chambre, et il se leva sans bruit et alla dans la salle de bains et se mit devant la baignoire et, tandis que toute sa personne était concentrée dans ce plaisir, il se soulagea, puis il s'arrangea, regagna le lit et se coucha, tournant le dos à Aviva, et il prit *le Triangle des Bermudes*, la sensation de la maladie qui lui semblait faiblir le submergea de nouveau, et les yeux lourds, il lut "Ce qui caractérise la mer des Sargasses n'est pas seulement la présence abondante d'algues, mais également son calme et son silence terrifiants, fait qui est peut-être à l'origine de la légende désespérante mais pittoresque de la «mer des navires disparus», du «cimetière des navires disparus» et de la «mer de la peur». Cette légende parlait d'un vaste cimetière atlantique, contenant des vaisseaux de pirates de toutes les générations, qui s'étaient pris dans des champs d'algues et pourrissaient peu à peu avec, à leur bord, des équipages squelettiques, ou, à vrai dire, des squelettes d'équipages, constitués par les malchanceux qui n'avaient pu fuir, et dont le sort avait été identique à celui de leurs vaisseaux." Et faisant des efforts désespérés pour garder les yeux ouverts, il lut "dans cette région de mort l'on peut trouver des cargos, des yachts, des baleiniers, des bateaux pirates, des galions espagnols, des felouques arabes et des trirèmes phéniciennes avec des ancres d'argent et même des vaisseaux d'Atlantide, leurs proues couvertes de plaques d'or", et il ferma le livre, le posa sur la petite table près de son lit, éteignit la lampe au-dessus de sa tête, se retourna et s'endormit.

Il se réveilla de bonne heure après un sommeil trop lourd, la sensation de la maladie n'avait pas disparu mais s'était comme figée dans son corps, malgré cela et bien qu'Aviva lui eût demandé de rester à la maison, il s'habilla, but son café et alla au bureau, il ne voulait en aucun cas annuler un rendez-vous qu'il avait fixé pour ce matin-là avec l'architecte du centre pour la jeunesse, réalisation dont il était l'ingénieur en chef, le travail souffrait déjà de trop nombreux retards, et aussitôt le rendez-vous terminé, après qu'il eut pris quelques notes et transmis les instructions de modification au dessinateur, il quitta le bureau et se dirigea vers chez lui, mais en chemin, et malgré la sensation de la maladie qui s'était intensifiée et le remplissait de lassitude et de lourdeur, il décida de s'occuper du transport du nouveau buffet du magasin de meubles. C'était son projet depuis le matin et il eut l'impression que s'il ne l'exécutait pas, il en éprouverait du désagrément, et à cet effet, il courut à la banque, car il devait retirer la somme d'argent à remettre au transporteur, et s'avança vers le guichet de l'employée marocaine devant lequel se tenaient quelques personnes qui donnaient des signes d'impatience, et comme il prenait la queue, il capta un regard distrait de l'employée et lui fit un petit signe de la main, comme s'ils étaient amis, et elle lui répondit par un mouvement de tête et un mince sourire, qui s'éteignit dans l'instant et fut absorbé par l'expression d'ennui et de mauvaise humeur dont ne se départait pas son visage bronzé et frais, visage d'une actrice de cinéma vulgaire, qui lui rappelait un peu celui de Raquel Welch qu'il avait vu dans les annonces des journaux, mais c'était précisément cette vulgarité qui l'attirait, et tout en attendant son tour et en l'examinant sans relâche d'un regard indifférent, elle avait un cou admirable et une belle poitrine que découvrait en partie la large échancrure de la chemise claire qu'elle portait, il résolut de lui demander aujourd'hui son nom, et peut-être même l'inviterait-il à boire avec lui un café ou au cinéma, et il se demanda s'il devait le faire franchement ou indirectement, en raison de la sensation de la maladie, il était prêt à reporter sa proposition à la prochaine fois, puis il hésita s'il devait lui demander son nom ouvertement ou de manière détournée, et alors, l'un des jeunes employés s'approcha et lança à l'employée marocaine "Aliza, téléphone pour toi", et l'employée marocaine dit "J'arrive", et acheva d'inscrire quelque chose dans le livret du client et le lui rendit, puis elle se leva et s'en alla. Au bout de quelques instants, qui lui parurent interminables, peut-être à cause du poids grandissant de la maladie, Aliza revint et recommença à s'occuper des clients avec cette même expression acrimonieuse, avec les mêmes gestes lents pleins d'ennui affiché et de mauvaise humeur, et lorsque arriva le tour de Meïr, il posa avec un sourire charmeur le livret sur le comptoir et dit "Bonjour, Aliza", et Aliza dit "Bonjour", et, avec une grimace de lassitude et d'abattement infinis, elle prit le livret et soupira légèrement, et Meïr la dévisagea avec une sympathie manifeste, un peu paternelle, et dit "Vous n'êtes pas bien ici", et Aliza dit "Non. Vraiment pas." Et Meïr dit "Pourquoi ? C'est formidable, ici", il le dit d'un ton enjoué et Aliza dit "Qu'est-ce qui est tellement formidable, ici ? Les têtes des clients, peut-être ?" et gêné, Meïr dit quelque chose sur la climatisation, le montant des salaires et les avantages, il cherchait par là à faire oublier qu'il avait prêté à ses propos un ton ironique, et Aliza dit "J'en ai assez de leur climatisation et de tous leurs avantages", et elle lui demanda combien d'argent il voulait, et Meïr lui dit "Neuf cents suffiront", et Aliza dit "Cette banque va finir par me rendre complètement folle", et tandis qu'elle sortait une liasse de billets du tiroir, un client qui, quelques instants auparavant, avait réglé ses affaires, revint sur ses pas car il lui semblait qu'une erreur s'était glissée dans son compte, et s'excusant à peine, il se poussa et posa son livret devant Aliza, il était très inquiet et furieux, et tout en s'expliquant d'un ton courroucé, il lui indiqua de la main l'endroit où elle s'était trompée, pensait-il, dans son compte en sa défaveur. Aliza, dont les traits s'étaient durcis sous l'effet de la colère et de l'impatience, jeta un coup d'œil dans le livret et elle lui expliqua, avec, dans la voix, une hostilité non dissimulée qu'aucune erreur ne s'était produite, et après qu'il l'eut remerciée d'un air penaud, elle lança un regard à Meïr et dit "Ils me rendent malade, ces vieux. Il suffit qu'il y en ait un qui vienne vers moi pour que je commence déjà à exploser", et Meïr, qui ne la lâchait pas des yeux, dit "Oui", sa volonté de la séduire se transforma en un désir pressant, et déjà, il savait qu'il ne lui proposerait rien aujourd'hui et qu'il ne lui ferait pas la moindre allusion, ce qu'il justifiait par la sensation de la maladie qui poignait en lui, et Aliza dit "A l'armée, j'avais une vie formidable. Si je pouvais, j'y retournerais demain", et elle compta les billets et lorsqu'elle eut fini, elle les posa devant lui avec son livret et il mit le tout dans sa poche et dit "Merci", et prit congé d'elle avec un sourire amical, puis il sortit de la banque et alla chercher le transporteur de Turquie à la Peugeot grise que quelqu'un lui avait recommandé au bureau. Le transporteur de Turquie s'appuyait d'une jambe contre l'aile de la Peugeot grise, un sandwich dans une main, une bouteille de Coca-Cola dans l'autre, et tout en mâchant tranquillement, il bavardait avec une jeune femme élancée aux cheveux blond vénitien et Meïr, qui ne voulait pas interrompre leur conversation, s'arrêta à quelques pas d'eux et attendit, jusqu'à ce que le transporteur l'aperçût et s'adressât à lui et lui demandât si c'était lui qu'il cherchait, et Meïr répondit que oui et lui demanda s'il était libre, et le transporteur lui demanda quand il voulait transporter quoi et d'où, il faisait un peu penser, peut-être en raison de l'élégance indifférente de sa posture, à Marcello Mastroianni, sauf qu'il était plus petit et plus maigre et qu'il avait une mèche grisonnante, et tandis que la jeune fille élancée, dont le visage était pâle et beau, les écoutait avec l'air de s'ennuyer ferme et attendait impatiemment qu'ils aient fini tout en jouant sans discontinuer avec son collier, ils convinrent du prix du transport et de tous les autres détails, et le transporteur dit "Un moment. Je finis ce sandwich et on y va. Montez déjà dans la voiture", et Meïr monta et s'assit dans la voiture – maintenant, tout d'un coup, il sentait comme son corps et ses jambes se dérobaient sous le poids de la maladie, au point qu'il dut se forcer pour ne pas s'étendre sur la banquette – tandis que le transporteur achevait de manger et de boire en continuant à bavarder encore quelques instants avec la jeune fille élancée qui jouait sans discontinuer avec son collier avant de monter à son tour dans la voiture. Il agissait en tout avec une élégance à la Jean Gabin, et alors qu'il installait le coussin sur le siège, il lança à la jeune fille "Je reviens dans une heure. Viens et on parlera", et la jeune fille élancée, quelque chose n'était pas à son gré, dit

"J'essaierai", et le transporteur prit un vieux journal qui était posé entre les sièges et commença à s'essuyer les mains et dit "Viens, d'accord ? Tu ne le regretteras pas. Je suis là dans une heure", et la jeune fille élancée répéta "J'essaierai", et s'éloigna et le transporteur sortit la tête hors de la voiture et cria "Je reviens dans une heure. Viens. Je t'attends", et il la suivit dans le rétroviseur tout en s'essuyant les mains avec le journal et ensuite il se tourna vers Meïr et dit "Elle tapine", il le dit d'un ton informatif enveloppé de cette nuance d'indifférence fatiguée et jeta le journal roulé en boule par la fenêtre et dit "On est tous les deux des hommes, pas vrai ?" et Meïr dit "Oui", et le transporteur mit le moteur en marche et dit "Je la baisais quand elle était encore une gosse. J'ai été son premier type, et depuis, je continue", il embraya et dit "Mais maintenant, je lui laisse à chaque fois un peu d'argent. Pour qu'elle ait quelque chose", et tout en manœuvrant calmement pour extraire la voiture de la file de véhicules, il dit "Elle ne le fait pas régulièrement. De temps en temps, seulement, vous comprenez, elle se trouve quelqu'un, quand elle a un moment et qu'il lui faut une robe pour le début de la saison ou des bottes ou quelque chose comme ça. Sinon, elle travaille à la poste", et Meïr dit "A la poste ?!", le ton informatif et dégagé du transporteur amusa et surprit tant Meïr qu'il sentit un grand sourire se répandre en lui malgré le poids de la maladie, et le transporteur, sans se tourner vers lui, dit "Elle s'y occupe surtout des affaires sociales et de la retraite", il le dit sur le même ton qui avait amusé Meïr et freina pour laisser passer une autre voiture, puis il dit "Aujourd'hui, toutes les femmes sont des putes", et changea de vitesse et dit "Je sais que ce n'est pas vrai, pas tout à fait. Regardez ma femme, mais peut-être qu'elle aussi, allez savoir", et Meïr dit "Oui", et le sourire qui était en lui s'effaça et fut avalé par l'ancienne douleur qui s'étendait sous ses pieds et autour de lui comme un gouffre obscur.

Ils s'arrêtèrent au croisement des rues Dizengoff et King-George et attendirent que le feu passe au vert et le transporteur alluma une cigarette et avec le même sérieux informatif il dit "Vous avez vu que je lui ai parlé ? J'essaie de l'arranger pour un copain à moi. Il l'a vue et il m'a demandé de la lui arranger alors j'essaie de la convaincre de venir nous retrouver demain soir et d'amener sa copine pour qu'on fasse la fête, mais avant, je veux fixer avec elle pour aujourd'hui", et il appuya sur l'accélérateur et démarra et dit "Demain c'est demain, et aujourd'hui c'est aujourd'hui", et Meïr dit "Oui, vous avez raison", il se sentit tellement pitoyable et détourné de la vie, surtout à présent, avec la sensation de la maladie qui brisait son corps et sa volonté, et il pensa déjà demander au transporteur de l'arranger également pour lui et dit "Elle a un corps splendide, cette fille", et le transporteur appuya sur l'accélérateur et dit "C'est vrai, bien que j'en aie eu des dix fois meilleures, célibataires et mariées, les femmes mariées, c'est quelque chose de spécial", et Meïr dit "Oui", et son humeur s'assombrit et brusquement, pour absurde que lui parût la chose, il lui vint à l'esprit que le transporteur était peut-être l'autre homme, et bien qu'il sût incontestablement que c'était impossible, cette idée resta suspendue au-dessus de lui comme une ombre, et le transporteur, qui ne quittait presque pas la chaussée des yeux, dit "J'en ai une, par exemple, de Hollande. Une Juive, à moitié nouvelle émigrante, un peu infirmière dans un hôpital, qui habite dans le nord, près du cinéma Peer. Quel corps, vous comprenez. Tout est neuf. On sent tout de suite qu'elle n'a presque pas servi. Elle ne couche qu'avec moi", et il doubla prudemment une voiture qui tournait dans une rue latérale, et aussitôt il ajouta "J'aime l'exclusivité", d'un ton qui marquait clairement qu'il l'appréciait en effet, et il dit "Et vous ?" Et Meïr, qui était livré à ses réflexions empoisonnées, dit "Oui, moi aussi." Il le dit avec réticence et guida le transporteur jusqu'au magasin de meubles, et après s'être acquitté des formalités dans le magasin, il l'aida, parcouru de frissons et ses jambes se dérobant sous lui, à charger le buffet sur la voiture et ensuite à le monter dans les escaliers et à le mettre à sa place, et tandis qu'Aviva, qui leur avait ouvert la porte, exprimait son étonnement à le voir ainsi et époussetait la poussière sur sa chemise, Meïr régla le transporteur et prit chaleureusement congé de lui, et il entra aussitôt dans la chambre à coucher et sans se déshabiller, s'étendit sur le lit et se recroquevilla tout entier dans la couverture. La maladie avait eu raison de lui avec ses violentes douleurs et ses grands frissons qui se poursuivirent même après qu'Aviva l'eut recouvert d'une couverture supplémentaire et qu'elle lui eut mis une bouillotte sous les pieds et lui eut apporté une tasse de thé et deux aspirines, il était si réservé et froid avec elle, qu'il la remercia à peine, il ne souhaitait que dormir mais le sommeil le fuyait, et il resta couché ainsi, contracté et frémissant sous les deux couvertures, hostile à Aviva et appelant le sommeil de ses vœux, jusqu'à ce qu'il finît quand même par s'assoupir et par trouver un sommeil confus. Le matin, après lui avoir apporté une tasse de thé avec une tranche de citron, Aviva lui conseilla de rester au lit et proposa d'appeler le médecin mais il refusa et dit qu'il se sentait mieux et qu'il n'avait aucunement besoin de médecins, il s'agissait d'un léger refroidissement et il passerait de lui-même, mais Aviva insista jusqu'à ce qu'il cédât et dit que si c'était ainsi, il irait, lui, au dispensaire consulter le Dr Rainer.

Le Dr Rainer, qui avait remplacé leur médecin de famille, et que Meïr n'avait encore jamais consultée, était une femme âgée d'une cinquantaine d'années dotée d'un corps plein, féminin et d'un visage épais et ouvert. Elle l'examina et trouva que mis à part cette légère inflammation à la gorge et à l'oreille, il souffrait d'hypertension et Meïr, que ce diagnostic embarrassa beaucoup, dit que c'était invraisemblable car il se sentait très bien et n'avait rien remarqué jusqu'à présent, et le Dr Rainer le dévisagea avec sympathie, elle avait des yeux verts et vifs, et dit que l'hypertension était une maladie avec laquelle, si elle n'était pas décelée à temps, l'on pouvait vivre pendant des années sans éprouver aucun trouble jusqu'à ce qu'elle se déclare un jour, souvent sous forme de méfaits irréparables et Meïr dit "Je comprends", mais dans son for intérieur, il considérait tout cela comme une erreur et un malentendu qui se dissiperaient d'ici quelques jours, et le Dr Rainer lui demanda son âge et sa profession et Meïr lui dit qu'il avait quarante-deux ans et qu'il travaillait comme ingénieur en bâtiment, il jugeait la chose absurde et ne la concernant en rien, et le Dr Rainer nota ses réponses et dit "C'est une maladie qu'il vaut mieux ne pas négliger, vous allez devoir la soigner" et Meïr dit "Oui", et aussitôt, hors de propos, il ajouta "Mais j'étais en excellente santé", et le Dr Rainer le regarda de ses yeux verts, vifs et jeunes et dit que chaque malade est en bonne santé jusqu'à ce qu'il devienne malade et Meïr dit "Oui. C'est vrai", et il croyait toujours à une grossière erreur, et il dit "Ce n'est pas possible", et sourit de nouveau et le Dr Rainer lui conseilla de rentrer chez lui et de revenir la voir quand sa grippe serait guérie, et alors elle l'examinerait une seconde fois pour déterminer de façon plus claire quel était son état, car il était effectivement possible que l'hypertension fût accidentelle et provisoire. Et ainsi, une semaine plus tard, après avoir guéri de sa grippe, Meïr alla voir le Dr Rainer et elle l'examina une nouvelle fois minutieusement et trouva qu'il souffrait encore d'hypertension et Meïr, qui au cours des jours précédents avait ressassé cette découverte, il s'était défendu, sans trop savoir pourquoi, de s'en ouvrir à Aviva et avait même apparemment commencé à s'y accoutumer, lui demanda pourquoi est-ce que cela lui était arrivé, il posa cette question avec un léger sourire et sans réellement attendre de réponse, car il n'était intéressé que par le fait que cela lui était arrivé, ce qui lui semblait injuste et le révoltait. Et le Dr Rainer dit qu'il pouvait y avoir à cela toutes sortes de raisons, comme, par exemple, l'hérédité, une mauvaise alimentation, un manque d'activité, des problèmes psychiques, et peut-être un autre facteur que la médecine ne connaissait pas encore, et elle ajouta "En fin de compte, on sait bien peu de chose", et Meïr dit "Je comprends", et pendant un court instant, il eut même l'impression qu'il se résignait à son sort et qu'il prenait la chose en bonne part, et il regarda son épais visage féminin plus que mûr et lui demanda ce qu'il devrait faire, et le Dr Rainer dit "Ne vous inquiétez pas. Vous allez avoir beaucoup de choses à faire", et elle lui prescrivit toute une série d'analyses et quelques médicaments et lui expliqua comment il devait les prendre, et elle lui ordonna également de ne pas manger de nourriture salée et de limiter sa consommation de café, et finalement, elle lui recommanda, s'il le pouvait, de modifier ses habitudes alimentaires de manière à réduire le sucre et la graisse, surtout animale, et à augmenter les fruits et les légumes, et à ne pas prendre de poids mais au contraire à en perdre, et que d'ici une ou deux semaines, lorsque les résultats des différentes analyses seront en sa possession, il revienne la voir pour un examen supplémentaire, afin qu'elle puisse se rendre compte des résultats du traitement et décider de sa suite. Et Meïr, dont l'état d'esprit oscillait entre la morosité et l'abattement résigné et une gaieté inexplicable, dit d'un ton humoristique qu'il ne s'attendait pas à une telle surprise et il lui promit de suivre scrupuleusement ses ordres, et après l'avoir remerciée et lui avoir serré la main, alors qu'il allait partir, il lui demanda avec un sourire si l'on pouvait guérir cela, et le Dr Rainer dit qu'à ce propos il y avait différentes opinions, que certains médecins, par exemple, ils étaient encore peu nombreux, prétendaient que cette maladie pouvait être guérie au moyen d'un régime végétarien approprié, et que d'autres, ils formaient la majorité, affirmaient que la maladie était chronique et qu'elle était inguérissable, mais que de toute façon, et c'était cela le principal, il ne faisait pas de doute qu'elle pouvait être réprimée de telle sorte qu'elle n'induise pas de conséquences trop graves et irrémédiables, et que c'était à cela qu'il devait tendre et tout en le contemplant d'un regard franc, elle ajouta "Il vaut mieux ne pas parler de santé parfaite. C'est décourageant." Et Meïr la remercia à nouveau et comme il se tenait déjà près de la porte il dit "Je suis entré en bonne santé, et je sors malade", et le Dr Rainer sourit et dit "Vous n'avez pas eu de chance avec votre médecin", et lui demanda une nouvelle fois de faire les analyses sans délai et de revenir la consulter d'ici une semaine ou deux, et Meïr dit "Je compte m'en occuper énergiquement", et sortit.

Aviva considéra l'hypertension comme un fait déplorable mais auquel il fallait faire face sans amertume et sans s'abandonner au sentiment d'avoir subi un préjudice, cela ne servirait de toute façon à rien, et qu'il fallait soigner comme l'avait prescrit le Dr Rainer, c'était ainsi qu'elle envisageait les difficultés et les problèmes de la vie, car son sens de la réalité, fruit de l'honnêteté et du courage, était profond, au point qu'elle ne s'était jamais laissé séduire par des illusions et de cette manière, lui avait été épargnée la tendance empoisonnante à voir dans chaque difficulté et dans chaque ennui une erreur qui aurait pu être évitée ou une tentative arbitraire de la vie de la maltraiter, ce qui caractérisait Meïr. Elle essaya tout d'abord de calmer Meïr et de lui remonter le moral en s'efforçant de le dissuader de considérer cette maladie comme une brimade ou une injustice de la vie, et de ne pas la voir sous les espèces d'une catastrophe qui pouvait être évitée et était irrémédiable, et l'engagea à faire les analyses et à prendre régulièrement les médicaments et cesser complètement de manger dans la rue, tandis qu'elle accorderait sa cuisine aux recommandations du Dr Rainer. Elle avait le don de présenter les choses sous leur éclairage pratique, et malgré son fond d'hostilité à son égard, il ne pouvait pas ne pas céder au sentiment de profonde affection et gratitude qu'il éprouvait pour elle, alors que Posner, à qui Meïr raconta la chose le lendemain, tandis qu'ils étaient assis sur le balcon à boire de la bière, embarrassé et mal à l'aise, et non seulement en raison de la présence de Liora, dit "Je comprends que tu as des griefs envers ton corps", et Meïr dit "Oui", il sentait distinctement que son corps lui causait un préjudice, et Posner dit "Chacun est destiné à avoir de l'hypertension ou à quelque autre maladie. Je ne comprends pas de quoi tu te plains", et Meïr dit "Je ne sais pas. De tout", au fond de lui-même, il sentait réellement que la vie ou quelque ordre supérieur des choses qui dirigeait tout l'avaient traité avec injustice, et en même temps, il n'arrêtait pas de se torturer en se disant que s'il s'était comporté différemment, en tout cas en ce qui concernait la nourriture et l'activité physique, tout cela aurait pu être évité, il était un garçon sain, robuste et sportif, et Posner se mit à rire et dans une légère caresse, il passa sa main sur le bras de Liora, qui, jusqu'à deux ou trois ans auparavant avait été son étudiante, il paraissait bronzé et revigoré par la plage dont il venait de revenir, et dit "Permettez-moi de philosopher un peu au vent du soir", et Meïr dit "Vas-y. Je t'écoute."

Une fine écharpe de fraîcheur hivernale, à peine perceptible, flottait dans l'air crépusculaire bleuissant et grisaillant, et de gros nuages gris, qui n'étaient pas des nuages de pluie, s'entassaient dans le ciel où le soir commençait de poindre, comme il aimait cette heure, et Posner demanda à Liora, dont la présence ne laissait pas d'embarrasser Meïr, de lui passer les allumettes et il alluma une cigarette et dit que la santé parfaite n'existait pas, tout de même que la perfection n'existait pas, et que la santé n'était, en vérité, qu'un état idéal auquel l'on aspirait et dont on s'éloignait continuellement et inexorablement. Depuis l'heure de sa naissance et à mesure qu'il vieillit, l'homme s'éloigne de plus en plus de la santé et Meïr, qui écoutait avec plaisir les réflexions de Posner qui ne concernaient qu'indirectement sa maladie et lui apportaient pourtant un certain soulagement, dit que cela ne le consolait pas et Posner dit "Je suis désolé, je n'ai pas d'autres consolations que les réalités de la vie", et il ajouta aussitôt, "C'est, en tout cas, ma façon de me consoler", et il partit à rire de son rire enroué, sonore, et sans s'arrêter, il ajouta "Je suis capable d'inventer toutes les théories que je veux et elles seront toujours vraies", tout en pinçant malicieusement le bras de Liora et Meïr, cette manifestation d'affection et le fait même de leur présence conjointe le révoltaient maintenant, s'associa à contrecœur à ce rire qu'il connaissait bien, et d'un ton apparemment amusé il dit "Il y a pourtant des gens qui n'ont pas de maladies", et Liora, qui ne quittait presque pas Posner des yeux, elle était à peine plus âgée que la fille aînée de Posner, et aux heures où elle n'avait pas cours à l'université, elle travaillait au service des communications téléphoniques internationales, dit "Oui. Il y en a." Sa naïveté à l'égard ce qui se passait suscita la colère de Meïr, et il hocha la tête dans sa direction et dit "Oui", et Posner, des traces de rire étaient encore gravées dans son visage et dans sa voix bien que, de manière surprenante, il semblât s'exprimer avec une certaine gravité, dit "N'envie personne, tu n'en es pas encore réduit à cet état", et il ajouta aussitôt "Tu parles comme si quelqu'un t'avait défavorisé", il le dit avec une franchise imprévue, presque sur un ton de réprimande, qui plut extrêmement à Meïr et l'encouragea, et il dit "Oui, c'est vrai", et sourit gaiement, et aussitôt, comme par boutade, il ajouta "Mais il y en a qui sont moins malades que moi", et Liora dit qu'à son avis aussi, il exagérait et qu'en fin de compte, elle ne comprenait pas ce qu'il voulait, et Meïr, que son intervention avait gêné, haussa les épaules et dit, troublé, "Je veux être comme au lycée." Ses propos le surprirent, et cependant, soudain ému, il dit en souriant "Je veux être en bonne santé comme avant, c'est tout", puis, redevenant sérieux, "Si j'avais fait de la gymnastique, de la natation ou si j'avais mangé plus sainement, ça ne serait pas arrivé", et Posner fit tomber la cendre de sa cigarette dans la canette de bière vide et dit "C'est absurde. Il est arrivé ce qui devait arriver", et Meïr dit "Peut-être." Cette façon de parler l'enchanta et suscita son admiration ainsi que, dans une certaine mesure, la sensation assez agréable d'infériorité par rapport à son intelligence et à l'étendue de ses connaissances qui était gravée en lui depuis l'époque du lycée. Dans le temps, et au fil des années, Posner se préparait à écrire un livre qui ferait beaucoup de bruit dans le monde entier et ne le céderait en rien à Tolstoï ou à

Pascal, il refusait de se contenter de moins, jusqu'à ce qu'il se rendît compte qu'il n'en était pas capable et il abandonna tout le projet, et se voua à l'enseignement. Une légère brise faisait bruire les feuilles du grand arbre, dont la frondaison sombre atteignait le balcon, et la fraîcheur de l'air s'accrut et quelque chose de confus, peut-être un mouvement de tête ou une image incompréhensible ou encore le souvenir enfoui d'une pensée assombrit soudain l'humeur de Meïr, et Liora dit "Tu devrais peut-être aller consulter un médecin végétaliste, ils réussissent parfois là où les médecins conventionnels échouent", et Posner dit "Ce n'est pas une mauvaise idée", et la pinça de nouveau avec affection, et Meïr, arrivait toujours le moment désagréable où il les imaginait en train de faire l'amour au lit, dit "On verra. Peut-être. C'est possible", et d'un ton humoristique, bien que vide d'allégresse, dont le seul but était de masquer son abattement, il ajouta "Je n'ai aucune envie de me sustenter d'herbes toute ma vie", et il se leva avec l'intention de s'en aller, et Posner dit "Attends. Je vais descendre avec toi. Je dois acheter des cigarettes", et il se tourna vers Liora et dit "Je reviens tout de suite", et Liora dit "D'accord. Je reste à la maison", et les accompagna jusqu'à l'étroite entrée où elle s'arrêta et, s'adressant à Meïr, dit "Va voir un médecin végétaliste. Essaie. Qu'est-ce que tu risques ?" et Meïr dit "Bon, peut-être. Au revoir", et Posner la pinça de nouveau avec affection au bras et dit "Je reviens tout de suite, ne t'enfuis pas", et tous les deux sortirent. Et tandis qu'ils descendaient l'escalier, Meïr s'arrêta et dit "Tu as peut-être raison, que ce qui est arrivé est ce qui devait arriver, et malgré tout, je ne comprends pas pourquoi est-ce que c'était précisément sur moi que ça devait tomber dessus", et Posner dit "Tu y penses trop. La maladie, ce n'est pas la maladie mais le fait d'y penser", ils étaient à présent sortis de l'immeuble et marchaient dans la rue obscure et Meïr dit "C'est possible", il l'aimait, bien qu'avec moins de naturel qu'il n'aimait Gavrouch, et d'un ton apparemment humoristique il dit "J'aimerais être de nouveau comme au lycée." Leur marche tranquille avait quelque chose d'agréable, d'émouvant même, à l'image de leur longue amitié qui se perpétuait maintenant comme de soi, et Posner dit "Pour ça, il faudrait que tu renaisses", et il arracha une feuille à l'arbuste d'une haie et il dit brusquement "Crois-moi si tu veux, mais je ne sais pas quoi faire d'elle. J'aimerais qu'elle disparaisse d'elle-même, et c'est tout", il était subitement devenu sérieux et sa voix s'était couverte d'inquiétude. Bien que sa femme eût rompu toute relation avec lui, il savait pertinemment que lorsqu'il voudrait revenir, elle lui pardonnerait, et il dit "Je vais attendre qu'elle ait terminé ses examens semestriels." Liora n'était qu'un peu plus âgée que sa fille aînée et il se sentait un peu responsable d'elle, et Meïr dit "Tu ne peux pas la retenir pour rien." Ils en avaient parlé des dizaines de fois au cours des derniers mois et il n'y avait rien de nouveau à ajouter à ce propos et Posner, malgré le ton enjoué, quelque chose lui pesait dans tout cela, dit "On ne peut pas conserver l'amour dans un coffre-fort. Je l'ai aimée, tu le sais, mais je ne l'aime plus, qu'y faire", et il s'immobilisa et dit, profondément ému, "Admire le soir. Admire", et il regarda autour de lui comme s'il entendait recueillir le soir avec toute sa douceur, le soir était réellement doux, précisément en raison de cette légère et précoce fraîcheur hivernale, et ce faisant, il esquissa un mouvement de la main, et lorsqu'ils se remirent en marche, il dit d'un ton souriant, presque intime, qui gêna Meïr parce qu'il crut y déceler une intention railleuse ou blessante, "Tu te souviens que tu voulais autrefois écrire de la poésie", et Meïr dit "Oui, je m'en souviens", il souhaitait avaler ses mots afin qu'ils s'évanouissent rapidement avec ce souvenir embarrassant qui croupissait quelque part au fond de lui tel le souvenir d'un acte honteux, cela appartenait véritablement à une autre sphère de sa vie, ce pourquoi il se déroba aussitôt et dit "Tu dois lui en parler." Ils traversaient maintenant la rue et s'approchaient du café où Posner avait l'intention d'acheter ses cigarettes, et Posner dit "J'aimerais qu'elle comprenne d'elle-même et disparaisse soudain. C'est tout", et d'une voix imprégnée de rire, il ajouta "Les gens ne prennent pas en considération ce qu'on attend d'eux. C'est terrible", et il ricana, et Meïr dit "Oui, c'est un scandale", et tous deux rirent légèrement, et Posner dit "Dans deux semaines je lui en parlerai. Qu'elle finisse seulement ses examens", et il entra dans le café et demanda au vendeur deux paquets de Time, ramassa la monnaie, et quand ils furent dehors, ils s'attardèrent encore un petit peu sur le trottoir et Posner dit "Arrête de penser à ton hypertension et à pourquoi ça t'est arrivé", et Meïr dit "Bon. Je vais essayer", et Posner dit "Nous pensons que dire hasard au lieu de nécessité ou le contraire va nous soulager", et Meïr dit "Oui", et Posner dit "Je n'y crois pas", et ils se quittèrent sur un petit geste de la main.

Il n'était pas tard, et pourtant les rues étaient vides, c'est du moins ce qu'il lui semblait et tandis qu'il marchait lentement sous les vieux tamaris de l'avenue Ben-Gourion, il se dit que l'hiver avait commencé bien qu'il n'y eût pas encore eu de pluie, et ensuite, quand il tourna et prit la rue Dizengoff, il essaya de se rappeler s'il n'y avait pas ce soir-là un match de basket à la télévision ou quelque émission spéciale, tant l'absence d'animation dans les rues l'étonnait, et comme il se dirigeait vers le nord et regardait distraitement le trottoir, les arbres, les boutiques et les maisons, les saisissant dans leurs moindres détails – les plus légers et les plus fuyants – en ce compris toutes les modifications qu'ils avaient subies et ce qu'ils avaient été avant que ces modifications, à la manière de trois photographies superposées, n'interviennent, il pensa de nouveau à sa maladie, insensible, il est vrai, et apparemment imaginaire, et son humeur s'assombrit, car, d'une certaine manière, il voyait dans cette maladie – rien qu'une hypertension – non seulement un défaut de santé mais un mal qui le frappait injustement, et surtout, c'était ce qui l'accablait le plus, un échec personnel honteux et une atteinte à sa virilité, le tout se conjuguant en une fracture et en un signe irrécusable de son vieillissement, qu'il ne le serait jamais plus, et que le seul chemin qui s'ouvrait devant lui, et vers lequel il était déjà poussé, était le chemin de la vieillesse, qui le frappait maintenant à son tour, et celui de la mort. Et il se reprit à penser à son corps, il le sentait comme une enveloppe assez épaisse de chair dans laquelle sa pensée évoluait et contre les parois de quoi elle tâtonnait ainsi que dans l'espace obscur qu'enfermait cette enveloppe et qui était l'intérieur de son corps, et il sentit combien les muscles de ses bras et de ses épaules s'étaient atrophiés et combien sa poitrine avait enflé, de même que le ventre avec la petite proéminence ridicule, suspendue comme un sac gonflé au-dessus de ses jambes, qui, elles aussi, s'étaient atrophiées et avaient perdu leur vigueur et leur agilité, qu'il pensait éternelles, car cette vigueur et cette agilité étaient la nature même des jambes, comme, d'ailleurs, de tous les autres membres et du corps tout entier, avec la souplesse naturelle et agréable qu'il possédait et qui rendait tellement plaisant et confortable le fait de l'habiter. Il se souvint avec émotion des excursions épuisantes du mouvement de jeunesse ou des marches et des divertissements effrénés, pendant le service militaire, pour ne rien dire du basket et du football, sa passion pour eux ne connaissait pas de limites, et il se dit que la souplesse et la vigueur pleines de vitalité étaient perdues à jamais, et que ce corps, malade, s'étiolerait et s'affaiblirait et perdrait de plus en plus sa forme, et il pouvait déjà le sentir, comme si son corps avait effectivement commencé à dégénérer au moment même où la chose lui était venue à l'esprit, c'était comme un mouvement brusque de sable se mouvant à la manière de vapeurs grisâtres et tâtonnant dans l'espace obscur de son corps à la recherche des organes internes – le cœur, le foie, les poumons, l'estomac, les intestins – pendus en lui comme à des crocs cachés, et tout en marchant, il regarda avec une tristesse glacée une maison située non loin de la station de police, et vit la cabane avec le toit de tuiles grises et le terrain sableux jonché de petites pierres, d'éclats de porcelaine, de feuilles sèches et de morceaux de charbon et sa misérable clôture qui s'y trouvaient autrefois, et qu'il ne verrait plus jamais dans leur matérialité, puis, continuant à marcher et à regarder, il sentit que dans ses jambes, comme dans une poupée en chocolat creuse, il y avait une seconde paire de jambes, ses jambes d'enfant, et qu'elles avançaient sur le trottoir, la sensation était tellement réelle qu'il baissa les yeux, fixa ses jambes et sourit, et au bout d'un moment, alors qu'il était encore plongé dans cette double sensation, il promena son regard sur les maisons et les arbres et fut submergé par le chagrin et la compassion. Il avait maintenant dépassé l'endroit où se tenaient la cabane et le terrain, et il se dit que voilà, sa vie fuyait et qu'à vrai dire, elle avait déjà fui, et qu'il n'avait presque rien fait – il avait une femme et deux fils, un fils au lycée et l'autre au service militaire, et il avait un appartement et un emploi fixe d'ingénieur avec un assez bon salaire, et était allé une fois, il y avait des années de cela, à l'étranger, et c'était tout, plus ou moins – et sans le vouloir il se dit de nouveau que s'il avait étudié l'architecture au lieu du génie civil, comme Gavrouch l'avait encouragé à le faire, ou, au moins, s'il avait démissionné à temps et avait créé son propre cabinet, comme il avait effectivement eu l'intention de le faire, et il l'aurait certainement fait sans la récession et la guerre des Six Jours qui avaient tout bouleversé, sa vie aurait été beaucoup plus réussie et passionnée, et l'abattement qui s'était emparé de lui entraîna ses pensées vers Rayia et cette semaine ratée à Haïfa, au moment où il était sorti de chez Posner et où il s'était mis en marche, il avait su que tôt ou tard ses pensées l'entraîneraient vers cet épisode. Et ce souvenir indésirable, qui reposait tout le temps quelque part au fond de sa tête comme une pierre sombre et qui affleurait à présent et le remplissait, lui pinça à nouveau le cœur et suscita en lui ce sentiment de médiocrité et d'impuissance, mais surtout de médiocrité, qu'il ne réussissait pas à réduire à néant par les arguments éculés relatifs à "l'esprit du temps" et des sacro-saints principes de la morale syndicale, qui avaient cours alors, et sur lesquels reposait son éducation au point qu'ils avaient fini par faire partie intégrante de sa personnalité, ni même par les obligations qu'il pouvait avoir envers Bentz, son mari, car ces obligations participaient, elles aussi, de cette entité morale, ses obligations envers sa femme avaient beaucoup moins d'importance, à ses yeux, car il était attiré par Maïakovski et cet esprit bohémien, sans repos, qui rejetait avec dégoût toute routine bourgeoise avec ses croyances et ses usages, précisément en vertu de la fidélité à la révolution qui, parallèlement à ses autres préoccupations, et peut-être même au-delà d'elles, est un appel à la liberté des sentiments et des instincts. Le fait, cuisant, d'avoir raté cette occasion lui semblait, avec la distance des années, beaucoup plus douloureux, et il se dit une nouvelle fois que s'il avait alors couché avec elle comme il le voulait et non pas dominé par cet affolement aveugle, car ils étaient seuls et elle le désirait tant et s'était abandonnée sans réserve, il percevrait maintenant sa vie d'une façon entièrement différente, mais l'occasion était irrémédiablement perdue, et pas seulement en raison du temps qui s'était écoulé depuis.

Il s'arrêta un instant à l'angle de l'avenue Nordau et se demanda s'il n'allait pas tourner et marcher en direction de la mer puis revenir par la rue Hayarkon, un vent froid venant de la mer balayait maintenant la rue sur toute sa longueur, mais après avoir hésité un moment, il continua à remonter la rue Dizengoff, elle était complètement déserte et sombre à l'endroit où il se trouvait, en se disant qu'il devait se ressaisir sans délai et extirper de lui les amertumes du passé, qui n'avaient aucune utilité, et les angoisses du présent, l'angoisse de la maladie et d'autres angoisses, et toutes les incertitudes et les hésitations, et commencer à vivre énergiquement et à jouir autant que possible, car un jour ou même une heure passés sans plaisir sont autant de moments gaspillés, et dans un même mouvement de pensée il passa brièvement le monde en revue et nota qu'il regorgeait de plaisirs auxquels il n'avait pas encore goûté, un vertige de hâte et de désarroi s'empara brusquement de lui, à tel point qu'il en vint à regretter chaque minute perdue et qu'il décida de commencer à jouir dans l'instant, et aussitôt, encore plongé dans un sentiment d'euphorie et d'optimisme, il résolut d'acheter des pâtisseries orientales, qu'il avait vues d'innombrables fois un peu partout mais qu'il n'avait encore jamais mangées, et sur lesquelles maintenant, à ce moment précis, Dieu savait pourquoi, il avait choisi de jeter son dévolu et ainsi, de débuter dans sa nouvelle vie, dynamique et pleine de plaisirs, et tout en hâtant le pas en direction du cinéma Peer, il décida que s'il n'en trouvait pas là-bas, il prendrait l'autobus pour aller place Dizengoff ou même à Jaffa.

Devant le cinéma, dans un des petits kiosques, il trouva les pâtisseries qu'il cherchait, elles étaient présentées sur des plateaux, chaque sorte sur un plateau différent, et après une assez longue hésitation, il choisit deux gâteaux et prit la décision de venir tous les jours et d'acheter chaque fois de nouveaux gâteaux jusqu'à ce qu'il ait goûté toutes les pâtisseries, il n'était prêt à renoncer à aucune d'entre elles. Le vendeur les lui tendit, enveloppées dans un morceau de papier, elles dégoulinaient littéralement d'huile, et Meïr les paya et demanda leur nom au vendeur qui se contentait de les appeler toutes "baklava", et eut l'impression que la connaissance de leur nom exact était une partie essentielle du plaisir, mais lorsqu'il se fut un petit peu éloigné, les noms se confondirent dans son esprit, et avant même d'arriver rue Ben-Yehoudah, ils s'effritèrent et se réduisirent à un tas de syllabes disloquées et dépourvues de sens. Les pâtisseries étaient si sucrées qu'il en eut un haut-le-cœur et pensa les jeter, mais il se dit qu'il fallait tout goûter, et il les mangea jusqu'à la dernière miette, puis il cracha sur ses doigts collants et les essuya avec des feuilles qu'il arracha à un arbuste et longea la rue Ben-Yehoudah, la bouche pleine d'une désagréable douceur, mais avec le sentiment allègre de s'être réellement engagé sur le chemin de sa nouvelle vie, mais vers la rue Arlozorov, il n'y tint plus et acheta une bouteille de jus de pamplemousse qu'il but en se gargarisant légèrement pour chasser de sa bouche cette douceur à laquelle il s'était jusque-là refusé. Ensuite, il continua sa route et se demanda s'il allait directement rentrer chez lui, quelque chose de douloureux le poussait plus que jamais à être en compagnie d'Aviva, ou alors, en raison de cette douleur même, s'il allait téléphoner à Drora et essayer de se faire inviter chez elle pour coucher avec elle, cette franchise, ou à vrai dire cette grossièreté, lui semblait plus prometteuse et plus appropriée à la façon de vivre à laquelle il aspirait, et qu'il avait, le soir même, quelques instants auparavant, commencé à adopter. Et lorsqu'il passa devant le café où il avait l'habitude de s'asseoir souvent avec Gavrouch à la tombée du soir, ils l'appelaient "Le café de papa" en raison de l'apparence du patron et de sa femme, qui ressemblaient à deux vieux mochavniks* amenés, Dieu sait comment, à tenir un café, il fit halte, un instant, et examina l'endroit, qui avait changé de propriétaires et était maintenant en travaux dans l'obscurité, ils avaient passé de nombreuses heures dans cet endroit, autour d'une bière, la boisson favorite de Gavrouch, qui, pratiquement à chacune de leurs rencontres, et parfois même jour après jour, analysait de nouveau, comme mû par une nécessité inexorable, sa liaison tortueuse et qui durait déjà depuis des années avec une femme mariée, mère de deux enfants, elle s'appelait Nourith, qui, à ses dires, ressemblait à Macha Méril dont il avait toujours sur lui, dans le vieux portefeuille de cuir noir, la photo, il se refusait, pour quelque raison inconnue, à conserver avec lui celle de sa maîtresse réelle que Meïr n'avait vue qu'une fois, furtivement et tout à fait par hasard, et c'était ainsi, sous les traits de Macha Méril, qu'elle était restée gravée dans sa mémoire, car Gavrouch s'était résolument abstenu de les faire se rencontrer, et cela faisait partie de l'auréole de mystère fuyante et pleine d'angoisses qui entourait cette liaison, qui ne lui procurait que peu de plaisir et beaucoup de chagrin et de souffrances, souffrances non seulement engendrées par le doute, la

---

* Habitants d'un mochav, village agricole. *(N.d.T.)*

jalousie et le sentiment de l'inutilité de cette liaison mais également morales, car elle était en totale contradiction avec sa conception du monde compliquée et vieillotte mais il n'avait pas la force d'y renoncer, ce qui touchait tant Meïr, car il aimait Gavrouch et se sentait, malgré leur différence d'âge, lié à lui dans l'âme. Il se remit en marche, laissant le café obscur derrière lui, et se dit qu'il aurait été important que Gavrouch sût que le café avait changé de propriétaires et qu'il était en travaux mais en même temps, il se dit qu'il était peut-être bon que cette peine lui eût été épargnée. Et quand il traversa la rue Frischman, un vent froid soufflait de la mer et portait son grondement incessant, il pensa à l'oiseau que Gavrouch avait poursuivi pendant ces deux journées d'hiver pluvieuses dans les environs de Césarée où il s'était rendu pour observer une espèce particulière de volatiles et où il avait vu soudain cet oiseau, si c'était bien l'oiseau auquel il pensait, Gavrouch n'en était pas certain car il savait qu'il était impossible de trouver cet oiseau en Israël et la distance et l'air gris brouillaient la vue, et il se lança à sa poursuite dans les bosquets et les plantations humides et froides et entre les bassins de pisicultures et dans les champs ensemencés et les jachères pleins de boue et fouettés de vents violents, il pataugea jusqu'au désespoir dans la boue, avec ses chaussures qui s'étaient élargies comme des palmes d'oies et alourdies comme du plomb, le long des versants du mont Carmel jusqu'à Atlith, où il disparut dans une tempête de pluie rageuse au cœur de l'obscurité, comme s'il avait été absorbé par l'air sombre, et il eut beau le rechercher tout un jour, il ne le retrouva pas. Meïr ne savait plus quel était l'oiseau que Gavrouch aurait souhaité qu'il fût, il ne se souvenait même pas de son aspect, que Gavrouch lui avait décrit de manière très colorée, avec cet enthousiasme déjà un peu contraint et qui ne convenait plus tellement à son visage ravagé et sillonné de rides d'âge et de fatigue avec les sacs de peau tombant sous les yeux, alors qu'ils étaient assis quelques jours plus tard, ce jour-là aussi était pluvieux, dans la cuisine de l'appartement des parents de Gavrouch, car malgré les excursions avec le mouvement de jeunesse et les années au cours desquelles il avait travaillé dans l'agriculture et malgré les efforts de persuasion faits par Gavrouch avec une ténacité de prédicateur naïf et délicat pour le porter à aimer la nature et se rapprocher d'elle, la relation de Meïr à la nature resta d'ordre général et dépourvue de toute intimité et ainsi, tout ce dont il se souvenait des descriptions de Gavrouch était la poursuite obstinée, épuisante, sous la pluie et dans la boue, par un jour sombre, et qu'il s'agissait d'un oiseau particulier, à part lui, Meïr l'appelait "colibri" car c'était là le nom le plus exotique auquel il pouvait penser pour un oiseau, et qu'il avait une tache rouge éclatante, mais il ne se souvenait absolument pas avec certitude si cette tache était située sur sa poitrine, comme il lui semblait pourtant se le rappeler, ou sur sa tête, et peut-être sur sa queue, et cela le contrariait beaucoup car depuis la mort de

Gavrouch, tous les détails infimes et oubliés à son sujet prirent de l'importance à ses yeux, mais en vain. S'il s'était seulement douté que Gavrouch mourrait au bout de moins de deux ans, il l'aurait écouté attentivement et l'aurait questionné sur les points les plus insignifiants de ses actes et de ses opinions et les aurait gravés au plus profond de sa mémoire, mais Gavrouch était mort de façon imprévisible d'une brusque hémorragie cérébrale, chose que personne n'aurait pu prévoir, et tandis qu'il se tenait avec Aviva au dernier rang des personnes silencieusement réunies devant la fosse ouverte, Posner ne s'était pas joint à eux sous prétexte qu'il ne participait pas à des cérémonies à caractère religieux, et qu'il cherchait inutilement du regard cette Macha Méril, il essayait de la reconnaître d'après le souvenir de la photo, il leva les yeux et vit entre les têtes de l'assistance la profusion des pierres tombales blanches et derrière elles, la plage de sable doré, encore déserte, qui s'étendait jusqu'au mur du cimetière et plus loin, jusqu'à une distance dont l'on sentait clairement que là où elle se terminait commençait la mer. Tout était si différent de ce cimetière ombragé situé à flanc de montagne à Nazareth, avec la vieille enceinte de pierre sur laquelle ils s'étaient à moitié appuyés, à moitié assis, à l'ombre des pins bruissant dans le profond silence, imprégné d'une odeur de terre, d'aiguilles de pin et de résine, et avaient mangé les sandwiches et les fruits qu'ils avaient apportés. En face d'eux, une partie de la vallée et les montagnes bleues qui s'élevaient de l'autre côté étaient visibles et Gavrouch, il avait presque dix ans de plus que Meïr et travaillait comme géologue, avait effrité un petit morceau de terre et montrant de la tête le panorama, il avait dit "Regarde la vallée, est-ce qu'il y a quelque chose de plus beau que cela ?" et il avait entamé son sandwich, et Meïr avait dit "C'est magnifique", le spectacle était vraiment magnifique, la vallée et les montagnes, toute la substance de la terre d'Israël était à cet instant dans le paysage et dans l'odeur de l'air et des arbres et dans quelque chose qui émanait du sol recouvert d'aiguilles de pin. Le silence et l'air limpide étaient merveilleux et pleins d'une douceur soporifique, et Meïr avait regardé l'espace bleu frémissant et éprouvé le désir de s'envoler et de se fondre dans les étendues bleues infinies, et Gavrouch avait ramassé de la main quelques aiguilles de pin et les avaient mélangées, puis il avait dit que les gens qui vivaient dans la nature, et il en avait connu quelques-uns durant les deux années où il avait vécu comme pêcheur dans un village en Hollande, savent dès l'enfance que la mort fait partie de la vie, qu'elle y est contenue et en est inséparable comme le goût du sel dans l'eau de mer, ils le voient tous les jours autour d'eux chez les animaux et les plantes, et ils apprennent à savoir que la mort n'est pas un accident ou quelque chose qui contredit la vie, et que la vie n'est qu'un seul grain, infime, dans quelque chose qui a commencé bien avant qu'ils ne viennent au monde et qui se poursuivra à l'infini, après qu'ils seront morts et confondus à la terre sur laquelle ils marchent, et qu'il doit en être ainsi, ce pourquoi, malgré toute la peine et la douleur que leur mort ou celles de leurs proches leur fait éprouver, ils ne se plaignent que très peu, et qu'en tout cas, l'idée que la vie va bientôt s'achever ne les rend pas amers et désemparés, et Meïr avait dit "Oui", et mordu dans une tomate dont un peu de jus avait giclé sur sa chemise et il lui avait demandé ce que des gens comme lui qui ne vivaient pas dans la nature devaient faire, à la vérité, il ne se sentait absolument pas concerné par tout cela, car, bien qu'il sût que chaque homme était condamné à vieillir et à mourir, lui aussi, évidemment, il sentait que dans la réalité, sa vie était éternelle et ne connaîtrait pas de fin. Il avait posé cette question à Gavrouch pour lui faire plaisir et le remercier d'être venu lui rendre visite au kibboutz avec la jeep poussiéreuse de la Société pour la protection de la nature et de l'avoir emmené, presque de force, faire cette promenade, lui et Aviva étaient alors sur le point de quitter le kibboutz et ils y vivaient dans le doute et l'angoisse, et Gavrouch avait dit "On peut s'en rapprocher. Ce n'est qu'une question de volonté et d'un peu d'effort. La nature est ouverte à tout le monde." Meïr avait dit "Oui", il n'avait rien voulu dire de particulier par son acquiescement, et il avait lancé sans raison un petit morceau de terre, puis la quiétude de midi était revenue, encore plus calme et profonde qu'auparavant, une douce torpeur les avait enveloppés, Gavrouch avait déboutonné sa chemise et s'était allongé sur le sol, *le Neveu de*

Rameau qu'il n'avait même pas ouvert à la main, et il avait dit que quand il regardait à l'intérieur de cet espace translucide loin derrière ses limites matérielles, il ne sentait pas seulement à quel point l'homme était infime et éphémère et isolé dans l'immensité impalpable de l'univers, dont il avait, Dieu sait comment, surgi, mais également à quel point il était le fruit d'une coïncidence aveugle et insignifiante, et Meïr avait dit "Ce qui veut dire quoi ?" Il sentait que sous l'effet de la fatigue et du silence l'envahissait une somnolente ivresse, et Gavrouch avait dit "Ce qui ne veut rien dire, mais ça fait peur", et il avait jeté un regard à un oiseau qui passait et Meïr avait dit "Oui", et s'était étendu sur le dos, tout cela ne l'intéressait absolument pas, à ce moment-là, et les propos de Gavrouch avaient sombré dans l'indifférence somnolente, agréable, qui le remplissait, et il avait répété "Oui. Cela fait très peur", et il avait songé un instant demander à Gavrouch s'il devait quitter le kibboutz, c'était le difficile problème qui les préoccupait, alors, Aviva et lui, et s'il devait aller étudier l'architecture, mais il ne le lui avait pas demandé parce qu'il connaissait d'avance la réponse de Gavrouch et surtout parce qu'il n'avait pas la force de déchirer le silence qui l'enveloppait et auquel il s'était abandonné ainsi qu'au désir tranquille, qui allait s'intensifiant, de demeurer étendu de la sorte sur cette terre recouverte d'un tapis d'aiguilles de pin, ou de s'envoler, car il n'y avait, dans son esprit, aucune différence entre la position couchée et l'envol vers les étendues bleues, infinies. Gavrouch aussi avait sombré dans le silence mais au bout de quelques instants, assez brusquement, il avait dit qu'il ferait peut-être mieux de rompre avec cette femme mariée, mère de deux enfants, et Meïr avait dit "Peut-être", et Gavrouch s'était tourné sur le côté et avait dit "Tu penses ?" et Meïr, il était plongé dans un demi-sommeil et il lui semblait que tout se passait en dehors de lui, avait dit "Peut-être que non", et continuant à suivre des yeux le léger mouvement de la frondaison de l'arbre, et Gavrouch avait dit "Oui, cela n'a aucun sens", et son visage sillonné de rides était plein de chagrin, et ensuite il avait dit que le problème était qu'il l'aimait beaucoup, et Meïr avait dit "Je sais", et Gavrouch avait lancé une pomme de pin et après une pause prolongée, il avait dit que son mari avait obtenu un travail en France et qu'ils se préparaient à y aller, et ensuite il lui avait dit qu'il ne l'avait pas vue de trois semaines, son visage ravagé et sillonné de rides s'était couvert d'anxiété, et il avait immédiatement ajouté "Et si elle tombait de nouveau amoureuse de son mari", et Meïr avait dit dans un faible effort "Elle ne tombera pas amoureuse de lui. Tu n'as rien à craindre", le sommeil l'attirait à lui comme s'il appartenait à la terre, et Gavrouch s'était passé une main dans les cheveux et avait dit "Je suis à bout de forces", et il s'était étendu de nouveau sur le dos, son visage regardant les frondaisons qui se dressaient et sa main jouant distraitement avec *le Neveu de Rameau* qui était posé à côté de lui.

Après l'angle de la rue Mendele, Meïr entra dans un café pour appeler Drora, mais en composant le numéro, et tandis que son doigt était encore dans le cadran, il en perdit l'envie et un sentiment d'impatience s'empara de lui, toutes ces manœuvres viles et pleines d'artifice lui paraissaient odieuses, et un violent désir pour Aviva l'envahit ainsi que la nécessité de sentir sa proximité rassurante qui n'exigeait aucune ruse, et c'est avec soulagement qu'il s'interrompit, appuya sur la fourche et composa son numéro, et quand il entendit la voix d'Aviva, une joie l'inonda, et il lui dit qu'il lui parlait d'une cabine et lui demanda ce qu'elle faisait, et Aviva dit "Rien de spécial. Un peu de repassage", et elle lui demanda si quelque chose était arrivé, il y avait dans sa voix une intonation étonnée, et il lui dit que rien n'était arrivé et lui demanda si elle voulait descendre et faire une petite promenade avec lui, les rues étaient pratiquement désertes et le temps était agréable, et peut-être, s'ils en avaient envie, pourraient-ils aller boire quelque chose quelque part, et elle dit "Maintenant ?", cette intonation étonnée lui pinça le cœur et augmenta encore le désir qu'elle le rejoignît, et il dit "Pourquoi pas, viens", et il attendit son acquiescement, mais elle hésita et dit qu'elle n'était pas habillée, et il dit "Ça ne fait rien. Viens comme tu es", et au bout d'un quart d'heure, comme ils l'avaient fixé, ils se retrouvèrent devant le cinéma Chen, et longèrent la rue Dizengoff, puis la rue King-George et ils montèrent l'avenue Ben-Tsion jusqu'à la place du théâtre Habimah, ils avançaient d'un pas lent, tranquille, et il sentit combien il aimait ces vieilles rues, il avait l'impression d'être ici dans sa ville, et la promenade avec Aviva le remplissait de quiétude et de bonheur, tout était soudain réconcilié et intact comme il le souhaitait, la douceur omniprésente du soir les enveloppait dans leur marche paisible et il pensa tourner dans la rue Ahad-Haam ou l'avenue Rothschild, ces vieilles rues désertes qu'il aimait tant l'attiraient, mais Aviva préféra se rapprocher des rues plus animées et ils contournèrent le musée, puis ils traversèrent et s'engagèrent dans l'avenue Chen, et tout en marchant, ils parlèrent de son cabinet et en particulier du centre pour la jeunesse et les sports à la construction duquel il travaillait et de l'entreprise où Aviva était employée comme spécialiste d'appareils d'optique, et de leurs problèmes financiers, et de leurs fils, du fils cadet qui était à la maison et du fils aîné qui effectuait son service militaire, il voulait se rengager mais Meïr n'y était pas favorable, et aussi du gouvernement et de la situation politique et économique, le tout, avec la même quiétude réconciliée qui régnait dans l'air et qui les enveloppait aussi, et lorsqu'ils parvinrent au bout de l'avenue, ils traversèrent et s'assirent sur le parapet de la piscine de la place vaste et dégagée, et observèrent tranquillement l'activité calme et distante qui se déployait autour d'eux, jusqu'à ce qu'Aviva dît "L'air s'est rafraîchi", et se serrât contre lui alors il l'enlaça doucement et dit "On peut peut-être manger quelque chose. Il y a un restaurant de blinis dans le coin", et Aviva, toujours serrée contre lui, dit "Je n'ai pas envie de manger. Mais je boirais bien quelque chose de chaud", et Meïr se leva et montra du doigt le café qui se trouvait de l'autre côté de la rue et dit "Viens. Il paraît que c'est très bon", et ils traversèrent la place vide et entrèrent dans le café. Aviva commanda un chocolat chaud et un gâteau aux noix, et Meïr qui, encouragé par elle, s'était décidé à suspendre momentanément le régime peu sévère qu'il suivait depuis quelques semaines, commanda un cappuccino et un gâteau au chocolat, et tout en bavardant et en louant les gâteaux et l'endroit, il était décoré avec goût et rempli d'une fine odeur de café et de pâtisseries fraîches, et les gâteaux, le chocolat et le cappuccino étaient délicieux, Meïr jeta un regard furtif à un couple, qui était assis à quelques tables d'eux, avant de les examiner à nouveau une ou deux minutes après, comme contre son gré, l'homme n'était pas particulièrement beau mais il paraissait sûr de lui et à l'aise dans sa chemise à rayures sportive, et subitement, sans savoir pourquoi, il sentit quelque chose se rembrunir en lui et une ombre imperceptible, qui semblait jusque-là comme cachée dans l'air, se rassembla et flotta autour de lui et s'imprégna dans sa chair. Cet homme et son air assuré n'avaient rien de suspect, mais l'ombre s'infiltra et remplit son corps de morosité, puis elle recouvrit son visage, qui perdit sa chaleur et se vida de toute expression, et il se replia sur lui-même, gagné par une humeur empoisonnée de souvenirs amers et d'hostilité, et Aviva, qui avait remarqué la transformation, dit "Quelque chose ne va pas ?", et Meïr dit "Non. Rien", et vanta la qualité du cappuccino, et Aviva demanda de nouveau "Qu'est-ce qui se passe ?" et Meïr dit "Je te l'ai dit, absolument rien", et Aviva dit "D'accord", et continua à boire comme si, effectivement, rien n'était arrivé, pourtant ils sentaient tous les deux qu'un nuage obscurcissait déjà l'air, et Meïr dit "Je suis un peu fatigué", et il continua la conversation, mais de manière forcée car il avait l'esprit ailleurs. Et quand ils eurent fini de boire, il régla la serveuse et ils sortirent sans échanger plus que quelques rares paroles, ce qui accentua encore la distance qui s'était installée entre eux, et ils traversèrent la place de la Mairie où quelques chiens couraient en tous sens dans l'obscurité tandis que leurs maîtres se tenaient à l'écart et bavardaient ensemble, et Aviva, qui ne pouvait plus supporter cette humeur sombre, pleine de colère et d'hostilité, lui demanda une nouvelle fois de lui dire ce qui n'allait pas, et Meïr, dont la main, vide de tout sentiment, était posée sur les épaules d'Aviva, dit "Rien. Je suis fatigué, c'est tout", et Aviva dit "Si tu ne veux pas me le dire, ne me le dis pas. Je ne vais pas te forcer." Et Meïr dit "D'accord", et se mura dans le silence, son visage regardant durement devant lui et sa main passée, vide de tout sentiment, autour des épaules de cette femme, franche et fidèle, honnête et n'ayant rien d'une aventurière, dont, au cours de nombreux mois, pendant des jours et des nuits confus et grouillant de pensées cuisantes qui ne lui laissaient aucun répit, il n'avait pas réussi à s'expliquer le comportement et à comprendre comment elle avait pu coucher avec un homme qu'elle n'avait vu pour la première fois de sa vie qu'une demi-heure ou tout au plus quarante-cinq minutes auparavant. Elle était pourtant si casanière que même dans son imagination la plus folle il n'aurait pu concevoir qu'elle fût capable de le blesser par une aventure de la sorte, mais, une fois passé le choc initial, ce qui avait émergé de la lave bouillonnante de l'outrage et de l'hostilité, aux côtés de la terrible stupéfaction, de la douleur dévastatrice et du sentiment d'humiliation, était un jaillissement d'étonnement et de ravissement enthousiastes, qui, plus d'une fois, s'était mué en une admiration douloureuse et cependant agréable, elle l'attirait maintenant plus que jamais, devant l'audace avec laquelle elle avait manifesté son indépendance en se livrant au désir de l'instant et en vivant cette aventure fortuite. Car, en vérité, il souhaitait ardemment en faire autant, bien qu'il refusât de l'admettre, il se sentait si peu doué pour une telle aventure qui embrasait son imagination ainsi que l'envie qu'il lui portait à elle mais surtout à cet homme rencontré par hasard et qu'il haïssait. Il le maudissait et eût voulu qu'il mourût, et pourtant, il éprouvait pour lui, comme pour sa femme, une sorte d'admiration empoisonnée, qui lui déchirait le cœur mais était indéniable, et en proie au tourbillon de ces sentiments intenses, il se dit qu'il lui fallait répéter, si possible de la même manière, l'acte qu'avait commis sa femme avec l'homme en question, et qu'alors, et alors seulement, il obtiendrait réparation et l'affront qui lui avait été infligé serait effacé et lorsqu'il se masturbait, il revoyait l'épisode dans ses moindres détails, comme l'avait recréé son imagination humiliée, et il faisait l'amour avec sa femme sous l'aspect de cet homme inconnu, et ainsi, avec la douleur chaque fois éprouvée à nouveau, il trouvait une consolation. Et lorsqu'ils pénétrèrent et marchèrent dans le petit jardin enveloppé d'obscurité de la place Masaryk, il ne put plus se contenir et dit "Comment est-ce que ça c'est passé ? Tu sais de quoi je veux parler", et Aviva dit avec un mélange de désespoir et d'impatience "Je m'en doutais. Nous voilà repartis", et Meïr dit "Je veux savoir comment ça c'est passé", toutes les digues s'étaient rompues d'un coup et avaient été emportées par le courant de douleur et d'hostilité, et Aviva dit "Tu ferais mieux de laisser tomber", et Meïr dit "Non. Je veux savoir qui est l'homme avec lequel tu as couché dans une voiture", l'intonation de sa voix, insistante, hostile, avait quelque chose de désemparé et de suppliant, et Aviva dit "Je ne t'ai jamais dit que j'ai couché avec quelqu'un dans une voiture", et Meïr dit d'un ton implorant "Alors c'était chez lui ?" et Aviva dit "Pourquoi est-ce que tu remâches cette histoire sans arrêt ? Arrête. Laisse tomber", et Meïr dit "Non. Je veux savoir", et il répéta sa question et Aviva dit "Je t'ai dit exactement ce que je voulais dire, et c'est tout. Je ne veux plus en parler. Ça m'ennuie à mourir", et Meïr dit "Mais tu as couché avec quelqu'un", sa salive lui resta en travers de la gorge comme une boule gluante et il y avait dans sa voix une légère, une anxieuse ombre d'espoir, et Aviva dit "Oui", et Meïr, qui espérait au plus profond de son cœur entendre une dénégation, sentit à nouveau comment tout s'effondrait sous ses pieds, s'il l'avait appris pour la première fois, et le gouffre de la douleur et de la défaite s'ouvrit sous lui jusqu'au désespoir et il dit "Qui était-ce ? Quelqu'un que je connais ?" Et Aviva, qui avait perdu tout espoir de mettre fin à cette conversation fastidieuse et inutile, dit "Non", et Meïr dit "Quelqu'un de ton travail", il lui avait déjà posé cette question des dizaines de fois, et Aviva dit "Non", elle avait pitié de lui mais n'avait pas la force de le sauver, et Meïr dit "Il était grand ? Beau ?" et Aviva ne répondit pas, et Meïr répéta "Il était beau ?", il le dit avec une telle insistance implorante qu'il semblait que sa vie était suspendue à cette question, et Aviva s'arrêta et se tourna vers lui et dit "Pourquoi est-ce que tu remâches cette histoire. Ça suffit. Laisse tomber", et Meïr dit "Dis-le-moi. S'il te plaît. Il était beau ?" et Aviva dit "Je t'ai dit tout ce que je devais dire. Je ne dirai rien de plus. Ça rend les choses encore pires", et Meïr dit "Pourquoi est-ce que tu l'as fait ?" il le dit d'un ton de reproche et en même temps d'immense tristesse et espéra que l'aveu de son erreur ou au moins l'expression de ses regrets et de sa peine le consoleraient, et Aviva dit "Parce que je le voulais", avec, dans la voix, un accent d'impatience et de dureté, et elle se remit en marche, et Meïr, blessé et furieux, dit "O.K.", et la suivit et ils marchèrent ainsi, sans prononcer une parole, un certain temps jusqu'à ce que Meïr finît par dire "Tu y penses encore parfois ?" et Aviva dit "Je ne pense jamais au passé, tu le sais", et Meïr, au fond duquel un premier rayon de soulagement était apparu, il savait qu'elle disait vrai, se demanda s'il ne devait pas cesser de la harceler, mais il s'obstina et dit avec complaisance "Je sais que tu y penses tout le temps", et Aviva dit "Tu es drôle. Je l'ai oublié un jour après", et Meïr sentit comment le soulagement se répandait en lui et dissipait, malgré son entêtement, l'offense et l'hostilité, et le seul point qui le torturait encore était celui du jour. Si elle avait oublié son aventure immédiatement, sur le coup, ou au plus tard le lendemain matin, il aurait été heureux, et pourtant, il était déjà prêt à lui pardonner et à la prendre dans ses bras, réconcilié et reconnaissant, mais quelque chose l'en empêchait, et il continua à avancer côte à côte avec elle, le visage sombre et sans desserrer les dents, jusqu'à ce qu'Aviva s'adoucît brusquement, se rapprochât de lui et dît "Tu ne crois pas que ça suffit ?" et Meïr dit "Si", et il passa mollement sa main autour de ses épaules, et Aviva dit sur un ton enjoué et conciliateur "Je ne comprends pas ce que tu veux", et Meïr, l'ombre légère d'un sourire dans la voix, dit "Je veux que ce qui a été n'existe plus, oui, c'est ce que je veux", et Aviva sourit et dit "Mais c'est toi qui le fais continuer à exister", et elle se pressa contre lui, et Meïr, il se sentait maintenant assez consolé, dit "Je sais", et immédiatement, comme s'il s'était précipité volontairement dans un obscur gouffre rocheux, dit "C'était bien ?" Il avait l'impression de suffoquer sous le poids de l'expectative, et Aviva dit doucement "Quelle importance cela a-t-il ?" et Meïr dit "Pour moi, c'est important. Dis-le-moi. Allez. C'était bien avec lui ?" Sa tête transpirait de tension inquiète et Aviva dit "Non. Ce n'était pas bien", et Meïr éprouva une immense légèreté et fut inondé par un flot de bonheur et de gratitude qui emporta les dernières traces de l'affront et de l'hostilité, c'était ce qu'il avait espéré, et il l'étreignit dans un élan de réconciliation joyeuse et émue, ivre de reconnaissance et fier d'elle, et Aviva dit "Tu te ronges et tu nous empoisonnes la vie pour rien. Laisse tomber. Pourquoi remuer sans cesse cette histoire ?" et Meïr dit "Je ne sais pas", une exultation due au soulagement et à un sentiment agréable de purification et d'amour pour elle le remplissait, si seulement elle n'avait pas couché avec cet homme, son bonheur aurait été parfait, et Aviva dit "Je t'ai pourtant dit que ce n'était rien et que j'ai tout oublié depuis longtemps", et Meïr dit "C'est fini. Je ne recommencerai plus", et il la serra contre lui. Et effectivement, il avait l'impression d'être propre et purifié du mal pernicieux qui l'avait infecté, et ils tournèrent et s'engagèrent dans la rue Bougrachov que balayait un vent soufflant de la mer, et ensuite ils montèrent à la maison, Amnon, leur jeune fils, était assis dans la grande pièce et regardait la télévision et Meïr se joignit à lui pendant quelques instants, Aviva préparait le lit entretemps, puis il passa à la chambre à coucher et se mit au lit avec elle et l'enlaça, et ensuite, encore enveloppé par la sensation de quiétude et du plaisir, il prit *le Triangle des Bermudes* et lut un peu jusqu'à ce qu'il s'endormît.

Quelques jours plus tard, à la date fixée par le Dr Rainer, Meïr se rendit au dispensaire et subit un électrocardiogramme, dont les résultats furent bons, puis il entra dans le cabinet du Dr Rainer, qui l'examina et trouva que sa tension s'était stabilisée à un niveau satisfaisant, et lorsqu'elle lui tendit l'ordonnance, elle lui rappela qu'il était important qu'il prît les médicaments avec ponctualité, et finalement, entre parenthèses, elle lui demanda s'il pratiquait un sport quelconque, elle était un peu moins cordiale que lors des consultations précédentes et comme préoccupée par autre chose, c'est en tout cas ce qu'il lui semblait, et il en éprouva une légère déception, il dit "Je marche beaucoup, si cela peut être considéré comme du sport", et le Dr Rainer dit que c'était très bien mais qu'elle lui conseillait de faire également autre chose d'un peu plus actif, comme la natation ou le basket et Meïr dit "J'essaierai", l'inquiétude au sujet de sa santé était encore comme une ombre lointaine dont il pouvait détourner son attention mais elle n'en était pas moins réelle et tenace, et il lui serra chaleureusement la main, la remercia et sortit. C'était une douce journée d'automne, l'air bleu transparent avait quelque chose d'infiniment agréable, et çà et là, à la surface du ciel, voguaient de légers nuages, et en sortant du dispensaire, alors qu'il marchait tranquillement dans la rue fraîche, il saisit brusquement le fil extrêmement ténu, insaisissable, d'une odeur, et peut-être n'était-ce que le souvenir d'une odeur – qu'il appelait l'odeur de la jeunesse – qui effleurait à peine le bout de ses narines, c'était l'odeur du monde que seuls les jeunes sont capables de percevoir dans toute sa plénitude, et comme un chien qui remue la truffe, il se tenait immobile et s'efforçait de percevoir de nouveau et de ressusciter cette odeur de la jeunesse, qui avait jailli soudain et traversé la muraille d'air des années, et d'en éprouver l'ivresse et la douceur avec sa sensibilité exarcerbée à la moindre nuance et au moindre mouvement, avec sa souplesse et toute la tension d'un désir immature, oui, précisément immature, et surtout avec ce sentiment qui n'a pas son semblable que tout est ouvert et que tout est possible, et dans l'instant, il ressentit le désir de se décharger de tous ses devoirs, et de s'octroyer des vacances imprévues, arbitraires, et tandis qu'il s'abandonnait à cette sensation de liberté et de fierté, ainsi qu'à la perspective étourdissante de tous les plaisirs que le monde, qui venait de s'ouvrir à lui, lui offrait, il résolut d'aller à la séance du matin au cinéma Paris, et ensuite, peut-être, après une petite promenade dans les rues, d'entrer dans un restaurant et de déjeuner, et entre-temps, comme il avait une bonne heure jusqu'au commencement du film, il déambula dans la rue Ben-Yehoudah où il entra dans une librairie s'enquérir du nouveau livre de Ken Stevens *Bâtiments et construction industrialisée.*

La librairie était vide et les deux vendeuses qui s'y trouvaient étaient assises devant une table et bavardaient et Meïr eut tout le loisir de feuilleter tranquillement le livre, qu'il avait trouvé dans un des rayons, parmi les ouvrages d'architecture, et après l'avoir parcouru et avoir décidé de l'acheter, il le posa de côté, et continua, avec la même sérénité, à promener son regard sur les livres, il en prenait un, de temps en temps, y jetait un coup d'œil puis le remettait en place, ce qui lui procurait un sentiment de raffinement intellectuel et d'évasion de son mode de vie imposé vers quelque chose de plus intime et de plus spirituel. Et après avoir feuilleté ainsi plusieurs livres d'histoire, d'Eterz Israël, surtout, d'archéologie, de philosophie, de cuisine et de poésie, il n'était guidé par aucun but précis mais par le bonheur de la liberté et le désir de lire tous ces livres, il sortit du rayon *la Joie du sexe*, mal à l'aise et comme par distraction, mais le visage fermé, s'employant à garder une contenance indifférente, bien qu'il sentît parfaitement l'embarras qu'il marquait comme s'il s'agissait d'un acte pervers, et c'est en effet ainsi qu'il le considérait, le parcourut, au début, hâtivement, puis sur un rythme plus modéré, et il lut les explications, écrites en grosses lettres, et regarda les dessins tracés au feutre apparemment naïfs mais en réalité très troublants qui figuraient des positions d'accouplement – celle du lotus, en paquet, la fente du bambou – dont il n'avait jamais entendu parler et qui éveillèrent en lui un sentiment d'infériorité et de frustration, "une femme qui contrôle bien les muscles de son vagin peut procurer à l'homme des sensations merveilleuses, mais pour elle, cette situation est exceptionnelle, car elle lui garantit une maîtrise absolue du mouvement, de la profondeur et du partenaire". Les mots défilèrent devant lui et le remplirent de tension, il sentit l'excitation et l'embarras se déployer sur son visage comme la pellicule d'une gelée encore chaude, il ne voulait en aucun cas que quelqu'un le vît ainsi, son ignorance en matière de sexe apparaissait maintenant clairement de même que tout ce qu'il avait manqué, "La paire de pincettes. Réaction sexuelle féminine extrêmement convoitée. La femme doit resserrer et contracter son «yoni» autour du «lingam» comme un doigt." Il n'avait jamais entendu parler non plus du "yoni" et du "lingam", et sa frustration s'amplifia et s'approfondit, "ouvrir et fermer comme il lui plaît", "une femme bénie par le don du ciel qu'est la lasciveté sera pratiquement toujours une partenaire exceptionnelle", "l'habileté réside dans à «jouer» du partenaire comme d'un «instrument», en le poussant de l'avant et en le «décevant» par alternance", l'espace d'un instant, alors qu'il était en train de compulser le livre, il se dit qu'il devrait l'acheter et l'amener à la maison pour que lui et Aviva perfectionnent avec son aide leur vie sexuelle qui lui semblait, maintenant, après avoir consulté le livre, pauvre et monotone, et il le replaça et prit *Derrière le mythe masculin* d'Antonio Peitrofino, le nom lui fit, un moment, l'effet d'une déformation volontaire, dans un but facétieux ou publicitaire, et de Jacqueline Simonar, et il le feuilleta distraitement, s'arrêtant de temps à autre pour lire quelques phrases, et il consulta surtout les tableaux statistiques, c'est ce qui l'intéressait le plus, fruit d'une étude conduite sur quatre mille hommes, à qui l'on avait demandé de répondre anonymement à un questionnaire, et tandis qu'il les consultait, il répondait, lui aussi, au fur et à mesure, aux questions posées à ces inconnus – "Quelle est la chose qui vous procure le plus grand plaisir au cours des jeux amoureux ? Que peut faire votre partenaire pour augmenter votre plaisir ? Etre plus active pendant les rapports sexuels – 34 % ; Pratiquer plus souvent des rapports oraux – 24,3 % ; Toucher mon sexe"… "Que ressentez-vous à l'idée de relations sexuelles avec une femme plus âgée que vous ? Quelle est la fréquence de vos rapports ?" Suivait une comparaison détaillée avec les constatations du rapport Kinsey et du rapport Hunt, dont il n'avait jamais entendu parler, ainsi qu'une colonne qui indiquait le nombre de fois (hebdomadaire) idéal au regard de chaque tranche d'âge, cela l'intéressait particulièrement car il avait été, ces derniers temps, saisi par la peur que les médicaments qu'il prenait pour son hypertension le rendent impuissant, et il lui semblait déjà remarquer les signes avant-coureurs d'un affaiblissement de son désir et d'une diminution de ses capacités, et si une des vendeuses ne s'était pas levée à ce moment pour ranger un des rayons, il aurait continué à consulter le livre en dépit de l'embarras que cela lui causait, et il remit en place *Derrière le mythe masculin* et prit le livre de Ken Stevens, et d'un air aussi placide que possible, il s'approcha de la caisse et le paya, puis il sortit à l'air libre et frais et alla au cinéma Paris. Et après le film, une pluie légère et agréable tombait lentement et mouillait l'air et les trottoirs, il décida de renoncer au restaurant, cela lui semblait un peu exagéré, et monta déjeuner chez sa mère.

Sa mère se dépêcha, à son habitude, d'ouvrir la porte en traînant des pieds. Elle l'ouvrit du coude car elle tenait entre ses mains, à l'aide d'une serviette, une casserole chaude, et en le voyant, elle eut un sourire radieux et dit "Je suis contente de te voir. Entre, entre", et retourna tout aussi hâtivement dans la cuisine où elle était en train de préparer le repas dans l'appartement vide et propre, où régnait encore la fraîcheur pure du matin, qui suscitait toujours en elle une quiétude mélancolique et une intense nostalgie, la pluie fine augmentait encore cette sensation, et à la faveur desquelles, elle ressassait, ce qui n'était pas entièrement désagréable, toutes les erreurs et les occasions manquées de sa vie, des aspirations et des désirs, romantiques, pour la plupart, à la réalisation desquels elle ne croyait plus, qui bouillonnaient encore dans son esprit, et elle priait pour que personne ne vienne lui enlever cette quiétude, palpitante, il suffisait d'un coup de sonnette à la porte pour que tout s'écroule et s'évanouisse, et tandis qu'elle coupait les aubergines en tranches, retournait les boulettes de viande dans la poêle, salait et touillait, elle écoutait avec un plaisir évident les sons du *Rio flamenco*, le disque qu'elle avait acheté ce jour-là, d'une telle douceur, à Algésiras quelques minutes avant de monter dans le ferry pour traverser la petite baie bleue pour retourner, après un voyage de trois jours, à Gibraltar, la ville miniature qui était pour elle comme un rêve. Là, à Gibraltar, la ville miniature et tellement étrangère, dans laquelle elle avait été appelée à vivre par hasard, en raison de circonstances imprévues, au numéro 9 de la King's Yard Lane, au troisième étage, elle vit se réaliser, comme par miracle, quelques-uns de ces désirs et de ces aspirations, après qu'elle avait déjà désespéré de tout et que ses forces et le peu de vitalité qui lui restait étaient épuisées et qu'elle ne pouvait plus supporter le désenchantement que lui causait la vie en Israël, le pays qu'elle aimait, où elle était venue avec sa mère comme jeune fille, presque comme enfant, au début des années trente, séduite par la magie de chansons et d'histoires, attirée par un sionisme confus, romantique, et portée, avec tout l'enthousiasme de la jeunesse, par des espoirs de rédemption et d'édification d'un monde nouveau. Et enveloppée par la douceur de cette musique, qui se confondait à la paisible lumière automnale entrant par la fenêtre de la cuisine, et par le grésillement des boulettes en train de frire dans la poêle, elle descendit lentement les marches, son sac à provisions tressé à la main, une pénombre étrangère et la fraîcheur du béton régnaient toujours dans la cage d'escalier, elle s'arrêta un instant devant la boîte à lettres pour voir s'il n'était pas arrivé une lettre de Meïr ou de Rivkah, et pleine d'une expectative heureuse, solennelle, comme une petite fille qui va, le jour de la rentrée des classes, à l'école, elle sortit dans la petite rue étroite, King's Yard Lane, cette émotion rentrée qui ne laissait pas de l'étonner la saisissait chaque jour à nouveau et chaque jour à nouveau, elle craignait qu'elle ne s'évanouît comme un songe, et avant de se mettre en route, elle lança un regard vers le haut de la rue, cela faisait partie, pour elle, du rituel de la sortie de la maison, et l'espace d'un instant, elle vit la rue étroite et le Rock blanc grisâtre, qui se dressait, escarpé, au-dessus de la ville, et ensuite elle se retourna et d'un pas allègre, emplie d'un sentiment de liberté qui suscita son étonnement, elle marcha le long de la rue étroite, qui avec ses maisons basses coloniales, ses modestes boutiques, appartenant, pour la plupart, à des Juifs et à des Indiens, et sa sourde rumeur marchande, lui faisait toujours un peu penser à la rue Nahalat-Binyamin. Elle s'arrêta un moment devant le magasin de Ben-Zaken, salua le rouquin de la tête, jeta un coup d'œil à la vitrine du magasin de vêtements de l'Indien, adressa un *"good morning"* poli à Mr. Watson du supermarché passablement provincial, comme ces actes insignifiants la rendaient heureuse, et alors, l'impression de solennité durait toujours, elle contempla, avec plus d'attention, à présent, les ruelles tranquilles, qui escaladaient en lacet la pente du Rock, qui s'étendait immobile dans la baie, de l'autre côté de laquelle l'on devinait Algésiras avec les montagnes brunes qui l'entouraient. Après le magasin du photographe, en face du restaurant espagnol où ils avaient fait, un soir, le repas inoubliable en l'honneur de son anniversaire, elle s'y était d'abord opposée, n'aimant pas les cérémonies, surtout celles dont elle était l'objet, mais son mari avait déjà retenu des places et invité l'ingénieur en chef et sa femme puis elle avait finalement quand même fini par accepter pour ne pas gâcher sa joie, elle tourna et se dirigea vers le port et les chantiers navals, le quartier ne lui était pas familier mais elle se sentait en sécurité et en même temps pleine de hardiesse, oui, quel bonheur elle éprouvait à se perdre ainsi. Elle s'arrêta sur une petite place dégagée et contempla le port, avec les entrepôts et les chantiers navals dont montaient des bruits de travail : coups de marteau et grincements de scies et de perceuses, et ensuite elle suivit lentement des ruelles inconnues pour aller à Africa Point, passa devant un vieux cinéma et traversa une place minuscule, le petit jardin qui s'y trouvait l'émut presque jusqu'aux larmes, et son visage, ses bras nus, chaque fibre de son cœur captaient le plaisir et la liberté imprégnés au plus profond du paysage, de ses couleurs et de l'air bleu avec la forte odeur de mer, une odeur d'algues et de rouille, si seulement elle avait pu, elle s'y serait dissoute, car le bonheur le plus parfait l'attendait là-haut, dans ces étendues bleues. Et errant ainsi, elle s'approcha de l'endroit où se confondent les deux mers, la Méditerranée et l'Atlantique, et d'où, par jour d'exceptionnelle clarté, sont visibles les côtes bleuâtres de l'Afrique, mais lorsqu'elle y arriva, ses souvenirs s'effilochèrent et tout s'embrouilla, et elle cessa un instant de saler les tranches d'aubergines et fouilla sa mémoire pour faire remonter de ses replis le paysage, avec le ciel déployé calmement au-dessus de la baie et du détroit, c'était capital, mais celui-ci, comme par un fait exprès, lui échappa et s'effila et resta enfoui dans les ténèbres de sa mémoire, à tel point que pendant quelques instants, et bien qu'elle ne doutât pas de sa réalité puisqu'elle l'avait vu de ses propres yeux, elle se demanda si tout cela n'était pas qu'une hallucination. Mais alors, comme elle tissait autour d'elle une toile de tristesse et de désespoir, elle se rappela que bientôt, dans quelques mois, elle serait là-bas avec son mari, qui s'était déjà rendu par deux fois à l'agence de voyages et s'était renseigné sur les prix et les horaires de vol et était revenu avec un paquet de prospectus attrayants, ces derniers lui donnaient l'impression que le voyage approchait réellement et aurait lieu, et lorsqu'ils seraient sur place, elle reverrait tout avec précision et graverait de nouveau chaque chose dans sa mémoire et elles y resteraient pour toujours, vivantes et nettes, prises dans les sons de ces mélodies espagnoles qui, comme les vieilles mélodies de l'enfance, mazurkas et chansons folkloriques, et comme les bruyants chants d'espoir et d'amour de la terre d'Israël de la jeunesse, faisaient vibrer les fibres les plus profondes de son cœur, son âme romantique, animée par la nostalgie d'un passé, qui s'était dissous, où tout était encore si bien et surtout tellement prometteur mais qui, par quelque voie mystérieuse et cachée, avait filtré à travers des pores invisibles de l'air et ressuscité sous une autre forme dans toutes sortes d'endroits imprécis – des petites villes d'Europe, des villages existants ou imaginaires au bord de la mer ou d'une rivière, et parfois, également, une petite maison avec une cour à l'abandon et quelques arbustes dans la rue Rachi ou Hamelitz – et d'une vie de liberté et de vagabondage, supposée être d'une certaine manière l'avatar de ce passé, dont elle avait été privée par la maison, la famille, les proches, et aussi par ce pays, la terre d'Israël, qui l'avait fatiguée et déçue, et qui, avec sa famille, ses proches et ses amis, était devenue comme le mur contre lequel s'étaient brisées, et à juste titre, toutes ses aspirations et ses fantaisies. Elle s'était brusquement trouvée exilée dans son propre pays, au point qu'elle avait voulu s'en échapper le plus loin possible, mais, à son grand désespoir, elle lui était attachée non seulement par les désirs de son enfance et de sa jeunesse, par les ambitions vertigineuses et les souvenirs, mais aussi par la douleur et la rancune amère qu'elle nourrissait à l'égard des espoirs et des rêves qui ne s'étaient pas réalisés, et au fil des années, tout cela avait de plus en plus pesé sur sa vie jusqu'à l'accaparer totalement, et un sourd désespoir ainsi qu'un nihilisme profond l'avaient envahie, de même qu'une volonté d'abandonner cette vie-là, qui s'était comportée de façon si injuste à son endroit et qui l'avait laissée déçue et découragée. Mais son amour profond pour sa mère qui était morte et le sentiment de responsabilité envers les gens qui lui étaient attachés – son mari, Meïr, Rivkah, Bill, son frère au Canada et tous les autres parents et amis – l'en empêchaient et la rendaient même extrêmement active – elle était poursuivie par la sensation que si elle cessait de remplir son devoir d'une manière ou d'une autre ou bien si elle venait à mourir, aucun d'eux ne pourrait continuer à exister, et que tout, tous les modes de vie et les liens de famille, s'écroulerait et cela éveillait en elle, comme contre son gré, une vitalité qu'à vrai dire elle n'avait plus, et dernièrement, s'était ajouté à cela le voyage à Gibraltar, qui avait fait poindre un rayon de lumière radieuse dans sa vie, car elle aimait cet endroit qui alliait la douceur du passé, avec toute l'étendue de ses espérances non encore démenties, et les désirs qu'elle avait placés dans l'avenir avant de perdre ses illusions, et surtout parce qu'elle croyait qu'en arrivant là-bas, un miracle se produirait et que sa vie se délesterait de la lassitude et du désespoir qui l'accablaient et se renouvellerait. Et pourtant, alors qu'elle et son mari étaient déjà en train d'organiser le voyage et faire les premiers préparatifs, elle eut le pressentiment qu'elle ne réussirait probablement pas à aller à Gibraltar où personne ne pourrait troubler sa tranquillité, même pas par un coup de sonnette imprévu à la porte, et Meïr entra et s'immobilisa sur le seuil de la cuisine et lui demanda si elle allait bien et elle dit "Très bien. Comme toujours." Meïr ôta le léger manteau et le posa sur une des chaises de la petite pièce, son regard accrocha brièvement le portrait royal de sa grand-mère qui était au mur, et après s'être un peu séché les cheveux dans la salle de bains, il revint dans la cuisine et s'assit à sa place habituelle, et sa mère répéta "Tu as bien fait de venir. Le déjeuner va bientôt être prêt", et lui demanda comment il se portait et Meïr dit "Tout va bien", et lui raconta sa visite au Dr Rainer et sa mère, qui l'écoutait tout en continuant à cuisiner, dit d'une voix réellement inquiète mais machinale "Tu dois faire attention à toi. Il ne faut pas plaisanter avec ces choses-là", et continua à remuer la soupe et posa devant lui des couverts et lorsqu'elle lui apporta l'assiette de soupe, après avoir un peu essuyé la nappe, elle dit "Une lettre de Rivkah est arrivée", et elle ajouta aussitôt "Je commençais déjà à m'inquiéter. On n'avait rien reçu depuis presque deux mois", d'un ton informatif où perçait néanmoins une prudente insinuation, et Meïr, à qui elle s'adressait, en comprit immédiatement le sens et dit sur un ton d'excuse "Je dois vraiment leur écrire", il se sentait mal à l'aise et en voulait à sa mère au point qu'il regretta d'être monté chez elle pour déjeuner, et il goûta la soupe et dit "Qu'est-ce qu'elle écrit ?" et sa mère dit "Rien de spécial. Ils travaillent dur mais ils sont contents. Les enfants aussi. Smadar va à l'école, Ouri a commencé à jouer de la clarinette", puis elle sortit les dernières boulettes, mit la poêle dans l'évier et lui demanda s'il voulait encore un peu de soupe et Meïr dit "Non, non. C'était délicieux", et la tension et l'impatience qui l'accompagnaient depuis qu'il avait franchi le seuil de l'appartement l'envahirent tout entier, car la question de la lettre à sa sœur, qui lui pesait, provoquait sa colère et la chose se reproduisait à chaque fois qu'il devait lui écrire une lettre, depuis plus de cinq ans qu'elle était partie avec sa famille en Amérique et s'était installée à Boston où son mari avait fait ses études puis était entré dans une société d'informatique, et cela, non seulement en raison des difficultés qu'il éprouvait à écrire des lettres, cette opération lui avait toujours coûté de terribles efforts, mais surtout parce que ses rapports avec sa sœur, qui, en gros, étaient bons et même chaleureux, s'étaient vidés de tout contenu réel et qu'ils étaient devenus étrangers l'un à l'autre, et à chaque fois qu'il se décidait à lui écrire, après des ajournements sans fin, il réalisait de nouveau à quel point il n'avait rien à lui dire et à quel point il n'avait aucune envie de lui écrire. Sa mère le savait parfaitement car elle éprouvait les mêmes sentiments que lui, mais elle ne l'aurait jamais avoué, pas plus à elle-même qu'à un tiers, étant donné qu'ils allaient à l'encontre de ce que devait être le sentiment familial, elle débarrassa l'assiette vide et dit "Tu devrais lui écrire. Après tout, combien de sœurs est-ce que tu as ?" et elle posa devant lui une assiette avec deux boulettes et un peu de riz et un bol d'aubergines cuites et dit "C'est presque sans sel. Je fais très attention. Tu peux les manger en toute tranquillité", et Meïr dit "Je lui écrirai, je lui écrirai", il était fâché aussi bien contre elle que contre lui-même, et sa mère dit, elle avait perçu l'intonation contrariée de sa voix mais aucune force au monde n'aurait pu l'arrêter, "Je ne voudrais pas qu'ils quittent le pays pour de bon", et Meïr dit "Ils vivront là où ils seront bien", un désir confus de la repousser et même de la blesser le saisit, et sa mère dit "Bien sûr. Mais j'aimerais qu'ils vivent ici", et elle étendit la main et prit le radis qui était posé dans une coupelle au bout de la table et dont une sorte de sixième sens qu'elle avait et qui ne connaissait pas de repos lui indiquait qu'il avait envie, et elle lui demanda s'il voulait quelques tranches de radis et Meïr acquiesça de la tête et dit qu'il le couperait lui-même en tranches et il tendit la main pour qu'elle lui donne le radis, mais sa mère dit "Ce n'est rien", et se dépêcha de le couper et le lui servit dans une petite assiette avec un peu de sel et elle répéta "J'aimerais qu'ils vivent ici, en Israël. C'est ce que j'aimerais", elle savait que les chances pour qu'ils reviennent étaient minces, surtout depuis qu'Alex avait obtenu une excellente place dans la grande société d'informatique, et si on lui avait posé la question, elle n'aurait su trouver aucune justification, étant donné qu'elle ne croyait plus à la nécessité que la famille soit réunie ni à l'importance de vivre en Israël. Sa relation à la famille s'était faite réservée et pleine de contradictions et sa relation à

Israël, pleine de rancune et de déception à ce point que si elle avait pu, elle se serait enfuie au bout du monde, et pourtant, elle éprouvait le besoin impérieux qu'ils vivent en Israël, car leur immigration constituerait non seulement la preuve d'un grave échec mais elle entacherait également lourdement la famille, et comme à part soi, elle ajouta "Si tout le monde part, les choses iront très mal", et elle posa devant lui une coupe de compote de pommes, et Meïr dit "Qu'ils vivent où bon leur semble. Le principal est qu'ils soient heureux", la lutte autour de la lettre l'avait épuisé, et sa mère dit "Oui, bien sûr", elle comprenait qu'il avait raison et était d'accord avec lui, et elle dit "Qui aurait pu imaginer que ce Begin gouvernerait le pays. Si Berl* et Ben Gourion voyaient ça", des pas se firent entendre dans les escaliers, et elle ajouta aussitôt "Ce n'est pas pour cela que nous sommes venus ici. Pour que les révisionnistes détruisent tout." Elle voulait ajouter encore quelque chose, mais la sonnette l'en empêcha et elle dit "C'est Bill", et la casserole de riz à la main, elle courut ouvrir la porte et sa voix résonna dans l'entrée *"Good morning, mister Bill"*, elle marquait une véritable allégresse, et entretemps, Meïr reprit une cuiller de la compote, qui était restée sur la table, et au bout de quelques instants, Bill apparut sur le seuil de la cuisine, son éternel sourire enfantin illuminant sa face ronde et

---

* Berl Katznelson (1887-1944), un des fondateurs historiques du Parti travailliste israélien. *(N.d.T.)*

rouge. Meïr lui adressa un sourire chaleureux et dit *"How are you, mister Bill ?"* Tout comme sa mère, il lui portait une grande et joyeuse affection, et Bill sourit et avec son lourd accent américain, il dit *"I am fine. And you ?"* et Meïr dit *"Thank you"*, et Bill dit *"Very nice, my dear"*, et prit place sur le tabouret qui était de l'autre côté de la table, en face de Meïr, et il posa sur la table, appuyée contre le mur, l'énorme bonbonnière qu'il portait sous le bras, et dans un curieux mélange d'anglais et de mauvais yiddish, il n'avait pas utilisé cette langue depuis des années, il dit "Un pays de voleurs. Je suis impatient d'être déjà de retour à Miami", et il sourit et la mère de Meïr dit "En Amérique non plus, les voleurs ne manquent pas", et tout en essuyant avec un torchon humide la partie de la table qui était devant lui, elle ajouta "Tu es arrivé au bon moment. Je te sers tout de suite à déjeuner", et Bill dit "Qui t'a dit que je veux manger ? J'ai acheté dans le quartier quelque chose pour la fille de Weiss, et je suis monté te dire bonjour. D'ailleurs, je dois y aller", et Meïr dit "Reste encore cinq minutes. Tes affaires ne vont pas s'enfuir", et sa mère dit "J'ai du bouillon avec un peu de riz, d'excellentes boulettes et des aubergines cuites. Mange et puis tu partiras. Personne ne te retiendra", et sans se départir de son sourire enfantin, Bill dit *"If you are so eager"*, et il enleva sa veste, se leva, la posa sur la chaise dans l'entrée, de profil, sa tête aux cheveux gris clairsemés ressemblait à un ballon de rugby, ce qui provoquait toujours le sourire amusé de Meïr, et il dit "Je me demande vraiment ce que j'ai fabriqué ici pendant trois ans, au milieu de tous ces Juifs", et la mère de Meïr dit "Et qu'aurais-tu fait en Amérique ?" Elle avait réchauffé entre-temps le bouillon et en remplit l'assiette, ajoutant un peu de riz, et Bill dit "Rien. Mais je n'aurais pas été là. C'est déjà quelque chose, non ?" et il eut un rire rauque, accompagné d'un accès de toux, qui fit rire Meïr et sa mère, qui s'était jointe à eux d'un rire léger, posa doucement l'assiette de bouillon devant lui et tandis qu'un sourire franc, plein de chaleur, inondait son visage livide, elle dit "Mange, mange. Qui sait combien d'occasions tu auras encore de goûter un tel bouillon. Miami, ce n'est pas Israël", et Bill dit *"Thank God"*, et éclata de nouveau d'un rire bruyant et rauque et dit "Je me souviendrai de ce bouillon tous les jours à Miami, et d'Israël, aussi. Et je bénirai Dieu de n'y être plus", et il se mit à manger après qu'il eut suffisamment salé le bouillon à son goût, malgré les protestations et les objurgations de la mère de Meïr qui, depuis quelque temps, voyait dans le sel l'origine de tous les problèmes de santé et qui courut à la salle de bains pour fermer le robinet du lavabo, où elle avait mis à tremper deux chemises pour les laver par la suite à la main, et lorsqu'elle revint dans la cuisine, elle dit "Tu ne partiras pas." Elle ne croyait vraiment pas à la réalité de cette possibilité, malgré ses propos, et même malgré les préparatifs du voyage qu'il avait commencé à faire, car non seulement elle l'aimait comme un ami et était en sa compagnie plus à l'aise qu'avec n'importe qui, il la rafraîchissait par sa conduite et par la liberté de son esprit ainsi que par la façon qu'il avait de ne jamais être à charge pour personne et de ne laisser personne lui être à charge, mais en plus, elle se sentait avec lui une grande affinité, comme avec une âme sœur, mais plus heureuse, car il avait accompli par sa vie même, une vie de célibataire vagabond, ses désirs et ses fantaisies les plus profonds, errant, en Amérique, de ville en ville et de métier en métier, nouant des liens hâtifs et superficiels et les dénouant un matin sans y accorder d'importance et sans angoisse et allant dans une autre ville, parfois à l'autre bout du pays, pour y trouver un nouveau logement et une nouvelle occupation et pour nouer de nouveaux liens hâtifs, et ainsi, en vertu de sa manière de vivre, il y avait en lui quelque chose de léger, qui ne s'engageait à rien et n'exigeait aucun engagement, qui abolissait par son attitude même des habitudes et des besoins indispensables, des fidélités et toutes les obligations imposées par la politesse, l'usage ou l'opinion qui empoisonnaient tant la vie de la mère de Meïr, et cela, avec un parfait naturel, sans l'ombre d'une provocation et à vrai dire, involontairement, ce qui enthousiasmait tant la mère de Meïr et suscitait son envie agrémentée de vive sympathie, si seulement elle pouvait, comme lui, suivre ses penchants, fût-ce dans une bien moindre mesure. Et quand il était arrivé un jour en Israël pour s'y installer, l'étonnement avait été total, car toutes ses connaissances en Israël et ses amis de jeunesse, et ils n'étaient plus si nombreux, avaient oublié son existence, et ne pouvaient en tout cas lui attribuer aucun sentiment juif de quelque nature que ce soit, pour ne rien dire des sentiments sionistes, et à peine un quelconque sentiment d'amitié, qui s'était brusquement éveillé en lui avec la vieillesse, car même ses deux frères et ses trois sœurs en Amérique ne le voyaient que rarement et par hasard, et il n'avait aucun contact avec la communauté juive ou avec le judaïsme, et ainsi, au cours de cinquante ans de vie en Amérique parmi des Américains, des Irlandais et des Mexicains, il était devenu un gentil, oubliant presque entièrement les coutumes juives et le yiddish, et avec eux se défirent ou ternirent ces fibres insaisissables de judéité, et s'effilochèrent surtout cet air léger, comme une pointe d'odeur imperceptible mais existante, qui est l'essence même de la judéité, et cette gentilité l'entourait également en Israël, et sa décision de quitter le pays et de retourner en Amérique bouleversa et attrista la mère de Meïr bien au-delà du sentiment de trahison personnelle et provoqua en elle une vague de regrets incessants, car elle sentait et savait avec certitude qu'avec son retour en Amérique il disparaîtrait pour toujours de sa vie et qu'ils ne se reverraient jamais. C'était pour elle une évidence, qu'elle ne pouvait et ne voulait pas accepter, ce pourquoi, jusqu'au moment des adieux, elle nia cette éventualité dans son esprit et en même temps, profitant du ton humoristique qu'il adoptait lui-même, elle s'employait à convaincre Bill de renoncer à son projet, pour lequel elle avait dans son for intérieur compréhension et même sympathie, elle aussi était une exilée en Israël et ne demandait qu'à s'en échapper le plus loin possible. Elle enleva l'assiette de soupe vide et dit "Qu'est-ce qui t'attend, là-bas ? Ici, tu as un soleil juif. Tu as aussi une pluie juive. Et il y a des Juifs. Et qu'est-ce qui t'attend là-bas ? Rien." Le ton qu'elle avait employé était humoristique mais une pointe de lyrisme presque imperceptible s'y était infiltrée, et d'une voix informative elle ajouta "Ici, avec tes quelques dollars, tu vis comme un lord. Et là-bas ? Tu seras tendu et seul comme une fourmi. Personne ne te regardera." Et Bill, qui parut un bref instant troublé par le sérieux du ton, dit "Je préfère être seul comme une fourmi en Amérique que n'être pas seul ici, en Israël, parmi tous ces Juifs", et il rit de nouveau jusqu'à ce que son visage fût comme en feu, et la mère de Meïr, elle se sentit un moment vaincue, et surtout blessée, car, après tout, il avait touché à ce qui lui tenait le plus à cœur, rit légèrement et dit "Fais ce que tu veux, Bill. Nous ne retenons personne de force, ici. Mais je te conseille de bien te conduire. Nous accepterons peut-être de te reprendre", et l'ombre qui assombrissait son visage se dissipa un peu, Meïr s'en rendit parfaitement compte car, derrière le rire et le ton gai, il remarquait son chagrin et ses tiraillements comme s'ils étaient siens, et Bill rit et dit "O.K. Je vais me l'écrire sur le revers de l'oreille", et la mère de Meïr posa devant lui une coupe avec de la compote de pommes et dit "Je te conseille de laisser tes vêtements ici. Tu reviendras de toute façon au bout d'un mois", et Bill sourit et dit "Je n'ai pas l'intention d'emporter d'ici quoi que ce soit", et il approcha de lui la coupe de compote et dit "Tuez-moi si je comprends comment il est possible de vivre ici", et la mère de Meïr le regarda avec sympathie et dit "Pourtant, nous vivons bien", et Bill dit "Vous êtes vraiment cinglés", et il prit une pleine cuiller de compote et dit "Délicieux" et la mère de Meïr, qui avait commencé à débarrasser la table pour la préparer avant l'arrivée de son mari, dit "Cela ne te dérange pas de vivre en exil ?" et Bill dit "Le plus grand exil c'est ici", et Meïr dit "Alors tu ne veux pas que les Juifs viennent en Israël", et Bill dit "Seulement ceux que je déteste", et il éclata d'un grand rire accompagné d'un accès de toux et Meïr rit avec lui, et sa mère, qui souhaitait rester réservée, ne se retint pas et sourit et dit "Tu n'es pas sérieux, Bill. Tu ne partiras pas", sa voix était conciliante, comme si elle cherchait à l'infléchir, et Bill, lui aussi d'une voix douce mais grave, dit "Je partirai, je partirai. Je veux être en exil. J'y suis déjà habitué. Je suis comme la mite qui est habituée à son vieux costume. Je n'ai plus le temps de commencer à m'habituer à un costume neuf", et quelques instants plus tard, lorsque le père de Meïr entra, ils avaient entendu ses pas lourds dans les escaliers, emmitouflé dans son manteau de travail usé, avec sa casquette et le vieux cartable où il mettait ses sandwiches sous le bras, son visage gris de fatigue, Bill pencha sa tête ovoïde vers lui et dans un sourire qui enveloppait tout son visage, il dit *"Hello, mister Lifschitz"*, et un sourire forcé apparut sur le visage tendu et fatigué du père de Meïr et sans attendre de réponse, il promena un regard perdu alentour, il avait de nouveau l'air sombre et défait, et d'une voix étouffée et indifférente, dit "Quoi de neuf ?" et il entra dans la petite pièce et enleva son manteau et son foulard et les posa avec la casquette et le cartable à sandwiches sur la table puis il alla dans la salle de bains, se lava les mains et la figure, et retourna dans la cuisine et dit "Il pleut", et s'assit à sa place habituelle, la mère de Meïr avait déjà mis son couvert et au moment où il s'était assis, elle avait posé devant lui une assiette de bouillon, et il se tourna vers Meïr, qui s'était levé pour partir, et dit "On ne travaille pas, aujourd'hui ?" et Meïr dit "Non. J'avais des choses à régler", et son père dit "Tu t'en vas déjà ?" et Meïr répondit "Je suis obligé de partir. Aviva m'attend." Il remercia sa mère pour le déjeuner dont il fit l'éloge, mit son manteau et prit congé de tous, puis il sortit et marcha sous la pluie fine qui tombait avec une grande douceur.

Cette pluie fine dura, par intermittences, pendant deux jours, accompagnée de brusques rafales de vent froid, mais le troisième jour, tout s'éclaircit soudain à tel point que l'on pouvait se croire au beau milieu du printemps et seul le raccourcissement des jours et leur vif refroidissement à l'approche du soir attestaient que l'hiver était arrivé. Le soir, aussitôt après son travail, Meïr se rendit à la banque, mais la place d'Aliza était occupée par un jeune homme qui portait une kippa, et il en fut déçu, et lorsque vint son tour, il n'y tint pas et demanda au nouvel employé si

Aliza avait été transférée dans un autre département, et l'employé dit "Non. On m'a dit qu'elle est malade", et Meïr dit "Ce sont des choses qui arrivent", et en effet, une semaine plus tard, quand il entra dans l'agence, Aliza était à sa place, derrière le guichet, et Meïr – quelque chose se tendit en lui et il se troubla, sa présence même suscitait son excitation, sa tension, et lui rappelait le souvenir irritant de l'autre homme, qui sommeillait au fond tel un sentiment incessant d'oppression – attendit son tour tout en examinant à la dérobée, d'un air indifférent, son visage frais aux lèvres charnues et provocantes figées dans une triviale expression d'ennui, c'était précisément cette insolence et cette trivialité, cette vulgarité, surtout, qui l'attiraient, il y avait en elle quelque chose qui faisait penser à une starlette ou à une danseuse légère, de celles qui posent nues dans des magazines illustrés, dépourvues des freins de la morale, de l'éducation, du raffinement culturel et, évidemment, du sentiment, et entièrement disposées aux jouissances les plus débridées et les plus vulgaires, de la manière dont elles sont décrites dans *la Joie du sexe* et il réalisa combien il désirait cette jeune fille triviale, qui représentait, à ses yeux, l'incarnation de la jeunesse dans toute son insolence excitante. Une bouffée de chaleur lui monta au visage, et il lui semblait qu'il était entouré d'une vapeur argentée, ce qui le mit mal à l'aise, mais il ne pouvait plus mettre le holà à ses pensées, et il se dit qu'il donnerait beaucoup pour faire d'elle sa maîtresse, puis, l'homme qui était devant lui s'entêtait à vouloir vérifier quelque chose, au déplaisir manifeste d'Aliza, il se vit l'inviter au cinéma et ensuite, après qu'ils auront bu quelque chose dans un café, l'emmener à l'hôtel, il ne doutait pas qu'elle acceptât, il pensait à l'un des hôtels de la rue Hayarkon, entre la rue Bougrachov et la rue Allenby, mais plus près de la rue Bougrachov, car la proximité avec la rue Allenby lui répugnait, et y passer la nuit avec elle, lui faisant l'amour dans la position en paquet ou peut-être dans la position du crabe, les noms s'embrouillaient dans sa tête mais il se souvenait très bien du dessin au feutre de la position tel qu'il figurait dans *la Joie du sexe* – le dos de la femme légèrement détourné de l'homme et une des jambes de l'homme posée entre les cuisses de la femme – et le client, qui avait terminé enfin ses vérifications, partit mais il n'était pas encore sorti de la banque qu'Aliza eut une grimace de répulsion et dit "Ce type me dévore des yeux", et Meïr lui tendit son livret bancaire et dit "Il y en a qui sont comme ça", et Aliza dit "Ces hommes mariés – ils vous rendent folle. Ils ne pensent qu'à une chose", et Meïr hocha légèrement la tête et dit "Oui", et lui demanda cinq cents livres, il tenait absolument à marquer son approbation et à ce qu'elle le sentît, et ensuite, alors qu'elle était en train d'inscrire son nouveau solde dans le livret, il sourit et dit "Moi aussi, je suis un homme marié", et s'assurant qu'il n'y avait personne à côté de lui, il lui demanda, comme pour plaisanter, si elle irait avec lui au cinéma, et Aliza rit et posa devant lui, sur le comptoir, l'argent et le livret et dit "Il est à jour", et une expression amusée et un peu méprisante se lisait sur son visage, et Meïr, qui crut percevoir une pointe de mépris dans sa voix et voulait maintenant effacer rapidement toute trace de ses paroles, il avait l'impression de s'être sali en tombant dans une flaque d'eau, dit "Merci", puis il prit les billets et le livret et avec une chaleur exagérée dans la voix, presque en criant, c'est en tout cas ce qui lui semblait, il dit "A bientôt, Aliza", et il regretta amèrement d'avoir été à la banque, il aurait pu encore attendre au moins un jour, et Aliza dit "A bientôt", et se tourna vers le client suivant, qui avait déjà pris place devant le guichet, Meïr voulut encore ajouter quelque chose de drôle qui abolirait tout, mais il ne lui vint rien à l'esprit et il la maudit intérieurement et sortit dans la rue déjà obscure. L'espace d'un instant, il fut soulagé, tout était derrière lui, mais au bout de quelques pas, le sentiment d'embarras et de stupidité l'envahit à nouveau, quel besoin avait-il de tout cela, et tout en marchant sans but, il ne souhaitait maintenant que s'éloigner de la banque, il repassa dans son esprit ce qu'il avait dit et ce qu'elle avait dit et la façon dont elle l'avait regardé et la façon dont il l'avait regardée, comme tout cela lui semblait stupide et lamentable, à présent, et surtout, irrémédiable, une sorte de flétrissure universelle, mais quand il tourna dans la rue Gordon et alors que la honte et la déception continuaient à l'envelopper, il se dit avec une ombre de satisfaction qu'elle n'avait pas décliné sa proposition, mais qu'au contraire, elle avait souri, en signe d'assentiment, lui semblait-il bien, et il repassa dans sa tête la conversation par le menu, avec les expressions du visage et les intonations de la voix, afin de déchiffrer les intentions secrètes cachées dans chaque détail et pensa que s'il retournait à la banque et renouvelait son invitation avec une plus grande fermeté, elle l'accepterait presque sûrement, et il décida de procéder de la sorte, la prochaine fois qu'il irait à la banque.

Quelques jours plus tard, au bureau, vers midi, lorsque Drora vint à sa table pour prendre un feutre rouge et but, en passant, une gorgée de sa tasse de café, elle avait également l'habitude de se comporter ainsi avec d'autres employés, Meïr lui demanda si elle voulait aller avec lui au cinéma, le soir même, et elle y consentit immédiatement, et confus de la rapidité de son succès, il ouvrit le journal, tremblant d'émotion, parcourut la liste des salles de cinéma et lui proposa d'aller voir un film de Kurosawa au cinéma Nord, mais après un court moment, la tempête de la victoire s'étant un peu calmée, une angoisse et des scrupules l'envahirent, au point qu'il regretta son geste, de sorte que, vers la fin de la journée, il s'approcha de Drora et lui proposa qu'ils aillent voir *les Quatre Visages du détective* au cinéma Dekel, et aussitôt qu'il regagna sa table, le regret de ne lui avoir pas proposé d'aller au cinéma Ofir ou Orly entreprit de le ronger, assombrissant son humeur au point qu'il aurait préféré renoncer à leur sortie, et pour se tirer d'affaire, il songea à plusieurs reprises annuler sous un prétexte quelconque leur rendez-vous, et le soir, après qu'il eut pris deux places pour le dernier rang, il l'attendit à l'angle du cinéma, devant un magasin de jouets qui était déjà fermé. Il s'employa à se rendre invisible autant que possible, et fixa du regard, le visage impassible, la station d'autobus située de l'autre côté de la rue, il ne restait presque plus rien de l'agitation victorieuse initiale, pour parler des imaginations troublantes, car tout avait été écrasé et consumé par l'angoisse et les tourments de l'esprit, et parallèlement, comme les minutes passaient et qu'elle n'arrivait toujours pas, la peur qu'elle lui eût fait faux bond le gagna. Elle avait un peu de retard, et Meïr, qui l'aperçut dès qu'elle descendit de l'autobus, continua à rester quelques instants caché et ensuite, il marcha vers elle en agitant légèrement la main, et lorsqu'il s'approcha d'elle, le sourire confus de la rencontre appliqué sur son visage comme un masque de boue séchée, il dit "Je suis content que tu sois venue", et lui serra la main, et Drora lui demanda s'il attendait depuis longtemps, elle portait un pantalon noir et un pull-over noir avec un col d'homme et était belle et très attirante, et Meïr dit "Non. Cinq minutes", et il lui demanda si elle voulait boire quelque chose, sa voix lui semblait creuse et gênée et ses mouvements, son corps le décevaient. Il avait l'impression de tout gâcher parce qu'il n'était pas désinvolte comme il aurait dû l'être, comme l'était l'autre homme, par exemple, et Drora dit qu'elle avait bu avant de sortir de chez elle, et Meïr, il souhaitait vivement retarder d'encore quelques minutes l'entrée dans la salle car sa voix et ses mouvements lui faisaient l'effet d'être rigides et embarrassés et il ne réussissait absolument pas à surmonter cette sensation, dit "Alors achetons une tablette de chocolat. Comme cela, nous aurons des provisions pour la route", et Drora dit "Si tu veux", sa voix ne trahissait aucune tension, pas plus que son visage ouvert et frais, comme s'il n'y avait rien d'extraordinaire à ce que tous deux se trouvent là, et Meïr entra dans un petit café, à l'autre bout du bâtiment, il l'avait noté mentalement quand il avait pris les billets, et acheta une tablette de chocolat et un paquet de chewing-gums à la menthe, puis ils pénétrèrent dans le cinéma et s'installèrent à leurs places.

A son soulagement, la salle était déjà plongée dans l'obscurité et des publicités passaient à l'écran, et lorsque le film commença, il approcha sa main, qui était posée sur l'accoudoir du siège de Drora et l'enlaça très légèrement, comme par inadvertance, et il sentit qu'une bulle d'embarras aux parois solides le cernait comme un halo de moucherons jaunâtre, bourdonnant, et ne se dispersait pas, et quand il ne perçut aucun signe d'opposition, il resserra son étreinte, la tension qui l'entourait se fit plus forte encore, il était à présent assis immobile, retenant sa respiration, et au bout d'un moment, de nouveau comme par mégarde, il l'approcha de lui, et tout en s'efforçant à prétendre suivre le film, un sentiment premier, confus, de victoire s'agita en lui et atténua de la tension qui ne l'avait pas lâché depuis qu'il lui avait proposé d'aller avec lui au cinéma, et l'espace d'un instant, à une vitesse plus grande que la vitesse de l'imagination, il se vit, pas de façon détaillée toutefois, monter dans son appartement après le film et coucher avec elle dans cette position excitante figurée dans *la Joie du sexe*, et d'un des doigts de sa main qui l'enlaçait, il lui caressa délicatement le menton, la mâchoire et le cou, et Drora eut un rire léger auquel il se joignit immédiatement tout en resserrant encore son étreinte et en l'approchant davantage de lui, à mesure qu'il se sentait plus libre, son attirance pour elle s'affinait et se transformait en une impression de communion, et Drora bougea un peu et posa, elle aussi comme par inadvertance, sa main sur son genou, et appuya sa jambe contre la sienne, elle le fit avec un naturel qui l'inonda d'une vague de chaleur merveilleuse et de tension, au point de paralyser, un moment, ses pensées et de concentrer exclusivement son attention sur ce contact, et l'espace d'un instant, au plus fort de cette joie excitante, l'idée qu'Aviva aussi avait peut-être agi ainsi avec l'autre homme lui traversa l'esprit, cette pensée lui fit mal et il la serra fort contre lui et l'embrassa sur la tête pour se purifier de toute pensée désagréable, et elle posa sa tête sur sa poitrine et dit "C'est très agréable", et il se dit qu'il avait bien fait de sortir avec elle et l'embrassa sur le bout des lèvres, et ensuite, comme si c'était une des scènes du film, il examina innocemment et avec insistance son visage dans l'obscurité, et elle s'en rendit compte et le regarda brièvement en souriant et reposa sa tête sur sa poitrine. Il avait l'impression que tout cela sortait d'une scène de cinéma et il desserra un peu son étreinte, se redressa sur son siège et croisa les jambes, le film l'ennuyait à mourir, et il pensa au travail qui l'attendait au bureau, la réalisation du centre pour la jeunesse soulevait quelques problèmes et il essaya de les définir et de trouver des moyens pour les surmonter, mais tout s'était embrouillé et effiloché et échappait à son emprise comme des panaches de fumée et il songea à Gavrouch avec sa face ravagée et fripée comme une pomme desséchée par le soleil, comme ce visage ravagé lui manquait, à présent, si seulement il avait le pouvoir de le tirer du gouffre où il avait été entraîné. Les attouchements auxquels il se livrait avec Drora se réduisirent à quelque chose de routinier et perdirent leur caractère excitant, cette situation fatigante lui devint soudain insupportable, et furieux, déçu, il songea combien il était peu doué pour la course d'obstacles que sont les aventures amoureuses, tout cela se transformait pour lui de minute en minute en un tracas et un fardeau mais aussi en quelque chose de risible, si au moins ce film stupide avait pu se terminer, il aurait été heureux, et seul restait le dessin de *la Joie du sexe*, qui s'était gravé si profondément dans son esprit, la femme allongée, le dos légèrement tourné vers l'homme, une jambe levée tandis que l'homme a l'une des siennes entre ses cuisses et sur son ventre et l'enlace de côté, sorte de poteau indicateur du désir, flottant à la surface de la mer trouble et sombre de l'inquiétude.

Le film cessa de l'intéresser au point qu'il ne le suivait pratiquement plus et il songea une fois encore à se dérober aussitôt après qu'ils auraient pris un café quelque part et à rentrer chez lui, non sans l'avoir d'abord raccompagnée chez elle, et Drora posa de nouveau sa main sur son genou et cela le fit à nouveau tressaillir, et dans le même instant, il vit le vestibule de son appartement et la grande pièce avec ses meubles et ses tableaux et les plantes et la couleur particulière des murs et la lumière qui les baignait, avec Aviva, qui était sûrement assise sur le bord du canapé et lisait ou regardait la télévision, il aurait maintenant voulu être là-bas avec Aviva, dont la compagnie était tellement apaisante et rassurante, il n'éprouvait aucun sentiment de culpabilité, aucun remords à son égard, pas plus que de la rancune ou de l'hostilité, mais souhaitait simplement se trouver en sa compagnie agréable et nécessaire, et Drora, elle se comportait avec tant de naturel, dit quelque chose à voix basse et mit sa main sur la sienne, qui était posée, inerte, sur sa cuisse, et elle joua un peu avec ses doigts, et il pensa à elle avec affection et se dit, désespéré, déçu, qu'il n'était pas doué pour ces aventures sentimentales, et lui sourit dans l'obscurité et sentit son sourire se figer sur son visage.

Dehors, il y avait dans l'air tendu quelque chose de limpide comme souvent, avant que la pluie ne commence à tomber, et Meïr, soulagé et heureux d'être rendu à l'air libre, passa sa main autour de la taille de Drora, exactement comme il pensait le faire, et dit "J'aime ce temps", et Drora dit "Moi aussi. Pourvu qu'il se mette à pleuvoir", ils marchaient dans la rue principale, il espérait y trouver un taxi, et il lui demanda ce qu'elle voulait faire et Drora dit "Je boirai bien quelque chose, pour faire passer le goût du film", et Meïr lui proposa d'aller dans une pâtisserie, il en connaissait une excellente place de Milan, et il achèterait un bon gâteau et ils l'emporteraient et monteraient boire quelque chose chez elle, le fait qu'il n'avait pas été le premier à critiquer le film le rongeait, et Drora dit qu'elle aurait été très heureuse, mais qu'elle n'était pas sûre que ce serait très agréable, car son frère et sa femme, qui étaient les réels propriétaires de l'appartement où elle habitait, étaient arrivés la veille d'Eilat où son frère travaillait dans les mines pour un séjour de courte durée et qu'ils étaient certainement à la maison, et Meïr, qui fut immédiatement envahi par la déception et par le sentiment d'avoir été trompé, dit "C'est vraiment dommage", et continua, par courtoisie, à lui sourire et à l'étreindre comme si de rien n'était, il voulait sincèrement se comporter chaleureusement avec elle, et dit "Regarde comme c'est difficile de ne pas avoir un coin à soi", et il rit légèrement, malgré la déconvenue à laquelle se mélangeait un sentiment confus de soulagement, et Drora dit qu'il avait raison mais que lui non plus n'avait pas de coin à lui. Et Meïr sourit et dit "Oui, oui", et pensa avec un serrement de cœur à son appartement, dans lequel il aurait voulu se trouver au moment même, et il enjamba une large flaque d'un grand pas et dit "On aurait pu s'amuser", et avec un sourire large et franc de beau joueur qui admet sa défaite, il ajouta "Dommage", et il prit d'un air espiègle la tête de Drora et l'embrassa sur le sommet du crâne, et espéra qu'Aviva serait réveillée lorsqu'il arriverait à la maison pour pouvoir passer encore un moment en sa compagnie, et Drora dit "Je suis désolée, c'est la vie", et proposa qu'ils entrent boire quelque chose dans un café, et ils traversèrent la rue principale et s'engagèrent dans la rue Yehoudah-Hamacabi, il n'aimait pas ce quartier qui ne lui était pas familier, et entrèrent dans un café, et il commanda pour eux du café et des gâteaux, et après qu'ils eurent bu, Meïr l'accompagna jusque devant chez elle et la quitta avec un baiser amical par lequel il entendait lui montrer son affection, et surtout qu'il n'était pas déçu, et il marcha, soulagé, dans les rues qui étaient pratiquement désertes et lorsqu'il fut à une rue de chez lui, la pluie se mit à tomber, torrentielle, rageuse, et il hâta le pas et courut sous les trombes d'eau dans les flaques qui s'étaient formées.

Aviva était assise au coin du canapé et reprisait une robe tout en regardant une émission culturelle à la télévision, et quand Meïr entra, elle lui demanda s'il pleuvait, et Meïr dit "Un véritable déluge. Il m'a surpris juste au coin", et il enleva son manteau et le suspendit au dossier d'une des chaises, des gouttes d'eau en dégoulinaient et mouillaient le sol, et il pénétra dans la pièce et dit "Comment est l'émission ?" et Aviva dit "Pas mal. Assez intéressante", et Meïr dit "Je suis content que tu sois encore éveillée", et Aviva dit qu'elle voulait effectivement aller se coucher, mais qu'elle avait décidé de terminer toutes sortes de choses qu'elle reportait de jour en jour. Elle ne se montrait pas soupçonneuse et Meïr dit "Tu es formidable", il le pensait sincèrement, il était si heureux de la trouver éveillée que rien, ni appréhension ni mauvais souvenir, ne pouvait jeter une ombre sur sa joie et sur la gratitude qu'il lui vouait pour sa seule présence, et il entra dans la cuisine et en ressortit avec un verre de lait et deux sablés et dit "J'ai été voir un film rue Ben-Yehoudah. Je passais devant, alors je suis entré", et il s'assit dans le fauteuil, le léger embarras, désagréable, que trahissait sa voix gâchait le sentiment de douceur et de confiance qui l'enveloppait comme d'un châle chaud, et Aviva lui dit de baisser un peu le son de la télévision et lui demanda comment était le film et il répondit "Mortel. Un navet américain avec cette jolie fille, Raquel Welch. J'aurais dû sortir au milieu", un éclair scintilla, suivi par un gros coup de tonnerre et la pluie s'intensifia, et Aviva s'interrompit un moment et regarda la fenêtre obscure, puis elle dit "Qu'est-ce qui t'inquiète tellement ?" et Meïr dit "Rien de particulier", et après une légère hésitation, il ajouta "Cette hypertension, et surtout les médicaments", et Aviva dit "Ils ont maintenant de nouveaux médicaments. Ne t'en fais pas. Tout ira bien", et il dit "Le diable sait ce qu'ils valent. Je n'avais vraiment pas besoin de ça, nom d'un chien", un bref instant, poussé par un sentiment de colère et d'abattement, il fut assailli par un violent désir de lui apprendre qu'il avait passé la soirée avec Drora et de briser ainsi sa confiance et sa tranquillité. Son humeur s'assombrit brusquement et il ne ressentit qu'amertume et rancune envers lui-même, envers Aviva et envers cette soirée qu'il avait gaspillée de façon si stupide, et envers Drora également, qui l'avait dupé, et il se leva et rapporta le verre vide dans la cuisine, la pluie tombait sans discontinuer, lourde et épaisse, et lorsqu'il revint, il s'étala dans le fauteuil et regarda distraitement la télévision et sentit comme la déception et la colère étaient absorbées, non sans laisser cependant quelques traces, dans la douceur et la tranquillité domestiques, et après les dernières nouvelles, il se glissa sous les draps et dans un sentiment infiniment agréable de réconciliation, se blottit dans sa couverture d'hiver, Aviva avait encore des choses à terminer dans la grande pièce, et il prit *le Triangle des Bermudes*. Et lorsque Aviva entra dans la chambre à coucher, elle le fit quelques minutes après lui, après avoir tout terminé et remis chaque chose en place, ils bavardèrent un peu, et quand elle se blottit dans sa couverture d'hiver et posa sa tête sur l'oreiller, après qu'elle l'eut arrangé exactement comme elle l'aimait, elle dit qu'une rude journée l'attendait le lendemain et Meïr dit "Alors dors. Je m'occuperai du déjeuner. Tu peux être tranquille", et lorsqu'il se retourna, au bout de quelques minutes, pour lui lire un passage du livre, elle était déjà plongée dans le sommeil et il la contempla brièvement, un sentiment de communion, plein d'affection et de compassion, l'inonda et dissipa en lui l'amère douleur incessante, pour toujours, lui sembla-t-il, bien qu'il se demandât, l'espace d'un instant, si c'était là la femme qui l'avait blessé si vivement, et ensuite il posa doucement sa main sur son épaule protégée par l'épaisse couverture afin de lui exprimer ainsi les sentiments profonds et la gratitude qu'il lui portait, et il espérait qu'elle s'en rendait compte, malgré son immobilité, et au bout d'un long moment, il se retourna et reprit *le Triangle des Bermudes* et écouta la pluie qui continuait de tomber sans interruption.

Quelques jours plus tard, le soir, Meïr alla rendre visite à Posner, et pendant que Liora rédigeait dans la chambre voisine un mémoire pour l'université, ils bavardèrent, assis dans la cuisine, et Posner dit qu'il continuerait vraisemblablement à vivre avec Liora, il n'avait pas la force de chercher un nouvel appartement et de tout emballer et n'avait aucune envie de vivre seul, et il se leva pour leur faire à tous les deux du café et Meïr dit qu'il le comprenait et lui demanda de lui faire un thé, et il dit "J'en ai assez de mes ennuis de santé", et Posner dit "Tu parles comme si quelqu'un t'avait promis quelque chose et n'avait pas respecté sa promesse", et Meïr dit "Oui. C'est ce que je ressens", et Posner posa devant lui le verre de thé et une assiette de biscuits, puis il prit son verre de café et s'assit et dit, d'un ton assuré et même réprobateur, que nous avons l'habitude de prêter à ces choses-là une intention de nous tourmenter injustement, tandis qu'à son avis, du point de vue de la justice et même peut-être de la nature, elles n'étaient que fortuites et arbitraires, et que cet arbitraire était bel et bien le seul principe auquel elles obéissaient. Ces propos plurent à Meïr et l'encouragèrent, en particulier l'intonation réprobatrice dont il avait l'impression qu'elle exprimait une affection paternelle et de la compassion, et c'était précisément ce qu'il attendait, et il dit sur un ton humoristique qu'il avait peur que les médicaments qu'il prenait le rendent impuissant, et Posner dit qu'il n'y avait pas d'homme qui n'en souffrît d'une manière ou d'une autre au cours de sa vie, c'était notoire, il pouvait l'attester par sa propre expérience, il le dit de façon si directe et naturelle et dépourvue d'ironie ou d'humour que Meïr était transporté de gratitude et aurait voulu que Posner le répétât et il dit "J'espère que c'est vraiment le cas, mais j'ai quand même peur", et Posner dit "Tu as déjà vu une vie sans peur ?" Chacune de ses phrases était plus réjouissante que la précédente, et Meïr dit avec une mollesse agréable "Non", il entendait presser la conversation jusqu'à la dernière goutte de consolation, but une gorgée de thé et ajouta "J'ai l'air en bonne santé, et je me sens en bonne santé, et je suis malade. Ça me ronge", il y avait dans sa voix une récrimination voilée, et Posner prit un biscuit et dit "Tu voudrais avoir l'air malade et te sentir malade, je ne te comprends pas", et Meïr dit "J'aurais pourtant pu continuer à être en bonne santé", et Posner dit sur un ton de reproche et avec impatience "Tu parles comme si quelqu'un t'avait promis une santé parfaite et éternelle", et Meïr sourit et dit "Oui. C'est ce que je ressens", et tout en continuant de sourire, il ajouta d'une voix plaintive "Si seulement je savais pourquoi c'est précisément à moi que ça arrive", et Posner se pencha un peu et prit les cigarettes qui étaient posées sur le réchaud à gaz en disant qu'une des choses merveilleuses qu'il avait retenues du livre de Nadejda Mandelstam était que Mandelstam lui répétait inlassablement que personne ne lui avait promis qu'elle serait heureuse, il savait que la douleur était, si l'on pouvait s'exprimer ainsi, la véritable substance de la vie tandis que le bonheur n'était qu'un scintillement fortuit, pour lequel il fallait rendre grâce, et Meïr, il aimait ce genre de propos, dit "Je ne parle pas de bonheur, je parle simplement de santé", et Posner dit "C'est la même chose. Dans la vie, il n'y a aucune promesse", et il étendit la main et prit les allumettes qui étaient posées à côté du gaz et il s'alluma une cigarette et il dit que la vie était, au bout du compte, ce que l'on décidait qu'elle devait être, c'est-à-dire que de toute façon elle était l'expression de la volonté ou de la conception singulière de chacun, et qu'il devait en être ainsi, et il fit tomber la cendre de la cigarette dans le verre de café vide et ajouta que la vie en soi n'avait aucun contenu moral ni aucun but qui lui fût propre, tout ce que l'on pouvait dire d'elle avec une certaine mesure de certitude était qu'elle était une matière organique qui se mouvait dans l'espace et se transformait dans le temps, et même à supposer qu'elle eût un contenu ou un but propres, nous n'aurions pu les connaître, car aucun homme n'est capable de sortir de soi et de savoir réellement ce qui se trouve en dehors de lui, ce pourquoi la seule raison est sa raison, et la seule vérité, sa vérité, il est la mesure de tout, ce qui lui permet ou plutôt l'oblige à être libre et à faire dans sa vie tout ce qui lui passe par la tête. Ces propos émurent Meïr, qui les avait suivis attentivement de même que les expressions et les gestes de Posner, qui se tut un instant puis ajouta d'une voix grave, comme s'il s'excusait ou avouait quelque chose, que c'était en tout cas ainsi que lui voyait la vie, et qu'il ne savait ni ne comprenait ce qu'elle était, il avait eu à cœur de le savoir, autrefois, et de la diriger vers les fins qui lui semblaient les plus élevées, il voulait sauver le monde et écrire des livres éternels, mais à quoi bon se donner du mal, il était inutile d'essayer de lui assigner une direction, mieux valait lâcher les rênes et la laisser avancer librement – elle finirait par arriver à l'écurie. Le léger sourire ironique qui affleurait de temps en temps sur son visage ne masquait pas le caractère sérieux de ses paroles, qui semblaient exprimer sans détours ni tergiversations quelque chose qui tenait à la racine de sa vie, ce qui eut le don d'encourager Meïr, non seulement parce qu'elles situaient Posner au même niveau que celui où il se trouvait dans sa propre vie, et reflétaient une communion d'âmes irremplaçable, mais également parce qu'elles touchaient, il ne savait ni comment ni en quoi, au "désordre grouillant" de son esprit, et agité par une vive émotion, il dit en souriant faiblement qu'il ne comprenait absolument pas comment un corps sain devenait malade, et Posner souffla sur la cendre qui s'était éparpillée sur la table et dit "Et qu'un corps vivant devienne mort – tu le comprends ?" et Meïr dit "C'est vraiment ignoble", et alors, presque sans savoir comment, mû par le désir douloureux, qui s'était accumulé en lui au point qu'il ne pouvait plus le contenir, de confesser sa douleur et son humiliation, il regarda Posner et dit "Qu'est-ce que tu ferais si ta femme avait couché avec un autre homme ?" Les mots qui venaient de résonner dans sa bouche lui paraissaient soudain pauvres et creux de façon embarrassante, il aurait voulu dire "baisé" ou "s'était envoyée en l'air" mais quelque chose en lui s'y refusait, et il cassa un bout de biscuit et ajouta qu'il n'aurait jamais pu imaginer qu'Aviva en fût capable, et surtout avec un homme qu'elle ne connaissait pas auparavant, et que s'il avait au moins su comment et où cela s'était passé, tout aurait peut-être été plus facile, et il demanda à Posner ce qu'il devait faire, en vérité, il avait l'intention de renoncer à cette question qui le tourmentait, car il y avait lui-même apporté la réponse, tout semblait si simple et banal, et Posner dit "Rien du tout", c'était si simple que Meïr était fou de joie, c'était exactement ce dont il rêvait et qu'il désirait entendre.

Et Posner ajouta que si cela lui était arrivé, il n'aurait peut-être pas quitté la maison, et une très légère intonation, à peine perceptible, de tristesse se glissa dans sa voix, c'est, en tout cas, ce qu'il sembla à Meïr, et la porte de la chambre s'ouvrit et Liora apparut sur le seuil de la cuisine et dit "Voilà. J'ai fini pour aujourd'hui. Ça m'a complètement crevée", et Posner dit "Viens t'asseoir avec nous", et Meïr qui, à cet instant, se réjouit subitement de son arrivée, se joignit à lui et lui adressa un sourire chaleureux et tira même de dessous la table la chaise qui s'y trouvait, et Liora le remercia par un sourire et dit "Je suis morte de faim", et Posner dit "Il y a de la soupe de tomates dans le frigidaire. Il faut simplement la réchauffer", et Liora dit "Bonne idée. C'est vraiment divin avec du pain noir", et Meïr dit "Je meurs d'envie de manger de la soupe", son humeur s'était égayée d'un seul coup, et Liora sortit la casserole de soupe du frigidaire et dit "Ça sera prêt dans cinq minutes", et elle débarrassa de table les tasses vides et le sucrier, et Posner l'attrapa par le bras et dit "Est-ce qu'elle n'est pas merveilleuse ?" et Meïr sourit, gêné, et dit "Si. Tout à fait", car de façon inattendue, sa présence le réjouissait et elle lui était sympathique et Posner la lâcha et sans préambule, comme s'il répondait à une question qui lui avait été posée, il dit que notre âme est conçue d'une manière qui ne nous permet pas de penser sans arrêt aux terribles dangers de l'existence et de la mort, dont la conscience frémit en nous perpétuellement comme un mouvement d'ombre sous l'écorce de la terre. Liora, qui avait entre-temps entièrement débarrassé la table et y avait posé le pain noir sur une planche de bois, dit d'un ton de reproche "Vous parlez encore de maladies et de la mort ? Qu'y a-t-il de tellement intéressant à cela ?" ce qui mit Meïr dans l'embarras car il avait l'impression qu'elle s'adressait en particulier à lui, mais cet embarras n'entama pas sa bonne humeur et la sympathie qu'elle lui inspirait, et Posner lui saisit une nouvelle fois le bras et dit que c'était comme quand des enfants marchent dans l'obscurité et sifflent pour chasser les mauvais esprits et il rit, et Liora dégagea son bras de sa main et dit "Je ne vous comprends pas", et elle remua la soupe, son odeur chaude se répandit dans l'air de la petite cuisine, et elle se tourna vers Meïr et dit "En tout et pour tout, tu as un peu d'hypertension", et Meïr dit "Oui. C'est vrai", il éprouva le besoin de s'excuser bien qu'elle eût tort, mais elle n'y connaissait rien et il aurait été inutile d'entrer dans des explications, et quelques instants plus tard, Liora posa la casserole sur la table et servit à chacun une assiette de soupe, et Meïr approcha de lui l'assiette et remua la soupe fumante et dit en insistant sur chaque mot "C'est exactement ce que je voulais." Il voulait exprimer par là non seulement sa sympathie pour elle mais aussi le fait que malgré sa remarque, il avait conservé sa bonne humeur, et il prit une cuiller de soupe et souffla dessus et goûta et dit "Un goût de paradis." Et ensuite, alors qu'ils mangeaient, il dit, mais sur un ton allègre, qu'il n'aurait jamais pu imaginer que le corps, qui avait été pour lui une source de jouissance et de plaisir, se transformerait en un ennemi et une source de tourment et d'angoisse, et Liora dit avec étonnement "Tu parles de ton corps comme si tu étais quelqu'un d'autre", et Meïr dit que c'est ce qu'il ressentait, et il ajouta avec une intonation pensive dans la voix qu'il sentait qu'une rupture avait eu lieu entre lui et son corps, qui l'avait trahi et avait produit la maladie, car en raison de la maladie qui logeait dans son corps, il se sentait comme étranger dans son propre corps, qui, lui aussi, lui faisait l'effet de quelque chose d'étranger et de séparé de lui, une sorte d'écorce plus dure que la chair, à l'intérieur de laquelle il était enfermé, et en fait, si cela avait été possible, il aurait voulu s'en dépouiller et s'en libérer et Posner dit que, d'après certaines religions, c'était ce qui arrivait à l'homme à sa mort – son âme se dépouillait de son corps et se libérait d'une angoisse, et Liora dit que c'était un peu difficile d'entendre quelqu'un parler de la sorte de son corps et lui proposa d'essayer de consulter un médecin végétaliste, et Meïr haussa légèrement les épaules et dit qu'il n'y croyait pas, mais Liora insista et s'efforça de le convaincre et lui décrivit le miracle médical qu'il avait opéré chez une amie à elle, alors que tous les médecins jugeaient son cas désespéré. Elle parlait avec une conviction enthousiaste et Posner intervint et dit "Essaie. Qu'as-tu à perdre ?" et Meïr haussa les épaules, leurs propos le pressaient et il sentait qu'ils le cernaient et dit "Vous avez peut-être raison", il était évident qu'il ne le disait que pour qu'ils le laissent tranquille, mais Liora revint à la charge et dit "Tu peux toujours essayer. Il réussira peut-être à te guérir ?" et Posner, qui s'opposait par principe à toutes les croyances hors du commun, comme la méditation transcendantale, l'astrologie, les exhortations aux jeûnes et aux mortifications de tout acabit, et à toutes sortes de doctrines indiennes véridiques ou inventées par des maharishis et des gourous, tous étaient à ses yeux des voleurs de raison et d'argent, et il incluait le végétalisme dans sa liste, approuva contre toute attente Liora et exalta avec enthousiasme le végétalisme, et par là même, la médecine végétaliste, dont il ne faisait pas de doute qu'elle avait un avantage considérable sur la médecine conventionnelle pour tout ce qui concernait le traitement des maladies, en particulier des maladies cardio-vasculaires, et il répéta "Essaie. Je suis sûr que cela sera bénéfique", et Meïr, qui finit par se laisser prendre à la logique confiante de leurs propos, dit qu'il était prêt à essayer, et demanda à Liora de lui donner le numéro de téléphone du docteur afin qu'il pût l'appeler le lendemain, et il sentit que sa disposition à le faire se transformait en un optimisme sans réserves, et Liora dit qu'elle n'avait pas son numéro mais qu'elle allait téléphoner tout de suite à son amie, et en effet, elle se dirigea dans l'instant vers l'appareil et composa un numéro et Meïr dit "Je l'appellerai demain matin", et tandis qu'il notait les coordonnées dans son carnet d'adresses, il dit "Je ferai tout ce qu'il me dira de faire."

Les rues par lesquelles il marcha étaient froides et désertes, et en haut, à une faible distance, s'étendait un ciel sans nuages et obscur, et lorsqu'il parvint à l'angle de la rue Bougrachov et de la rue King-George, il s'arrêta un moment et se demanda s'il n'allait pas tourner et aller au bord de la mer, le bruit de son lourd grondement arrivait jusque-là, mais l'idée de la mer éveilla en lui une sensation confuse de malaise et il suivit la rue King-George et tourna après les vieux sycomores et monta la rue Borochov. Un froid âpre, qui semblait se dégager de la chaussée et des maisons obscures, régnait dans l'air, et il boutonna son manteau et releva son col, et tandis qu'il marchait dans la rue vide, accrochant involontairement son regard aux vieilles maisons aux cours obscures et les clôtures vacillantes, çà et là se dressait un buisson ou un arbre qui ressemblait à un rempart de ténèbres, il se prit à regretter intensément sa grand-mère, avec sa face lourde et ridée couleur de papier de vieux livres, cette face unique, pleine de sagesse lumineuse et de bonté, et il se dit qu'il était impossible qu'elle ne se trouvât pas quelque part, et il ne pensait pas à sa tombe qu'il n'avait jamais visitée, il était impossible qu'elle se fût dissoute et transformée en néant, car si c'était le cas, elle n'avait alors jamais existé, et pourtant il se souvenait parfaitement d'elle, de son apparence, du contact de sa main, de son odeur, l'odeur de son visage et l'odeur de ses vêtements et de ses draps, et même du crissement particulier de ses chaussons qu'elle traînait, elle était pour lui plus réelle que toutes les choses présentes, et comme il remuait ces pensées, il la vit au loin à la manière d'une forme dépourvue de traits, marchant tranquillement dans une vallée du ciel pleine d'obscurité, béante telle une combe de feutre entre les étoiles, comme si elle marchait dans la rue Peretz-Smolenskin, et il la chercha des yeux tout en essayant de conserver son image avec la robe grise du shabbat et les chaussons de feutre, il ne pouvait pas la voir autrement, et il se dit de nouveau qu'à la vérité, elle aurait pu être encore en vie, et pourtant elle était morte à près de quatre-vingt-cinq ans, mais, pour lui, elle était toujours morte prématurément, et injustement, il savait que si elle avait été en vie, tout aurait été différent, car de son temps, tout était bien et juste. Et tandis qu'il marchait ainsi dans ces rues désertes, s'abandonnant à la douceur de ce sentiment de perte et s'enveloppant dans le chagrin de ces regrets douloureux, qui remplissaient les espaces infinis entre lui et sa grand-mère, une tristesse soudaine le submergea à l'idée de sa propre mort, tristesse qui, jusque-là, s'était comme cachée dans la tristesse qu'il éprouvait pour sa grand-mère, telle une ombre dans une ombre, et elle se mua en lui en un affolement assourdissant et une peur paralysante qui lui ôtèrent tout repos. Et lorsqu'il s'approcha de l'avenue Ben-Gourion, il se vit encerclé et pris au piège par cette mort, une entité noire douée d'une force incommensurable qui remplissait tous les espaces et qui le poursuivait avec une obstination inflexible, déterminée pour l'avaler, et dans son affolement, il s'enfuit du globe vers les ténèbres semées d'étoiles, et il éprouva, un bref instant, un soulagement, mais le temps de quelques pas, seulement, car immédiatement, au cœur même de son soulagement, il sut et sentit que la mort le rattraperait partout où arrivait l'univers, fût-il caché dans une étroite anfractuosité au bout d'une grotte obscure sur l'étoile la plus infime et la plus éloignée de cet univers infini. Et rempli par un affolement redoublé, il se rendit compte qu'il était enchaîné à la mort par une corde épaisse et incassable, comme cette corde à l'aide de laquelle l'on monte des seaux de sable et de béton dans les bâtiments en construction, dont l'une des extrémités était enroulée autour de sa taille tandis que l'autre était entre les mains de la mort, qui ne faisait que se jouer de lui et le libérait pour un certain temps afin qu'il puisse un peu s'élever, mais au moment où elle le souhaiterait, dans un jour ou une minute, elle le tirerait et le ramènerait à elle, et cette pensée même lui donna l'impression que la mort le ramenait et le tirait déjà à elle.

Le lendemain matin, avant de se rendre à son travail, Meïr téléphona au médecin végétalien et lui demanda un rendez-vous, pour le lendemain, si possible, et le médecin ricana légèrement, c'est en tout cas ce qu'il lui sembla, et dit qu'il ne pouvait le recevoir que dans un mois, car il était pris jusque-là, et ce n'est qu'après maintes supplications et tentatives de persuasion de l'urgence de son cas, qu'il battit en retraite et accepta à contrecœur de le recevoir dix jours plus tard, à six heures et demie du matin, et Meïr dit "D'accord", cette consultation était maintenant devenue pour lui insupportablement pressante, et il regretta amèrement de ne pas l'avoir appelé aussitôt après que Liora le lui eut suggéré pour la première fois.

Au bout de dix jours, à six heures du matin, Meïr sortit de chez lui pour aller chez le médecin végétalien et marcha dans les rues froides, qui étaient encore à peu près désertes, tendu et prêt à se soumettre à toutes sortes d'interdictions et de grandes difficultés pour la vie nouvelle qui l'attendait, une vie de santé, de fraîcheur et de longévité.

Le médecin végétalien, qui venait d'ouvrir son cabinet, l'invita à entrer dans une grande pièce à l'ancienne avec de hauts murs nus, peints à l'huile jusqu'à moitié d'une couleur terne, où, à l'exception d'un vieux bureau et d'une table de consultation recouverte d'une toile cirée blanche, ne se trouvaient que deux simples chaises et une armoire brune, vieille, elle aussi, sur laquelle étaient disposés quelques bocaux, de ceux où l'on mettait autrefois des cornichons, pleins d'un liquide verdâtre sombre, et sur les murs élevés étaient accrochés le diagramme de quelque chose et deux photographies en couleurs, qui ressemblaient à des cartes géographiques des deux hémisphères du globe, tandis qu'au-dessus de la table de travail pendaient deux diplômes dans des cadres de bois marron, qui attestaient de l'instruction de leur propriétaire et qu'il était médecin végétaliste, et il n'y avait, dans toute la pièce, qu'une seule fenêtre, haute et sans rideaux, et elle faisait régner, avec le reste du mobilier, la même sensation de vide monacal que dans un entrepôt.

Meïr s'assit en face du médecin, un homme âgé maigre et robuste au visage anguleux et creusé de rides mais encore frais, à la chevelure argenté verdâtre fournie, qui avait été comme enduite d'une couleur de feuilles d'oliviers, qui était en train de mettre de l'ordre dans les rares papiers qui se trouvaient sur sa table, d'un air énergique, tout en observant, comme à part soi, que la mer était merveilleuse ce matin, bien qu'un peu agitée, puis il s'adressa à Meïr et lui demanda ce qui l'amenait chez lui, et Meïr dit qu'il souffrait d'hypertension et depuis quelque temps aussi d'un certain sentiment de fatigue, et de plus, admit-il avec un sourire gêné, il aurait voulu se débarrasser du petit peu de ventre qu'il avait pris les dernières années. Le médecin l'écouta d'un air sérieux, hochant à plusieurs reprises la tête en signe d'acquiescement et remarquant "Bien entendu. Cela devait arriver", puis il lui demanda son âge et sa profession et combien de temps s'était passé depuis que l'on avait découvert chez lui l'hypertension, et après qu'il eut parcouru les résultats des différents examens, que Meïr lui avait apportés, il sortit du tiroir de la table une loupe et une petite lampe de poche, s'approcha de Meïr jusqu'à ce que ses genoux touchent ceux de Meïr et lui ordonna d'ouvrir l'œil gauche. Meïr s'exécuta, et le médecin approcha la loupe de l'œil, et tout en l'éclairant de la lampe, regarda à travers elle la pupille de l'œil, puis il examina de la même manière l'œil droit, et de nouveau l'œil gauche, et de nouveau l'œil droit, et ensuite il posa la loupe et la lampe et dit à Meïr, qui était suspendu à ses lèvres, que son cœur était en parfait état, il s'en portait garant, de même que le foie, la rate et les poumons, mais il avait remarqué une affection dans les vaisseaux sanguins et également dans le rein droit, chose qui exigeait un traitement immédiat, avant que les dégâts ne soient irrémédiables. Et Meïr, dont l'humeur se fit inquiète et s'assombrit, il se représentait déjà dans son imagination le rein perdu, demanda, comme s'il avait mal entendu, s'il s'agissait bien du rein droit, et le médecin, qui paraissait froissé par la question, peut-être parce qu'il y avait décelé l'ombre d'une mise en doute de son diagnostic, se leva et invita Meïr d'une voix charitable à s'approcher avec lui de ce qui ressemblait à ces cartes géographiques des deux hémisphères de la terre, et qui n'étaient rien d'autre, d'après lui, que le relevé des organes intérieurs, comme ils se reflètent dans la pupille de l'œil, et avec la patience de celui qui sait tout, il expliqua à Meïr l'ordre des organes – la rate, les poumons, le foie, le cœur, les vaisseaux sanguins, les différentes glandes – et qu'il découvrait chacune des affections qui y apparaissaient en regardant à l'intérieur de l'œil à travers la pupille, et Meïr dit "C'est stupéfiant", et la sensation d'incrédulité qui germait en lui se renforça, et le médecin dit avec, dans la voix, l'intonation de satisfaction et de sentiment de supériorité d'un homme couronné de succès, "Je peux tout voir au travers de l'œil, même un cancer", et lorsqu'ils se rassirent, le médecin rangea la loupe dans un étui en cuir qui lui était destiné, et il dit qu'il était possible d'affirmer de manière générale que les vaisseaux sanguins se bouchaient en raison de la couche de graisse qui les recouvrait de l'intérieur et qui provoquait ainsi leur rétrécissement, ce qui avait pour effet un flux de sang plus rapide et plus malaisé, et par conséquent, une obturation plus grave des vaisseaux sanguins, qui était à l'origine de nombreuses affections fatales, mais il ne servait à rien de céder à la panique, car il était possible de retarder ce processus, et même, peut-être, de guérir une partie des affections déjà provoquées, et cela, au moyen d'un régime approprié, et, dans le cas spécifique de l'hypertension et du rein, également à l'aide de deux médicaments végétalistes extraits d'une espèce particulière de plantes, qu'il faut infuser comme on infuse le thé et boire, et les résultats sont étonnants, et tout en parlant, à l'entendre, cela paraissait si simple et évident, il tenait le poignet de Meïr et prenait son pouls, et ensuite il sortit du tiroir un carnet et dit que toutes les maladies organiques et toutes les altérations du corps, qui sont elles aussi, finalement, des maladies, comme la chute de cheveux et la perte de dents où l'affaiblissement de la vue et de l'ouïe, sont le fruit d'une longue négligence et d'un rapport exploiteur au corps, les gens pensent que le corps est un esclave, mais c'est sans doute dans l'ordre des choses, et les terribles effets ne tardent pas à se manifester, comment peut-il en être autrement, ils ne tirent jamais avantage de l'expérience des autres mais uniquement de leur propre expérience, après avoir subi des coups rudes, et c'est ainsi qu'ils n'arrivent au végétalisme que lorsque leur corps est plein de déchets et de saletés et qu'il est entièrement empoisonné, et il inscrivit quelque chose dont il venait probablement de se souvenir et dit "Les gens considèrent leur corps comme une poubelle", et il nota encore quelque chose et dit qu'il en était lui-même un exemple vivant, car il n'était arrivé au végétalisme qu'après l'âge de quarante ans, alors que son état physique était au plus mal, et que s'il s'y était converti plus tôt, à vingt ans ou même à trente ans, il serait arrivé à des résultats bien supérieurs, mais il n'expliqua pas ce qu'étaient ces résultats, bien qu'il fût clair qu'il voulait parler de résultats dans le domaine de la santé, et Meïr, à qui les propos du médecin semblaient logiques et convaincants, et bien entendu encourageants, surtout ce qu'il avait raconté sur lui-même, sans qu'il cessât pour autant de douter et même de rire intérieurement du végétalisme et des affirmations du médecin, éprouva soudain la sensation que son corps était putréfié et plein d'immondices et de puanteur comme les rues attenantes au marché de la rue du Carmel, ce pourquoi il se contenta de hocher légèrement la tête en signe d'assentiment. Et le médecin dit "Les gens sont aveugles. Ils se lèvent le matin avec une mauvaise odeur dans la bouche et un ventre plein de gaz et ils ne se demandent pas pourquoi", et il ajouta immédiatement "Il faut écouter la nature. La nature est le meilleur médecin", et Meïr hoche une nouvelle fois la tête et dit qu'il voulait commencer le traitement dans l'instant et il demanda au médecin ce qu'il devait faire à cet effet, et le médecin dit "Vous devez d'abord nettoyer votre corps de la saleté", et Meïr dit "Très bien. Je suis prêt", tout disposé à ce que le médecin lui imposât un régime draconien qu'il appelait de ses vœux, le médecin eut un moment de réflexion, ses cheveux argenté et verdâtre étaient ce qui indisposait le plus Meïr, et en jouant avec son stylo, il dit que le meilleur traitement qu'il lui aurait prescrit pour commencer était un jeûne absolu pendant quinze jours suivi de quinze jours de jus naturels, car cela aurait eu pour effet de nettoyer d'un seul coup son corps des poisons qui s'y étaient accumulés, mais il se refusait à le faire car Meïr n'était pas végétaliste et n'en avait pas l'habitude, mais Meïr que la possibilité d'acquérir la purification de son corps et une santé parfaite par un seul et bref effort enthousiasmait, il avait le sentiment qu'il tournerait ainsi le dos à son mode de vie malsain et aborderait une nouvelle époque, radicalement différente, demanda au médecin de lui permettre de suivre ce traitement, mais le médecin resta inébranlable et lui énuméra les difficultés et les dangers que comportait ce traitement, et promit que dans quelques mois, après que Meïr aurait terminé le traitement initial, plus doux, et que son corps se fortifierait et s'y accoutumerait, il lui conseillerait ce jeûne, et Meïr, regrettant de n'avoir pas adhéré au végétalisme des années auparavant, capitula, déçu, ce jeûne lui apparaissait maintenant comme la clé de voûte de sa santé, car en lui, et lui seul, résidait la possibilité d'une transformation complète de son état de santé, il ne se contentait pas de moins. Et le médecin dit "Chaque chose en son temps", et il prit un bloc de papier et, tout en fournissant des explications à Meïr, il nota, en latin, le nom des herbes médicinales ainsi que la liste des aliments qu'il lui conseillait, lui indiquant, pour certains, la façon dont il fallait les cuire, et Meïr, qui, à la vue de cette liste se rembrunit, elle ne contenait presque aucun des plats qu'il connaissait et qu'il aimait, essaya de l'atténuer à l'aide de toutes sortes d'informations qui lui étaient parvenues sur le végétalisme et auxquelles il s'empressa de faire appel, et il demanda au médecin ce qu'il en était des cacahuètes et des noisettes ou des fruits secs et du lait, mais le médecin rejeta tout avec agacement et dédain, au sujet du lait, il dit, un brin railleur, qu'il n'était bon que pour les bébés, et même le miel, dont Meïr se souvint inopinément alors qu'il tenait déjà dans sa main la feuille de papier avec la liste décourageante de tous les aliments et lui demanda ce qu'il pensait avec un optimisme retrouvé, fut vigoureusement proscrit par le médecin qui dit "Si vous voulez vous tuer, allez-y, mangez du miel", et ensuite, peut-être pour atténuer l'impression déprimante que ses dernières paroles avaient produite sur Meïr, il dit "Peut-être dans quelques mois. Vous devez d'abord vous fortifier", et Meïr dit "Ça ne fait rien", sa déception était grande, mais il la réprima et plia la feuille et la mit dans la poche de son manteau avec le morceau de papier sur lequel le médecin avait écrit en latin le nom des plantes médicinales qu'il lui avait ordonné d'acheter en pharmacie, d'infuser et de boire deux fois par jour, et après qu'il l'eut réglé et remercié, il se leva et sans joie, mais avec une détermination pleine d'espoir, sortit et s'en alla.

Sur le chemin du retour, dans les rues fraîches, qui venaient seulement de se réveiller, cette même résolution pleine d'espoir qui l'exaltait continua à l'animer et absorba presque complètement l'embarras et les légères ombres, ultimes, du doute, il se sentit comme porté, et déjà, tandis qu'il marchait, il eut l'impression d'avoir guéri et de s'être purifié des déchets et d'avoir acquis une nouvelle souplesse et une jeunesse, et ce n'est qu'en passant devant la boulangerie sur la place, dont la vitrine étalait une profusion de pains et petits pains frais, qui venaient de sortir du four et dont l'odeur chaude régnait dans l'air pur, qu'il fut pris d'une hésitation, et pendant un instant, tout en continuant à marcher, il eut l'idée de s'acheter un petit pain au pavot frais, bien cuit, avec une croûte brune, fendue, en guise de conclusion à la vie qu'il avait menée jusqu'ici, et de reporter le végétalisme au dimanche, ce qui lui permettrait de terminer tous les plats interdits qu'Aviva avait cuisinés et qui remplissaient le réfrigérateur, il était dommage de les jeter, et surtout, il tenait à se régaler une fois encore dans sa vie, vendredi et samedi, jour du shabbat, des poissons farcis, du pain tressé frais, du hachis et de la viande frite de sa mère, pour ne rien dire des admirables sablés au beurre, et il lui demanderait peut-être de préparer aussi, pour ce shabbat, du *tchoulent* * et des tripes farcies, cela lui semblait raisonnable et absolument inoffensif, et tiraillé néanmoins par la mauvaise conscience, il se dit qu'il ne se produirait aucune catastrophe si le végétalisme était reporté de trois ou quatre jours et si son corps pollué se polluait encore un peu, car, au bout du compte, quel pouvait bien être le poids de trois ou quatre jours de pollution au regard de plus de quarante ans, et de toute façon, il n'avait été voir le médecin ce jour-là que par hasard, et ce même hasard aurait très bien pu faire qu'il n'aille le voir que quatre jours ou même une semaine plus tard. Mais lorsqu'il tourna dans la rue Pinsker, il se ravisa et revint à sa détermination initiale et décida qu'il ne reporterait pas le végétalisme et observerait scrupuleusement les ordres du médecin, et il en informa également Aviva, quand il lui raconta sa visite chez le médecin en lui tendant la feuille de papier avec la liste des aliments pour qu'elle constatât par elle-même. Aviva, qui s'apprêtait à partir à son travail, l'écouta avec attention, et après avoir jeté un coup d'œil sur la liste des aliments, elle dit qu'elle ferait tout son

* Sorte de cassoulet traditionnel juif d'Europe orientale. *(N.d.T.)*

possible pour l'aider à suivre ce régime, mais qu'elle lui conseillait d'y renoncer immédiatement car il ne pourrait pas s'y tenir, et à supposer même qu'il y réussît, ce serait au prix d'une nervosité et d'une colère permanentes, et elle déclara qu'elle s'opposait à ce que l'on passât sa vie à être tendu et irrité et à penser exclusivement à la nourriture et à ce dont on se prive d'heure en heure, et à ce que l'on fût bourrelé de remords à chaque fois que l'on porte une miette de quelque chose à la bouche, car tel était bien le prix d'un régime, et qu'elle doutait fort que le bénéfice qu'il en retirerait en valût la peine, et tandis qu'elle achevait de se préparer, le temps lui pressait un petit peu, elle ajouta qu'elle était contre toutes les exagérations, et en particulier contre des engagements impossibles à tenir, car c'était une recette infaillible pour sombrer dans la colère, le désespoir le plus total, et qu'elle ne croyait pas, il le savait, à des solutions magiques radicales et à toutes sortes de raccourcis qui, tout en suscitant de grands espoirs, provoquent tension et amertume, et qu'il l'étonnait, il se connaissait, pourtant, et devait savoir que tout cela ne lui convenait guère, mais Meïr dit qu'il avait l'intention d'observer minutieusement les ordres du médecin, et qu'il était sûr qu'il le ferait sans tension et sans amertume, et Aviva mit son manteau et dit "Je l'espère", et avant de sortir elle déclara encore que celui qui veut tout finit souvent par renoncer à tout, et que c'est ce qu'elle craignait. Et Meïr dit "Tu verras", il admirait grandement son intelligence et sa perspicacité, aussi, ses réserves éveillèrent-elles en lui agacement et irritation, et c'est dans cet état d'esprit contrarié, un peu hostile, qu'il la quitta et se dirigea vers le réfrigérateur et en sortit un pot de yogourt et un concombre ainsi que quelques feuilles de salade, c'était là son petit déjeuner selon la prescription du médecin végétaliste avec, en complément, une tasse de thé non sucré, et il commença à manger lentement et avec une intense concentration, tout en s'efforçant de penser avec plaisir à l'amélioration progressive de sa santé, et alors qu'il se tenait devant la large fenêtre, dehors s'étendait un ciel profond et bleu avec un soleil comme un jaune d'œuf, et mâchait ce concombre, coupé en rondelles, et les mornes feuilles de salade, il avait décidé de reporter le yogourt à la fin pour le manger en guise de dessert, il essaya de déceler la nouvelle fraîcheur se répandant de par son corps, et il lui sembla effectivement en découvrir les signes, et soudain, au plus fort de ce combat, l'ennui le saisit et il se moqua de lui-même et se tourna vers l'extérieur, vers le ciel d'hiver bleu et riche avec le soleil comme un jaune d'œuf d'autrefois et vers le monde entier, avec ses montagnes, ses mers, ses étendues infinies et ses plaisirs dont il n'avait pas fait et ne ferait plus, désormais, l'expérience, et le cœur sans joie, d'une voix forte, il cria soudain "Adieu, délicieuses carpes farcies. Adieu, omelettes au fromage. Boyaux farcis et *tchoulent*. Adieu *falafel**

* Boules de purée de sésame frites à l'huile. *(N.d.T.)*

odoriférant et *tehina*. Adieu gâteaux au miel et aux pavots. Adieu tous les plaisirs de la vie", et il mordit tristement dans la salade et, se parlant à lui-même, dit "Mais être en bonne santé c'est aussi un plaisir. Et marcher avec légèreté dans la rue ou monter les escaliers sans s'essouffler aussi. Il y a d'autres plaisirs que manger dans la vie", mais lorsqu'il eut fini de manger sa salade et but son thé en regardant au-dehors le limpide matin d'hiver baigné de soleil jaune, une angoisse l'envahit, car il vit comme sa vie s'était vidée et elle s'étendait devant lui jusque derrière l'horizon tel un lugubre désert gris, sans arbres, sans buissons, sans bourgeons, pleine de désirs agités de nourriture et troublé, il se demanda à quoi bon vivre une telle vie, une vie sans viande bouillie ou frite et sans hachis et boulettes et sans œufs et fromage ou sans glace ou sans crème fraîche, et par-dessus tout, sans pain, une simple tranche de pain tartinée de beurre, sans parler d'un petit pain cuit à point avec du halva, c'était là une chose à laquelle il aspirait tant que rien que d'y penser, il s'assombrit presque jusqu'aux larmes. Mais quand il prit son attaché-case pour se rendre au bureau, il se reprit et se dit que cet abattement était temporaire, et que dans quelques semaines, lorsque son corps se purifierait, se rafraîchirait et guérirait et qu'il s'habituerait à ce régime alimentaire, la joie de vivre lui reviendrait, plus intense encore, et qu'en vertu de ce végétalisme, il recouvrerait la santé et vivrait plus longtemps et se libérerait de nombreuses angoisses. Et l'été, après qu'il se serait débarrassé de son embonpoint et qu'il aurait bronzé, il aurait l'air aussi jeune et souple qu'après son service militaire, et la même détermination pleine d'espoir le remplit à nouveau.

Le jour passa avec une lenteur torturante, comme si le temps s'était vidé et avait gelé, chaque instant paraissant plus long et plus morne que le précédent, presque toutes ses pensées étaient tournées vers la nourriture, mais il se retint, et ce n'est que le soir, après avoir regardé l'émission culturelle hebdomadaire à la télévision, qu'il dit à Aviva qu'il mangerait volontiers quelque chose de bon, et Aviva dit "Alors mange", et Meïr dit "Non, je ne peux pas", il aurait donné tout l'or du monde pour qu'elle lui prouvât le contraire, et Aviva dit "Un verre de lait et une cuiller de miel ne te feront pas de mal, crois-moi", et il dit "Je n'ai plus le droit de manger quoi que ce soit aujourd'hui", et il attendit qu'Aviva continuât à insister. Il avait peur qu'elle le convainquît de sauter le pas qu'il avait lutté âprement toute la journée pour ne pas franchir, et en même temps, c'était ce qu'il appelait de ses vœux, mais Aviva se contenta de hausser les épaules et répéta ce qu'elle avait déjà dit le matin, à savoir qu'elle s'opposait à ce que l'on passât ses journées tendu et irrité et à penser exclusivement à la nourriture et à ce que l'on ratait, et à se ronger de remords, c'était, à ses yeux, encore pire que la maladie et Meïr, qui l'écoutait le visage fermé, se sentit subitement tellement trahi, dit d'un ton glacial "D'accord. J'ai compris", et l'hostilité assoupie à son égard se réveilla, mêlée à une rage amère envers le médecin végétaliste aux cheveux d'un argent verdâtre, et il jeta un coup d'œil au poste de télévision, puis, après avoir grommelé un "Bonsoir" rapide, il entra dans la chambre à coucher, se déshabilla et se coucha avec le journal.

A la fin de la semaine, trois jours après sa visite chez le médecin, jours épuisants et oppressants pendant lesquels il avait, à son corps défendant, lutté contre le tourment de ses désirs culinaires, Meïr monta chez ses parents pour prendre de leurs nouvelles, pour se peser et pour obtenir l'adresse de la professeur de gymnastique Gerda Altschuler, tels étaient les prétextes qu'il s'était inventés, mais il savait, malgré ses efforts désespérés pour se mentir à lui-même, que là n'était pas son intention, et qu'il lui était interdit de le faire, car il n'aurait pas la force de résister à la tentation, et en effet, lorsqu'il s'approcha de l'immeuble et monta les escaliers, il sut que son sort était scellé. Et pourtant, il continua à avancer avec une soumission oppressante, rageuse, et il croyait encore qu'il agirait avec retenue et ascétisme, et c'est effectivement ce qu'il fit lorsqu'il dit à sa mère, qui lui ouvrit la porte, qu'il ne resterait pas plus de quelques minutes, qu'il était venu seulement pour prendre de leurs nouvelles et pour se peser, et il traversa l'étroit vestibule et passa sans broncher devant la cuisine vide et propre, entra dans la grande pièce où son père était assis et regardait la télévision, et s'assit au bord du canapé, jetant un coup d'œil indifférent aux sablés au beurre posés dans une assiette, et après avoir échangé quelques phrases avec ses parents, il se leva et entra dans la salle de bains et régla la balance et se pesa et découvrit qu'il avait perdu en tout et pour tout un seul petit kilo, ce qui le stupéfia et le déçut, à juger par ses souffrances, il était certain de perdre un kilo par jour, puis il examina de nouveau la balance et la régla une nouvelle fois et remonta dessus, et ainsi, accablé par un sentiment de déception et d'échec, il retourna dans la grande pièce et s'assit au bord du canapé, les verres de thé et l'assiette avec les merveilleux sablés au beurre étaient toujours là, et il raconta la visite chez le médecin à ses parents avec un ton plaintif de reproche dans la voix. Sa mère, qui prit immédiatement son parti, dit que c'était une perte de poids très satisfaisante et qu'il n'était pas nécessaire qu'il continuât à maigrir, elle se réjouissait en son for intérieur qu'il n'eût pas plus maigri, car bien qu'elle sût et comprît que la perte de poids était dans son intérêt, quelque chose, en elle, se révoltait, "Pourquoi es-tu tellement pressé ? Tu as le feu aux trousses ?" Et son père se rangea à son avis d'un hochement de tête approbateur sans pour autant quitter le téléviseur des yeux, et après une lourde hésitation, en proie à un combat intérieur, elle dit avec une extrême prudence, comme si sa vie en dépendait, qu'elle savait qu'elle ne devait pas lui proposer de manger, mais qu'elle lui conseillait quand même de goûter une tranche de viande avec un bol de poivrons cuits, on avait l'impression qu'elle marchait au bord d'un gouffre, tant elle se sentait coupable, et étant donné que Meïr, qui avait déjà intérieurement accepté sa défaite, ne manifesta pas, n'opposa pas, dans l'instant, un refus explicite, elle continua sur sa lancée et indiqua que c'était une viande très maigre, sans une seule goutte de graisse, et Meïr, qui feignait de poursuivre la lutte par-delà la capitulation, eut un faible sourire et dit, mais d'une voix sans aucune fermeté, que cela allait à l'encontre des ordres du médecin et ruinerait son régime, et sa mère dit qu'une seule fois ne pouvait rien détruire, et lui proposa de l'accompagner, s'il le voulait bien, à la cuisine, et de voir de ses propres yeux combien la viande était maigre et de prendre ensuite sa décision. Et Meïr se leva et l'accompagna à la cuisine et dit qu'il n'avait évidemment pas décidé d'être végétalien jusqu'à la fin de ses jours mais que néanmoins, il tenait à faire cette expérience jusqu'au bout, elle aurait peut-être un effet bénéfique sur sa santé, et sa mère sortit du réfrigérateur le plat de viande et l'approcha de lui et lui dit de juger par lui-même puis elle lui demanda s'il préférait manger un morceau de poisson, qui, lui aussi, était très maigre, et Meïr lui répéta "Tu ruines mon régime", et sans avoir donné la moindre marque de consentement, il s'assit à sa place habituelle et lui demanda, comme si de rien n'était, des nouvelles de Bill, et sa mère dit qu'il continuait à parler de son retour en Amérique, et qu'il semblait même qu'il s'en occupât de façon active, mais qu'elle espérait qu'il resterait en Israël, et elle posa devant lui une assiette avec une épaisse tranche de viande et à côté, une part de hachis, et Meïr l'approcha de lui, et presque sans la regarder, il commença à manger et lui demanda si ses espoirs étaient fondés, il ne prêtait aucune attention à ce qu'il faisait, comme si c'était quelqu'un d'autre qui mangeait à sa place, et sa mère dit "Je ne veux tout simplement pas qu'il parte d'ici", et elle posa devant lui un bol débordant de carottes cuites et y ajouta deux ou trois cuillerées de riz qu'elle avait réchauffé, et Meïr dit "Je comprends", et sourit, mais toute son attention était accaparée par les efforts désespérés qu'il faisait pour ignorer qu'il était en train de manger, et qui le remplissaient de morosité et de fureur contre lui-même, contre sa mère qui l'avait incité à manger, et contre le médecin végétaliste à la mèche argenté verdâtre, et contre le plaisir même que lui procuraient ces mets dont il n'avait pris congé que quelques jours plus tôt avec une telle exaltation, et contre le monde entier, contre Aviva, également, et dans une ultime tentative pour se sauver, il se dit que ces plats-là, la viande et le hachis et les légumes cuits et même le riz, étaient vraiment très maigres, à l'exception, peut-être, du pain, et qu'un écart, fortuit, ne pouvait pas réellement nuire, de façon irréparable au régime, il rattraperait cette légère entorse par des limitations supplémentaires qu'il s'imposerait dans les trois jours à venir, par exemple, en renonçant totalement aux pommes ou au gruau, mais le sentiment de défaite continua à empoisonner son humeur et il éloigna de lui le reste de la tranche de pain et se dit qu'il ne s'était jamais juré de devenir végétaliste, et que rien ne l'obligeait à observer ce régime, il était libre de le suivre et libre de s'en écarter, et même de l'interrompre pour de bon, et il en éprouva un soulagement momentané et reprit la tranche de pain et dit à sa mère qui, après avoir mis sur le feu de l'eau à chauffer pour le thé, s'était assise à côté de lui à sa place habituelle, qu'il avait l'intention de commencer à faire de la gymnastique, sa voix sceptique ne masquait qu'imparfaitement la colère et le ressentiment qu'elle lui inspirait, car n'eût été elle, il n'aurait pas mangé, et sa mère dit que c'était une excellente idée, et que si elle avait pu, elle aussi aurait commencé à faire de la gymnastique. Il n'avait aucun doute qu'elle ne s'empresserait d'approuver sa résolution, et son dévouement oppressant, sa bonté soumise l'exaspérèrent, et un flot bourbeux d'hostilité l'entraîna malgré lui dans un tourbillon bourbeux, aussi, non sans effort, adoucit-il la fraîcheur de sa voix, et lui demanda-t-il des nouvelles de Gerda Altschuler, la professeur berlinoise de gymnastique, chez qui il avait pris des cours pendant quelque temps quand il était jeune, et qui avait eu beaucoup d'affection pour lui, elle était tellement différente de sa mère, avec son corps grand mais souple et son visage épais et sombre qui respirait une liberté naturelle, confiante dans le monde, et sa mère le regarda avec étonnement et dit qu'elle était morte depuis plusieurs années déjà, cinq, au moins, et lorsque la bouilloire se mit à siffler, elle se leva pour verser le thé et elle lui demanda s'il en voulait un verre, et ensuite, elle posa sur la table les deux verres de thé et une assiette avec les biscuits au beurre si délicieux, et Meïr dit qu'il ne voulait pas de thé et ne mangerait aucun sablé, et termina son repas par un verre d'eau du robinet. Ce refus, énergique, égaya brièvement son humeur et renouvela ses espoirs, mais avant de prendre congé de ses parents, il était assis et regardait avec eux le journal télévisé, il se glissa furtivement dans la cuisine où, avec la précipitation de celui qui commet un crime, il sortit précipitamment de la boîte de plastique bleue une poignée de sablés au beurre, il pouvait sentir du bout des doigts non seulement leur merveilleuse friabilité mais également leur saveur même, et hâtivement, presque sans mâcher, il les mangea, comme si le fait de les engloutir annulait son acte, et ensuite, mine de rien, il dit "A bientôt", et le cœur lourd, plein de remords et de colère, sortit et s'en alla.

Lents et oppressants, les jours passaient dans une lutte âpre de tous les instants, à l'intérieur d'un monde mué en champ de mines infini, ne lui laissant pas une minute de répit dans ses efforts d'abstinence et ses calculs, calculs d'heures des repas, des avantages et des inconvénients du régime, qui transformaient toute sa vie en une opération arithmétique amère et stupide. Chaque sortie dans la rue, chaque visite à ses parents ou à des amis, et, bien entendu, chaque instant passé chez lui était devenu un combat épuisant dans une guerre perdue où, il s'en rendit rapidement compte, même ses victoires les plus éclatantes n'étaient que momentanées et éphémères, à l'intérieur du processus qui conduisait à sa défaite inévitable. Son sang s'était rempli de poison à force d'hésitations et de revers innombrables car quand il n'échouait pas dans les actes, il échouait en pensée, au point que sa vie n'était plus qu'un seul et dense échec, que la colère et le désespoir l'avaient submergé, et qu'il se répétait, à l'occasion des discussions incessantes qu'il avait avec lui-même, que le végétalisme, qui semblait, a priori, on ne peut plus cohérent, n'était, en réalité qu'une ineptie et qu'il s'opposait à la nature humaine, telle qu'elle s'était constituée au cours de milliers ou même de millions d'années. Il était forcément impossible que l'humanité tout entière, y compris les plus grands médecins et les plus grands scientifiques, se fût trompée et que seule une poignée de naturistes eût raison, mais qu'à supposer même que tel fût le cas, et que les naturistes fussent dans le vrai, il préférait se trouver du côté des foules immenses et des grands médecins et des grands scientifiques et se tromper avec eux, et partager les risques qu'ils prenaient en vivant une vie malsaine, car même Gavrouch, malgré son attachement à la nature, n'était pas devenu végétalien, et il se disait aussi que la volonté de vivre sans se polluer était une volonté inhumaine, étant donné que la vie obligeait à se polluer, pour qu'elle devînt humaine, et de toute façon, à quoi bon une vie saine au prix d'un renoncement aux plaisirs de la vie, une telle vie, purifiée, n'était rien d'autre, d'une certaine manière, que la mort, et il ajoutait que l'on ne vivait qu'une fois, et que cela changeait tout, il se répéta cette assertion des dizaines, peut-être même des centaines de fois, et bien qu'elle fût très banale et le dérangeât – elle était employée par les épiciers et les chauffeurs de taxi et toutes sortes de gens qu'il réprouvait – elle était pourtant, et dans une même mesure, tranchante et irréfutable. Et un jour qu'il rentrait du bureau, il errait beaucoup dans les rues à la recherche d'un abri car son appartement était devenu un piège pour lui, il comprit brusquement que sa volonté de retrouver la pureté de son corps et son teint hâlé était aussi stupide qu'elle était vaine, il en allait à peu près de même pour sa santé, et ainsi, en tout état de cause, il perdait la vie dans un effort inutile pour retenir ce qu'il n'était pas possible de retenir et pour reporter ce qu'il n'était pas possible de reporter, et qui, même s'il aboutissait, ne le pouvait que partiellement et provisoirement. Après tout, que représentaient cinq ou dix ou même vingt ans de vie supplémentaires au regard des considérables étendues de temps enfouies dans l'épaisseur des époques où il ne sera plus ? D'autant qu'il ne saurait jamais, malgré les efforts et les renoncements, si sa vie avait été prolongée, ne fût-ce que d'une heure, ou si tel était le nombre des années et des jours et des heures qui lui avait été imparti et qu'il aurait aussi bien vécu sans les abstinences et les souffrances qu'il avait accepté de subir dans ce combat pour la vie, qu'il n'était possible de vivre qu'une fois et pas plus, et quand il serait couché dans la terre, rien n'aurait, de toute manière, plus d'importance, et personne ne viendrait lui demander s'il était végétalien ou non et s'il avait observé le régime ou l'avait enfreint.

La logique simple de ces raisonnements le conquérait et le remplissait d'une joie tranquille, mais de courte durée seulement, car immédiatement, parfois presque au même moment, il était de nouveau submergé par la colère et le désespoir, qui entraînaient tout sur leur route, et dans son esprit, affleurait de nouveau la pensée qu'il ne tirerait aucun profit de ce végétalisme mais uniquement de sa capacité de pouvoir vivre dans une liberté totale, insolente, selon ses instincts, c'était cela la vraie vie, la seule dont il voulût réellement, comme Aviva, qui avait baisé dans une voiture ou Dieu sait où avec un homme qu'elle avait rencontré pour la première fois une demi-heure ou quarante minutes auparavant, dans sa voiture ou dans un hôtel bon marché, et peut-être chez lui, s'il savait seulement où et quand c'était arrivé. Dans la détresse de ces jours sombres et sans espoir, il s'acharna infatigablement à se le représenter, au moyen d'images douloureuses et excitantes qu'il créait à partir des ténèbres de l'ignorance, et voyait dans les moindres détails comment il l'enlaçait et l'embrassait et comment elle se déshabillait tandis qu'il caressait son ventre et ses cuisses et ensuite comment il couchait avec elle, c'était tellement douloureux et en même temps, attirant et excitant. Il concentrait sa fureur et son hostilité sur Aviva, alors que l'homme suscitait surtout en lui un sentiment de défaite et de jalousie, car lui aussi aurait pu se comporter de la sorte, plus librement encore, avec Rayia dans cette chambre étroite et longue, puisque Rayia était prête à se donner à lui et à exécuter toutes ses volontés, lorsqu'elle était revenue se mettre près du lit, après avoir jeté ses habits sur la chaise, il aurait pu lui signifier de la main qu'elle devait lui tourner le dos, poser une jambe sur la chaise, se pencher un peu et s'appuyer contre la table, et lentement, d'un regard calme, tout en caressant ses cuisses et son ventre, il aurait pu contempler ce qu'il désirait ardemment voir, au lieu de quoi, il s'était allongé, les yeux fermés, et s'était dépêché de faire ce que son instinct le poussait à faire, car quelque chose, une sorte de docilité lamentable ou simplement d'apathie, l'en avait empêché, au même titre qu'elle l'empêchait d'interrompre ce maudit régime. Alors aigri, assombri par la déception, il considérait sa vie, un rapide coup d'œil lui suffisait étant donné que tout persistait en lui de manière générale et en détail, son enfance et son adolescence, marquées par une soif d'excursions et d'aventures et par un idéalisme romantique, imprégné d'un peu d'anarchisme, fruit de la jeunesse et de l'esprit du temps – tout était tellement enthousiasmant et plein d'espoir et de liberté et se cristallisait dans les personnages de Lénine, de Maïakovski et des *Cosaques de Kouban*, lui aussi avait essayé à l'époque de composer des poèmes dans le même style admiré – et le présent, routinier et casanier, qui était aussi le miroir de l'avenir qui l'attendait s'il ne se ressaisissait pas de toutes ses forces. Il n'arrivait absolument pas à comprendre pourquoi il ne se dépêtrait pas de ce maudit régime végétalien, qui partait de toute façon déjà en lambeaux, et dont, maintenant, au bout de trois semaines, il ne subsistait plus, malgré ses efforts amers et ses souffrances, que le yogourt, le concombre et les mornes feuilles de salade qu'il mangeait pour son petit déjeuner, et les deux verres d'eau du robinet avec lesquels il terminait son déjeuner, tandis que tout le reste avait été balayé et empoisonnait sa vie de remords. Et pourtant, il continua à croire dans l'alimentation végétalienne et à se considérer végétalien, à titre provisoire, et cela transforma sa vie en un tourbillon de courroux et d'amertume, et de ce tourbillon surgissait toujours à nouveau sa colère hostile contre Aviva, elle était la principale coupable, elle, qui l'avait trompé et avait baisé avec un autre homme et contre lui, il ne pouvait en aucun cas accepter de poursuivre ce maudit régime et de ne pas commencer à vivre dans une liberté illimitée selon ses instincts ni la façon dont il s'était conduit avec Rayia dans cette chambre, étroite et longue, cette occasion manquée, cuisante, resurgissait toujours, point d'orgue de toutes les autres occasions manquées, et contre le médecin aux cheveux argenté verdâtre, il nourrissait à son égard une haine pleine de mépris et parlait de lui comme d'un voleur et d'un charlatan ignorant. Et un jour, sous l'effet d'une révélation fulgurante, il dit à Posner, alors qu'il lui exposait probablement pour la centième fois les affres du régime, raillant et insultant, par la même occasion, le médecin, qu'en vérité, il ne continuait à observer ce maudit régime qu'en raison de la haine et du mépris que cet imposteur de médecin lui inspirait, et qu'il le poursuivrait jusqu'à ce que ce médecin en crève, il sourit, et Posner sourit également et lui demanda si le médecin le savait, et Meïr dit "Non. Mais cela m'est égal", d'une voix obstinée et des traces de son sourire continuèrent à flotter sur son visage. Quelques jours plus tard, par un soir maussade, alors qu'il sortait du cinéma Nord, où il était allé chercher refuge contre ses tourments, il multipliait à présent ces stratagèmes, et s'était arrêté pour resserrer le col de son manteau et enfoncer son chapeau, une faible pluie froide tombait, il aperçut le Dr Rainer, elle se tenait près de lui et attendait, avec un grand nombre d'autres spectateurs, que la pluie cessât. Il pensa d'abord feindre de ne l'avoir pas vue et s'en aller mais il lui sembla qu'elle l'avait reconnu, aussi surmonta-t-il son embarras et se tourna-t-il vers elle et dit "Bonjour, docteur Rainer", et le Dr Rainer sourit et dit "Vous voyez, on finit par se rencontrer. Vous étiez assis quelques rangées devant moi", et elle resserra le foulard enroulé autour de son cou et lui demanda comment il se portait et Meïr dit "Bien", et il jeta un coup d'œil sur la pluie, si elle avait un peu diminué, il aurait pris congé et serait parti, et le Dr Rainer qui, visiblement, en avait assez d'attendre, ouvrit son parapluie et dit "Cette pluie ne s'arrêtera jamais. Venez, je vais vous déposer, ma voiture est garée tout près d'ici", et Meïr la remercia et lui dit que ce n'était pas nécessaire, qu'il avait un autobus presque jusqu'à chez lui, et le Dr Rainer dit "C'est de toute façon ma direction, venez. Je suis garée à deux pas", et elle se mit en marche, et Meïr dit "D'accord", il aurait préféré rentrer à pied et la suivait, la tête légèrement inclinée, sous la pluie froide, portée à présent par le vent qui soufflait dans la rue dégagée, et lorsqu'ils tournèrent l'angle de la rue, le Dr Rainer montra du doigt une Volkswagen et dit "Voilà. Elle nous attend", et continua à avancer rapidement dans la rue exposée au vent et inondée, tenant son parapluie dans une main et resserrant le col de son manteau de l'autre, et elle s'empressa d'ouvrir la portière de la voiture et s'assit et ouvrit l'autre portière et dit "Entrez", et Meïr ôta son chapeau et secoua un peu la pluie de son manteau et monta et s'assit, et le Dr Rainer déboutonna son manteau et dit "Quelle pluie", et ensuite, d'une manière inattendue, elle dit "Il vaut mieux ne pas négliger cette hypertension. Elle ne s'arrangera pas toute seule", et Meïr hésita et dit "Je vais vous dire la vérité, je suis allé voir un médecin végétalien. J'ai décidé d'essayer ça", la situation dans laquelle il se trouvait l'oppressait, et le Dr Rainer dit "C'est à la mode, maintenant. Est-ce que vous courez aussi ?" Sa voix était imprégnée d'un sourire, et Meïr dit "Non. Pas encore", et avec un sourire qui se voulait complice de sa raillerie à son égard, il dit "Mais j'ai bien l'intention de le faire", et le Dr Rainer embraya et dit "J'espère que ça vous plaît", et démarra. Le léger sourire, amusé, ne quittait pas son visage, et Meïr dit "Ça me déprime à mort", avec, dans la voix, cette même intonation de soulagement, et le Dr Rainer lui lança un regard amusé et demanda "Alors vous êtes masochiste ?" et Meïr dit sur un ton de provocation voilée "Il paraît que ça aide", et le Dr Rainer dit "Absolument. Mais uniquement dans certains cas. Dans d'autres, cela peut avoir des conséquences fatales", et elle s'arrêta à un feu et ajouta "Il y a beaucoup de choses qui aident et que nous ne faisons pas. La vie est finalement une affaire humaine", et Meïr dit "Mais une alimentation végétalienne garde le corps propre", et il attendit la réponse du Dr Rainer, qui lui adressa un regard souriant content de dire "Qui dit que le corps doit être propre ?" et elle doubla une voiture et dit "Nous savons si peu de choses sur le corps qu'il ne vaut mieux pas trop sauter hors de sa peau", et Meïr, ces propos lui étaient si agréables, dit "Alors vous me conseillez de tout arrêter ?" Il voulait qu'elle lui en donnât l'ordre explicite, et le Dr Rainer dit "Je ne tiens pas à vous priver du sentiment que vous faites quelque chose d'important pour votre santé", et elle sourit, et Meïr dit "Je comprends", et lui demanda d'arrêter devant la maison avec la haie de grands arbustes, et lorsqu'il ouvrit la portière de la voiture, après l'avoir remerciée, il dit "Je passerai vous voir demain, docteur Rainer", et le Dr Rainer dit "Demain, je suis à Jérusalem", et Meïr dit "Alors après-demain", et il la remercia une nouvelle fois et sortit de la voiture.

Un soulagement indescriptible le remplissait, comme si quelque chose d'une lourdeur et d'une oppression insupportables lui avait été ôté, il était sauvé, il aurait voulu hurler de joie, et avec le sentiment vertigineux que là, au moment même, commençait sa nouvelle vie, après en avoir été exilé pendant si longtemps, il lui fit un petit signe de la main, puis, gambadant, il monta chez lui. Et effectivement, deux jours plus tard, il se rendit au dispensaire et le Dr Rainer l'examina attentivement, et lorsqu'elle lui prescrivit à nouveau le médicament, elle dit qu'elle était fermement convaincue qu'il fallait surveiller son poids et équilibrer son alimentation, elle n'avait guère de doute que cela était bon pour la santé, surtout en ce qui concernait des personnes atteintes d'un certain type de maladie, comme les maladies cardio-vasculaires, mais que de là au végétalisme, il y avait loin, et Meïr dit "Oui. J'ai l'impression que mon expérience végétalienne est terminée", et il prit l'ordonnance, la remercia et sortit.

Le soir, lorsqu'il monta chez ses parents pour fêter sa liberté, il se sentait léger et heureux, ce sentiment ne le quittait plus, depuis qu'il avait abandonné le végétalisme, depuis le soir où il avait rencontré le Dr Rainer, et seul le visage de sa mère, qui, comme d'habitude, lui ouvrit la porte, avec sa lourde pâleur, son expression résignée et son apathie, que même le sourire machinal, plus faible que jamais, qui y était suspendu avec effort, ne réussissait pas à masquer, suscitèrent son inquiétude, mais il s'efforça de la refouler et de l'ignorer et se comporta comme s'il n'avait rien remarqué, il ne voulait en aucun cas gâter sa bonne humeur. Ce n'est que lorsqu'elle entra avec lui dans la cuisine pour lui servir quelque chose à manger, il pouvait enfin manger sans éprouver de colère ni de remords, qu'il la pria de s'asseoir et dit qu'il se servirait lui-même, il entendait exprimer ainsi son inquiétude et son affection pour elle, mais elle refusa, bien évidemment, et posa devant lui les assiettes avec la nourriture, lui coupa des tranches de pain, et il s'assit et mangea. Sa mère était assise sur sa chaise à côté de lui et tout en mangeant distraitement les miettes de la croûte d'un vieux morceau de pain, elle bavarda avec lui et lui dit d'un air découragé qu'après cinquante ans de vie en Israël elle s'y sentait une exilée, une étrangère et une déracinée, et surtout depuis que les révisionnistes avec ce Begin étaient montés au pouvoir elle ne trouvait plus sa place et en fait elle aurait été heureuse de déguerpir d'ici pour aller n'importe où, et sur un ton extrêmement sombre, elle dit "Ça n'est plus mon pays", et elle se leva et mit la bouilloire sur le feu pour le thé, et quelque chose de laid, de maladif, que Meïr souhaitait ne pas voir, se répandit dans la pâleur de son visage, et lorsqu'elle se rassit, elle dit "Bill rentre en Amérique dans quinze jours", et il était visible que cela l'affligeait, et Meïr, qui s'efforçait avec obstination de ne pas remarquer son humeur noire et sa pâleur maladive, laide, dit "Il n'est pas encore parti. Ce sont des paroles en l'air", et sa mère dit "Non. Cette fois, c'est sérieux. Il a déjà trouvé des acheteurs pour l'appartement, il commence déjà à faire les préparatifs", et Meïr répéta "Qu'il les fasse. Il n'est pas encore parti", il savourait la nourriture et refusait de se laisser atteindre par son abattement, et sa mère dit "Il me manquera beaucoup, je m'étais tellement habituée à lui", elle le dit avec une simplicité absolue et en même temps avec un sentiment d'anéantissement tellement terrible, comme si toute sa vie était sur le point de s'écrouler, et elle prit distraitement une orange et se mit à l'éplucher avec un couteau et tandis qu'elle l'épluchait et la mangeait quartier par quartier, elle dit qu'elle n'était pas faite pour la vie car d'innombrables choses, souvent infimes et insignifiantes, qui avaient eu lieu des années auparavant, la tracassaient et l'attristaient comme si elles étaient arrivées la veille et comme s'il était encore possible d'y remédier, et qu'en fait, plus les années passaient, et elles passaient à une vitesse horrible, elle comprenait de moins en moins la vie, ce qu'elle était et ce qu'elle voulait et vers quoi elle tendait, surtout depuis la mort de sa mère qui avait ouvert brusquement un espace infini, trouble, et elle sentait qu'elle flottait sans but et sans possibilité de retourner en arrière ou de s'agripper à quelque chose, et l'âme s'agitait jusqu'à la folie et c'était peut-être à cause de l'hiver, qui, cette année, était particulièrement froid, exactement comme le froid de quand elle était jeune fille. Elle porta à la bouche un quartier d'orange et ensuite, comme si elle se déchargeait d'un lourd fardeau, elle dit qu'en vérité, elle aimerait mourir, et Meïr, qui avait suivi distraitement les gestes avec lesquels elle épluchait et mangeait l'orange, y vit soudain, par une brusque intuition, comme s'ils étaient des ombres qui se cachaient à la manière de l'âme dans le corps, les gestes qu'effectuait sa grand-mère, dans leur pleine réalité et leur particularité, sa façon de couper et de saler, de verser du thé et de le remuer et celle de feuilleter un livre, et son image qui enveloppait ces gestes, et au même instant où l'absence de sa grand-mère le submergeait d'une douce tristesse, il comprit que lorsque quelqu'un meurt, ne meurent pas seulement avec lui sa forme et sa voix mais également les mouvements singuliers, uniques, qui l'incarnaient, et dont il venait d'avoir l'impression, l'espace d'un instant, qu'ils étaient ressuscités, alors qu'en vérité, ils étaient perdus à jamais.

Par une claire et froide soirée d'hiver, eut lieu, chez ses parents, un repas d'adieu pour Bill, dont le peu d'effets personnels était contenu dans deux valises de petite dimension – il avait donné le reste de ses affaires, meubles et ustensiles divers, à des amis et des voisins – autour d'une table chargée de victuailles, la mère de Meïr, qui n'avait pas quitté la cuisine de la journée, avait préparé tous les plats favoris de Bill, des poissons farcis, des quiches et des soufflés. Aux alentours de minuit, lorsque les convives, des personnes originaires du même village, en Pologne, et des amis de jeunesse, sentirent que la soirée, qui s'était déroulée dans une atmosphère de nostalgie joyeuse, touchait à sa fin, ce dont ils prétendirent ne pas s'apercevoir, comme si cela leur permettrait de se retrouver de nouveau dans quelques semaines, le père de Meïr se tourna vers Bill et lui dit avec un sourire amusé, qui ne masquait pas le sérieux de son intention, que maintenant, après qu'il avait bu de l'eau-de-vie qu'il avait préparée en son honneur, et qui avait le même goût que celle du village, après qu'il avait mangé du poisson, du *tchoulent* avec des tripes farcies et goûté à la quiche aux raisins secs et au gâteau au fromage que sa femme avait faits spécialement pour lui, il lui conseillait de renoncer à son voyage, car à quoi bon aller jusqu'à Miami puisqu'il reviendrait de toute façon en Israël au bout de deux semaines ou même moins que cela. Bill rit de tout son visage rose et enfantin et amusé mais également embarrassé, il secoua sa tête en forme de ballon de rugby et la mère de Meïr, qui ne s'était presque pas assise un seul instant de tout le repas, mais avait servi et débarrassé et tranché et remué et lavé et s'était inquiétée qu'il ne manquât rien à personne et qui avait enfin pris place et buvait maintenant une tasse de thé, se joignit à lui et dit "Reste, Bill. Reste et pense que tu es parti. Personne ne te le reprochera", et Bill, dont le sourire éternel avait disparu de son visage d'enfant, si bien qu'il semblait nu et appartenir à quelqu'un d'autre, dit "Non. *It's too late*", et la mère de Meïr dit avec un sourire et sur un ton humoristique, "*It's too late* pour partir", mais l'on sentait qu'elle était farouchement déterminée à ne pas baisser les bras, comme si sa vie en dépendait, et Itzhak Kantz dit "Nous ne sommes plus si jeunes, Bill. Tu vas te mettre maintenant à courir le monde tout seul ?" Et quelque chose d'oppressant, qui avait été repoussé jusque-là, s'empara de la conversation, et seul Bill, qui à l'aide de son rire sonore semblait vouloir nier la tristesse des adieux et de la séparation inévitables, dit "Je ne vais pas courir le monde. Je rentre chez moi, en Amérique", une légère tension, bien dissimulée mais néanmoins réelle, se répandit à la ronde et resta suspendue et le père de Meïr dit "L'Amérique, c'est l'exil", sur un ton qui trahissait une désapprobation, bien que dissimulée, et même de la colère, et qui furent parfaitement saisies par les convives qui les partageaient. Ce qui avait été écarté et passé jusque-là sous silence et qui les divisait malgré eux était brusquement apparu au grand jour, et Bill dit "Et ici ? Ici c'est le plus grand exil", et il eut un rire épais, mais lui aussi sentait qu'un froid avait été jeté entre eux et que leurs chemins divergeaient, et la mère de Meïr dit "Ici, c'est notre pays", elle s'identifiait tellement à lui et en même temps, les propos qu'il tenait la blessaient profondément, et Bill, qui n'avait pas compris sa remarque ou qui, peut-être n'avait pas voulu la comprendre, dit "Je veux vivre en exil. J'aime ça", et dans un rire sonore, confus, il leva son verre de jus de fruit vide et dit "Vive l'exil." Mais tout cela ne diminua pas son anxiété, il se rendit soudain compte que ce qu'il n'avait considéré jusque quelques heures plus tôt que comme un désir se matérialisait, qu'il le voulût ou non, et était en train de devenir une réalité, et il se leva pour signifier que, pour lui, le moment était arrivé de partir, la plupart des invités, avaient, eux aussi, quitté leurs chaises et certains mettaient même déjà leur manteau, et animé par une intention conciliatrice, il posa affectueusement sa main sur l'épaule de la mère de Meïr, dont le cœur était écrasé par le chagrin et le sentiment de déréliction, et après qu'il eut mis son manteau, il commença à faire ses adieux à tous et demanda que l'on dît au revoir de sa part à Meïr et Aviva, il aurait tant voulu les voir avant son départ, et après avoir serré toutes les mains, il embrassa le père de Meïr et sa mère qui, après que tous furent partis, lava la vaisselle et remit chaque chose à sa place tout en fredonnant à voix basse "Et peut-être*...", comme elle avait l'habitude de le faire quand elle était malheureuse, et qui mourut quelques semaines plus tard, à la fin de l'hiver.

La mère de Meïr mourut subitement, sans que sa mort fût précédée par de mauvais augures, excepté une grippe qui, après qu'elle l'eut obstinément ignorée pendant quelques jours, l'obligea, pour la première fois depuis des années, à s'aliter, mais au bout de deux jours, alors qu'elle était encore faible, et malgré les objurgations du père de Meïr, qui la soignait avec dévouement, elle se leva aussitôt qu'il

* Chanson israélienne sur des paroles de la poétesse Rachel. *(N.d.T.)*

fut parti pour son travail et retourna à ses occupations, et le lendemain, elle fut transportée à l'hôpital, ce que Meïr n'apprit que le soir, lorsqu'en allant chez Posner il monta prendre des nouvelles de ses parents. Son père lui ouvrit la porte et dit "Tu as bien fait de venir", son corps était voûté et son visage desséché trahissait l'inquiétude et le désarroi, et comme ils se tenaient dans le vestibule, un silence incongru et désagréable régnait dans l'appartement et seule la cuisine était éclairée, il lui raconta qu'il avait fait transporter sa mère à l'hôpital un peu avant midi, et Meïr, surpris, demanda ce qui était arrivé, et son père dit qu'elle s'était sentie mal le matin et que le médecin qui l'avait examinée avait ordonné de la transporter immédiatement à l'hôpital, sa voix était cassée, creuse et pleine de reproches et d'impuissance, et Meïr dit que tout irait bien et qu'il n'y avait aucune raison de céder à la panique, et il suivit son père dans la cuisine mais, lorsque celui-ci l'invita à s'asseoir et à partager son dîner frugal, Meïr refusa en disant qu'il n'avait pas faim et il resta debout, appuyé à la table de marbre, le fait de se trouver seul à seul avec son père dans l'appartement le mettait grandement mal à l'aise, et il lui demanda de nouveau ce qui s'était exactement passé, et son père mordit dans le pain avec le fromage et raconta une nouvelle fois comment les choses s'étaient déroulées, mais plus en détail. Il semblait si seul et désarmé dans sa façon de parler, d'être assis et dans chacun de ses gestes, et Meïr dit, une intonation rentrée, presque imperceptible, d'impatience se mêlait à sa voix, que les médecins envoyaient aujourd'hui les gens à l'hôpital pour un oui pour un non, c'était connu, et qu'il n'y avait aucune raison d'être inquiet, lui, en effet, n'était pas inquiet, mais préoccupé, et regrettait d'être monté et de ne pas avoir été directement chez Posner, et il se leva et alla dans la salle de bains et se pesa et lorsqu'il constata qu'il n'avait pas pris de poids, et même qu'il en avait un peu perdu, il ressentit de la satisfaction, puis il regagna la cuisine pour prendre congé de son père et s'en aller, s'arrêta et après une brève hésitation, il s'approcha du placard et sortit, avec une apparente distraction, une poignée de sablés de la boîte bleue, et pourtant, il avait décidé, en montant l'escalier, de ne pas y toucher, et, dès lors qu'il avait pris des sablés, il se voyait obligé de le faire, il s'assit sur le tabouret en face de son père qui, tout en buvant du thé à lentes gorgées sonores, décrivit de nouveau la suite des événements depuis que sa mère était tombée malade et jusqu'au moment où il l'avait quittée à l'hôpital, toute sa force et sa violence rentrée s'étaient épuisées et il avait un air apeuré et totalement perdu, et Meïr l'assura une nouvelle fois qu'il n'y avait pas de quoi être inquiet et que tout irait bien, puis il s'en alla, accompagné par la sensation oppressante qu'il aurait dû rester encore un peu avec lui, au moins jusqu'au début du journal télévisé. Le lendemain, lorsqu'il rentra le soir du bureau, Meïr téléphona à son père pour avoir des nouvelles de sa mère, le devoir de le faire l'obsédait depuis le début de la matinée, et son père, qui était revenu, peu de temps auparavant de la deuxième visite qu'il lui avait rendue, ce jour-là, à l'hôpital, dit que son état était stationnaire, mais qu'elle était déprimée et indifférente, et qu'il avait bavardé avec elle et essayé d'égayer son humeur, il lui avait surtout parlé de leur prochain voyage à Gibraltar, et cela l'avait un peu réjouie, et il dit finalement qu'elle avait insisté pour que personne ne vînt la voir, ce qui soulagea Meïr, mais pas Aviva qui acheta des fleurs et lui fit dans la soirée une courte visite, de même que le lendemain, à l'heure du déjeuner, tandis que Meïr, bien que sa sérénité n'eût faibli que çà et là, dans les marges, téléphona à un ami du temps du kibboutz, qui occupait à l'hôpital un poste administratif important, et lui demanda d'aller au service de médecine interne toucher un mot du cas de sa mère, et le lendemain, interrompant son travail, il se rendit aux alentours de midi à l'hôpital pour s'informer lui-même auprès des médecins de son état, et surtout, à la faveur de l'intervention de son ami, pour les presser de lui accorder une attention particulière.

C'était une journée d'hiver ensoleillée et Meïr, qui avait quitté son bureau pour une heure, parcourut, l'air sombre, les couloirs de l'hôpital à la recherche du service où se trouvait sa mère jusqu'à ce qu'il l'atteignît et s'arrêtât devant une porte vitrée sur laquelle une plaque indiquait ce service, et une fraction de seconde, il songea à tourner les talons et partir, sa mère ayant instamment demandé qu'on ne vînt pas lui rendre visite, mais il jeta un second coup d'œil sur la plaque, et il poussa la porte lentement, avec précaution, et entra, et en face de lui, à l'autre bout du couloir large et bien éclairé du service, dans un lit blanc, sa mère était couchée sur le dos, une jambe confortablement pliée, son visage immobile levé vers le plafond. Il se figea près du seuil et tout en l'observant, il se prit à douter s'il s'agissait bien de sa mère, car l'oreiller, sur lequel reposait sa tête, et surtout les sondes auxquelles elle était branchée, cachaient un peu ses traits, pourtant il ne s'approcha pas de son lit mais fit un pas ou deux, s'accouda au guichet du poste de garde des infirmières, et la regarda de nouveau, sans arriver cependant à décider si c'était bien elle ou quelqu'un d'autre qui lui ressemblait par la position de la jambe, par la forme et la position de la main, lâchement étendue le long du corps, et par les rares mèches de cheveux noirs qui s'échappaient des bords de l'oreiller et couvraient en partie le visage pâle et trop flou, et surtout par quelque chose d'imperceptible qui émanait d'elle, et ensuite il se tourna vers l'infirmière, qui était assise derrière le guichet, se présenta et lui demanda comment allait sa mère, évoquant en passant, de manière embarrassée et hâtive, son ami et le fait qu'il avait manifesté de l'intérêt pour elle, et l'infirmière, qui était en train de noter toutes sortes de choses, lança un regard en direction du lit de sa mère et dit d'un ton serviable et neutre qu'elle n'allait pas bien et qu'elle devrait probablement être transférée dans le service de réanimation et, tout en la désignant d'un mouvement de tête, elle lui proposa de se rendre à son chevet, et Meïr dit qu'il ne voulait pas enfreindre le règlement de l'hôpital et déranger en dehors des heures de visite, il reviendrait la voir en début de soirée, et l'infirmière dit "Vous ne dérangez pas. Mais comme vous voulez", et Meïr attendit un moment et dit qu'il n'était venu à cette heure-ci que pour avoir des nouvelles de son état, et il évoqua à nouveau son ami, de la même manière embarrassée et hâtive, et le fait qu'il avait manifesté de l'intérêt pour sa mère, et l'infirmière dit "Oui, il a parlé ici avec quelqu'un. Je crois que c'était avec le Dr Appelboïm", et après qu'elle eut répondu au téléphone elle lui répéta que sa mère n'allait pas bien et que les vingt-quatre heures à venir seraient décisives, et elle se replongea dans les papiers posés devant elle. Meïr se recula un peu, lança un regard d'adieu à sa mère, mais sans pour autant cesser de s'accouder au guichet car il avait l'impression de ne s'être pas encore acquitté de sa mission, et il regarda l'infirmière puis sa mère à l'autre bout du couloir qui déplaçait de temps à autre sa jambe levée ou sa tête, elle lui semblait baigner dans une tranquillité agréable et une sorte de bien-être, et il se demanda s'il devait se rendre auprès d'elle et interrompre sa quiétude, et surtout, il se demanda s'il ne devait pas se tourner de nouveau vers l'infirmière et la prier que l'on accordât une attention particulière à sa mère, c'était finalement pour cela qu'il était venu, et évoquer une nouvelle fois, en passant, son ami, pour le coup d'une manière claire et énergique, la façon dont il s'y était pris précédemment le décevait et l'agaçait, mais il y renonça et se dit que l'infirmière était occupée et que de telles interventions ne pouvaient que provoquer une résistance, et à juste titre, et qu'en tout état de cause, l'on prendrait soin de sa mère, au moins autant que de n'importe quel autre malade, et qu'il était inutile de faire pression, et il jeta encore un regard à sa mère et commença à s'éloigner, mais lorsqu'il s'approcha de la porte vitrée, elle fut poussée par un des employés de l'hôpital qui roulait un appareil recouvert d'une housse de toile, et Meïr s'arrêta car il eut le pressentiment que l'employé allait vers sa mère, et en effet, celui-ci roula l'appareil jusqu'à son lit, puis il en ôta la housse, le brancha sur une prise de courant, vérifia qu'il était prêt à fonctionner d'un bref coup d'œil superficiel et le brancha sur sa mère, il agissait avec l'insouciance et la nonchalance de qui exécute une tâche routinière, puis il le mit en marche et sans le perdre des yeux, il fuma une cigarette et plaisanta avec une des infirmières. Meïr, qui se voyait déjà hors de l'hôpital, il désirait de toutes ses forces être déjà dans les rues aérées et l'agréable soleil d'hiver, hésita une fraction de seconde et s'appuya de nouveau sur le guichet du poste de garde des infirmières, et il continua à observer sa mère et l'employé de l'hôpital qui, lui semblait-il, effectuait son travail avec indifférence et indolence, et ce faisant, devant la sensation de plus en plus intense d'une catastrophe imminente, sensation qui suscitait en lui l'affolement et l'impression de devoir faire tout ce qui était en son pouvoir pour repousser cette catastrophe, alors qu'il cherchait à s'esquiver et à déguerpir, car si l'employé n'était pas entré soudain avec l'appareil, il serait parti depuis longtemps, il pensa de nouveau s'approcher de l'employé et de l'infirmière, de toutes les infirmières, et de leur demander de s'occuper de sa mère avec une attention particulière, et il ressassa dans son esprit les mots dont il se servirait, et il se les marmonna même à part lui, tantôt avec fermeté et tantôt sur un ton de requête presque implorant, mais il resta immobile, sa main posée sur le guichet, et il se répéta que le fait qu'ils se montrent décontractés et souriants ne voulait pas dire qu'ils ne faisaient pas tout ce qu'il fallait, il était évident qu'ils le faisaient, c'était leur devoir, et de toute façon sa requête ne servirait à rien, et peut-être même nuirait-elle, car elle risquait de les mettre en colère contre lui, et par suite, contre sa mère. Pour finir, l'employé débrancha sa mère de l'appareil d'un geste routinier et habile et échangea quelques phrases avec l'infirmière, Meïr ne perçut que le mouvement des lèvres et de la tête et les expressions impénétrables, tout se déroulait comme derrière une vitre opaque, et l'infirmière recouvrit sa mère d'une fine couverture blanche et appela une autre infirmière et toutes deux elles roulèrent le lit de sa mère, et il voulut s'approcher de sa mère et lui dire quelque chose, ou au moins lui toucher l'épaule, mais il resta immobile à regarder les infirmières et le lit jusqu'à ce qu'ils eussent disparu derrière les portes situées au fond du couloir qui conduisait au service, et alors, après une légère hésitation, il demanda à l'infirmière qui se trouvait derrière le guichet que l'on transmît à sa mère qu'il était venu pour prendre de ses nouvelles, et l'infirmière dit "D'accord", et le nota sur un papier devant elle, et il dit "Merci", et après une hésitation supplémentaire, il avait déjà commencé à s'éloigner, il s'arrêta et lui demanda qu'elle prenne son numéro de téléphone et qu'en cas de besoin, on l'alerte lui et non pas son père, et l'infirmière répéta "D'accord", et nota le numéro et il la remercia à nouveau et sortit de l'hôpital avec un sentiment de soulagement et d'oppression.

Des petits nuages grisâtres étaient disséminés dans le ciel bleu et Meïr marchait lentement sous l'agréable soleil d'hiver en direction de la place de la Mairie, appréciant l'air frais et la sensation de liberté qui palpitait dans sa chair et l'emplissait d'allégresse, mais tout en avançant, il eut l'impression que le pressentiment de la catastrophe imminente et de la peur, qui gisait enfoui au fond de lui comme une boule de basalte, jaillissait et se répandait par toutes les cavités de son corps qui se remplissait comme d'une fumée de plomb, et ses traits devinrent graves et durs, il avait le sentiment qu'ils s'étaient recouverts d'une peau sèche, et il se replia sur lui-même, éloigné et séparé de tout ce qui l'entourait, il y avait quelque chose d'agréable dans l'isolement et l'indifférence de ce repli, et de l'intérieur de sa carapace, il contempla, présent et absent, les arbres, les maisons, les voitures et le flot des gens qui marchaient avec un plaisir évident dans les rues baignées par la lumière jaune du soleil. Arrivé place de la Mairie, il s'arrêta et se demanda s'il allait prendre la rue Gordon et monter voir son père, qui faisait peut-être déjà sa sieste, pour lui annoncer que l'on avait transféré sa mère dans le service de réanimation, et il décida de ne le faire qu'après son travail, mais alors qu'il attendait l'autobus qui devait le ramener au bureau, il changea d'avis, quitta l'arrêt et alla chez son père. Au moment où il sonna à la porte, il entendit le raclement de pieds affolé de son père, cet affolement le remplissait à chaque fois de nouveau de colère, comme si son père était assis à attendre anxieusement ce coup de sonnette, et la porte s'ouvrit immédiatement et son père apparut dans l'embrasure, sa chemise était déboutonnée et son pantalon flottait, son visage était assombri par l'inquiétude et la confusion. Ils entrèrent dans la petite pièce et Meïr lui raconta qu'il revenait tout juste de l'hôpital et que l'on avait transféré sa mère dans le service de réanimation, et qu'elle n'allait pas bien, et que le soir, aussitôt après le travail, il téléphonerait à un ami médecin et lui demanderait de se mettre en rapport avec un des médecins du service où elle se trouvait pour demander que l'on s'occupe d'elle avec une attention particulière, et son père dit "Fais-le, fais-le", toute sa vigueur et sa vitalité avaient disparu de son corps affolé, et seule l'ombre de sa violence tyrannique émanait encore de lui, telle la fumée âcre qui monte de la cendre encore chaude d'un feu éteint, sous la forme de griefs rageurs et d'une muette attente de miséricorde, il le dit d'un ton désespéré et son regard s'accrocha à lui, un regard solitaire et suppliant, comme s'il lui était véritablement possible d'opérer un miracle et de la sauver, et il ajouta "Je l'ai implorée de rester encore quelques jours au lit. Quel besoin avait-elle de courir ?" Et Meïr dit "Tout ira bien. Ne t'inquiète pas", et il partit pour le bureau.

Tard dans la soirée, lorsque Meïr et Aviva rentrèrent d'une visite chez des amis, Amnon leur dit qu'une heure auparavant, on avait appelé de l'hôpital et demandé qu'ils viennent car l'état de sa mère était désespéré, et ils repartirent immédiatement et descendirent l'escalier et arrêtèrent un taxi et peu de temps après, ils parcouraient les couloirs déserts de l'hôpital et montaient au service de réanimation où, sur une des chaises du couloir, devant la porte d'entrée blanche du service, à la lumière des tubes fluorescents, son père était assis, recroquevillé et impuissant, perdu entre son frère, la femme de celui-ci, la tante Hayiah, la veuve de Zeimer et une autre parente éloignée dont les visages étaient pétrifiés de frayeur et de stupéfaction, et ils ne se détendirent un peu que lorsqu'ils virent Aviva et Meïr, qui s'approchèrent et les saluèrent tous par des mouvements de tête et quelques mots murmurés à voix basse. Meïr s'assit à côté de son père, qui le fixait d'un regard suppliant, et pendant une fraction de seconde surgit dans ses yeux abattus, vides de vie, une expression obséquieuse de gratitude, comme si sa seule apparition, qui avait tardé, était une sorte de gage de salut, mais elle se dissipa instantanément et s'évanouit sans laisser de traces sur son visage hébété de désespoir, et Meïr passa mollement sa main autour de ses épaules et se tourna vers la veuve de Zeimer, qui occupait la chaise voisine, la chair de son épais visage était imbibée des sanglots qu'elle allait bientôt laisser éclater, et lui demanda comment elle se portait, puis il dit quelque chose à son oncle, il était assis de l'autre côté de son père, et à la parente éloignée, et ensuite il fit silence, et resta assis sans proférer une parole et regardait tantôt le mur qui lui faisait face avec la porte close du service, dans chacun de ses battants s'ouvrait une fenêtre ronde comme dans un bateau sans vitre et tantôt vers les profondeurs du couloir, qui ressemblait à un tunnel abandonné, tandis qu'Aviva bavardait doucement avec la tante, et de temps à autre aussi avec l'oncle, qui se leva brusquement, marcha de long en large, les mains derrière le dos, puis se rassit. Toute leur attention était concentrée, comme suspendue à un fil, sur la porte du service, derrière laquelle, dans une des chambres blanches, qu'aucun d'eux ne voyait, entourée de toutes sortes d'appareils et de machines, sa mère était en train de mourir sans qu'il fût possible de la sauver, personne n'en doutait et personne n'attendait un miracle et la seule chose à faire était d'attendre, avec soumission ou terreur l'annonce de la fin, ce à quoi ils s'employaient tandis que Meïr, muré dans son silence, essayait sans relâche et en vain de comprendre ce qui se passait, la mort de sa mère, et de se l'expliquer, car malgré ses efforts, la chose lui échappait comme s'il s'agissait d'une boule lisse de fumée ou qu'elle se fût contractée au contact de sa pensée et désagrégée en éléments insignifiants, ce qui lui laissa un lourd sentiment de dépit et de honte, il eut l'impression qu'il s'éloignait et se renfermait comme une huître dans sa coquille, et l'espace qui s'était ouvert autour de lui s'emplit d'une indifférence qui se répandait comme une vapeur grisâtre dans sa poitrine, son visage impassible et sa main, qui était posée comme un tuyau vide sur les épaules de son père dont il percevait, à travers le costume du shabbat qu'il avait mis, Dieu sait pourquoi, la terreur éperdue et l'impuissance paralysante, qui remplissaient tous les pores de son corps et toutes les fibres de son esprit et s'y coagulaient jusqu'à devenir, elles-mêmes, son corps et son esprit, et Meïr esquissa une étreinte, en signe de sympathie, et le pressa légèrement contre lui, un corps vaincu et frappé par le désespoir, qui par moments marmonnait des mots inintelligibles ou laissait échapper un gémissement, instantanément absorbés par la tristesse éclairée du couloir.

La porte s'ouvrit enfin, dans un battement à peine audible, et un jeune médecin avec une moustache noire apparut, et tous se figèrent et le fixèrent des yeux en silence, et le médecin s'arrêta devant la porte et les regarda avec embarras, comme s'il cherchait quelqu'un qu'il ne connaissait pas, puis il fit un pas ou deux dans leur direction et le père de Meïr se leva, les autres l'imitèrent, et il se tint devant lui, courbé, et le fixa de ses yeux morts et implorants. Le médecin haussa légèrement les épaules, comme s'il s'excusait, Meïr se dit qu'il était argentin, et il parcourut d'un regard gêné le petit groupe qui se pressait en face de lui et ne le quittait pas des yeux, le silence était tel que l'on pouvait entendre ce qui se passait à l'intérieur des murs, et d'une voix sourde, à peine plus haute que le silence lui-même, il dit "Voilà. Elle est morte", et son regard se dispersa et il haussa de nouveau les épaules. Meïr ne bougea pas, il se contenta de soutenir, comme pétrifié, son père qui laissa échapper un gémissement et se prit la tête entre les mains, et la veuve de Zeimer commença à pleurer doucement de tout son visage et ses yeux rougirent, tandis que l'oncle et la tante et Aviva continuèrent à rester debout, frappés de stupeur, de même que la parente éloignée, qui marmonnait quelque chose, et le médecin, il s'adressait surtout à Meïr et à Aviva, dit que s'ils le souhaitaient, ils allaient pouvoir, d'ici quelques minutes, la voir pour la dernière fois, et ensuite il dit quelques mots sur la cause du décès et encore autre chose, il cherchait le moyen le plus doux pour se détacher d'eux et partir. Et dans la confusion contenue, presque imperceptible, semblable à des ombres de feuilles tremblant sur un mur, qui régnait maintenant que la tension de l'attente intolérable était tombée, Aviva se tourna vers Meïr et lui demanda doucement s'il voulait aller voir sa mère, et Meïr dit d'une voix dure "Non, je ne veux pas", et il s'écarta un peu de son père qui, au même moment, se vida tout entier, comme s'il s'était transformé en un sac de peau flasque ne contenant qu'un petit nombre d'objets, et il se laissa retomber sur sa chaise en sanglotant difficilement, comme avec effort, et dit "Non, ce n'est pas possible. Elle s'est tuée et elle nous a tués. Je l'ai suppliée de rester encore quelques jours au lit", il le répéta à plusieurs reprises et l'oncle, qui le soutenait à présent, tenta de le calmer, mais sans vigueur, la parente éloignée se joignit mollement à lui, tandis que la tante posa sa main sur son épaule et dit "Qu'il pleure, qu'il pleure. Il doit pleurer", et que la veuve de Zeimer était secouée de sanglots et répétait d'une voix pleine de larmes "C'était une femme extraordinaire. Il n'y en avait pas deux comme elle", elle s'adressait à elle-même et à l'oncle et à la tante et à Aviva et à Meïr, qui hocha la tête à contrecœur en signe d'assentiment puis il s'éloigna de tout le monde, comme pour être seul avec son chagrin, il ne voulait rien entendre ni rien dire, et il se tint ainsi, isolé des autres, enveloppé d'une sensation oppressante de dépit, dont il ne réussissait pas à se débarrasser, il vit du coin de l'œil Aviva et la tante suivre le médecin et disparaître après lui derrière la porte du service, car tout lui semblait si pitoyable et même affecté, très éloigné de la grandeur terrible, si intime, qui descend jusqu'aux tréfonds de l'âme et roule comme un tonnerre sombre dans tous ses replis, qui aurait dû imprégner tout cela, puisque à cet instant sa mère venait de mourir. Et au bout de quelques instants, lorsque Aviva et la tante furent revenues, l'oncle se leva et se tourna vers le père de Meïr et lui dit doucement "Allons-y", et il lui tint l'épaule, et le père de Meïr redressa un peu la tête et le regarda avec hébétude étant donné qu'il ne pouvait en aucun cas accepter le fait que voilà, à cet instant, un instant banal, que rien ne distinguait, tout était fini et irrémédiablement, et l'oncle répéta "Viens, allons-y", et lui soutint légèrement le bras, mais il resta assis sur la chaise, distrait plutôt qu'obstiné, et lança un regard éteint et suppliant à l'oncle et à la tante, à Aviva et à Meïr, qui s'empressa de détourner ses yeux de lui, et l'oncle dit "Nous n'avons plus rien à faire ici", sur un ton persuasif et apologétique, et la veuve de Zeimer, la face gonflée par les larmes, promena son regard de droite à gauche et dit "Il y a à peine quelques jours, elle est venue chez moi pour prendre un peu d'huile", et Aviva posa doucement sa main sur le dos du père de Meïr et dit "Tu dois t'en aller", et elle le prit par le bras, l'oncle lui tenait l'autre bras, et accompagnés par le reste du groupe, ils se mirent lentement à marcher à travers les couloirs déserts de l'hôpital vers la sortie. Et alors qu'ils marchaient ainsi, Meïr fut assailli par le sentiment que l'air s'ouvrait autour de lui, et que la terre, qui était sous le sol qu'il foulait, se crevassait et qu'il marchait en flottant dans un espace béant, vide de tout, troublé par l'idée obsédante qu'ils avaient oublié derrière eux quelque chose qu'il ne fallait pas oublier mais qu'il était désormais impossible de retourner chercher.

Près de la sortie, le père de Meïr s'arrêta soudain et demanda si un acte ou un certificat ne devait pas lui être délivré, et la veuve de Zeimer dit qu'il fallait sûrement quelque chose pour l'enterrement, et le père de Meïr dit sur un ton agressif "Il n'y aura pas d'enterrement. Elle a fait don de son corps à la science", et la tante dit "Quoi ?!" et le père de Meïr répéta "Il n'y aura pas d'enterrement. C'est ce qu'elle a voulu", avec la même intonation dure et agressive dans la voix, comme s'il avait cherché à blesser quelqu'un, et il demanda de nouveau s'il ne devait pas recevoir d'acte ou de certificat, et Meïr, à qui sa mère avait déjà fait part, des années auparavant et dans des termes vagues, de sa volonté d'agir de la sorte, elle s'opposait à ce que l'on s'occupât d'elle et avait en horreur bedeaux, chantres et autres instruments du culte, et en général tout ce qui touchait à la religion, qui était imposé ou adopté par des gens qui n'étaient pas croyants, comme lui, se sentit soulagé et éprouva même une certaine joie, après que son père eut annoncé clairement l'intention de sa mère, et cela parce que, ainsi, la question de l'enterrement et de l'inhumation était réglée pour lui, et son cœur se gonfla de fierté en pensant que sa mère, par cet acte ultime, avait conquis sa liberté, ce qu'elle avait aspiré à faire toute sa vie sans en avoir eu le courage, et prouvé qu'elle était bel et bien une femme qui allait jusqu'au bout de ses principes sans sacrifier aux conventions sociales, une femme unique en son genre et même bohème. Il demanda à tous d'attendre et s'approcha du guichet d'admission de l'hôpital où il lui fut dit que toutes les formalités, la remise de l'acte de décès comme l'acte de don du corps à la science, ne pouvaient être acquittées qu'aux heures ouvrables, et il revint vers le petit groupe serré qui attendait près de la sortie, la sensation désagréable qu'ils oubliaient là quelque chose d'important ne lui laissait pas de repos, et il en informa son père, et ils s'ébranlèrent et sortirent dans l'air froid du soir et d'un seul coup, il fut envahi par le sentiment, qui n'annulait pas la sensation précédente mais la reléguait seulement un peu au second plan que quelque chose de décisif avait eu lieu dans sa vie, et qu'elle ne serait plus jamais comme avant. Il appela un taxi et lorsque celui-ci arriva, qu'ils y montèrent et qu'il démarra, il prit place, renfermé, sur la banquette arrière, attacha ses yeux sur la vitre qui se trouvait à côté de lui et regarda comme pétrifié les rues et les maisons obscures et vit sa mère étendue sur le lit de l'hôpital dans un pyjama rose, recouverte d'un drap blanc, seule dans une pièce où l'on avait éteint la lumière, par-delà les murs du couloir abandonné, et son cœur se serra, et ensuite, il pensa à sa grand-mère, il la vit brusquement en chair et en os, plus tangible que sa mère, avec ses chaussures de *chevreau** noires et

---

* En français dans le texte. *(N.d.T.)*

son gros corps, vêtue de sa robe du shabbat, son visage couleur de vieux papier journal aux joues de velours portant, avec une tristesse insupportable, le deuil de sa fille qui était morte, mais elle ne pleurait pas, car, d'une certaine manière, tel était son sentiment, peut-être en raison de sa vieillesse ou de sa sagesse, elle était au-dessus de tout cela. Et comme ils se rapprochaient de l'appartement, après avoir déposé la parente éloignée et la veuve de Zeimer, l'oncle dit au père de Meïr qu'il dormirait avec lui cette nuit, et le père de Meïr dit "Je dormirai tout seul", et la tante dit "Non. Il dormira avec toi", mais le père de Meïr s'y opposa farouchement et l'oncle dit "Bon. On en reparlera quand on sera arrivé", et Meïr, une main posée sur le genou d'Aviva, eut l'impression qu'ils s'adressaient à lui et que tous attendaient de lui quelque chose mais il resta silencieux et continua de fixer la vitre et de regarder d'un air renfermé les rues obscures et désertes, et lorsque lui et Aviva furent rentrés à la maison, qu'ils n'avaient quittée que peu d'heures plus tôt, il sut que tout avait changé, et pour toujours.

Le lendemain matin, après qu'il se fut lavé, eut mangé et téléphoné au bureau et annoncé qu'il ne viendrait pas travailler ce jour-là pour raisons familiales, il n'en dit pas plus, il se rendit chez ses parents pour voir son père et pour prendre les documents dont il avait besoin pour les différentes formalités dont il était nécessaire de s'acquitter. Et tandis qu'il marchait dans ces rues qu'il connaissait si bien, plongé dans une sensation somnambulique de flottement et de perturbation, une sensation hallucinée de fête, qui l'avait enveloppé dès son réveil, il fut saisi par un étonnement tranquille à la vue des trottoirs et des chaussées et des maisons et à la vue des entrées et des haies et de la petite place avec ses arbres branchus et du jardin d'enfants et de la cordonnerie, tout était enveloppé par cet air de fête hallucinée, de ce qu'ils fussent toujours là, étant donné que dans son esprit, ils appartenaient à sa mère et lui étaient assimilés, au point qu'ils ne pouvaient exister que si elle passait devant eux et les voyait, et il en allait de même pour une grande partie de la ville, avec ses rues et son ciel, et cela renforça en lui la sensation de flottement et de perturbation, elle avait quelque chose d'agréable à l'extrême, qui augmenta lorsqu'il pénétra dans la cage d'escalier de l'immeuble de ses parents et gravit les marches.

La tante lui ouvrit la porte et lui dit que l'oncle était parti travailler et qu'elle ferait le ménage et la cuisine et resterait jusqu'au soir, et cela fit grand plaisir à Meïr, qui la remercia discrètement et entra dans la petite pièce où, dans la mi-pénombre, son père était assis sur le canapé, entouré par les photos de sa mère, et après qu'il lui eut demandé hâtivement comment il allait, son père ne lui répondit pas mais fit avec une rage impuissante un geste de la main, et eut débité encore quelques banalités, il ne savait pas lui-même pourquoi, il sentait seulement que tout l'exaspérait, il lui parla des formalités à effectuer, il s'efforça de le faire d'une voix neutre, comme si de rien n'était, il s'était exercé en chemin à se comporter ainsi, et il nota tout sur un morceau de papier – se faire délivrer un acte de décès, régler la question du don du corps à la science, passer un avis dans les journaux, appeler sa sœur à Boston, prévenir Royi par l'intermédiaire de l'officier de liaison – ensuite, s'attardant encore un peu dans l'appartement, il traîna dans les chambres comme s'il voulait ranger quelque chose puis il s'assit et essaya d'entamer à contrecœur la conversation avec son père, dont le visage défait était hébété et les yeux éteints et qui se contentait, de temps en temps, de se frapper la jambe du plat de la main avec impuissance et de dire que ce n'était pas possible et qu'elle s'était tuée et les avait tués et qu'un tel malheur n'était encore jamais arrivé. Il fut assailli par un refus obstiné de le regarder en face et surtout de regarder les photographies de sa mère, qui étaient posées à côté de lui sur le bord du canapé, à tel point qu'il s'abstint même d'y jeter un rapide coup d'œil, et pour finir, après avoir tergiversé, il demanda à son père la carte d'identité de sa mère et l'attestation au sujet du don de son corps à la science et il prit quelques sablés dans la boîte bleue et s'en alla.

L'hôpital était maintenant inondé de lumière et bourdonnait de monde et de mouvement, aucune trace de l'atmosphère mystérieuse déprimante et du sentiment de solitude absolue qui y avaient régné la nuit ne subsistait, et alors que Meïr marchait dans les corridors du service où sa mère était morte et auquel l'avait adressé l'employé de la réception et s'approchait de la partie du couloir avec les chaises et la corbeille circulaire où ils avaient passé la nuit, la tension qui l'avait accompagné depuis qu'il avait pénétré dans l'hôpital l'inonda mais il ne s'attarda pas à considérer les lieux bien qu'il fût fortement tenté de le faire, mais poussa précautionneusement la porte blanche aux deux hublots sans vitres qui avait été, pendant quelques heures, au cours de la nuit, l'objet de toute son attention, et le cœur battant, regardant droit devant lui, il traversa le couloir intérieur et se dirigea vers la secrétaire du service, qui était assise au bout derrière un petit guichet, et lorsqu'elle eut terminé la conversation téléphonique où elle était plongée et se tourna vers lui pour lui demander ce qu'il voulait, il lui dit que sa mère était décédée dans ce service, la nuit précédente, il avait voulu dire "morte" mais quelque chose l'en avait retenu, et que quelques années auparavant, elle avait légué son corps à la science, il avait avec lui le document qui en attestait, et qu'il était venu pour régler cela, et en prononçant ces paroles, il éprouva la même fierté qu'il avait éprouvée la nuit précédente, sortit de sa poche l'attestation requise et la posa devant elle. La secrétaire jeta un coup d'œil dessus et une fraction de seconde, la crainte qu'il ne manquât une signature ou qu'il s'y trouvât une lacune et que le don du corps ne pût se réaliser le saisit, et elle lui demanda qui était le médecin qui avait été la nuit au chevet de sa mère et Meïr dit qu'il ne connaissait pas son nom mais qu'il était jeune et avait une moustache noire et un accent étranger, peut-être sud-américain, et la secrétaire hocha la tête, composa un numéro et parla avec quelqu'un au téléphone, et ensuite elle demanda à Meïr de s'asseoir et d'attendre quelques instants jusqu'à ce que le médecin se libérât et Meïr s'assit sur une des chaises et attendit, ses mains croisées sur ses cuisses, regarda les murs et les portes des chambres, et s'abandonna à la sensation, qui avait palpité en lui dès l'instant où il était entré dans le service, que dans l'une des chambres avoisinantes, peut-être même dans celle qui se trouvait derrière le mur contre lequel était appuyée sa chaise, sa mère était toujours là à attendre que la question fût résolue et qu'on la remît aux mains de la science, cette sensation était tellement vive qu'il eut l'impression qu'il pouvait voir son ombre à travers le mur, ce qui le mit mal à l'aise, puisque aucune distance ne s'était encore creusée entre lui et elle excepté la distance de quelques heures et la conscience qu'un événement s'était produit, qui n'avait pas encore transpercé la carapace de la raison et perturbait légèrement la vie quotidienne.

Le médecin à la moustache noire entra et ils se serrèrent la main, oui, ils se souvenaient l'un de l'autre, et Meïr lui dit pour quel motif il était venu, et il éprouva une nouvelle fois cet éclair de fierté, et le médecin hocha la tête, il était extrêmement aimable et courtois, et après avoir examiné l'attestation, il dit que l'hôpital veillerait à ce que sa volonté fût exécutée, et Meïr hésita un instant et lui demanda de quoi exactement était morte sa mère et s'il n'avait pas été possible de la sauver, et le médecin dit qu'elle était morte d'une crise cardiaque et qu'il n'y avait eu aucune possibilité de la sauver. Les paroles du médecin calmèrent une pensée qui le rongeait depuis le matin et qu'il souhaitait de tout cœur voir démentie, et Meïr, qui hésita à demander à voir sa mère avant qu'on ne la transférât, serra chaleureusement la main du médecin et le remercia en son nom et au nom de sa famille, et il sortit du service d'un pas léger et passa dans les corridors, ils lui étaient maintenant familiers comme s'il les avait parcourus un nombre incalculable de fois, et quitta l'hôpital avec la satisfaction d'avoir tout réglé. Et comme il marchait dans les rues noyées de soleil, c'était une merveilleuse journée de printemps, plongé de nouveau dans cette sensation somnambule de flottement et de perturbation agréable et pensant avec fierté à sa mère, qui avait légué son corps à la science, son image plana autour de lui dans l'air pur tout le long du chemin, un léger sentiment de malaise se fit jour en lui, comme si quelque chose n'était pas parvenu à son aboutissement et était resté en suspens dans l'air tel un cri étouffé, et bien qu'il s'efforçât d'ignorer ce sentiment et de le réduire à néant, il ne le quitta pas et l'accompagna jusqu'à ce qu'il entrât dans l'agence, qui à cette heure-là était presque déserte, et vît, face à l'entrée, Aliza. Elle était assise sur le bord de la table d'une des employées, un peu penchée vers le côté, avec à la main, un sandwich et un verre de thé, et bavardait gaiement avec elle, et lorsque Meïr s'approcha d'elle et dit "Bonjour, Aliza", elle interrompit un instant la conversation allègre dans laquelle elle était engagée et dit "J'arrive tout de suite", et Meïr dit "Ça va. J'ai tout mon temps", et il lança un regard scrutateur vers ses jambes qui, en raison de la façon dont elle était assise, se voyaient sous sa jupe jusqu'au-dessus des genoux, et il n'en détacha pas ses yeux lorsqu'elle se leva à regret et se dirigea avec indolence, son sandwich et son verre de thé à la main, vers sa place derrière le guichet, et il constata alors que ses jambes n'étaient pas belles, ce qui le remplit d'aise, mais lorsqu'elle s'assit derrière le guichet, elle l'attira de nouveau, et il eut beau se répéter que ses jambes étaient laides, son attirance pour elle ne s'en trouva pas diminuée, et il se souvint qu'il avait lu un jour que le deuil et les voyages en train éveillaient le désir sexuel, et il se dit qu'il était prêt, à l'instant même et sans se laisser arrêter par aucune considération, à l'emmener à l'hôtel ou n'importe où et à coucher avec elle.

Vers midi, après avoir passé l'avis de décès – l'employé qui en avait pris la formule s'était opposé au début pour une raison quelconque à ce qu'y figurât l'expression "a disparu", exigeant "est décédée" ou "n'est plus" – et après avoir prévenu Royi par l'intermédiaire de l'officier de liaison, Meïr rentra chez lui et téléphona à sa sœur à Boston, qui pendant quelques instants ne comprit absolument pas de quoi il s'agissait, et c'est là qu'elle sut qu'il n'y aurait pas de funérailles, elle lui dit qu'elle arriverait dans quelques jours en Israël, et lui demanda de transmettre entre-temps toute son affection à leur père, puis il s'apprêta à monter chez son père et à déjeuner avec lui. Cette obligation lui pesait depuis quelques heures déjà, mais Aviva, qui était rentrée de son travail plus tôt que d'habitude et était en train de réchauffer le repas qu'elle avait préparé, lui proposa d'y monter à sa place tandis que lui mangerait à la maison puis irait se reposer. Il ne sentait pas combien il était rompu, mais sous le calme et le comportement routinier qu'il affichait, il manifestait clairement des signes de fatigue, et avant tout de tension, dont il n'avait aucune conscience, et après avoir déjeuné seul – Amnon avait accompagné Aviva – il s'allongea sur le lit et au bout de quelques instants, s'endormit, et ce n'est que le soir, après qu'il se fut douché et eut bu un café, le tout avec une grande lenteur, ensommeillée, qu'il alla chez son père, mais lorsqu'il arriva au coin de la rue, à deux immeubles de celui de ses parents, il bifurqua et se dirigea vers la mer. Une ombre crépusculaire agréable enveloppait les rues, grouillantes de monde, et tout en marchant tranquillement, les mains derrière le dos, embrassant sans effort ce qui s'offrait à sa vue, tout reflétait encore la beauté du jour printanier, il fut, au sein de cette douceur paisible, submergé par la sensation que derrière lui, juste derrière ses épaules, s'étendaient des monceaux de ruines, comme ceux qui sont montrés dans les films de guerre, et il fut persuadé que pour peu qu'il tournât la tête, il les verrait, avec entre eux, çà et là, le mur noirci d'une maison, une poutre couchée, une clôture, un arbre déchiquetés, et que seule devant lui se déployait encore une zone verdoyante, fraîche, qui se terminait quelque part par ici, à peu de distance, dans le ciel d'azur au-dessus de la mer qui se cachait par-delà la bande de collines calcaires, ce qui donnait le sentiment que derrière elles s'ouvrait un gouffre bleu, et ensuite il eut l'impression de se tenir sur un tapis, comme ceux qui sont déroulés dans les couloirs, long et riche en motifs, et qu'on l'enroulait dans ses talons au fur et à mesure qu'il avançait. Lorsqu'il remonta l'avenue Ben-Gourion, à l'ombre s'épaississant des tamaris, encore absorbé par ces images et ces pensées, tout était comme d'habitude autour de lui, et cependant tout s'était vidé de son contenu et sous l'écorce de l'habitude bouillonnait un vide confus, il sentit avec anxiété que la mort de sa mère l'avait exposé aux terribles dangers de l'existence et au premier chef, à la mort, dont, par sa présence même, elle le protégeait, et il se dit que maintenant qu'elle était morte, c'était à son tour de mourir.

L'appartement de ses parents, les chambres, le vestibule et la cuisine, était rempli de parents et d'amis venus s'associer au deuil de son père assis, hébété et écrasé, dans la grande pièce avec devant lui, sur la table basse, le paquet de photos de sa mère qu'il regardait inlassablement en expliquant d'une voix enrouée de pleurs et d'impuissance ce qu'on y voyait – la voici dans les Jeunesses socialistes, et là, elle se tient devant la cabane avec sa houe, et ici, elle est en Amérique, à côté des chutes du Niagara, elle était si heureuse – et, ses yeux révoltés et implorants levés vers tous ceux qui faisaient cercle autour de lui, reprenant de temps en temps avec stupéfaction et indignation, comme poussé à chaque fois par une nouvelle vague de douleur – il n'essayait même pas de se contenir mais laissait sa douleur et son désespoir jaillir et s'épancher sans inhibition et sans honte – le récit des derniers jours de sa vie, dans un effort sombre et exténuant pour déchiffrer la véritable cause de sa mort, qu'il attribuait, tâtonnant, éperdu, dans l'obscurité, tantôt à une chose, tantôt à une autre, car elle était une femme saine et forte et ne se plaignait de rien, il le soulignait à l'envi, et sa mort subite était, à son avis, contraire à la logique, et avant tout, absolument contraire à la justice, il le proclamait sans relâche avec déchirement et fureur, d'autant plus que quelques semaines plus tard, elle devait aller avec lui à Gibraltar et réaliser ainsi son vœu le plus cher, et cela l'outrait à chaque fois de nouveau, lui arrachant un mélange indistinct de gémissements, de sanglots et de protestations hachées, il y avait dans tout cela quelque chose d'obscur et de violent, puis il répéta que si elle était morte après leur voyage à Gibraltar, il aurait trouvé le malheur beaucoup moins terrible et il se serait contenté de se mordre les lèvres sans rien dire, au bout du compte, chacun finissait bien par mourir un jour, une intonation dure reflétant un sentiment de préjudice et de persécution se glissa dans sa voix, mais il en était allé autrement, et tout cela, à cause de la grippe, il se cramponna finalement à la grippe avec un entêtement violent et dit que la grippe l'avait tuée, il le répétait sans arrêt, et que s'il avait été à la maison, il ne l'aurait pas laissée descendre du lit et rien ne serait arrivé, mais il était au travail et ne savait pas qu'elle en descendrait, et il épongea sa figure pâle et terreuse, enlaidie, avec son mouchoir, un peu de salive blanchâtre avait durci aux commissures de ses lèvres, il étala machinalement les photos et dit "Elle est morte comme un oiseau, dans un silence complet, sans proférer un son. Si elle était restée au lit, rien ne serait arrivé. Je l'ai suppliée. Dans quinze jours, nous aurions acheté des valises pour le voyage. Elle s'est tuée, et elle nous a tués", il répéta à plusieurs reprises ces propos en se frappant la cuisse ou en frappant l'accoudoir du canapé avec une colère impuissante. Autour de lui les invités qui l'entouraient l'écoutaient avec compassion, et quelques-uns essayèrent, sans succès, de le calmer et de le consoler, ce qui ne fit qu'exciter sa fureur, tandis qu'Aviva et la tante servaient du thé et un gâteau, la veuve de Zeimer se joignait par moments à elles, et Meïr, qui venait d'entrer dans la pièce, répondit aux poignées de main des personnes présentes et aux formules de consolation qu'ils marmonnaient, et ensuite il s'approcha de son père pour lui demander s'il voulait quelque chose, s'assit au bord du canapé, et après être resté quelques instants taciturne et renfermé, il aida Aviva et la tante à servir et à débarrasser, car il ne pouvait plus voir son père avec son visage enlaidi ni l'écouter clamer sa peine d'une voix larmoyante. Il trouvait qu'il y avait à cela quelque chose de honteux et même de méprisable, ce n'était pas ainsi, sans dignité, qu'il eût souhaité qu'il portât le deuil, il lui inspirait dégoût et agacement, et ne voulait, en vérité, rien tant que se sauver, pour ne plus être témoin de cette dégradation, ou au moins sortir et rester seul sur le balcon obscur qui donnait sur la cour, et alors qu'il faisait l'aller-retour entre la pièce et la cuisine, servant et débarrassant des verres de thé, des cuillères et des rondelles de citron, il fut retenu par Itzhak Kantz, dont il n'avait jamais su s'il était un parent ou seulement quelqu'un du même village, son visage trahissait l'inquiétude et le blâme, de même que celui de sa femme, qui s'était jointe à lui, et il lui dit qu'il voulait échanger quelques mots avec lui, et ils allèrent se mettre dans le coin de la petite pièce, où il ne se trouvait à ce moment-là presque personne, et Itzhak Kantz dit qu'il était inconcevable que sa mère n'eût pas de sépulture, et sa femme, elle était encore plus émue que lui, dit "Où sera-t-elle ? Où ?" Et Itzhak Kantz dit "C'est un scandale. Où va-t-elle échouer ? C'était une femme unique, je l'admets, mais on ne peut pas accepter ça. Il faut être enterré quelque part", et sa femme dit "Il doit y avoir une tombe, chacun doit avoir sa tombe. Tu ne comprends pas ?" Elle ne pouvait pas se dominer et Meïr, qui les avait écoutés au début d'un air amusé et indulgent, haussa les épaules et dit que telle avait été sa volonté, et la femme d'Itzhak Kantz dit "Alors c'est une volonté stupide", et Itzhak Kantz dit "Elle est morte, mais il y a des gens qui sont vivants", il s'efforçait d'être aussi convaincant que possible, et Meïr dit "Elle n'a pas voulu qu'il y ait de funérailles et d'inhumation. Elle détestait ça", maintenant il leur vouait de la sympathie et était du même avis qu'eux, mais il lui était plus commode de ne pas l'avouer, et Itzhak Kantz dit "Et alors ? Je vais parler à ton père. Il faut absolument l'enterrer", et Meïr hocha la tête en signe d'approbation et dit "Parle-lui. Mais ça ne servira à rien. Il fera exactement ce qu'elle a demandé", il savait pertinemment que tout cela ne donnerait rien et cependant, saisi d'une crainte diffuse, il posa sa main sur l'épaule d'Itzhak Kantz pour lui signifier que la conversation était terminée et dit "Laissez cela. Puisque c'est ce qu'elle voulait", se retourna, comme si quelqu'un l'appelait, s'en détacha délicatement et retourna dans la cuisine. Aviva, qui voyait, à sa façon de se tenir et à son visage qu'il était tendu, agité et fatigué, lui proposa de ne plus s'occuper de rien et de sortir un peu se promener, plus tard, il viendrait la chercher et la ramènerait à la maison, et Meïr lui demanda si elle pensait qu'il pouvait le faire, et Aviva dit que oui, parfaitement, et elle lui suggéra de monter voir Posner, et Meïr, plein de gratitude envers elle, dit "D'accord. A bientôt", et après s'être encore un peu affairé dans la cuisine et dans la grande pièce, il se faufila discrètement hors de l'appartement et sortit.

Posner était seul chez lui et corrigeait les copies d'un examen de mathématiques, mais ce faisant, il s'était plongé dans *l'Institution céleste*, et Meïr, qui à la vue de la joie avec laquelle Posner l'accueillit, décida de retarder un peu l'annonce de la mort de sa mère, dit "J'espère que je ne dérange pas", et Posner dit "Je veux qu'on me dérange. C'est ce que j'attends depuis plusieurs heures déjà", et il posa le livre sur la table et demanda à Meïr s'il boirait un café avec lui, et Meïr dit "Oui, avec plaisir", et ils allèrent dans la cuisine. Meïr prit sa place habituelle et Posner mit une bouilloire à chauffer, lava deux verres, maudit les examens de mathématiques et de physique, qui n'avaient pas de fin, dit qu'il aimait enseigner, mais que ces examens lui en ôtaient toute envie, et au moment où Posner prit la bouilloire et commença à verser le café dans les verres, Meïr voulut profiter du répit pour lui raconter que sa mère était morte, mais il se sentit gêné de ne pas l'avoir fait d'emblée en entrant et il décida d'attendre jusqu'à ce qu'il lui servît le café et vînt s'asseoir, et Posner dit que pour être honnête, dans les conditions éducatives et sociales où fonctionnait actuellement l'école, les examens étaient une nécessité, étant donné que la plupart des élèves, comme d'ailleurs la plupart des hommes, lui, par exemple, agissaient en règle générale selon le principe du plaisir immédiat, et sans les examens, ils n'apprendraient rien et ne parviendraient pas aux résultats que la société avait décidé d'exiger d'eux pour qu'ils en deviennent membres, et il servit le café, posa sur la table la bouteille de lait et le sucrier et dit qu'il était peut-être possible de résoudre le problème si les professeurs transformaient l'enseignement en une aventure personnelle et en un divertissement, et c'était en effet ce qu'il s'était employé à faire pendant ses premières années d'enseignement, d'abord pour son propre plaisir, mais la plupart du temps sans succès, et il prit au-dessus du réfrigérateur une assiette où il y avait un gâteau, la posa près de Meïr, lui dit "Sers-toi", se rassit et dit "Peut-être bien que c'est impossible. La vie semble devoir comporter des parties ennuyeuses. Il n'y a rien à faire. A cet égard, je commence, à mon grand regret, à être d'accord avec Russell." Meïr, taraudé par la nécessité d'annoncer la mort de sa mère, mais sentant également qu'il retardait d'instant en instant le moment de le faire, dit "Oui", et ajouta "Ce qui veut dire que c'est sans espoir", il attendait que Posner remarquât quelque chose à l'expression de son visage, le deuil y était inscrit comme une tache d'ombre, et Posner dit "Oui", se versa un peu de lait, remua et dit que malgré cela, il serait bon d'essayer de détruire tout le système, avec ses principes, ses buts et ses cadres, et d'adopter la méthode de Neil ou celles pratiquées autrefois dans les kibboutzim, ou alors de revenir aux méthodes du Moyen Age, comme le prônait Ivan Illich – il faisait depuis quelque temps l'objet de son enthousiasme – ce qui dépassait, évidemment, la question de l'école et touchait à la structure même de la société, mais même de cette manière, il était d'avis qu'en fin de compte rien ne serait différent, et il alluma une cigarette et dit "J'aime des gens du genre d'Ivan Illich", et il se mit à parler de *Némésis médicale* livre qu'il avait terminé quelques jours plus tôt et qui l'avait fortement impressionné, dit qu'il avait trouvé particulièrement enthousiasmant le chapitre consacré à la douleur et au soulagement de la douleur, se leva pour fermer la fenêtre, par laquelle s'engouffrait un vent froid, et Meïr dit "Le gâteau est délicieux", il avait l'intention de profiter de ce moment adéquat mais lui aussi lui sembla inopportun, car en vérité, il sentait qu'il était trop tard pour l'annoncer sans que cela parût stupide ou gênant, il aurait dû le faire aussitôt arrivé. Et Posner dit "Liora sait où acheter des gâteaux", et il sourit, puis il se rassit et dit qu'il n'avait jamais pensé au fait que la douleur avait une histoire, une évidence, pourtant, il s'agissait, bien entendu, de la douleur privée de sa dimension physique et transformée en expérience humaine spirituelle, cette découverte avait suffi pour lui rendre la lecture du livre passionnante, s'il avait pu, il aurait écrit un livre sur l'histoire de la douleur, qui était en réalité l'histoire de la civilisation, et il fit tomber la cendre de sa cigarette dans le verre de café vide et dit que selon Ivan Illich, il n'y a aucune différence fondamentale, d'un point de vue spirituel, entre l'expérience de la douleur, qui est un des aspects de la souffrance, et l'expérience de la mort, l'une au même titre que l'autre peut être considérée comme investie d'une signification personnelle spirituelle ou religieuse profonde, et peut également être considérée comme quelque chose de technique, comme c'est le cas pour la médecine actuelle, qui évacue ainsi cette signification profonde, personnelle et spirituelle, qu'elles auraient pu avoir et empêche les gens d'accepter la mort comme une partie essentielle et significative de leur existence et de leur présence dans le monde. Il prit un petit bout de gâteau et dit que, tout compte fait, il ne fallait pas accuser la médecine, mais la civilisation moderne dans son ensemble, que la médecine ne fait, naturellement, que refléter dans son esprit et ses convictions, dont l'une, peut-être la plus nuisible et dangereuse, est qu'il est dans le pouvoir de la médecine de tout faire, pas seulement d'éliminer toutes les maladies et de supprimer complètement la douleur, mais aussi de rallonger la vie à l'infini, car la mort est également considérée comme une maladie, et, à vrai dire, comme un dérèglement parmi une multitude d'autres, certitude elle-même fondée sur la conviction que tout peut être résolu car tout est de nature technique, c'est là la métaphysique de notre époque. Meïr approuva de la tête et dit "Oui", il avait le sentiment que le temps dont il disposait s'épuisait et il commença intérieurement à se préparer à se lever pour partir, et il ajouta aussitôt "J'ai peur de la douleur, je l'avoue", et il sourit, et Posner sourit également et dit "Moi aussi. Mais j'envie les gens qui sont capables de supporter la douleur et de la considérer de manière spirituelle, si l'on peut s'exprimer ainsi", et dans un même souffle, tandis que les restes de son sourire se dissipaient, il dit qu'il savait qu'il n'écrirait plus ce livre, et immédiatement après il dit "Mais peut-être que si ?" et ensuite il dit que cela ne lui importait plus, qu'il n'avait aucune ambition dans ce domaine, l'on pouvait vivre aussi sans écrire de livres, de toute façon il y en avait trop, et ensuite il dit "La vérité rôde quelque part entre les deux", avant de jeter le mégot de la cigarette dans le verre et de proposer de passer dans la chambre, parce que le froid commençait à être gênant dans la cuisine, et Meïr voulait dire ce qu'il avait à dire et s'en aller, son éloignement de l'appartement de ses parents, qui ne cessait un seul instant de bouillonner en lui, s'accrut et devint une angoisse, l'accompagna dans la chambre, s'assit sur le canapé alors que Posner prenait place sur le lit, appuyant son dos sur quelques coussins qu'il avait empilés derrière lui, et ils discutèrent de politique, Meïr aussi parla, peu néanmoins, il savait qu'il devait se retirer et partir, il s'observa avec agacement et dépit et attendit de voir quand il le ferait enfin, il savait qu'il n'annoncerait plus, désormais, la mort de sa mère, ou alors, juste au moment de partir, et il s'attendait encore, avec un espoir qui allait diminuant, à ce que Posner aperçût la tache de deuil gravée sur son visage et lui demandât ce qui était arrivé. Et Posner dit "Ce Begin complaisant c'est du messianisme d'épiciers, il fait un cirque de tout – de la religion, de la Shoah, d'Israël. Quelle honte", il y avait de la légèreté dans sa voix, et Meïr dit "Oui. C'est une catastrophe", et au bout d'un moment il dit "Je dois partir", il se leva, et Posner dit "Reste encore un petit peu. Qu'est-ce qui te presse ? Liora va bientôt rentrer et préparer quelque chose de bon", et Meïr dit "Je ne peux pas. J'aurais déjà dû être depuis longtemps à la maison. J'ai énormément de travail", et il s'engagea dans le vestibule, et Posner dit "Tu m'obliges à retourner à ces copies", et il se leva pour l'accompagner, s'arrêta et dit "Un instant. Avant de partir, viens voir ce que ma Liora m'a apporté", et il sourit amèrement, ouvrit la porte de la chambre contiguë et y fit de la lumière, là, dans un coin, dans une caisse en bois tapissée de sciure, était couché un chiot que Posner regarda avec déplaisir et il dit "Tu parles d'un embêtement. Il ne manquait plus que ça – un chien à la maison", et il se pencha un peu vers lui comme pour mieux le voir, et lorsqu'il se redressa, il dit "Je déteste les chiens à la maison. Ça me met hors de moi. Mais qu'y faire ? Je ne vais quand même pas ficher le camp d'ici à cause d'un sale cabot", et Meïr dit "Un gentil petit chien", il écumait de rage, et Posner dit "Qu'il aille au diable", et il ébranla la caisse du pied pour que le chiot se réveillât et criât, puis il s'immobilisa et dit "J'espère qu'il mourra le plus vite possible", et il rit, et ils sortirent de la chambre, restèrent encore quelques instants dans le vestibule, devant la porte, puis se séparèrent.

Le soir était particulièrement sombre et frais, c'est, en tout cas, ce qu'il semblait à Meïr, en raison, peut-être, de l'aspect désolé des rues, qui lui sauta aux yeux, et lorsqu'il traversa la rue Dizengoff, avant de tourner pour regagner l'appartement de ses parents, il décida de se promener encore un peu tout en s'efforçant de repousser la sensation désagréable qu'il éprouvait à prolonger son absence et à se soustraire à ses devoirs filiaux envers son père, il ne doutait pas qu'il eût déjà demandé maintes et maintes fois où il était, ce qui excita sa fureur, il essaya de s'expliquer pourquoi il n'avait pas dit à Posner que sa mère était morte, cela ne lui laissait aucun répit, et il suivit la rue Gordon jusqu'à la hauteur de la rue Ben-Yehoudah, qu'il remonta vers le nord, mais avant d'arriver avenue Ben-Gourion, il changea d'avis et décida de revenir sur ses pas, et il tourna dans la rue Maavar-Haasterot et, passant par la cour, plongée dans l'obscurité, de la synagogue, il ressortit rue Byron où il prit la rue Jean-Jaurès. Une dense obscurité enveloppait les figuiers et comprimait l'espace délimité par leurs feuillages touffus, et il fut de nouveau assailli par un sentiment de malaise, mais plus violent cette fois, à l'idée que sa mère n'avait pas été inhumée, pourtant le matin même la chose lui avait paru si belle et si logique et lui avait inspiré tant d'estime pour elle et de fierté, et voilà qu'elle devenait maintenant une source de malaise et de chagrin incessants, ce qui l'étonna et lui empoisonna l'esprit non seulement parce que cette modification s'opposait totalement à sa satisfaction et à ses espoirs, mais également à ses opinions et ses convictions, et il vit de nouveau sa mère allongée dans une salle obscure, semblable à la cuisine vide d'un kibboutz, avec des tables et des éviers en inox, et tout était récuré et brillait de propreté, sur une table rehaussée, couverte d'un drap mince, une fraîcheur d'inox régnait dans l'air dur et transparent, il sentit dans sa chair la fraîcheur métallique qu'elle devait éprouver et frissonna, le grondement continuel de la mer lui parvenait, tout proche, et il retint le cri dans sa tête et se dit avec fermeté que ç'avait été une erreur et qu'il aurait fallu l'enterrer.

Dans l'appartement de ses parents, vidé de ses invités et plongé dans la désolation, toutes les lumières étaient allumées et ne restait plus qu'Aviva, en train de laver et de ranger la vaisselle dans la cuisine, l'oncle, qui lui ouvrit la porte, et la tante, jaune de fatigue et d'abattement. Ils étaient assis dans la grande pièce avec son père, qui occupait toujours la place où il s'était mis en début de soirée, épuisé et hébété, coupé de tout ce qui l'entourait, au point qu'il répondit à peine et distraitement au bonsoir que Meïr lança à la cantonade avant de s'asseoir entre son père et son oncle, et tandis qu'il lançait un coup d'œil gêné à son père et espérait en son for intérieur qu'il ne se mettrait pas à parler de sa mère ou de son malheur ni à gémir, il sentit que déjà la colère et la rancune rampaient en lui, et il s'empressa de dire quelque chose d'une voix trop forte sur l'obscurité et le froid dehors et sur le fait que les rues étaient plus désertes que d'habitude. Il regardait en direction de l'oncle, mais en vérité, ses propos ne s'adressaient à personne, et l'oncle dit que les gens ne s'étaient apparemment toujours pas libérés de l'hiver, et la tante dit "Il peut encore pleuvoir. Ce n'est pas fini", et Meïr dit "Je me souviens qu'il a plu une fois à la Pâque, et même à Chavouot*", et il raconta qu'une lourde pluie était tombée, une année, au kibboutz, au moment de la moisson et que l'on avait fait appel, le soir, à tous les membres pour transporter les meules dans la grange afin qu'elles ne pourrissent pas, le moment de la séparation d'avec son père le tracassait beaucoup, il lui faudrait alors l'embrasser ou lui serrer la main ou au moins le toucher d'une manière ou d'une autre, cela lui pesait comme un nuage, et il essaya de puiser du réconfort dans le fait qu'Aviva serait présente et trouverait sûrement le moyen de le tirer d'embarras, et l'oncle raconta qu'une pluie torrentielle était tombée un 1er mai, au moment de le défilé de la Histadrout**, et pendant qu'il faisait son récit, il regarda à plusieurs reprises le père de Meïr qui, les traits pétrifiés, fixait des yeux un point invisible en face de lui et se taisait. Meïr, qui regardait aussi son père, sentit à quel point son silence attisait sa rancune, si seulement il avait dit quelque chose, si seulement il avait fait un signe d'assentiment, et la tante hocha la tête et dit "Oui, je m'en souviens comme si c'était hier." Et Meïr dit "Quel gaspillage d'électricité", et il se leva, quitta la pièce, éteignit toutes les lumières inutiles dans l'appartement, et il revint dans la grande chambre et demanda

* Pentecôte juive. *(N.d.T.)*
** La centrale syndicale israélienne. *(N.d.T.)*

à son père s'il voulait quelque chose, il avait devant lui un demi-verre de thé tiède, depuis le début de la soirée peut-être, et son père dit "Non. J'ai déjà assez bu", et Meïr dit "Quelque chose de froid, alors ?" Avant même de poser cette question, il savait que son père refuserait, étant donné qu'il lui en voulait de s'être absenté, et son père dit "Je n'ai besoin de rien", et Meïr dit "Bon", et son regard courut comme une araignée sur les tableaux accrochés aux murs jaunâtres et sur le philodendron vert persistant, s'arrêta à la bibliothèque, le temps ne passait pas dans cette pièce, et il s'approcha des rayons, comme s'il avait aperçu un livre qu'il cherchait, tendit la main et hésita sur le livre à prendre, et Aviva entra et dit "Voilà. Tout est rangé", et elle s'approcha de son père et posa affectueusement sa main sur son épaule et dit "Nous partons", et son père dit "Partez, partez. Bonne nuit", et la toucha de la main et Meïr s'éloigna de la bibliothèque, se dirigea vers son père et vers la porte de la chambre et dit "Bonne nuit, papa", aucune force au monde n'eût pu le contraindre à l'embrasser ou même à le toucher, il sentait pourtant qu'il devait le faire, il ne savait pas d'où tout cela surgissait, mais il l'exécrait et souhaitait qu'il mourût et ensuite, il fit ses adieux à l'oncle et à la tante hâtivement, bien qu'il n'en laissât rien paraître, et lorsqu'il franchit le seuil de la grande pièce en direction de la porte d'entrée, il éprouva, au cœur de la fatigue et de la rage, le début d'un soulagement, comme s'il s'approchait, par un jour de khamsin accablant, d'une tache d'ombre fraîche, et Aviva, qui était restée en arrière avec la tante, elles étaient convenues entre elles de plusieurs choses pour le lendemain, le rattrapa dans la cage d'escalier où il l'attendait. Sur le chemin du retour, Meïr lui raconta avec un ricanement de gêne sa visite chez Posner et que pour une raison quelconque, il ne lui avait pas dit que sa mère était morte, et Aviva dit d'une voix calme, encourageante, "Alors téléphone-lui quand on sera arrivés à la maison et raconte-le-lui. Cela sera bizarre s'il l'apprend par le journal", et Meïr haussa les épaules, et quand ils furent arrivés à la maison, il téléphona à Posner, et après avoir hésité sur la façon de s'y prendre, il lui raconta que sa mère était morte la nuit d'avant sur un ton apologétique et dégagé et il eut de nouveau un ricanement de gêne, et Posner dit "Tu es fou. Pourquoi ne pas me l'avoir raconté plus tôt, quand tu étais là ?" et Meïr dit "Je ne sais pas ce qui m'a pris", il n'arrêtait pas de ricaner, et Posner dit "Tu es fou. Ta mère est morte, et moi, comme un idiot, je te fais tout un discours sur Ivan Illich et sur la douleur", et Meïr dit "Ça ne fait rien. Ce n'est pas une catastrophe. De toute façon, il n'y a pas d'enterrement. Elle a fait don de son corps à la science", il se sentait un peu plus embarrassé et stupide à chaque mot, et Posner dit "Des choses pareilles, on les dit tout de suite, sans attendre que l'autre les devine. Ce n'est pas bien", et Meïr dit "La prochaine fois", et il rit sans raison, il ne comprenait absolument pas ce qui lui prenait, et Posner lui demanda s'il avait besoin d'aide ou de quelque chose, et Meïr dit "Non, non, tout va bien", et il lui demanda d'annoncer à Liora la mort de sa mère, et Posner dit "O.K. Je viendrai te voir demain."

Le lendemain, Meïr retourna au bureau, il éprouvait le besoin de reprendre sa vie habituelle, et aussitôt entré dans le cabinet, c'est ainsi qu'il avait décidé de procéder, tout en contenant l'embarras qu'il ressentait de nouveau, comme s'il ne s'agissait là que d'une affaire banale, il raconta à l'ingénieur en chef et à la secrétaire et ensuite à l'ingénieur qui travaillait avec lui dans la même pièce qu'il avait été absent, la veille, parce que sa mère était morte, ensuite, passé le premier moment de stupéfaction, il remercia ceux de ses collègues qui entrèrent dans son bureau pour lui présenter leurs condoléances et il leur raconta une nouvelle fois, en bref, comment et quand la chose était arrivée, puis il s'absorba dans son travail. Il se sentait libre, intérieurement, de se comporter comme si de rien n'était, et de fait, il n'éprouvait ni chagrin ni déchirement, seulement cette sensation étrange, très vague, presque abstraite et en même temps concrète et continue de flottement et de perturbation, car en dehors de la mort de sa mère tout était normal, sensation qui, malgré ses efforts pour se comporter comme d'habitude, s'accrut jusqu'à l'envelopper telle une invisible bulle géante faite d'une peau mince et transparente, dans laquelle il se trouvait enfermé avec lui-même, détaché et séparé de tous. Le soir, après être rentré du bureau, avoir pris une douche et s'être changé, Meïr monta chez son père, qui était assis sur le canapé léger de la petite pièce, le tas de photos de sa mère à portée de main, et regardait devant lui d'un air vaincu, la lumière du crépuscule qui s'infiltrait par les interstices du store projetait des rayures orange-jaune sur les murs qui s'obscurcissaient et sur son père, et Meïr, qui espérait trouver dans l'appartement d'autres personnes, au moins l'oncle et la tante, s'arrêta à l'entrée de la pièce et dit "Bonjour, papa", il était venu seul bien qu'il eût beaucoup souhaité être accompagné mais Aviva n'était pas encore rentrée de son travail tandis que Royi était arrivé de l'armée sale et épuisé quelques minutes avant qu'il ne quittât la maison, et son père le regarda avec impuissance et hocha la tête, ce qui suscita instantanément son exaspération, et il demeura un instant immobile et dit "Veux-tu que j'allume la lumière ?" et son père dit "Pas encore. Il est trop tôt", il ne remuait presque pas les lèvres en parlant, et Meïr s'assit sur la chaise éloignée, le visage tourné vers le profil de son père, et après avoir laissé son regard errer alentour et feuilleté le journal, dit "Tu veux quelque chose ?" il prit garde de ne pas lui demander comment il se sentait, qu'eût-il bien pu lui répondre ? Et il n'accorda même pas un rapide coup d'œil aux photographies de sa mère qui se trouvaient à côté de lui sur la table, et au bout de quelques instants, comme il n'obtenait pas de réponse, il répéta "Tu veux quelque chose, papa ?" Le voir assis ainsi, silencieux, vaincu, misérable, mettait Meïr hors de lui, et son père dit "Non, rien du tout", et Meïr dit "Peut-être un verre de thé ?" et dans un serrement de cœur, il remarqua combien il ne réussissait pas à prêter à ses paroles ne fût-ce qu'une ombre de chaleur et de bienveillance, sans parler d'amour ou, au moins, de commisération, et pourtant cet homme, assis en face de lui sans bouger dans la demi-pénombre, le méritait tant, et son père dit "Je viens d'en boire un", et Meïr dit "Je vais quand même mettre de l'eau à chauffer. Au cas où tu changerais d'avis, sinon tant pis." Il ne pouvait en aucun cas continuer à rester assis avec lui de cette façon, et il se leva et entra dans la cuisine. Dans l'idée de faire durer le temps, il laissa lentement couler l'eau dans la bouilloire, la mit sur le gaz, ajouta ensuite du thé frais dans la théière et remplit le sucrier à ras bords, il attendait impatiemment que des pas se fissent entendre dans les escaliers et que quelqu'un, n'importe qui, passât la porte et entrât, et il mangea quelques-uns des sablés qu'il avait pris dans la boîte de plastique bleue, puis il retourna s'asseoir dans la pièce et tout en regardant les rais de lumière de plus en plus flous et gris derrière la silhouette de son père et espérant entendre un bruit de pas montant les marches, il lui semblait que Royi devait déjà être là, ou au moins le sifflement de la bouilloire, il chercha en hâte quelque chose à dire à son père avant que celui-ci ne commençât à parler de sa mère et de son malheur, il avait le sentiment que c'était ce qui allait précisément se passer, et dit que Royi venait d'arriver de l'armée, il avait été retenu par des manœuvres de chars auxquelles il avait participé dans le Sinaï, et que sous peu, dès qu'il aurait pris une douche et se serait changé, il viendrait, rien de mieux ne lui venait pour l'instant à l'esprit, et ensuite il lui parla du travail et des soucis d'Aviva, sa voix s'élevait avec effort comme un bâton sec dans l'air gris de la chambre, et la bouilloire s'étant mise à siffler, il se leva pour éteindre le feu, et quand il fut de retour dans la pièce et se rassit, il demanda de nouveau à son père s'il ne voulait pas un verre de thé, et son père secoua négativement la tête et au bout d'un instant, il dit "Quel malheur, quel malheur", et il se frappa la cuisse du plat de la main avec impuissance et dit "Qu'est-ce que je vais devenir ici sans elle ?" Et Meïr savait qu'il était désormais impossible de l'arrêter ou de le faire changer de sujet, et il sentit une chaude volonté de lui dire quelque chose de consolateur, et son père dit "La grippe l'a tuée", et il s'essuya la bouche avec désespoir et dit "Si elle n'était pas descendue du lit, rien ne serait arrivé", les hachures de lumière s'étaient presque entièrement absorbées dans les murs gagnés par l'obscurité et dans le rideau, et ensuite il dit "Si j'avais su qu'elle descendrait du lit, je ne serais pas allé au travail", et il leva un peu ses yeux battus et dit "Mais comment aurais-je pu le savoir ?" Il ne s'adressait pas à Meïr mais parlait dans le vide qui s'était brusquement creusé autour de lui, entraînant sa vie vers son gouffre ténébreux où, seul comme un chien et abandonné à jamais, il gesticulait, aveugle et sans espoir, comme un corps mutilé. Et Meïr sentit une nouvelle fois qu'il devait dire quelque chose, il ne savait pas quoi, mais un silence réfractaire, opiniâtre l'envahit, et son père dit "Elle est morte comme un oiseau. Sans aucune plainte", Meïr tourna doucement la tête et regarda dehors, et son père dit "Si seulement elle avait fait ce voyage à Gibraltar – je n'aurais rien dit", ensuite il dit "Nous devions partir dans deux mois. Elle aurait pu être la femme la plus heureuse du monde. Elle voulait tellement y aller", et il se frappa de nouveau la cuisse, Meïr ramena son visage vers son père et promena sur lui un regard distrait avant de fixer son attention sur le mur maintenant presque entièrement obscur qui lui faisait face, ces coups désespérés le rendaient fou, et son père dit "Nous avons été écrasés", sombrant dans un silence prolongé qui finit par mettre Meïr mal à l'aise et il prit courage et commença, sans trop savoir comment, à parler de son travail, il maudissait intérieurement son père et chaque mot qu'il prononçait lui inspirait du dégoût, mais il n'avait pas la force de supporter ce silence désolé, entendant des pas dans les escaliers, il dressa l'oreille et les écouta attentivement, il n'avait aucun doute qu'ils montaient à l'appartement, ce n'étaient pas les pas de Royi mais peu lui importait, et son père se réveilla soudain et dit "Je l'avais pourtant suppliée de rester au lit. Quel besoin avait-elle de courir ?" Et il répéta "Elle s'est tuée et elle nous a tués", et hocha la tête. Meïr se leva et sortit dans le vestibule pour ouvrir la porte d'entrée, et il serra la main d'Israël Schuster de sa femme Ita et celle de la voisine, qui était arrivée en même temps qu'eux, et après avoir échangé avec eux quelques mots bredouillés, il les accompagna dans la petite chambre où ils serrèrent la main de son père, et Israël dit d'une voix faible qu'ils n'avaient appris le malheur que le jour même, par le journal, et ils prirent place sur le canapé, et Ita, la femme d'Israël, dit "Quel malheur, c'est terrible. On ne peut pas y croire", et elle demanda comment cela était arrivé, et le père de Meïr laissa échapper un profond gémissement qui semblait sortir des entrailles de la terre, et d'une voix altérée, désespérée et épuisée à un point indescriptible, il dit "Je suis un homme mort, Israël. On m'a tranché la tête", ils étaient des amis proches depuis qu'ils avaient émigré en Palestine, à l'époque des Jeunesses socialistes et de la Jeunesse laborieuse et ils avaient également travaillé ensemble pendant de nombreuses années, et Meïr leur demanda s'ils voulaient boire du thé, sans attendre la réponse, il se dirigea rapidement vers la cuisine d'où il entendit confusément son père raconter à nouveau depuis le début la manière dont les choses s'étaient déroulées, d'une voix rauque de fureur accumulée et de douleur, qui s'amplifia et s'emplit de sanglots étouffés, ce qui eut pour effet que Meïr se renferma et se mura dans la rage et la répugnance, et après qu'il eut versé le thé dans les verres et se fut un peu attardé dans la cuisine, ah, si seulement il avait pu, il se serait enfui au bout de la terre, il les apporta avec des tranches de gâteau, il avait décidé de ne pas servir les sablés car il avait eu pitié d'eux et il s'assit sur sa chaise. Israël et Ita, gênés et désemparés, essayèrent de consoler délicatement son père, la voisine était assise, figée, l'air navré, et se contentait de serrer les lèvres de temps à autre, Israël s'approcha même de lui et posa amicalement sa main sur son bras et, avec une intonation persuasive dans la voix, lui dit que c'était un malheur affreux et terrible, cela ne faisait pas de doute, mais qu'il était obligé, comme disaient les Français, de le considérer avec un peu de philosophie, et son père dit "Qu'est-ce que la philosophie a à voir là-dedans ? Elle est morte, un point c'est tout", sa voix trahissait une fureur hagarde sur le point d'exploser, mais Israël revint à la charge, il l'aimait et désirait sincèrement l'aider et d'une voix douce, persuasive, il dit que tout le monde mourait, l'un plus tôt, l'autre plus tard, c'était la vie, il avait l'air d'être dans un terrible embarras, mais son père lui coupa la parole, il ne voulait rien entendre, et d'une voix grondante, les traits défigurés par la colère, il dit "Je me fiche de tout le monde. Tout ce que je sais c'est qu'elle est morte et que je suis vivant", et dans un cri rageur, il répéta "Je me fiche de tout le monde. Elle n'aurait pas dû mourir", et sur un ton qui donnait l'impression que sa vie était en jeu, Israël dit "Tu as raison, tu as raison. Mais il n'y a rien à faire. Il n'y a rien à faire." Ita le regardait avec des yeux pleins de confusion et de peur, et son père, frémissant de douleur et de colère, il y avait quelque chose de sauvage et d'hostile dans son visage embrasé par la haine, continua à crier qu'un tel malheur n'était encore jamais arrivé, pas une seule fois, que c'était le plus grand malheur qui fût arrivé sur la terre, et que si elle était allée à Gibraltar, comme elle avait rêvé de le faire, il n'aurait pas ouvert la bouche, mais qu'ainsi c'étaient la plus grande injustice et le plus grand malheur qui soient jamais arrivés sur la terre. Et Meïr, dont le regard était attaché au balcon de l'immeuble d'en face, écoutait avec les autres personnes présentes, consterné et gêné, l'air renfermé, ces cris désespérés, arrachés aux profondeurs des replis ténébreux de cet esprit vacillant sous l'effet de son malheur arbitraire et irrémédiable et des angoisses dues à sa perte, ils mirent à bas les propos d'Israël et les entraînèrent comme de simples fétus de paille dans le tourbillon d'un flot tumultueux, et se heurtèrent aux murs gris, ces cris dirigés contre sa femme, qu'on lui avait soudain, sans aucune raison, par un caprice plein de méchanceté, arrachée après presque cinquante ans de vie conjugale au cours desquels ils s'étaient confondus en un seul être, amputée, le laissant seul – un corps mutilé et aveugle, gesticulant malgré lui et sans but de-ci de-là – contre l'avenir, qui, d'un seul coup, avait été emporté avec tous les projets et les espoirs cachés que puissent se réaliser toutes sortes de choses à côté desquelles ils étaient passés et qui avait sombré dans un gouffre obscur, était devenu terre de solitude éternelle et de désespérance, contre le passé aussi, dont même les moments les meilleurs et les plus heureux, ceux gravés dans les photos sur la table par exemple, s'étaient abîmés dans les ténèbres de cette fin et s'étaient transformés en des repères amers et déchirants sur la voie de sa défaite terrible et imméritée, ces cris finirent par s'effondrer et se muer en des sanglots désespérés qui secouèrent son corps tout entier, et Meïr se leva brusquement, et comme si quelque chose d'urgent le pressait, sortit de la pièce et s'enferma dans les toilettes, où la voix de son père continuait de lui parvenir, il sortit de la corbeille à journaux un vieux journal du soir dont il parcourut distraitement les pages, saisissant au passage une phrase par-ci, une phrase par-là, s'arrêtant un instant sur un titre ou une photo, jusqu'à ce que, sans trop savoir comment, il fût accroché et lût "Si vous êtes fier d'être normal, il est à supposer que vous êtes quelqu'un d'un peu falot, vivant dans la frustration habituelle de tous les rêves qui n'ont pas été réalisés", affirme Varda Raziel-Wieseltier au début de son nouveau livre *le Fond de l'âme*, aux éditions Boustan, consacré à la vulgarisation de la psychologie. Et elle explique : "Etre «normal», cela veut dire être une personne invisible du point de vue social, en d'autres termes, l'individu «moyen»." Après avoir supposé que "A vrai dire, nous souffrons tous, plus ou moins, de symptômes mentaux", et affirmé sans hésitation qu'il est "rigoureusement impossible d'être ambitieux, normal et heureux !", l'auteur choisit de donner aux situations dans lesquelles le lecteur se reconnaîtra en train de réagir, de penser et de chercher des faux-fuyants, le nom générique de "mode de vie positif opposé à un mode de vie négatif, au lieu de «normal» et «anormal»", et il posa le journal sur ses genoux, et attacha son regard sur la porte, la voix de son père faiblissait, et jetant de temps à autre un coup d'œil aux citations tirées du livre, il essaya de découvrir s'il était normal ou anormal, et à cet effet, il s'examina pour savoir s'il était "falot" ou "non falot" et s'il "vivait dans la frustration habituelle de tous les rêves qui ne sont pas réalisés" ou pas, et s'il était "visible" ou "invisible" sur le plan social, il lui fut extrêmement difficile de répondre clairement à cette dernière question ; et également s'il était "réagissant" ou "non réagissant", sur ce point aussi, comme sur les autres, il éprouva de grandes difficultés à apporter une réponse catégorique, ce qui assombrit un peu son humeur, il ne comprenait absolument pas, d'après les citations, si le mode de vie auquel il devait aspirer était le "mode de vie positif", qui remplaçait, vraisemblablement la définition de "normal", ou à l'inverse le "style de vie négatif", et il lui importait peu de devoir finalement se rendre compte qu'il n'était pas heureux, mais tout le contraire, c'était là un des seuls points qui l'encourageaient à penser qu'il se pouvait qu'en dernière analyse il fût quand même anormal. Entre-temps, la voix de son père s'était éteinte, et lorsqu'il retourna dans la pièce, la lumière du jour s'était complètement évanouie et il faisait sombre, il le trouva assis, hébété, dans l'obscurité s'épaississant, en face de lui, taciturnes et épuisés comme lui, étaient assis

Israël et Ita, la voisine était déjà partie, et ils guettaient, dans le silence oppressant, le moment où ils pourraient se lever et partir à leur tour, et Meïr alluma la lumière, leur demanda s'ils désiraient quelque chose, et Israël dit "Non, non. Merci. Nous avons bu et nous avons mangé. Nous allons bientôt partir", leurs verres de thé étaient encore remplis jusqu'à moitié, et au bout de quelques instants, lorsque Royi entra, tous deux se levèrent et firent leurs adieux à son père et s'en allèrent.

Le vendredi, quand Meïr sortit, après son travail, du bureau et prit la rue Ahad-Haam, et que la sensation du rapprochement du shabbat emplissait les rues, il était déjà possible, au cœur de la vive animation qui y régnait, de percevoir qu'elles commençaient à se vider, il se prit à regretter cruellement sa mère, malgré la soudaineté et le déni, l'évidence de sa mort s'imposait, laissant, il est vrai, derrière elle, une mince traînée d'indifférence, et tandis qu'il avançait, calme et renfermé, regardant distraitement autour de lui, ce quartier le ravissait de nouveau à chaque fois, il se dit que ce serait le premier shabbat sans elle, et presque au même instant, il sentit physiquement la façon dont le nœud qui retenait ensemble et réunissait toutes les extrémités des fils se détachait et tombait et la façon dont le tapis étroit et long, comme un tapis déroulé dans des couloirs, c'était ainsi, en tout cas, qu'il se le représentait, qui commençait au loin, à une distance engloutie dans une obscurité épaisse que l'œil ne pouvait guère traverser, et arrivait jusqu'à lui, s'effilochait, pour l'heure à ses extrémités seulement, mais à jamais et irrémédiablement, car il ne serait plus possible de le tisser et de le tresser à nouveau, et de le rattacher à son père, à sa femme, à ses fils, à sa sœur, qui avait téléphoné de Boston et annoncé qu'à cause d'une obligation ayant trait aux enfants, elle reportait sa venue de quelques jours, elle n'avait de toute façon aucune raison d'arriver à une date précise avec son mari, qui lui inspirait, depuis toujours, une indifférence polie, de même, d'ailleurs que ses enfants, il ne connaissait la fille cadette que par les photos qu'elle envoyait à leurs parents à peu près une fois l'an, et à ses oncles et à ses tantes tous tant qu'ils étaient, certains d'entre eux étaient déjà morts ou s'étaient éloignés ou avaient changé d'aspect dans une mesure telle qu'ils étaient devenus une ombre étrangère, oppressante et repoussante de ce qu'ils avaient jadis été, et aux amis et aux gens de leur village et aux connaissances, anciens camarades de ses parents dans les Jeunesses socialistes et dans le parti, visages inoubliables sur de vieilles photos et visites chez eux comme de la veille, moitié frères et plus encore, moitié amis d'une époque révolue, comme ils lui étaient agréables et réchauffaient son cœur, ces liens s'étaient tout doucement distendus en vertu du cours naturel de la vie et évanouis, et à Bill Gorman, avec sa face rubiconde et sa tête en forme de ballon de rugby, qui avait disparu quelque part en Amérique, sans écrire un mot et sans laisser d'adresse, qui ne savait pas que sa mère était morte, et qui, vraisemblablement n'en saurait rien jusqu'à ce qu'il meure dans sa solitude vagabonde, s'il n'était pas déjà mort dans un vieil immeuble ou dans un hospice de vieillards juifs, et tandis qu'il remuait ces pensées, il fut de nouveau assailli par le sentiment que quelque chose qui le protégeait et l'abritait avait été enlevé, d'un seul coup, pour la première fois de sa vie, il était entièrement exposé aux terribles dangers du monde, et maintenant, avec la mort de sa mère, c'était à son tour de mourir, étant donné qu'elle formait, par le fait de son existence, une barrière entre lui et la mort, et ensuite, dans un même mouvement de pensée et de sentiment, il songea qu'il n'y avait que quatre jours, ou tant d'heures ou de minutes, le calcul n'était pas difficile à faire, qu'elle était morte, et que déjà, toute la distance du monde les séparait, même s'il rassemblait toutes ses forces et courait à en perdre le souffle, il serait comme quelqu'un qui court derrière l'ombre qu'il jette devant soi, il ne la rattraperait que lorsqu'il serait, lui aussi, englouti par les mêmes ténèbres dans lesquelles elle avait plongé, et il décida de tourner dans la rue Allenby pour échapper au poids oppressant de ces réflexions, et s'engagea dans la rue Balfour, à l'ombre des figuiers aux frondaisons larges. Une bande d'enfants surgit joyeusement de l'école, d'autres s'agitaient en hurlant et en riant dans la cour, et il s'arrêta et les regarda jusqu'à ce qu'ils se dispersent un peu et dégagent le trottoir, et lorsqu'il se remit en chemin, il lui vint à l'idée d'entrer dans le restaurant *Tout est frais* et de manger du *tchoulent* et des tripes farcies pour se distraire un peu, un sourire réprimé, plein de gaieté, se répandit en lui, et plus léger, il allongea le pas et aperçut devant lui la petite vitrine avec l'assiette de boulettes et l'assiette de viande bouillie et l'assiette où les tripes farcies reposaient tel un serpent, et il se dit presque à haute voix "Je vais manger ça à sa mémoire", et le sourire s'élargit et envahit son visage, et ensuite il se dit "Car elle ne me fera jamais plus de *tchoulent* et de tripes farcies", et le sourire s'élargit encore plus et jaillit hors de son visage, et un rire chaleureux et muet le remplit.

Meïr monta les vieilles marches grises, entra dans le restaurant, et après avoir examiné du regard la grande salle à manger un peu sombre, tout y était comme dans son souvenir, rien n'avait changé, il revint dans la petite salle à manger, celle de l'entrée, et s'assit face à la rue, que l'on pouvait voir à travers la grande porte, la vue de la rue Allenby lui était nécessaire pour la plénitude de la sensation, et bien qu'il sût ce qu'il voulait commander, il parcourut la carte à plusieurs reprises jusqu'à ce que la serveuse s'approchât de lui, et il commanda un *tchoulent* et des tripes farcies et du raifort et une bouteille de bière. La serveuse nota la commande sur un bout de papier et s'éloigna, et il attacha son regard sur la rue et contempla paisiblement, drapé dans la sérénité, le mouvement incessant qui y régnait, et de temps en temps, il consultait de nouveau la carte, il en aimait chaque détail, même la forme des lettres et le type de l'impression, jusqu'à ce que la femme revînt et posât devant lui ce qu'il avait commandé, ainsi qu'une corbeille en plastique remplie de tranches de pain tressé frais, et il la remercia avec une effusion marquée et examina l'assiette, un flot d'allégresse se répandit en lui, irradia son visage souriant, et il saisit le couteau et la fourchette et se dit derechef qu'il mangeait ces plats à la mémoire de sa mère, et il entreprit de couper avec beaucoup de précautions, cela ne faisait pas encore partie du repas, qu'il entendait différer le plus possible, mais plutôt de ses préparatifs, un morceau de pomme de terre brune, la mit en bouche, et il s'interrompit un moment et pensa, de nouveau sans éprouver de chagrin, que maintenant qu'elle était morte, il n'aurait plus jamais l'occasion de manger ces mets à la manière singulière dont elle les préparait, et à cette réflexion, banale en soi, il fut momentanément traversé par une sensation agréable de tristesse, il sourit et arracha un bout à une des tranches de pain tressé, le tritura légèrement et regarda dans la rue, ensuite il commença à manger et se dit que lorsqu'une personne mourait, elle n'emportait pas seulement avec elle son apparence et sa voix et ses gestes, mais également les goûts particuliers et uniques que recelaient son palais et sa langue, et ensuite, alors qu'il mangeait, le *tchoulent* et les tripes farcies étaient merveilleusement bons, regardant de temps à autre dans la rue, puis retournant à ces pensées, elles lui procuraient un plaisir douloureux, il vit sa mère dans la salle obscure, c'était une obscurité pure et transparente, qui ressemblait à la cuisine vide et propre d'un kibboutz avec les tables et les éviers brillants en inox, il la vit telle une silhouette claire, privée de traits, pourtant il savait avec certitude qu'il s'agissait d'elle, mais il se dit instantanément qu'elle ne se trouvait certainement plus dans cet endroit depuis deux jours, peut-être trois, il ne se représentait l'endroit, dans son esprit, que comme un lieu de transit, et son imagination essaya de la localiser ailleurs, mais elle errait sans trêve d'endroit en endroit, tous n'étaient que des zones abstraites où elle ne se laissait pas enfermer, jusqu'à ce qu'il finît par la ramener à cette salle, définie, il ne doutait pas qu'elle avait bel et bien séjourné dans ce lieu après sa mort, elle s'y arrêta un moment et lui apparut dans le silence des profondeurs immobiles de la mer des Sargasses, qu'il imagina comme la mer Morte, mais tellement plus grande et plus profonde qu'elle semblait fixée dans un espace infini et recouverte non par la couche de brouillard brun bleuâtre grisâtre mais par d'immenses champs d'algues qui lui inspiraient une peur secrète, et ensuite, presque dans le même élan de pensée, elle se transforma en une tache sombre, mince, telle une tache d'encre, qui se fendit, se réduisit en petites miettes et devint un nuage argenté grisâtre comme la cendre des cigarettes, qui s'étendit, c'était elle, il en avait la certitude, et s'éleva dans l'air limpide, sous le ciel admirablement bleu de Tel-Aviv, de l'est, au-dessus de la place de la Mairie, et ensuite du sud, et ensuite, de manière inattendue, du nord, du Yarkon, dans un balancement enroulé à retournements subits, comme une volée gigantesque de moineaux en automne, au-dessus des champs du kibboutz, et très lentement, peut-être en raison du souffle des vents, le nuage s'élargit, perdit sa cohésion instable, et il finit par s'effilocher, s'éclaircir et disparaître, quelques-unes de ses dernières floches toujours portées par le vent continuèrent à flotter au loin dans les étendues noircissantes de l'espace dans le vide sphérique auquel sont fixées les étoiles et des flaques de gaz incandescents, d'autres tombèrent et se mélangèrent aux mottes de terre et aux feuilles des plantes, et à l'eau bleu-vert dans laquelle elles sombrèrent en flottant, portées doucement par des courants presque imperceptibles, jusqu'au fond, moelleux comme un berceau, d'eau, de sable et de plantes caressantes, entouré d'une obscurité dense et de rochers effrayants avec des poissons des profondeurs et des animaux marins, menaçants par leur aspect et le silence qu'ils recelaient, et à cet endroit, dans un nombre incalculable de siècles, lorsqu'elles auraient filtré à travers les filaments minces et enchevêtrés, filaments de l'air, filaments de la terre et filaments des plantes, il se représentait ces filaments comme le fouillis des filaments des racines d'un épi, mais incommensurablement plus grands, bien entendu, elles se rassembleraient de nouveau et redeviendraient ce qu'elles avaient été, et l'espace d'un instant, il fut parcouru par une sensation de bonheur et de plaisir, car le temps rejoint finalement l'éternité, et ensuite il se dit avec amertume, le sourire de contentement s'était effacé de son visage, que si sa mère n'avait pas fait don de son corps à la science, et qu'on l'avait enterrée, elle aurait alors cessé d'errer, il y aurait eu un endroit, bien déterminé, où il aurait su qu'elle se trouvait et qu'elle se trouverait toujours et où il aurait pu venir se recueillir avec elle ou, tout au moins, appliquer son esprit, lorsqu'il penserait à elle, et il regarda à la dérobée la grande jeune femme aux cheveux blonds, ébouriffés, et au visage large et las, qui entra dans le restaurant et s'assit, très indécise, renfermée, sans lever les yeux, à la table voisine, lui tournant le dos. Il y avait en elle quelque chose de négligé et de désespéré, comme si elle avait été abandonnée et jetée à la rue, et elle lui inspira immédiatement de la curiosité et une attirance mélangée à de la compassion et à un désir de lui offrir sa protection et son aide, de même qu'elle raviva le souvenir de l'ancienne douleur, qui lui paraissait pourtant plus lointain et plus vague que jamais, comme s'il avait quand même cicatrisé, et tout en continuant à manger, il essaya d'attirer son attention par une toux étouffée et de légers tintements produits par ses couverts et de capter son regard, elle était assise repliée sur elle-même et renfermée, comme si tout lui faisait peur et qu'elle voulait s'isoler de tout ce qui l'entourait et se rendre invisible, et elle ne réagit pas, mais il continua de la regarder avec obstination, comme s'il avait décidé de triompher de son inattention, mais sans succès, et ce n'est que lorsque la serveuse s'approcha d'elle qu'elle tourna un peu la tête et leva les yeux, et il aperçut alors la plus grande partie de son visage et, pendant une fraction de seconde, il chercha à intercepter son regard embarrassé, fuyant, et tout en la regardant avec sympathie et espoir, il lui vint à l'idée de l'emmener avec lui au bureau, c'était un vendredi, tout le monde était parti et il avait la clé, et lorsque la serveuse s'éloigna pour lui apporter ce qu'elle avait commandé, il déplaça légèrement sa chaise, comme pour être plus à l'aise, et lui proposa de venir manger à sa table, mais elle refusa délicatement, et Meïr, déçu et un peu blessé, dit "O.K.", et continua à manger comme si de rien n'était, sans pouvoir, cependant, s'empêcher de lancer, de temps en temps, des regards de sympathie dans son dos, il désirait ardemment lui raconter qui il était, de quelle famille il venait, quelle était son origine, ce qu'il faisait comme métier et quelles étaient ses opinions, la convaincre de l'honnêteté et de la pureté de ses intentions, et alors qu'il franchissait le seuil du restaurant, il s'immobilisa et se retourna, comme pour voir s'il n'avait rien oublié, puis il lui lança un dernier coup d'œil et sortit.

Dans la rue, l'animation avait décru, et bien que le flot de passants et de voitures n'eût pas cessé, un affaiblissement et une langueur s'y faisaient sentir, et il était déjà possible de percevoir distinctement la désolation, cachée jusque-là sous l'agitation habituelle d'un jour de semaine, surgir et se répandre dans le vent mélancolique de l'approche du shabbat qui flottait déjà sur tout, et prenait de plus en plus possession de la substance de la rue, et Meïr, qui marchait lentement, enveloppé par un sentiment d'assoupissement d'esprit et de loisir illimité, traversa la rue Brenner et la rue Sheinkin sur lesquelles il promena son regard, ainsi que sur le marché, comme elles désert et abandonné, et le prolongement de la rue Allenby, et le bout de la rue Nahalat-Binyamin, elles aussi se vidaient et capitulaient devant cette désolation, et il tourna et descendit la rue King-George, une rue dans laquelle sa mère était certainement passée des centaines et peut-être des milliers de fois, et que, sans trop savoir comment, mais pas seulement parce qu'elle l'avait empruntée un si grand nombre de fois, il identifiait, probablement plus qu'aucune autre rue, dans son for intérieur avec elle et avec sa vie, elle et quelques-unes de celles qui l'entouraient, dont elles ne constituaient, à ses yeux, que la ramification, et à la vue de la rue, qui s'étendit devant lui d'un seul coup, abîmée dans une tristesse de vendredi en fin d'après-midi, jusqu'aux vieux sycomores, et même au-delà, il fut submergé par une sensation mélancolique de fusion avec cette rue populaire, elle lui était si chère avec sa laideur et son délabrement provinciaux, comme si, avec ses boutiques poussiéreuses et de mauvais goût, pour la plupart déjà fermées, avec ses vieilles maisons écaillées, à la beauté empruntée, un peu ridicule, qui s'était effritée et avait été anéantie en même temps qu'elles, et avec ses occupants, une foule d'artisans et de petits commerçants, toujours à leur labeur et à leur petit commerce, qui, presque tous, étaient déjà partis à cette heure et l'avaient abandonnée à la désolation jusqu'à dimanche, elle résumait l'esprit et l'âme de la ville, et il se dit que sa mère ne passerait plus jamais dans cette rue et ne verrait plus ces maisons en ruine avec les boutiques misérables, et que personne ne le sentirait, personne ne le saurait. Et saisi par une brusque frayeur, il éprouva un vif désir d'élever une colonne d'inox, qui monterait jusqu'au ciel, et indiquerait pour toujours le fait que sa mère avait existé et son emplacement dans le fleuve infini des générations, la pensée que le souvenir de sa mère finirait par s'effacer le terrorisa, et il s'éleva jusqu'au haut du ciel et contempla l'obscurité qui se trouvait du côté du passé de la petite tache de lumière qui s'étendait à ses pieds, et dans le halo clair de laquelle se tenaient des gens dont les visages illuminés lui étaient connus, et juste derrière, collés à eux et pressés les uns contre les autres, d'autres personnes qu'il connaissait, parents de toutes sortes et relations, dont les visages étaient déjà un peu flous, et ceux qui se tenaient derrière eux, si près que leurs épaules se touchaient, s'estompaient rapidement et se voilaient de toiles de ténèbres au point que leurs identités étaient englouties et absorbées les unes dans les autres et qu'ils se muaient en un unique bloc d'obscurité, plongé dans une nuit obscure qui ne serait plus jamais éclairée, et ensuite, il contempla l'obscurité encore plus grande, située du côté de l'avenir de la petite tache de lumière et il y vit, dans la zone de lumière qui s'estompait immédiatement, des visages qui, pour être privés de traits, n'en étaient pas pour autant anonymes, il semblait plutôt que leurs traits familiers se trouvaient encore dans l'état informe de protocréation à partir duquel il était possible de les deviner, mais qui, un demi-pas plus loin, s'assombrissaient et devenaient des taches noires, innombrables, qui se mélangeaient et flottaient comme un essaim obscur entre les berges d'une largeur infinie du fleuve, qui se prolongeait jusqu'à ce qu'il fusionnât entièrement avec l'obscurité première, qui jaillissait des profondeurs des ténèbres, épaisse et lourde, et se déployait à l'infini, son infinité lui appartenant comme l'humidité appartient à l'eau, et il traversa la rue Borochov, marcha à l'ombre des sycomores, et passa devant la citadelle de Zeev*, cet endroit lui inspirait à chaque fois de la crainte, voulut traverser la rue et couper par la rue Micheol-Yaakov, il aimait cette ruelle silencieuse avec son odeur de pins et de cyprès, pour aller jeter un coup d'œil sur la maison d'un étage où, de nombreuses années auparavant, dans la chambre rosâtre qui regardait l'arrière-cour pleine d'herbes, habitait sa grand-mère. Et lorsqu'il descendit sur la chaussée et y fit un pas, une voiture s'arrêta derrière lui dans un grincement de freins et il sursauta de frayeur, et le conducteur le regarda et dit "Monsieur, vous êtes en pleine rue, pas à la plage", et Meïr dit "Je suis

* Siège du Herout, la principale constituante du Likoud. *(N.d.T.)*.

désolé, je pensai à quelque chose", il était troublé, et le conducteur se pencha par la fenêtre et dit "Si je n'étais pas «conducteur à bons points» je vous serais déjà passé dessus et on m'aurait envoyé en taule", et il sourit, et Meïr, qui reconnut en lui le transporteur turc eut un sourire et répéta "Je suis désolé. J'avais tout simplement la tête ailleurs", et le transporteur dit "Ce n'est pas grave, ce n'est pas grave", et lui demanda s'il pouvait le déposer quelque part, et Meïr dit qu'il rentrait chez lui et qu'il ferait le chemin à pied, le transporteur embraya, lui fit un signe de la main auquel Meïr répondit et il repartit.

Assez rapidement, d'une manière qui suscita au début un certain étonnement, les connaissances et les amis, à part quelques rares d'entre eux, cessèrent de venir rendre visite à son père, ils lui téléphonaient plutôt de temps à autre pour prendre de ses nouvelles, et lorsque Meïr montait le voir, le plus souvent vers le soir, il le trouvait d'habitude assis seul sur le canapé léger de la petite chambre étouffante, il n'ouvrait pas les portes qui donnaient sur le balcon et ordinairement, ne levait pas non plus le store au motif qu'il avait froid bien que la chaleur fût revenue, voire le khamsin, écoutant sans intérêt la radio dans la pénombre ou plongé dans un état d'ahurissement indifférent, le journal déplié sur ses genoux, et parfois dans la cuisine, assis à manger son repas de solitude ou lavant la vaisselle, après l'avoir terminé, et il s'asseyait en face de lui, tendu et réservé, et après quelques premières phrases banales sur son travail et sur Aviva, les enfants et la santé, il s'efforçait de les prononcer sur un ton neutre et, si possible, léger, et d'engager ainsi une conversation familiale normale, il commençait à parler, avec une vivacité forcée, d'une voix trop haute, de la situation politique et économique, prenant bien garde de ne rien évoquer qui pût rappeler d'une façon quelconque la mort de sa mère, de peur que son père ne se prît à parler d'elle et de son malheur. Son père ne réagissait presque pas, parfois, il hochait la tête ou laissait échapper un mot, ou alors, brusquement, de manière inattendue, et hors de propos, il se mettait à parler, de sa voix creuse, de sa mère et de ce qu'elle aurait pu être sauvée si elle était restée au lit encore un jour ou deux, il l'avait pourtant suppliée de le faire, et sur un ton plein de reproches et de douleur, plus d'une fois, dans un sanglot étouffé et sec, ses larmes s'étaient desséchées au fil des jours, il rappelait à nouveau combien elle aurait pu être heureuse maintenant, car ils étaient supposés partir ces jours-ci à l'étranger, et parfois il abandonnait ses plaintes et parlait d'elle avec nostalgie désespérée et douleur, de sa vie, de sa singularité et de sa sensibilité, et Meïr se renfermait et se murait en lui-même, et tout en écoutant son père d'un air impassible et détaché, sans proférer un seul mot et sans même hocher de temps en temps la tête pour marquer sa présence et son attention, il s'abandonnait malgré lui à des sentiments de répugnance et de fureur, emporté sans pouvoir opposer de résistance par la répulsion et l'hostilité que lui inspirait son père, son affliction, son désarroi et son besoin d'aide désespéré, avoué – il exigeait qu'on le prît en pitié et que l'on s'occupât de lui comme d'un bébé dont le jouet le plus cher avait brusquement été dérobé – ne faisaient que susciter son impatience et sa colère, et il n'était pas moins révolté et exaspéré par l'expression dévastée de son visage, qu'il abandonnait sans vergogne aux mains de la vieillesse et de l'infortune, et son corps qui se recroquevillait, s'affaiblissait, avec son avachissement quand il marchait ou était assis, et sa voix chevrotante, pleine de récriminations larmoyantes et d'impuissance, cela le mettait littéralement hors de lui, il voulait être aussi malheureux que possible et que le monde entier vît combien il était malheureux et affligé, mais Meïr voulait qu'il se comportât différemment, extérieurement aussi, et il espérait, jour après jour, courroucé et hostile, que son père se ressaisît et se comportât avec retenue, et qu'en tout état de cause, il ne se déchargeât pas sur le monde entier du poids de son affliction et de sa solitude terrible, insensible, il aurait alors du respect, pour lui, et même de l'affection. Mais comment le pouvait-il ? – Il avait passé toutes ses journées et toutes ses nuits, près de cinquante ans, avec cette femme au point qu'ils avaient formé un seul être, et subitement elle était morte, il avait été amputé et était devenu un demi-corps humain, Meïr le savait bien, il se le répéta plus d'une fois, au cours de cet été de plus en plus accablant, en allant rendre visite à son père, tendu et irrité, ou en sortant de ces visites déprimantes, épuisé et amer, et aussi, bien sûr, alors qu'il était assis devant lui, mais sans que cela l'attendrît ou fît fondre l'écorce de son détachement obstiné, qu'il essayait de temps en temps, par crises intermittentes de repentir et de contrition, d'extirper, tout comme il essayait, en vertu de miettes de sympathie ou d'affection véritable ou obligée qu'il s'efforçait d'extraire de lui-même, de lui dire quelque chose de consolateur, une phrase ou deux, pas plus, voire, dans un moment de bonne volonté, de passer sa main autour de ses épaules. Mais quelque chose de rebelle, comme si un démon ratatiné s'était rendu maître de lui et avait endurci son cœur, l'empêchait avec un entêtement de pierre de lui dévoiler quoi que ce fût d'intime, et surtout, il refusait d'échanger avec lui ne fût-ce qu'un mot sur sa mère, il y répugnait plein de frayeur et d'hostilité, comme si c'était là chose interdite ou dangereuse, de même qu'il répugnait au moindre contact physique avec lui, avec son corps, mais aussi avec ses vêtements ou même quelqu'une de ses affaires, et il essayait d'engager avec lui la conversation sur d'autres sujets, pour le réconforter un peu et pour lui exprimer sa sympathie, mais l'esprit de son père était tout entier occupé par la mort de sa femme, et ensuite, au cours de l'été, il sombra dans une profonde apathie, dont il ne sortait que rarement et de manière inattendue, et tous les efforts de quelques proches et amis, l'oncle et la tante et la veuve de Zeimer et d'Aviva pour l'en secouer furent infructueux.

Et ainsi, après ces premières phrases banales sur son travail et sur la santé et sur Aviva et les enfants, et après avoir parlé d'une voix perçante d'un événement politique ou sportif quelconque ou d'un ragot qui défrayait la chronique, parfois, il mobilisait le reste de ses forces et dégotait encore un sujet qu'il développait en criant, se décourageait et baissait les bras devant le silence imperméable, suscitant l'hostilité de son père, et il s'asseyait, parcourait le journal et tous deux restaient assis l'un en face de l'autre, muets dans l'appartement vide, abandonné, dont toutes les chambres, excepté la petite pièce où ils se trouvaient d'habitude, étaient obscures et silencieuses, ou alors ils passaient dans la grande chambre et regardaient sans plaisir la télévision, ce qui devait les sauver du silence et de l'incommunicabilité pendant un moment, mais c'était alors, précisément alors, que le sentiment de solitude et d'incommunicabilité s'intensifiait, et quelquefois, pour se dépêtrer, ne fût-ce que pour de brefs instants, du cauchemar de cette situation, il allait dans la cuisine et préparait du thé pour eux deux, et par la même occasion, il prenait une poignée de sablés au beurre de sa mère qui, bien qu'il s'efforçât de les consommer avec parcimonie, se raréfiaient, et au bout de quelques semaines, ils diminuèrent tant que le fond de la boîte en plastique commença à apparaître, et à chaque fois qu'il en mangeait, par la suite, il se disait que bientôt, ces sablés se termineraient et ne seraient plus pour toujours, parce qu'en mourant, sa mère avait emporté avec elle leur goût particulier et inimitable qui faisait partie intégrante de ses doigts et sa langue, et alors qu'il ne restait plus que quelques sablés dans la boîte, il décida qu'il ne mangerait jamais le dernier d'entre eux, mais qu'il le conserverait en souvenir afin que quelque chose d'elle, qui la singularisait, continuât d'exister, mais un jour qu'il attendait dans la cuisine que l'eau bouillît, son père était assis dans la grande pièce et regardait distraitement le *Muppet show*, il ne put se contenir et mangea furtivement l'ultime sablé, il en ramassa les miettes, qui étaient encore meilleures, à la petite cuillère et les avala jusqu'à la dernière, il les laissa fondre très lentement et avec concentration entre sa langue et son palais, s'employant à en exprimer tout le goût et la friabilité et à les graver dans son palais afin de les garder à jamais, et lorsqu'il eut terminé de manger, il ferma la boîte et la remit à sa place.

Au milieu de l'été, son père céda aux objurgations de l'oncle et de la tante et partit avec eux pour une maison de repos, et au bout de deux jours, Meïr se rendit, à sa demande, dans l'appartement pour vérifier que personne ne l'avait cambriolé et que tout était en ordre, et comme il s'approchait de l'immeuble de ses parents avec la haie d'hibiscus poussiéreux, qui étaient au plein de leur épanouissement estival, et avec les figuiers vert persistant devant les entrées, marchant dans la rue tranquille, déjà remplie de l'ombre crépusculaire d'un jour d'été étouffant, tout en jetant un coup d'œil vers les stores baissés de l'appartement de ses parents, il fut assailli par une vive émotion, car il eut l'impression qu'un écran était tombé inopinément, et il vit sa mère assise en haut dans l'appartement vide et calme, dans la grande chambre, plein d'une lumière de couchant rougeâtre grisâtre émanant d'un rai de lumière très claire qui pénétrait par l'interstice du store et se projetait sur le mur, lavée et peignée comme si elle venait tout juste de sortir de la douche et portant des vêtements frais d'après le travail, tenant à la main *Vers le phare*, avec à côté d'elle, sur la table basse, une tasse de café et une épaisse tranche de gâteau, elle respirait une quiétude et un contentement illimité, parce qu'il ne se trouvait personne pour la déranger et pour la priver de son plaisir et de sa liberté, et il gravit les marches, et quoiqu'il sût que l'appartement était désert, il était en proie à une émotion réjouissante, et il passa sa main sur la porte close et abaissa la poignée, regarda même par l'œilleton et, après avoir tendu l'oreille pendant un court moment, il redescendit lentement, sortit dans la rue ombragée et se dirigea vers la rue Gordon. Les immeubles, avec leurs entrées et leurs balcons et avec les arbres et les arbustes des cours, la couleur d'un mur, d'un rideau ou d'un store et les nuances de l'air de la rue dans chacune de leurs modifications, les détails les plus infimes et les plus fuyants, lui étaient si bien connus qu'ils semblaient ne pas exister réellement mais émaner de son esprit, seul lieu où ils existaient dans leur pleine réalité, et au milieu du regret poignant de sa mère, qui l'enveloppait dans cette rue et à cette heure, il comprit, non pas grâce à la logique déductive, ni à la sensibilité perceptive ou à la foi mystique, incompatible avec son caractère, mais au moyen d'une certitude presque physique, donnée d'emblée, fruit du désir et de la nécessité invincibles parce que indétournables et inaltérables, l'assurance inébranlable de ceux qui croient que l'être proche qui est mort ne disparaît pas du monde comme s'il n'y avait jamais été, car il est impossible que quelqu'un qui a existé exactement comme eux, qui a mangé et bu et lu les journaux et s'est promené dans les rues, et leur était cher au point que toute leur vie et la raison même de leur vie lui étaient liées et enchaînées, et la réalité de son existence était identique à la réalité de la leur, ne soit plus – mais qu'il s'est transporté ailleurs, quelque part dans l'immensité de l'espace, et que là, dans une obscurité pure et dense, sorte de territoire sans fin mais parfaitement délimité, avec des montagnes et des vallées, des jachères et des herbages et avec un agréable soleil immuable au-dessus, il continue d'exister à jamais comme une tache d'air gris à son image et à vivre sa vie antérieure mais avec tranquillité et sans les besoins du corps, de la même façon que le passé continue d'exister dans le présent, c'est en tout cas ainsi qu'il voyait à cet instant sa mère – d'où leur souhait de mourir, car leur mort seule leur permettra de s'unir de nouveau avec celui vers lequel ils aspirent si ardemment, dont ils ont tant besoin qu'il ne leur est pas possible d'être séparés de lui, de même qu'il ne leur est pas possible d'être séparés d'eux-mêmes. Et il tourna dans la rue Gordon, à cette heure-ci elle grouillait de monde et fumait comme un carnaval, la tension et le désir vibraient réellement dans l'air chaud et circulaient entre les hommes et les femmes vêtues de légers habits d'été échancrés qui remplissaient les rues, et il scruta avec concupiscence, les traits impassibles, les femmes et les jeunes filles qui passaient devant lui, et ensuite il observa une jeune fille qui attendait à côté de lui au passage clouté, pour une raison quelconque elle lui paraissait être une touriste, et il pensa qu'elle était attirante et qu'il coucherait avec elle immédiatement, malgré l'heure chaude et collante, dans l'appartement de ses parents ou n'importe quel autre endroit, et quand le feu passa au rouge, il la laissa le devancer et examina ses hanches et ses jambes, jusqu'à ce qu'elle s'éloignât et se fondît dans la foule des passants, et il continua à suivre la rue Gordon et pensa qu'il donnerait tout pour que sa mère fût de nouveau en vie, ne fût-ce que pour un jour, et à cette pensée, un frisson de bonheur le traversa, comme si la chose était déjà en train de se réaliser, son regard glissa sur la *haute coiffure** avec les décorations espagnoles en trompe l'œil et il se dit qu'il donnerait pour ça cinq ans de sa vie, et ensuite, tandis que le bonheur de la rencontre palpitait dans sa poitrine, il se demanda s'il donnerait dix ans de sa vie et il se dit "Oui", et une hésitation

* En français dans le texte. *(N.d.T.)*

réprimée trembla un bref instant en lui, et ensuite il se demanda s'il donnerait pour ça quinze ans de sa vie, il sentait qu'il lui était interdit de se poser cette question mais il se la posa quand même, comme si un démon l'y avait forcé, et il s'arrêta et réfléchit, il sentit qu'il était tenu de dire la vérité, et il dit "Non", et aussitôt, avec frayeur, il se dit "Oui", et de nouveau "Oui", essaya d'effacer en lui tout souvenir du "non", mais en vain, le "non", continua à le tarauder et à semer le trouble à l'instar d'une inscription au goudron que l'on a chaulée pour qu'elle ne puisse plus être lisible, mais en vain, et un sentiment d'affolement et d'oppression l'envahit, car brusquement, et de façon tellement inattendue, il se rendit compte que son amour pour sa mère n'était pas inconditionnel et absolu, comme il le croyait jusque-là, et la sensation de bonheur ému, qui quelques secondes auparavant l'enveloppait encore, diminua et s'évanouit, ne laissant derrière elle que déception et honte.

Un peu après, alors qu'il était assis avec Posner sur le balcon négligé et buvait avec lui de la bière, Meïr lui raconta en riant et par le menu ce qui venait de se passer en lui, mais son rire ne put masquer son embarras, et finalement, tandis qu'un sourire confus était posé sur son visage, il dit "Ce qui veut dire que je n'aime pas ma mère", et Posner dit "Tu croyais vraiment que tu aimais ta mère plus que toi-même ?" Et Meïr dit "Oui", et ils sourirent tous deux, Posner fit tomber les cendres de sa cigarette de l'autre côté du garde-fou et dit que cela n'avait aucun sens, que quatre-vingt-quinze personnes sur cent auraient fait la même réponse, que la vérité générale ne pouvait pas être inhumaine, il était sérieux, malgré la légèreté de sa voix, ensuite il présenta les choses un peu différemment et dit que l'on ne peut se poser ce genre de questions que si l'on se sent capable d'en supporter les réponses, qui sont, d'une certaine manière, inacceptables car elles nous mettent en face de la vérité, à savoir, qu'il n'y a pas de liens absolus et inconditionnels, et que même dans la relation entre un fils et sa mère, il peut arriver un moment où se dévoile la fraction de seconde de l'hésitation, qui, d'une certaine manière, est peut-être le résumé de l'humain, car à la racine des choses, l'homme est emprisonné et attaché à lui-même dans le sens le plus élémentaire et le plus vulgaire du terme, et il le demeure plus ou moins dans toute la multiplicité de ses liens et de ses relations. Et d'un geste léger, nonchalant, assorti à ses propos, il jeta le mégot de la cigarette dans la cour et dit "Et en même temps, des gens sacrifient pourtant leurs vies pour celles d'autres gens et pour toutes sortes de causes presque quotidiennement", et il eut un sourire extrêmement fin, ironique, et Meïr dit "Oui, je comprends", mais il était toujours aussi démoralisé.

Vers la fin de l'été, après Chavouot, Meïr décida, vivement encouragé par Aviva, de partir pour quelques semaines à l'étranger afin de se changer les idées et d'échapper à la tension et la fureur qui suçaient ses forces, et de s'enrichir d'expériences culturelles – musées, théâtre, concerts, vue d'immeubles et de rues présentant un intérêt architectural particulier – son dernier voyage à l'étranger, qui avait également été le premier, remontait à dix ans en arrière, et évidemment, c'est ce qui excitait son imagination par-dessus tout, afin de goûter des plaisirs sexuels effrénés, car là-bas, à l'étranger, il serait de nouveau, pendant une courte période de temps, il est vrai, indépendant et affranchi de toute contrainte. Quelques jours avant son départ, Meïr se rendit au dispensaire pour se faire examiner par le Dr Rainer et pour recevoir d'elle des médicaments et des instructions pour le voyage, et avant qu'il la remerciât et se levât pour partir, elle lui dit qu'elle était sur le point de procéder à une rénovation complète de son appartement et d'y réaliser quelques modifications, mais qu'avant de se lancer dans une telle entreprise et de commencer à abattre des cloisons, elle aurait voulu avoir l'avis d'un professionnel, et elle lui demanda s'il pouvait lui recommander quelqu'un, Meïr dit qu'il n'y avait aucun problème et qu'il serait heureux de lui donner des conseils, et le lendemain, en fin d'après-midi, immédiatement après son travail, à l'heure dont ils étaient convenus, Meïr vint dans son appartement, et après qu'elle lui eut expliqué ce qu'elle voulait y apporter comme transformations, le Dr Rainer l'invita à boire une tasse de café, et assis dans la salle de séjour où la bibliothèque couvrait la moitié d'un mur, ils s'entretinrent de rénovations d'appartement et de construction, il répondit sur-le-champ à la plupart des questions qu'elle lui posa mais exprima le désir d'examiner quelques points de façon plus approfondie, et il lui promit que le lendemain ou le surlendemain il l'appellerait, lui dirait quoi faire et comment, et ensuite ils parlèrent de voyages à l'étranger, et le Dr Rainer lui raconta que son fils cadet, qui avait terminé quelques mois plus tôt son service militaire, elle avait encore un fils et une fille mariés, était parti avec deux amis visiter les fleuves et les lacs des Etats-Unis, et que, sur le chemin du retour, il avait l'intention de voyager un peu en Europe et de s'arrêter chez son père, qui vivait depuis quelques années en Angleterre où il travaillait comme ingénieur électronicien dans une compagnie de développement d'appareils auditifs, avant de rentrer en Israël, et Meïr dit "Je l'envie", et le Dr Rainer dit "Vous n'avez aucune raison de l'envier. Vous partez aussi", et elle sourit, et Meïr dit "Oui, mais ça n'est pas la même chose, vous savez", et il ajouta "J'aimerais voyager tout le temps", et le Dr Rainer dit "Alors faites-le", et Meïr dit "A chaque fois, il y a quelque chose qui m'en empêche. Parfois c'est le travail, parfois l'argent, parfois la santé ou autre chose. Vous savez comment c'est", et son regard fut intercepté l'espace d'un instant par le regard vif du Dr Rainer qui dit "J'aime voyager. Et autrefois, je voyageais beaucoup. Mais ces dernières années, plus tellement", et elle lui demanda quel était le programme de son voyage, et il le lui exposa, mais sans rentrer dans les détails, car en raison du voyage de son fils, son propre voyage le mettait mal à l'aise, et peu de temps après, il s'en alla.

La veille de son départ, après avoir fait ses adieux à Posner, qui lui demanda de lui rapporter de Londres, s'il le pouvait, le livre de D. L. Krook *Volcans et activités volcaniques*, il nota toutes les références sur un morceau de papier et dit qu'il pourrait sûrement le trouver chez Foyle's, il monta avec Aviva prendre congé de son père, après avoir reporté l'échéance d'heure en heure, cela le tracassait depuis plusieurs jours, car il lui faudrait alors embrasser son père ou au moins lui serrer la main. Assis dans la petite pièce, il raconta à son père, avec la même vivacité dans la voix, ce qu'il avait pris avec lui pour le voyage et comment il avait tout emballé, pendant ce temps Aviva préparait du thé, et ensuite il lui raconta, probablement pour la dixième fois, le programme de son voyage, le tout avec un entrain forcé et bruyant, et ensuite ils regardèrent le journal télévisé et discutèrent un peu de politique, il guettait le moment où la séparation pourrait s'effectuer de la manière la plus brève et la plus fuyante, et ensuite, il profita du fait qu'Aviva échangeait quelques phrases avec son père pour aller aux toilettes, et lorsqu'il en revint, il resta sur le seuil de la pièce, il n'y avait plus aucune raison de retarder davantage le moment de la séparation, et il dit qu'ils devaient partir parce qu'il prenait l'avion très tôt, et son père se leva et s'approcha de lui pour lui faire ses adieux et il lui dit de faire attention à lui, et Meïr, une terreur paralysante l'assaillit, dit "Oui, j'essaierai. Tout ira bien", et il tendit la main et serra mollement celle de son père, il lui semblait que son père attendait et espérait qu'il l'embrasserait et ensuite, alors qu'ils se tenaient tous trois dans le vestibule, près de la porte, échangeant les derniers mots d'adieu, son père l'avertit à plusieurs reprises de toutes sortes de dangers et lui demanda de faire extrêmement attention à lui, Meïr leva la main et lui donna une faible tape sur l'épaule, une tape intentionnelle mais d'apparence fortuite, et sans attendre il dit "Au revoir papa", et sortit rapidement dans la cage d'escalier où il attendit jusqu'à ce qu'Aviva eût pris congé de son père et le rejoignît, et le lendemain matin, il s'envola pour Amsterdam.

Une pluie fine tombait lentement lorsque l'avion atterrit et s'immobilisa sur la piste mouillée en plein après-midi d'une journée d'été nuageuse et désagréable. Meïr prit sa valise bleue sur le convoyeur, le lourd sac vert ne l'avait pas quitté, et alla au bureau d'informations touristiques de l'aéroport. Il dit à l'employée qui se trouvait derrière le comptoir qu'il avait l'adresse et le numéro de téléphone de quelqu'un à Amsterdam qui louait des chambres avec petit déjeuner, c'était Posner qui lui avait donné cette adresse où il avait logé quelques années auparavant et dont il avait été très content, et il lui demanda comment faire pour appeler l'endroit afin d'y réserver une chambre. L'employée lui proposa de téléphoner pour lui, et Meïr lui remit le bout de papier avec l'adresse et le numéro de téléphone. Elle jeta un coup d'œil sur le papier et dit que le numéro était faux, car il n'était composé que de cinq chiffres alors que tous les numéros de téléphone à Amsterdam étaient composés de six chiffres. Meïr s'étonna et dit que ces coordonnées lui avaient été données par un ami qui avait lui-même logé dans cet endroit, mais l'employée, elle était sympathique et pleine d'énergie et de bonne volonté, jeta de nouveau un regard rapide sur le morceau de papier et répéta d'un ton sans réplique que ce numéro de téléphone n'existait pas, et elle ajouta que si en plus du nom de famille de cette personne – Van Essen – il en avait eu le prénom, elle aurait pu trouver son numéro dans l'annuaire. Confus, Meïr lui prit le bout de papier des mains, son humeur s'était assombrie mais il essayait encore d'être calme et de conserver son entrain de touriste, et il lui demanda si elle pouvait lui proposer une autre possibilité d'hébergement qui ne soit pas trop chère, et l'employée dit que tout ce qu'elle avait était relativement cher, mais qu'à l'office du tourisme de la ville, à côté du terminal et de la gare ferroviaire, il y avait des adresses d'endroits meilleur marché. Meïr hésita quelques instants puis il décida de se rendre en ville.

Le trajet fut plaisant. L'autobus, confortable et propre, passa entre des champs brun-vert et des canaux qu'une vapeur grisâtre, imbibée de pluie, emmaillotait de douceur, et les nuages qui traversaient le ciel jetaient sur eux de larges taches d'ombre.

Çà et là apparaissaient des petits chalands, une grue, une charrue tirée par un tracteur, et Meïr, qui s'était collé à la vitre, sentit sa sérénité revenir, bien que légèrement entamée, et avec elle, la joie tendue, sans qu'il cessât pour autant de jeter de temps à autre un coup d'œil sur sa valise bleue, posée entre les valises des autres voyageurs, et sur un homme dans un luxueux costume bleu assis quelques sièges devant lui, dans la rangée opposée, il fumait sans arrêt et se retournait par moments vers le fond de l'autobus, et qui lui semblait être un Arabe. Meïr s'agrippa au paysage horizontal paisible qui défilait derrière la vitre et se dit que tout s'arrangerait, cela ne faisait pas un pli, et qu'il était en Hollande, et que d'ici peu il arriverait à Amsterdam, ville qu'il avait tellement voulu visiter, s'y détendrait et s'y livrerait au plaisir, et qu'entretemps, il ferait mieux de se concentrer sur le paysage et sur le trajet et de les apprécier.

L'office du tourisme de la ville, une pièce de taille moyenne dans un bâtiment en rez-de-chaussée qui ressemblait plutôt à une baraque, était pleine à craquer de jeunes gens, des Asiatiques et des Africains, pour la plupart, mais il y avait aussi parmi eux quelques Américains dépenaillés, des Suédois, des Allemands et des Italiens. Tous se pressaient bruyamment en trois files qui n'étaient rien d'autre que trois grosses masses devant le guichet derrière lequel étaient assises trois jeunes employées qui s'efforçaient de satisfaire de façon courtoise et patiente les demandes des gens qui se comportaient avec grossièreté et même agressivité, bien que contenues. Meïr se mit dans la file d'attente du milieu, qui lui paraissait plus courte, mécontent et le visage pétrifié de désespoir. Aussitôt entré dans la pièce, il comprit qu'il avait commis une grave, une fatale erreur en ne réservant pas une chambre au bureau d'informations touristiques de l'aéroport, et que son voyage à Amsterdam, de même, peut-être, que son voyage à Londres, était désormais voué à l'échec. Il regarda les gens qui le poussaient et le pressaient de toute part, il n'y avait aucun visage connu parmi eux, ne fût-ce que de la façon la plus éloignée, et il se dit avec amertume que s'il avait réservé une chambre au bureau d'informations touristiques de l'aéroport, comme il aurait pu le faire sans aucune difficulté, il serait déjà dans sa chambre, et sortirait sous peu se promener dans la ville, après avoir pris une douche et s'être reposé, au lieu de se presser, en nage, sous cette chaleur étouffante, au milieu de cette foule étrangère. Il essuya la sueur de son visage et suivit d'un regard glacé les gestes des employées et des gens qui se trouvaient devant lui, il lui semblait qu'ils se multipliaient sans arrêt, et tel était son désespoir qu'il envisagea de retourner à l'aéroport afin d'y réserver une chambre, et de réparer ainsi son erreur, mais surtout afin de pouvoir recommencer dès le début son voyage à Amsterdam.

Deux Arabes vinrent se mettre à sa droite, dans la file voisine, à un pas de lui, et commencèrent à bavarder à voix haute, il changea de position et essaya de se rendre invisible au possible, et ensuite, d'un mouvement discret, il retourna l'étiquette de la compagnie aérienne, attachée à la poignée de sa valise, et où étaient inscrits son nom et son adresse, et il voulut de nouveau retourner à l'aéroport et réserver une chambre, mais il continua de faire la queue, qui n'avançait pas, enveloppé d'un sentiment d'isolement infrangible, serrant de toutes ses forces la valise et le sac vert qui pesait lourdement sur son épaule. Finalement, après une station épuisante qui paraissait ne devoir jamais prendre fin, ses jambes et son dos lui faisaient mal et il transpirait, il décida de s'en aller et d'essayer de trouver l'adresse que lui avait donnée Posner. C'était un endroit qui lui était déjà en quelque sorte familier, en tout cas le plus familier à Amsterdam, qui s'étendait là-bas, dehors, froide et grisâtre, puisque Posner y avait logé quelques années auparavant pendant plusieurs jours et avait dit le plus grand bien du propriétaire, qui, en plus de son bon cœur, était aussi un ami d'Israël, et il s'ouvrit un chemin dans la foule et sortit de l'office du tourisme.

Quelqu'un lui avait dit que le Rokin se trouvait après le Dam, et que ce n'était pas très loin, et il marchait maintenant dans une large avenue fourmillant de monde et de voitures dont le côté droit était occupé par des boutiques criardes de vêtements bon marché, et de littérature pornographique, de bars et de cinémas avec d'énormes panneaux publicitaires clignotants et de grands cafés qui débordaient sur le trottoir large et étaient bondés d'hommes, Arabes et Africains pour la plupart, c'était en tout cas eux que l'on remarquait, assis à boire et à s'embrasser à la vue des passants avec une totale indifférence avec des femmes qui semblaient être, pour leur majorité, des prostituées et des droguées. Il marchait sans s'arrêter, presque sans tourner la tête, sa valise à la main et le sac vert sur son épaule, il avait l'impression qu'à chaque instant, pour une vétille, un regard ou un geste accidentel, il risquait de s'attirer ici des ennuis, et il n'avait d'autre désir que de s'éloigner le plus possible de ce quartier, corrompu et imprégné d'une odeur de violence, tout ce qu'il y voyait lui inspirait dégoût et hostilité, et de trouver rapidement un endroit où il pût poser ses affaires et se doucher.

Derrière le Dam, il y promena à peine son regard en marchant, dans le Rokin, une artère commerciale déprimante par sa laideur, elle lui rappelait un peu la rue Yehoudah-Halevi près de la rue Allenby, au bout d'un grand bâtiment, dans une ruelle très étroite, qui avait plutôt l'air d'un passage entre deux maisons, il arriva effectivement à l'adresse qu'il cherchait. Il plissa les yeux, la ruelle était pleine d'une pénombre désagréable qui semblait avoir émané des murs des maisons et être restée bloquée entre elles, et il lut le nom inscrit sur la lourde porte en bois, oui, c'était bien ce nom-là, et alors il posa la valise et s'essuya le visage et appuya avec un espoir anxieux sur la sonnette. Au bout d'un certain temps, une voix sourde lui parvint des hauteurs et des profondeurs de la maison, puis des pas lents, traînants se firent entendre, quelques instants plus tard, la porte s'ouvrit et un vieil homme d'apparence ravagée avec une main bandée apparut sur le seuil. Meïr le salua d'un signe de la tête puis il lui dit qu'un ami lui avait donné son adresse et qu'il souhaitait loger chez lui trois jours, et le vieil homme hocha la tête et dit d'une voix faible et avec un air de s'excuser qu'il louait bien une chambre avec petit déjeuner, mais qu'elle était occupée par un couple de touristes et Meïr, il était stupéfait et désemparé, dit "Je croyais que je pourrais trouver ici une chambre", à l'idée de devoir retourner à l'office du tourisme il sombra dans un affreux désespoir, le vieux, lui aussi, demeura immobile, il était visible qu'il aurait voulu l'aider, et il répéta en s'excusant qu'il n'avait pas de place, et ajouta que chez lui, il fallait réserver la chambre à l'avance, surtout à cette période de l'année, et Meïr dit "Oui, je vois", mais il revint à la charge et lui demanda s'il ne pouvait pas avoir une chambre à un lit, au moins pour cette nuit-là, et le vieil homme dit "Non, non. Je suis désolé", et après s'être de nouveau excusé il lui conseilla d'essayer de l'autre côté de la rue, à l'hôtel Rokin.

L'hôtel Rokin avait quelque chose d'aussi populaire et d'aussi repoussant que les hôtels bon marché, voire borgnes, qui se trouvent dans les quartiers commerçants, les quartiers chauds ou près des gares. Tout lui inspirait du dégoût : la façade misérable, qu'il aperçut lorsqu'il traversa la rue déserte et pleine d'une brume de crépuscule tardif et humide, l'enseigne vétuste, les quelques marches qui conduisaient de la rue jusqu'à une sorte de petite terrasse, le couloir étroit et long avec les petits tableaux, probablement des paysages hollandais, sur les murs qui menait de cette terrasse au petit comptoir de la réception, derrière lequel, sous une lumière électrique jaune, se tenait le réceptionniste, un jeune homme au visage agréable et à l'élégance désinvolte. Meïr lui demanda s'il avait une chambre et le jeune homme dit qu'il ne lui en restait plus qu'une, double, pour la nuit même, et qu'elle ne se trouvait pas dans le bâtiment principal mais deux rues plus loin, de l'autre côté du canal, dans un bâtiment qui faisait office d'annexe de l'hôtel, et il tendit à Meïr une photographie en couleurs de la chambre tout en l'assurant qu'elle était très propre. Meïr s'appuya sur le comptoir et regarda la photo, on y voyait un double lit recouvert d'un joli dessus-de-lit, une étagère, un vase de fleurs, deux chaises, un lavabo et une glace, tout semblait agréable et intime, et il hésita parce que l'hôtel lui inspirait un sentiment de malaise et que le fait que la chambre fût située à un autre endroit ajoutait encore à sa réticence, et surtout parce que le prix indiqué par le réceptionniste pour la chambre était bien plus élevé, du double, presque, que tout ce qu'il avait imaginé, plus élevé, également, que les prix qu'avait indiqués l'employée du bureau d'informations touristiques de l'aéroport, et qui étaient pourtant considérés comme chers, mais il était harassé et agité de frissons à force d'avoir fait la queue et d'avoir marché dans le froid qui s'accrochait à sa chair et s'infiltrait en lui, et collant de sueur et sale, il ne désirait rien tant qu'un endroit où il pourrait poser ses affaires et se doucher, et à la pensée d'avoir à retourner maintenant à cet office du tourisme avec les Arabes et les Africains, ou à errer tel un aveugle dans les rues avec la valise et le sac et à chercher, peut-être pendant des heures, un autre endroit où dormir dans cette ville, étrangère, qui avait déjà sombré dans la grisaille morne du soir froid et humide avec sa pluie intermittente, un peu de cette grisaille arrivait jusque-là par le long couloir, l'effraya et le plongea dans l'affliction la plus complète.

Le jeune réceptionniste ne le pressait pas, il restait imperturbable, comme s'il était sûr que d'ici peu, il entrerait de toute façon quelqu'un qui prendrait la chambre, et il se tourna vers un couple de personnes âgées, un homme et une femme, qui surgirent de la pente raide de l'escalier en bois et il prit la clé que lui tendait l'homme qui lui demanda quelque chose dans un mauvais anglais. Le réceptionniste lui répondit, et l'homme âgé dit *"Thank you"*, et se tourna vers la femme, tous deux, lui et elle, étaient mis comme pour aller au théâtre ou au concert, et il dit "Je te l'avais bien dit. Viens", et la femme ne bougea pas et dit "Demande-lui où se trouve le restaurant juif", et l'homme dit "Comment diable veux-tu qu'il sache où est le restaurant juif ? Viens", et la femme dit "Il le sait. Cet hôtel appartient à un Juif, non ? Demande-le-lui. Ça ne coûte rien." Et excédé, l'homme dit "Pourquoi est-ce que tu as besoin d'aller ici dans un restaurant juif ? Il n'y en a pas assez à Tel-Aviv, peut-être ? Allez, viens", et la femme dit "Demande-le-lui. Je veux le savoir", tout se déroula à mi-voix, et Meïr, qui avait suivi leur conversation les traits impassibles et presque sans lever les yeux, sentit que sa résistance à l'hôtel fondait et faiblissait, et après qu'ils eurent terminé et furent sortis, il dit au réceptionniste qu'il prenait la chambre, il avait décidé dans son for intérieur qu'il se trouverait le lendemain une chambre bon marché dans un hôtel plus agréable, et le réceptionniste dit "O.K.", et il lui montra, à l'aide d'un petit plan imprimé, comment arriver à l'annexe, et ensuite il lui expliqua que l'annexe possédait uniquement des chambres et que le petit déjeuner se prenait donc là, dans le bâtiment principal de l'hôtel, et pour finir, avant de lui remettre la clé de la chambre, il exigea de lui qu'il réglât sa note à l'avance, c'était l'usage dans cet hôtel, et Meïr s'exécuta et prit la clé de la chambre ainsi qu'un prospectus du bureau du tourisme municipal que le réceptionniste y avait joint et il s'en alla.

La chambre, qui se trouvait à la hauteur de la rue dont rien ne la séparait, ne ressemblait pas exactement à ce que l'on voyait sur la photographie mais paraissait propre et passablement agréable, et Meïr verrouilla la porte derrière lui et l'examina brièvement, l'inconnu y régnait comme un mur d'air coagulé, ensuite il posa sa valise sur l'étagère, et sans enlever ses chaussures, il s'allongea sur le large lit, à travers la fenêtre qui donnait sur le trottoir à quelques pas duquel passait un canal lui parvint la conversation bruyante entrecoupée d'accès de rire d'une bande de jeunes qui marchaient dans la rue et lorsqu'ils passèrent devant la fenêtre basse, c'était la seule fenêtre de la chambre, il eut l'impression qu'ils traversaient dans la pièce, puis ils s'éloignèrent et Meïr se leva, ferma la fenêtre, tira le rideau crème et se rallongea sur le lit et resta couché un certain temps les yeux fermés, il pouvait sentir à travers ses vêtements la literie étrangère, tout ce que le monde avait d'étranger était concentré dans ces draps et retentissait dans la petite chambre emplie d'un silence épuisant, enveloppée d'un autre silence plus faible, il lui semblait qu'en dehors de lui, il n'y avait pas âme qui vive dans l'annexe, et ensuite il se leva et prit le sac vert, il avait peur de le laisser dans la chambre, et se rendit dans la salle de bains située à l'extrémité du couloir.

Après s'être douché et changé, il revint dans la chambre, qui était, entre-temps, devenue un lieu un peu plus familier, il s'étendit de nouveau sur le large lit avec l'intention de s'endormir, mais des bruits proches lui parvenaient de l'extérieur avec un tumulte sourd, incessant, arrivant de très loin, de l'autre bout de la ville, c'est ainsi qu'il le voyait sur l'écran de ses paupières closes, et un éveil obstiné, désespérant, chassa son sommeil, et il se retourna en s'employant vainement à retenir les filaments du sommeil qui se distendaient, jusqu'à ce qu'il finît par ouvrir les yeux et couché sur le dos, il laissa son regard errer sur le plafond et les murs vides, à l'exception de celui qui était adjacent au lit et sur lequel était accroché, parallèlement à son genou levé, un paysage représentant une plage et une barque au crépuscule, et sur le rideau et le lavabo brillant de propreté avec la glace au-dessus en se demandant s'il ne valait pas mieux qu'il se lève et sorte se promener dans la ville et trouve la rue des "lumières rouges" avec les prostituées qui sont assises nues dans les vitrines et attendent des clients, et peut-être qu'il entre chez l'une d'elles, une Indonésienne ou une Chinoise, et il essaya de calculer combien cela lui coûterait, et il se dit que n'eût été le prix si élevé, beaucoup plus que prévu, pour cette chambre, il n'aurait eu aucune difficulté à se payer la prostituée, il se consola en repensant qu'il n'avait pris la chambre que pour une nuit et que le lendemain matin, il chercherait et trouverait une autre chambre, meilleur marché et plus agréable, et il regretta de nouveau de n'avoir pas réservé une chambre au bureau d'informations touristiques de l'aéroport, il lui aurait été tellement aisé de le faire, et il posa sa tête sur son bras, la chambre étrangère avec la couleur blanc sale de ses murs, qui semblait être devenue un petit peu plus chaleureuse, était, en vérité, restée froide, et il décida qu'il réduirait ses dépenses le lendemain et le surlendemain et économiserait l'argent pour se payer la prostituée, il estima que la différence entre deux nuits supplémentaires dans cette chambre et deux nuits dans la nouvelle chambre couvrirait plus ou moins le tarif de la prostituée, et il abaissa le regard, le lavabo si propre lui réchauffa un peu le cœur et le réjouit, car il avait quelque chose de familial, et avec un sourire amer, il en vint à la conclusion que cette chambre l'avait privé de la prostituée, puis il prit le plan de la ville et se retourna et allongé sur le côté, il le déploya, la ville lui faisait l'impression d'une toile d'araignée, et ensuite il reconstitua le chemin qu'il avait fait de l'office du tourisme situé devant le terminal et jusqu'à l'annexe, et lorsqu'il arriva à l'endroit où il se trouvait, il erra du regard sur d'autres rues, d'autres canaux, et essaya de déchiffrer leurs noms, étrangers et difficiles à lire et à prononcer, et de se souvenir, grâce à eux, de quelque chose, mais les pensées sur les prostituées dans les vitrines s'infiltraient et ne lui laissaient pas de repos, de même que le tumulte sourd et incessant, et s'accrochaient à lui avec le sentiment de solitude et de dépaysement, et peut-être n'était-ce là que la fatigue, et éveillèrent son désir, et il songea à Rayia, elle surgit en une fraction de seconde comme de l'air vide, il songea à la manière terriblement hâtive, précipitée, dont il avait couché avec elle, poursuivi par la honte paralysante du péché, il ne pouvait en aucun cas oublier et se pardonner cette précipitation honteuse, ils étaient pourtant seuls, absolument seuls, et il disposait de tout le temps qu'il voulait. Et il la vit, dans cette chambre, étroite et longue, avec les murs trop hauts de couleur beige sale et la lumière trouble, brune, qui s'infiltrait à travers les rideaux de la fenêtre grillagée, quelqu'un passait dans la cour et chantait en arabe, peut-être était-ce la radio, et avec l'affreux couvre-lit repoussant de laine, et ensuite il la vit pendant qu'elle ôtait son soutien-gorge et sa culotte blanche, il se défendit de la voir dans sa nudité mais ne put, cependant, s'empêcher de lui jeter un regard, il eût voulu qu'elle fût maintenant avec lui, car il aurait alors fait ce qu'il avait voulu et pu faire à ce moment-là sans l'avoir fait, le souvenir de cette hâte honteuse le rongeait sans répit, en raison, surtout, de son consentement inattendu à s'abandonner à lui et aux plaisirs charnels sans réserve, cela l'excita plus encore, et les yeux clos, le plan de la ville toujours déplié devant lui, il lui fit un signe de la main et elle écarta les jambes et se courba même légèrement et s'appuya sur la table, et il regarda son sexe, un feu qui ne brûlait pas embrasa son visage et ensuite, d'un geste doux et cependant volontaire, il y introduisit la main et la caressa, et lentement, tendu et concentré sur le plaisir qui montait en lui et augmentait à exploser, il se leva et se mit devant le lavabo, et tout en contemplant son visage d'un regard halluciné et en l'examinant comme à travers un doux brouillard, il se soulagea, ensuite il se lava et nettoya le lavabo, il le nettoya à fond, mû par la volonté de lui rendre sa propreté antérieure, et il s'arrangea et prit le sac vert et sortit dans la rue, où flottait encore, inchangée, cette grisaille glacée d'avant le soir. Il resta un moment immobile dans la rue tranquille et regarda distraitement le canal et les arbres aux frondaisons fournies qui le bordaient, et il se demanda où aller, la ville s'étendait autour de lui comme une gigantesque et vague tache, dont les distances et les directions lui échappaient, et ensuite, surmontant quelque répugnance, il pivota sur ses talons et longea le canal vers le sud, dans la direction du terminal, et il prit le chemin du Rokin et de ce qu'il appelait à part lui "le quartier chaud".

Il marchait d'un pas énergique, comme s'il avait hâte d'arriver quelque part, le visage impassible et sérieux, et sans ralentir, presque sans tourner la tête, il regarda les maisons qui se trouvaient des deux côtés du canal et les passants, peu nombreux, au début, cette partie de la rue était très calme, elle comprenait surtout des immeubles d'habitation silencieux et des bureaux déjà vides, et ensuite, presque d'un seul coup, ils se multiplièrent et remplirent la rue, devenue bruyante, et les petites rues et ruelles qui la coupaient. Ils remplissaient les petits cafés et les bars obscurs aux noms étranges et les magasins de disques, qui se pressaient les uns contre les autres dans la rue au côté d'étroites boutiques de vêtements et de commerces de décorations en papier et d'affiches, de sex-shops aux vitrines remplies de gadgets pornographiques et de magazines multicolores, une musique assourdissante jaillissait de toute part et fouettait l'air, et formaient par endroits des attroupements, la plupart d'entre eux étaient des Africains et des Asiatiques malveillants et des Arabes, et bien entendu, des Américains et des Européens fiers de leur décadence, ou alors ils s'appuyaient contre les murs et les parapets et bayaient aux corneilles dans le bruit de la musique assourdissante, tandis que de nombreux autres flânaient, par couples ou en bande, apparemment sans but, et tous lui parurent si malpropres et insouciants qu'ils lui inspirèrent de l'hostilité. Meïr les effleura du regard, mais son attention était en grande partie accaparée par la recherche des prostituées dans les vitrines, et alors qu'il essayait en vain de découvrir leur présence et se frayait un chemin dans la foule de ces jeunes, la musique assourdissante ne s'interrompait pas un instant, il se répéta qu'il ne devait pas courir ainsi, mais plutôt ralentir le pas et profiter d'Amsterdam, et il ralentit en effet un peu sa marche et cessa de rechercher les prostituées, et il s'arrêta même à l'angle d'une rue et scruta lentement le paysage qui se découvrait devant lui, des maisons et des arbres, tout en s'appliquant à apprécier la vue et à la graver dans sa mémoire.

Après avoir erré ainsi un certain temps, déçu, dans l'écheveau des petites rues et des ruelles, il ne vit pas une seule prostituée dans une vitrine si bien qu'il pensa s'être trompé de quartier, il se retrouva soudain dans la rue qui longeait le canal, ce qui lui procura un bref moment de satisfaction, et il s'y engagea et la suivit vers le sud, au-delà du quartier bruyant, cette partie de la rue était complètement déserte et plongée dans une laideur menaçant ruine et dans une désolation de quartier pauvre abandonné par toute présence humaine, jusqu'à ce qu'il arrivât à l'endroit où, de façon totalement imprévisible, la rue bordant le canal se terminait en cul-de-sac par le mur extérieur maussade d'une vieille maison, entre les briques rouges et nues duquel poussaient de la mousse et différentes fougères, et il eut brusquement l'impression qu'un piège s'était refermé sur lui. Un silence lourd, désagréable, régnait dans l'air humide ainsi qu'une odeur dense d'eau stagnante et de varech, mais il ne s'arrêta pas et, comme s'il était poursuivi, il accéléra son allure et sa détermination rageuse, le sac vert pesait douloureusement sur son épaule, il traversa un petit pont en bois, qu'il découvrit au dernier moment, et il entra dans une venelle extrêmement étroite. Aussitôt qu'il eut fait quelques pas dans cette ruelle, une muraille de maisons sombres s'alignait des deux côtés, il comprit qu'il avait commis une grave erreur, et qu'il ferait mieux de retourner à la rue qui longeait le canal et de la remonter, il se sentait, à présent, encore plus pris au piège que précédemment, mais il continua à avancer et hâta le pas dans la saleté de la rue fangeuse, et à ce moment, deux Noirs débouchèrent d'une des entrées, quelques mètres devant lui, et après s'être arrêtés un instant, ils semblaient prendre congé de quelqu'un ou peut-être hésitaient-ils sur la direction à prendre, ils vinrent vers lui. Dans l'affolement du moment, il pensa pivoter sur ses talons et revenir sur ses pas, mais il poursuivit sa marche déterminée jusqu'à ce qu'il les croisât, et au bout de quelques minutes, il tomba brusquement dans l'artère bruyante qui conduisait de l'office du tourisme au Rokin, la lourde angoisse qui pesait sur lui se dissipa et il fut soulagé, comme il était content maintenant à la vue de la rue insouciante, son visage, sa nuque et son corps tout entier étaient trempés de sueur, et sans s'attarder, il s'y engagea et la remonta vers le nord, humilié et dépité par la stupide frayeur qui l'avait saisi et par le fait qu'il n'avait même pas réussi à voir une seule prostituée dans une vitrine, et tout en s'essuyant la figure et la nuque, il s'arrêta et s'imposa de ralentir son allure et de contempler Amsterdam. Après le Dam, cette fois non plus, il ne lui accorda guère plus qu'un regard harassé en passant, mais il se promit qu'il y reviendrait le lendemain et l'examinerait avec une attention toute particulière, un couple se dirigea vers lui, un homme et une femme âgés d'une quarantaine d'années, qui semblaient très pressés, il reconnut en eux de loin des Israéliens, et lorsqu'ils passèrent devant lui, l'homme fit halte et s'adressant à lui sans préambule, lui dit "Où est la rue des «lanternes rouges»?" et un léger ricanement, supposément moqueur, tordit son visage, et Meïr leva aussitôt les épaules comme s'il ne comprenait pas les paroles de l'autre et il continua de marcher, imperturbable, et il changea de trottoir, et ensuite il passa devant l'hôtel Rokin, l'hôtel, déjà enveloppé par la pénombre du soir, déversait à présent sur lui le calme, et même le bien-être, et ensuite, près de l'intersection du Rokin avec d'autres rues, il traversa une nouvelle fois et il se dirigea vers un large canal au bord duquel il s'arrêta, en face se dressait un pavillon peint en blanc d'où des marches descendaient vers une petite estacade le long de laquelle mouillait un bateau de promenade, et le tout – le pavillon, les marches et l'estacade avec le bateau et un tronçon du canal – était vivement éclairé dans l'obscurité qui s'épaississait rapidement désormais. Meïr s'accouda à la balustrade, il avait posé le sac vert à ses pieds, il contempla avec lassitude le pavillon et un homme en uniforme de capitaine qui se tenait en haut de l'escalier et accueillait d'un léger geste de la tête les touristes qui arrivaient et descendaient avec précaution vers le bateau, et l'eau verdâtre et lourde, aucun mouvement ne l'agitait, qui, autour du bateau était illuminée par ses feux, et qu'éclairaient de temps en temps les phares des voitures qui l'accrochaient. L'obscurité était déjà presque totale, et il se dit de nouveau, il était mort de fatigue, qu'il se trouvait à Amsterdam, mais aucun écho de joie ou d'émotion ne vibra en lui, perçant son exténuation et sa mauvaise humeur, et il insista, se le répéta encore, regarda alentour la rue large et déserte et les pâtés d'immeubles bouchés, déjà plongés dans les ténèbres grises, et il fut de nouveau dévoré par le regret de ne pas avoir réservé de chambre alors qu'il était à l'aéroport, cela était lié, dans son esprit, à l'échec à propos des prostituées, et il reprit courage en se disant que le lendemain matin, dès avant le petit déjeuner, il se rendrait à l'office du tourisme et obtiendrait l'autre chambre, meilleur marché et plus agréable, et dans le même mouvement de pensée, le doute que tout le voyage à Amsterdam n'était qu'une erreur inutile l'effleura, mais il s'éleva immédiatement contre lui et le balaya, un vent froid se mit à souffler dans la rue et il serra le col de son manteau et se dit qu'en tout état de cause, rien ne l'obligeait à rester là trois jours, comme il l'avait prévu, et qu'il aurait peut-être avantage à avancer son vol pour Londres où l'attendaient des amis.

Une pluie fine commença de tomber, attrapée de temps à autre par les lumières des voitures qui passaient, et Meïr remit le sac vert sur son épaule et s'avança vers une ruelle obscure située au-delà du canal et du pavillon blanc, afin de regagner sa chambre, et tout en marchant dans le noir, sous la pluie fine qui flottait au gré du vent, comme il l'avait supposé, elle menait bien à la rue qui côtoyait le canal où était situé l'hôtel, il se dit qu'Amsterdam était une ville splendide, c'était connu, l'une des plus belles et des plus agréables villes d'Europe et qu'il avait établi un programme de visites – quelques musées, quelques bâtiments et jardins d'intérêt particulier, la synagogue portugaise, le palais et la maison de Rembrandt, les prostituées dans les vitrines, etc. – et qu'il était dommage qu'il quitte la ville avant de l'avoir suivi jusqu'au bout, car tout bien considéré, qui pouvait savoir s'il reviendrait jamais à Amsterdam, et il s'arrêta devant l'hôtel, plongé dans un silence minéral et obscur, seule la vitre de la lourde porte d'entrée laissait jaillir de la lumière, il prit ses clés et ouvrit la porte, il avait l'impression que les autres hôtes de l'annexe étaient tous sortis, puis il entra dans sa chambre.

Il resta un instant immobile à regarder les meubles et les murs d'un blanc sale, sur le mur de droite, en face du placard, il découvrit un autre petit paysage, puis il posa le sac vert, ôta son manteau, son pull-over et sa chemise, ils étaient trempés de sueur, et il se lava au-dessus du lavabo, puis il cacha son portefeuille sous l'oreiller, se déshabilla et se mit au lit. Le silence total, qui semblait se condenser de plus en plus entre les murs et envelopper tout le bâtiment ainsi que cette partie de la rue, avec le canal et les arbres, était rompu de temps en temps par des voix retentissantes ou un éclat de rire qui venaient de loin, et parfois, même, de très loin, et par les sons d'une musique joyeuse et bruyante, tantôt proche, tantôt à peine audible, comme si elle était portée par le vent, mais tel l'air, lorsqu'un avion y est passé, le silence se refermait immédiatement, intact et minéral comme devant. Et Meïr alluma la lampe de chevet qui se trouvait au-dessus de sa tête et feuilleta le prospectus d'excursions de la compagnie Cook, que lui avait remis le réceptionniste, un couple de Hollandais âgés et souriants arborant le costume national étaient dessinés sur la couverture, il s'arrêta un peu aux images, la photo de fromages disposés sur des brancards sur une place d'Alkmaar attira particulièrement son attention, et aux noms des restaurants, des boutiques et des endroits conseillés, il n'avait ni la patience ni la force de lire la brochure de manière approfondie, ensuite il étudia de nouveau le plan des rues d'Amsterdam et établit le chemin qu'il prendrait, le lendemain matin, pour se rendre à l'office du tourisme et au Stedelijk. Il erra sur le plan sans objet, en s'employant derechef et sans beaucoup de succès à lire et à enregistrer des noms de rues et de canaux, et il pensa à Aviva, elle s'infiltra dans son esprit sans qu'il s'en rendît compte au début, comme des gouttes d'eau qui sont absorbées et se répandent lentement dans un champ aride, à tel point qu'elle finit par le dominer, et il pensa à elle, si proche, si nécessaire, avec la conscience, fruit d'une révélation soudaine, qu'elle était la seule parcelle de terre de sa vie, qui fuyait sans retour, et l'espace d'un instant, il la vit effectivement sous la forme d'un morceau de terre brun grisâtre couverte de quelques pierres calcaires et d'un peu d'herbe, au loin, par-delà le gouffre de ténèbres infini qui s'étendait entre le mur de cet hôtel et entre Tel-Aviv et les séparait, et en même temps, il tendait l'oreille avec l'espoir d'entendre s'approcher les pas d'une belle touriste ou d'une femme de chambre, qui viendrait frapper à la porte de sa chambre pour s'inviter à passer la nuit avec lui.

Meïr se réveilla de bonne heure, la tranquillité d'un profond silence campagnard enveloppait tout, et sans tarder, il se lava, s'habilla, prit le sac vert, et il sortit sans bruit dans la rue et se dirigea vers l'office du tourisme, il avait décidé de se débarrasser du souci de la chambre avant le petit déjeuner afin qu'il n'empoisonne pas toute sa journée, mais il s'arrêta un moment devant l'hôtel et respira l'air du matin imprégné de fraîcheur et de l'odeur des arbres, puis il se mit en marche. Le silence était si complet et si doux qu'il aurait aimé flotter pour que le bruit de ses pas ne l'interrompît pas dans la lumière bleu grisâtre posée comme un brouillard sur le canal et les arbres, et il ressentit le plaisir particulier qu'il espérait éprouver à Amsterdam, cette sensation l'accompagna jusqu'à ce qu'il arrivât à l'office du tourisme, à sa grande surprise, fermé et désert, une pancarte accrochée à la porte lui apprit que le bureau n'ouvrait qu'à neuf heures, et il resta planté devant la porte fermée, interdit, déconcerté, il avait cru pour une raison quelconque que l'office du tourisme était ouvert sans interruption vingt-quatre heures sur vingt-quatre, et ensuite, la sensation de plaisir l'ayant abandonné, il avait l'impression que quelqu'un anéantissait volontairement ses espoirs et ses projets, il reprit le chemin de l'hôtel. Il quitta la rue principale, qui montait du terminal vers le Rokin, emprunta des ruelles parallèles, seules quelques rares personnes, des balayeurs de rues et des ouvriers pressés, s'y trouvaient, et l'humeur noire, il calcula que s'il devait retourner à neuf heures à l'office du tourisme, y obtenir une nouvelle adresse et y régler le problème de la chambre, et retourner à l'hôtel Rokin pour prendre ses affaires puis se rendre et s'installer dans le nouvel hôtel, tout son programme pour la journée en serait gâché et avec lui, tout le programme de son séjour à Amsterdam, il avait l'intention, jusqu'à midi, de visiter le Stedelijk et le musée Van Gogh, puis de revenir à pied le long de l'Amstel afin de visiter la maison de Rembrandt et la synagogue portugaise, et lorsqu'il parvint à l'endroit où d'après lui, il lui fallait tourner à gauche pour tomber dans le Rokin et se retrouver devant l'hôtel, il continua tout droit, il était encore trop tôt pour le petit déjeuner, et il suivit la rue jusqu'au bout, c'était une rue commerçante très étroite, presque une venelle, et à cette heure matinale, elle était encore vide, il tourna à gauche et déboucha, comme il l'avait supposé, à l'embranchement du Rokin et d'autres rues, non loin de la partie du canal avec le pavillon blanc, et il fit halte, s'accoudant à la balustrade à l'angle de la rue. Derrière lui se dressait une sorte de portail avec un clocher, et tout en contemplant avec plaisir les rues endormies, et en trouvant du plaisir à ce plaisir, il en était très conscient, il songea que s'il avait réservé une chambre à l'aéroport, il aurait été maintenant parfaitement heureux, cette préoccupation bourdonnait dans son esprit comme une guêpe, ensuite il traversa le carrefour, les tramways y passaient de temps en temps, à de courts intervalles, dans un fracas monotone agréable, il pénétra dans une ruelle étroite et bourbeuse, y fit quelques pas, elle était pleine d'une ombre matinale et complètement déserte, et il s'arrêta devant la vitrine d'un sex-shop et examina longuement les gadgets exposés – des pénis, des vibrateurs, de la lingerie féminine provocante, des magazines et des affiches en couleurs – jusqu'à ce qu'il entendît un léger bruit, et au bout de la ruelle, il vit un ouvrier sur une bicyclette qui venait dans sa direction, et il s'arracha à sa contemplation, et se remit en marche, les traits impassibles, comme s'il ne s'était pas arrêté, et il passa sans ralentir son allure devant un cinéma et diverses boutiques, tout était fermé et désert, et au bout de la ruelle, il tourna à gauche et se trouva en face d'un petit jardin, puis il tourna de nouveau à gauche, il avait fait le tour du même pâté de maisons, et après quelques minutes, il déboucha une nouvelle fois dans le Rokin et longea le canal, tout contre le parapet, en direction du pavillon blanc et de l'hôtel, qui, au fur et à mesure qu'il s'en rapprochait, lui parut toujours aussi miteux et repoussant, mais déjà moins que la veille. Et lorsqu'il gravit les quelques marches de la petite terrasse, qui regardait la rue, et s'enfonça dans le corridor long et sombre avec les petits paysages, il se sentit vaguement chez lui ou en tout cas non étranger, et une agréable tranquillité l'envahit, le couple âgé d'Israël affleura de nouveau dans son esprit ainsi que le fait que l'hôtel appartenait à un Juif, et il décida de s'éviter des déménagements supplémentaires et inutiles, au bout du compte, il n'avait aucune assurance que le nouvel endroit serait meilleur que celui-ci, et de rester au Rokin.

Une femme était maintenant assise à la réception, et Meïr se présenta comme un des hôtes de l'hôtel et dit qu'il avait décidé de prolonger son séjour à l'hôtel de deux jours. La réceptionniste hocha la tête et le pria de patienter un instant, elle était jolie et devait avoir une quarantaine d'années, et après qu'elle eut consulté son registre, elle dit qu'il ne pourrait pas rester dans la chambre où il avait dormi la nuit car elle était réservée, et Meïr, abasourdi par la mauvaise et humiliante nouvelle, dit que la chambre lui plaisait énormément, il voulait en dire beaucoup plus, lui-même ne savait pas quoi, au juste, mais il était tellement abasourdi que les mots lui manquaient, et la réceptionniste, l'expression de son beau visage était très agréable et obligeante, hocha la tête avec sympathie et dit qu'elle était désolée, et elle lui dit qu'en cette saison, ils étaient très sollicités, et Meïr dit "Je comprends", la petite chambre lui était maintenant aussi chère que s'il s'agissait du seul et ultime endroit qui lui restait au monde, et l'hôtel aussi, et avec un sentiment de renoncement amer, il lui demanda de lui procurer une autre chambre dans l'hôtel, il n'acceptait toujours pas de perdre cette chambre et espérait qu'il pourrait quand même rester y loger, et la réceptionniste dit que pour le moment, elle n'avait aucune chambre libre mais qu'il était tout à fait possible que quelque chose se libère, elle lui proposa de revenir la voir après le petit déjeuner, et Meïr, il sentait à présent que le désarroi et la panique s'emparaient de lui, lui demanda, sur un ton de reproche suppliant s'il n'y avait pas dans tout l'hôtel une seule chambre simple, il se sentait trahi et expulsé, et la réceptionniste lui répéta qu'il était parfaitement possible que quelque chose se libère, elle lui conseillait de revenir la trouver après le petit déjeuner, et Meïr dit *"O.K. Thank you"*, mais il continua à se tenir près du comptoir de la réception, et après un moment d'hésitation, il la pria de nouveau d'essayer de lui trouver de la place, et il ajouta, comme incidemment, qu'il était d'Israël, et la réceptionniste lui promit de faire de son mieux, et Meïr se confondit en remerciements débordant de reconnaissance, il souhaitait tant trouver grâce à ses yeux, et il gravit d'un cœur lourd les marches en bois étroites et très raides qui conduisaient à la salle à manger, au deuxième étage.

Dans la petite salle étaient déjà attablés quelques personnes, parmi eux, le couple d'Israéliens qu'il avait vu la veille en arrivant à l'hôtel, Meïr s'immobilisa près de l'entrée et chercha des yeux un endroit suffisamment isolé, les tables d'angles et devant des hautes fenêtres qui donnaient sur le Rokin étaient déjà prises, puis il s'assit et posa le sac vert par terre, contre ses jambes, et alors qu'il attendait avec les autres le petit déjeuner qui tardait, il scruta d'un air impassible les personnes présentes, dont la plupart lui paraissaient plutôt sympathiques et honnêtes, quelques-unes d'entre elles parlaient même d'une voix discrète en hébreu, mais il ne montra pas, fût-ce par une légère inclination de tête ou un regard furtif, qu'il comprenait ce qu'elles disaient et demeura de glace, renfermé et replié sur lui-même, absorbé par son inquiétude et par le sentiment d'avoir été victime d'un préjudice, non seulement parce qu'il se considérait déjà comme un des clients de l'hôtel mais surtout en raison d'un sentiment flou et contraire à toute logique, et pourtant bien présent, qu'il se trouvait en Hollande, qu'il était israélien et que l'hôtel appartenait à un Juif, et il finit par se dire que ce châtiment lui était infligé pour n'avoir pas réservé de chambre à l'aéroport. Entre-temps, la serveuse apparut, une jeune fille fraîche aux cheveux longs couleur miel qui portait un pull-over noir moulant et ressemblait à une beauté de bandes dessinées, et Meïr décida de balayer ses soucis et ses sombres pensées, au moins jusqu'après le petit déjeuner, et il la dévora des yeux, essaya même de croiser son regard, et tandis qu'elle allait et venait avec les plateaux, il se tartina une épaisse tranche de pain sur laquelle il étendit un morceau de fromage odoriférant puis il y mordit en s'adressant intérieurement un sourire de satisfaction, il s'efforçait de se livrer entièrement au plaisir que lui procurait cette tartine, mais au bout de quelques instants, il se retrouva en proie à la même inquiétude et aux mêmes réflexions obsédantes qui, vers la fin du petit déjeuner, moment où son sort devait être tranché, se muèrent en un flot de tension présent sous l'écorce affectée de la tranquillité et du plaisir, alors qu'il observait les gens à la dérobée, ceux qui étaient assis et mangeaient, et ceux qui entraient et emplissaient lentement la salle, dans un mouvement paresseux, tout en parlant à voix basse, comme si la douceur du sommeil les enveloppait encore. Il s'agissait, pour la plupart, de couples, certains avec enfants et, détonnant au milieu d'eux, apparut un homme robuste âgé d'une quarantaine d'années, aux cheveux noirs, à la moustache noire et à la peau blanc olivâtre, vêtu d'un costume assez luxueux, qui s'arrêta à l'entrée – Meïr le remarqua d'emblée et se dit dans l'instant qu'il était arabe – et il scruta la salle à manger d'un regard lourd et lent, sur son visage dur et sombre se lisait ouvertement une expression d'hostilité amère, arrogante, et de violence, ensuite il s'assit à une table vide, non loin de la porte, attendit la serveuse, et Meïr, qui pressa d'un mouvement imperceptible sa jambe contre le sac, lui jeta un regard et se répéta qu'il était arabe, et, cette idée lui était désagréable, il se dit qu'il venait d'Amérique du Sud et qu'il était un gangster, mais après lui avoir adressé un regard supplémentaire, il ne put chasser de son esprit la sensation qu'il était bien arabe, cela tenait peut-être à son expression ou à quelque chose d'indéfinissable et cependant de perceptible, un malaise qui se mêla à ses inquiétudes et à ses autres soucis se répandit en lui, mais à la vue du calme des autres personnes présentes, il décida de le repousser, et il se dit que ce n'était peut-être pas un Arabe, et ensuite il se dit "Quand même il serait arabe – et après ?" et il continua de manger d'un air indifférent.

Après le petit déjeuner, Meïr alla trouver la réceptionniste et lorsqu'elle eut terminé la conversation téléphonique dans laquelle elle était absorbée, elle lui dit qu'elle avait une chambre pour lui, Meïr la remercia avec effusion, il sentit qu'une lourde tension qui pesait sur lui se dissipait et que son cœur exultait de soulagement et de reconnaissance, et la réceptionniste ajouta que la chambre se trouvait dans le bâtiment principal, à l'étage supérieur, juste sous les combles, qu'il s'agissait cette fois encore d'une chambre double qui n'était, elle aussi, disponible que pour une nuit, et Meïr se troubla, une ombre obscurcit son bonheur, et il lui demanda, comme s'il ne l'avait pas entendue, si elle n'avait aucune autre chambre, dans le bâtiment principal ou dans l'annexe, et la réceptionniste lui dit que non, tout était complet, et elle ajouta qu'une des chambres se libérerait peut-être le lendemain mais qu'elle ne pouvait rien lui garantir. Elle était extrêmement cordiale et n'essayait absolument pas de lui forcer la main, et Meïr dit "O.K., je la prends", il souhaitait maintenant en finir le plus vite possible et il lui demanda ce qu'il devait faire de ses bagages, et la réceptionniste lui dit d'aller les chercher et de les apporter à la réception car il fallait préparer la chambre où il avait dormi la nuit précédente pour ses nouveaux occupants, il devait revenir à midi, lorsque sa nouvelle chambre serait faite, et les y déposer, et Meïr la remercia une seconde fois, se rendit rapidement dans la chambre où il avait passé la nuit et prit la valise bleue puis il quitta les lieux, non sans un sentiment de regret, en continuant à croire qu'il reviendrait y coucher, Dieu sait comment, et il regagna l'hôtel, et après qu'il eut confié sa valise à la réceptionniste, il sortit dans le Rokin et d'un pas éveillé et léger, se dirigea vers le Stedelijk.

Il remonta le Rokin vers le nord, le sac vert à l'épaule, jusqu'à ce qu'il parvînt au croisement avec le portail et le clocher, devant lesquels il était passé peu de temps auparavant, et sans s'arrêter, sauf pour jeter un bref coup d'œil sur le plan, il avait préparé son itinéraire la veille avant de s'endormir, il continua de suivre la large avenue commerçante bordée d'immeubles, modernes pour la plupart, où se trouvaient des magasins et des restaurants, des succursales bancaires et des sociétés commerciales, et au milieu de laquelle passaient à intervalles irréguliers des tramways. La fraîcheur du matin régnait encore dans l'air mais le mouvement des passants et des automobiles était déjà très animé, et son sac à l'épaule, promenant son regard sur les immeubles, les devantures, les tramways, les voitures, les visages des hommes et des femmes qui allaient d'un pas pressé à leurs affaires, les canaux qui se prolongeaient des deux côtés de l'avenue, il se rendit de nouveau compte de son allure précipitée et tendue, sentant cette tension jusque sur son visage et dans ses hanches, et il se dit qu'il devait ralentir, faire des haltes, regarder posément autour de lui afin de percevoir et d'apprécier la beauté de la ville, ce qu'il fit en s'obligeant même de temps en temps à s'arrêter pendant de longues minutes et à observer d'un regard attentif une vitrine, la façade d'une maison, un canal aux berges de pierre avec des ponts étroits et des arbres verts. Il se répéta d'un ton admiratif "Quelle merveille, quelle ville splendide, c'est vraiment formidable", mais son regard attentif, qui percevait les détails les plus infimes, glissait, comme à bout de forces, à la surface d'un enduit vitreux qui recouvrait tout, sans qu'il pût s'y frayer un chemin et en sentir la réalité, qui semblait exister en dehors et au-delà de ses détails, et en retirer, ne fût-ce qu'une seule goutte de plaisir ou d'émotion, tout se perdait quelque part entre son regard et l'objet de sa contemplation, mais il n'en continua pas moins de se répéter "Quelle merveille, quelle ville formidable."

Après avoir longuement erré dans les salles spacieuses du Stedelijk, çà et là, un tableau lui arrachait un sourire ou lui procurait une légère sensation de plaisir et parfois même l'ombre d'une émotion, il descendit à la cafétéria. Il avait eu l'intention de parcourir la totalité des salles, mais la fatigue l'emporta et il décida de se reposer un peu et de se rafraîchir avant de continuer sa visite, et il s'assit avec une tasse de café odoriférant et une tranche de gâteau au fromage, rompu par la marche et la contemplation tendue. Il lui semblait que son corps sombrait, lourd comme du plomb au fond de lui, et tout en buvant son café, il observa, engourdi, les hommes et les femmes qui entraient et sortaient ou s'asseyaient autour des tables blanches, tous avaient l'air frais et contents, à en juger par leur expression et leur décontraction, et habillés sans recherche mais avec une élégance naturelle qu'il ne pourrait jamais atteindre par aucun moyen ou définir, et encore moins adopter, et le sentiment d'isolement et de différence absolue, qui l'enveloppait sans arrêt, s'étirant derrière lui comme une imperceptible traînée d'air sale, s'épaissit, précisément alors qu'il baignait dans la quiétude de ce lieu agréable et civilisé, et il eut l'impression que les gens, autour de lui, le considéraient, eux aussi, comme étranger et différent, et cela, d'une manière irrémédiable. Il contempla les sculptures qui s'élevaient dans le jardin, derrière le grand mur de verre qui séparait le jardin de la cafétéria, en suivant en particulier le mouvement monotone, répétitif, de la sculpture de fer dressée sur la pelouse bien entretenue, faite de pieux et de roues qui tournaient sans arrêt, et dont le bras, une sorte de tuyau légèrement recourbé, faisait office d'arroseur mobile, et il essaya de découvrir, par une observation patiente et attentive, si des modifications, même infimes, intervenaient dans le mouvement de la sculpture ou bien s'il restait inchangé et se répétait perpétuellement. Son regard fut happé par la monotonie de ce mouvement et s'y suspendit. Plongé dans sa contemplation, il pensa que ce mouvement, répétitif, se poursuivrait également après sa mort, et tout en buvant son café, les yeux cloués à la sculpture, il se vit mort tandis que la sculpture décrivait son mouvement répétitif sur le fond de ces pelouses vertes, des arbres aux frondaisons opulentes et des lambeaux de nuages, qui se déplaçaient à une extrême lenteur, avec une patience mélancolique, sur le ciel gris, et que quelqu'un d'autre, mais dont les traits, l'humeur et les sentiments étaient absolument identiques aux siens, était assis à sa place, avec les mêmes vêtements et dans la même posture, une jambe sur l'autre, une main tenant une tasse de café à moitié vide et la deuxième posée mollement sur le plateau de la table, sous laquelle, près de son pied, était posé un sac vert, et contemplant, exactement comme lui, le mouvement fixe et répétitif de la sculpture et essayant, exactement comme lui, de découvrir s'il varie, et ce faisant, il sentit qu'il avait un double, qui naîtrait un jour, il en éprouvait réellement la présence dans tout son corps, comme si c'était le double et non pas lui qui le remplissait dès maintenant tel le duvet d'un oreiller, et que c'était le double qui suivait le mouvement de la sculpture, et à ces pensées non dépourvues de douceur, un léger sourire amusé se répandit en lui. Il songea un instant prendre le sac et monter aux étages afin de visiter les salles qu'il n'avait pas encore vues, et il chercha à déterminer dans quelle direction son visage était tourné, était-ce vers l'ouest, comme son instinct le lui laissait à penser en raison du mouvement des nuages qui arrivaient de cette direction, ou alors vers l'est, il était impossible de déduire quoi que ce fût de l'aspect du ciel et de la lumière, opaque et dispersée, les nuages se déplaçaient peut-être ici du nord au sud, et le cas échéant, il était tourné vers le nord, mais il avait beau remuer la question sous tous les angles, son bon sens lui indiquait, comme l'aiguille obstinée d'une boussole, que son regard était effectivement tourné vers l'ouest car c'était de là que les nuages continuaient d'arriver. Ils couvrirent lentement le ciel, puis une faible pluie qui, d'une manière qu'il ne s'expliquait pas, lui semblait familière et proche, commença à tomber et il se dit "Une pluie tel-avivienne", et il resta assis à regarder les gouttes qui se brisaient et coulaient sur le mur de verre derrière lequel, dans l'air brumeux, l'arroseur de la sculpture continuait de se mouvoir et de disperser son eau sans objet. Le rire gai, bien que contenu, d'une jeune femme, assise non loin de lui en compagnie d'un homme vêtu d'une veste blanche sportive, son mari, peut-être, se fit entendre, et Meïr leur adressa un coup d'œil ainsi qu'à sa montre et se dit que s'il voulait visiter les autres salles il devait le faire tout de suite, car le temps commençait à presser, mais il resta assis à sa place. Un tel refus de bouger l'envahit que la seule idée de se lever le déprimait, et au bout de quelques instants, il alla prendre une seconde tasse de café et se rassit. Il ne souhaitait rien tant que de rester dans ce lieu propre et tranquille où, bien qu'étranger, il se sentait à l'aise, et il y serait resté jusqu'au soir s'il n'avait prévu, la veille, de se promener dans la matinée le long de l'Amstel et de visiter la maison de Rembrandt et la synagogue portugaise, il avait déjà décidé de reporter la visite au musée Van Gogh au lendemain, après la visite du Rijks, et n'eût été la nécessité, qui ne lui laissait pas de repos, de retourner à midi à l'hôtel pour y monter sa valise dans la nouvelle chambre. Il ne voulait pas être en retard d'un seul instant, non seulement parce qu'il s'inquiétait pour la valise, restée sans surveillance dans le hall de l'hôtel, mais surtout parce qu'il lui était difficile, véritablement impossible, de se promener sans savoir qu'il avait un endroit à lui, il en éprouvait une sensation de déracinement et d'angoisse qui réduisait à néant le peu de volonté et de possibilité qu'il lui restait encore d'admirer la ville et de s'y plaire. En effet, quelques instants après avoir terminé la deuxième tasse de café, ce qu'il fit avec impatience, et malgré la pluie, qui tombait presque sans discontinuer, il prit le sac, sortit du musée et s'en alla.

Quelques minutes après midi, suivant les instructions de la réceptionniste, Meïr pénétra dans l'hôtel, fourbu par la longue marche et trempé de sueur et de pluie, après avoir erré sans propos le long de toutes sortes de rues, de ruelles et de canaux, sous la pluie faible qui tombait avec une obstination importune et l'avait trempé jusqu'aux os, car il n'avait pas eu la patience de s'arrêter et d'attendre sous un auvent qu'elle cessât, ou au moins qu'elle diminuât, ni non plus de se réfugier dans un café ou de monter dans un tramway et de se rendre n'importe où, il ne s'était arrêté qu'une seule fois et était entré dans une librairie et avait feuilleté distraitement quelques livres les uns après les autres, il était tellement impatient qu'il avait à peine lu leurs titres et le nom de leurs auteurs, et l'idée lui était soudain venue d'acheter deux cartes postales et d'écrire, sur l'une, quelques phrases à Aviva et aux enfants, et sur l'autre, quelques phrases à Posner, ce qu'il avait fait, c'était une heureuse idée, et elle lui avait servi de prétexte pour y rester encore quelques instants, puis il les avait enfouies dans son sac et avait repris sa marche sous la pluie. Devant le comptoir de la réception se tenaient deux jeunes de type oriental entre lesquels était assise, recroquevillée de peur et de désarroi, une jeune femme ou peut-être une jeune fille, c'était difficile à dire, de petite taille, décharnée comme une chatte errante affamée, vêtue d'une robe blanche sale, qui les regardait avec des yeux terrorisés et soumis, et qui se mettait, de temps en temps, à pleurer doucement, plaintivement, les larmes jaillissaient d'elle comme de faibles jets d'eau d'un ballon perforé, et cela, malgré les efforts visibles qu'elle faisait pour se retenir, de peur qu'ils lui fissent du mal, car ses sanglots les agaçaient, surtout le plus grand des deux. Les deux jeunes gens, ils devaient avoir une vingtaine d'années, avaient les cheveux longs et semblaient négligés et sales, dans les vêtements à la mode bon marché et crasseux qu'ils portaient depuis plusieurs jours et dans lesquels ils avaient vraisemblablement dormi, parlaient français avec la réceptionniste, qui pria Meïr d'attendre qu'elle en eût terminé avec eux et avec la jeune fille à qui ils adressaient tantôt des propos apaisants et réconfortants, peut-être également des promesses, et tantôt des menaces, tentant probablement de la persuader de quelque chose, le plus grand lui serra même à un moment le bras à la dérobée avec beaucoup de cruauté, ce qui la fit pousser un cri étouffé et fondre en larmes, et ensuite, après qu'ils furent parvenus à un quelconque accord avec la réceptionniste et avec la jeune fille, ils parlèrent hébreu entre eux pour que personne ne pût les comprendre. Meïr se tenait près d'eux et les écoutait, impassible, comme s'il n'entendait rien de ce qu'ils disaient, et la réceptionniste attendit patiemment, et le plus grand des deux, qui semblait se trouver dans une telle détresse qu'il était à bout de nerfs, dit à l'autre qu'il était prêt à la lui donner pour quinze jours ainsi que trois mille guldens, et comme le second ne réagissait pas, appuyé au comptoir de la réception et se rongeait calmement les ongles, le plus grand lui dit d'une voix nerveuse et implorante qu'il était prêt à en ajouter mille de plus, et il l'agrippa par le bras et lui dit "Sois pas vache. Elle te rapportera au moins dix bâtons. Fais le compte, tu te retrouves avec quatorze bâtons. C'est plus que ce que je te dois", l'autre n'en démordit pas et exigea cinq mille tout de suite et deux mille de plus à la fin, à la restitution, le tout, sans se départir de son calme, et le plus grand, qui finit par se rendre compte qu'il s'adressait à un sourd, dit "Tu me ratiboises", et céda, et l'autre, qui avait obtenu ce qu'il désirait, cessa de se ronger les ongles et jeta un coup d'œil à la jeune fille et demanda au plus grand d'user de son influence pour qu'elle attende sans bouger jusqu'à ce qu'il revienne la chercher, et le plus grand dit à l'autre qu'il n'avait rien à craindre, elle attendrait, et l'autre dit "Et sinon ?" et demanda au plus grand de lui faire peur, et le plus grand prit une expression cruelle et lui parla durement en français tout en lui serrant si fort le bras que son visage se tordit de douleur et qu'elle laissa échapper un gémissement, et il l'enjôla de quelques mots et lui caressa la tête, puis il dit encore quelque chose à la réceptionniste et régla, et tous deux, lui et l'autre, prirent congé de la jeune fille comme un couple de parents inquiets et sortirent, et la réceptionniste nota quelque chose dans ses papiers, une expression extrêmement ténue, une ombre de dégoût affleura une fraction de seconde sur son visage, et ensuite elle prit une clé et sortit de derrière le comptoir et dit à Meïr de l'accompagner, avant de se diriger vers l'escalier.

Meïr prit sa valise et suivit la réceptionniste étage après étage dans l'escalier étroit et très raide plongé dans la pénombre comme l'escalier d'une tour, elle avait de belles jambes fermes de sportive, jusqu'à ce qu'ils parviennent au dernier étage, où elle ouvrit la porte de sa chambre et lui en remit la clé, il espérait vivement que l'homme amer au costume luxueux n'occupait pas par hasard une des chambres voisines, et il la remercia et entra dans la chambre dont il referma derrière lui la porte à clé. La chambre, dans laquelle il y avait un double lit, une table, deux chaises, une armoire et un lavabo était beaucoup plus petite que la précédente, et le plafond pentu lui donnait l'air d'être également beaucoup plus basse, mais par contre, elle dégageait une certaine impression d'intimité, et surtout d'isolement absolu. A travers la petite et unique fenêtre, qui était fixée dans le plan incliné du plafond, seuls étaient visibles les toits des maisons voisines et un carré de ciel gris et maussade, ce qui lui procura une sensation de confiance et de tranquillité. Il mit la valise et le sac dans l'armoire, ôta ses chaussures mouillées, et après s'être lavé la figure, il s'allongea sur le lit, le visage tourné vers le plafond et la fenêtre dans laquelle il voyait le ciel gris et maussade, il le regardait distraitement, puis il ferma les yeux et essaya de trouver le sommeil, mais quelque chose troublait son repos et l'empêchait de s'endormir, et il se leva et alla se doucher dans la salle de bains misérable au bout du couloir, il le parcourut d'un pas rapide, car il ne voulait absolument pas que l'homme au costume luxueux le vît sortir ou rentrer, afin qu'il ne pût pas savoir dans quelle chambre il se trouvait, puis il revint et se recoucha sur le lit, les yeux fermés, et au bout d'un certain temps, il les rouvrit, des nuages de pluie gonflés se déplaçaient lentement dans le carré de la fenêtre, et il les referma, essayant de s'endormir. Alentour, le silence était total, et seul parvenait jusqu'à lui, comme des lointains, cette même rumeur incessante semblable à celle d'une mer démontée, et après une lutte prolongée et épuisante avec son insomnie, il rouvrit les yeux et contempla, impuissant, la portion de mur à la hauteur de ses yeux, la tête vide de toutes pensées autres que celles tenant au sommeil. La lassitude de ses membres ainsi que son agitation transformèrent le désir de sommeil en une aspiration courroucée, impatiente, et le silence, qui s'approfondissait et s'incurvait au point de devenir un abîme inversé, menaçant de l'engloutir, se mêla à la sensation d'inconnu, qui montait comme des vapeurs invisibles de tous les coins de la ville qui s'étendait dehors, pluvieuse et floue, et du hall étroit et désagréable, par l'escalier laid, et ils s'infiltrèrent dans la chambre et le privèrent de la volonté et de la faculté de continuer à y rester, et il pensa se lever et sortir manger un *rijsttafel* au *Chinese corner*, comme il avait prévu la veille de le faire, et après s'être efforcé une dernière fois de s'endormir, il se leva et s'habilla, il était fourbu et nerveux, prit le sac vert, sortit, soulagé, de la chambre et ferma derrière lui la porte à clé.

Une lourde pluie tombait dehors et la lumière du jour était obstruée et assombrie par une épaisse couche de nuages, Meïr remit la clé de sa chambre à la réceptionniste et s'immobilisa au bout du couloir, une pénombre dense y régnait et absorbait les petits paysages, contemplant, enveloppé dans l'indifférence, le ciel sombre et la pluie qui voilait d'un écran d'eau le Rokin d'où toute animation avait disparu hormis les tramways, qui passaient de temps en temps avec monotonie, s'arrêtaient à la station déserte et repartaient. Une jeune fille assez grosse avec une grosse tête et des cheveux blonds coiffés à la Doris Day émergea des profondeurs du couloir et se plaça à côté de lui. Après avoir regardé quelques instants la rue vide et la pluie, elle dit "Il pleut", et Meïr dit "Oui, il pleut", et la jeune fille, elle était habillée de façon provinciale avec un manque de goût extrême et ressemblait dans ses vêtements étriqués à un gâteau à la crème en train de fondre, dit "Combien de temps est-ce que ça va encore durer ?" et Meïr haussa les épaules et dit "Qui sait ?" L'air était imprégné de poussière d'eau et mouillait son visage et ses vêtements, et la jeune fille eut un sourire chaleureux et lui demanda d'où il venait, et Meïr le lui dit, et elle dit "Ah, Israël. Je sais", et ensuite elle dit, avec la même chaleur, sa figure crème fraîche ressemblait à celle d'une ménagère provinciale, qu'elle venait des Etats-Unis, du Michigan, elle n'avait rien de la belle Américaine masculine, telle qu'il se la représentait dans son imagination et en compagnie de laquelle il souhaitait faire un voyage tout de plaisirs libres et sauvages, et qu'elle était venue en Hollande avec ses parents pour visiter le village situé non loin de La Haye, elle dit son nom mais Meïr ne le saisit pas, d'où sa famille était originaire et avait émigré en Amérique, quelques-uns des membres de sa famille vivaient encore dans ce village tandis que d'autres avaient essaimé un peu partout, et Meïr dit "C'est très intéressant", ses propos l'intéressaient réellement et suscitaient en lui de vagues regrets, et il lui demanda quand cela était arrivé, et la jeune fille dit "Il y a cent cinquante ans. Quelque chose comme ça", et Meïr répéta "C'est très intéressant. Vraiment", et il songea combien cette jeune fille, qui n'était pas belle, qui était même dépourvue de tout sex-appeal, l'excitait, précisément pour cette raison, pourtant il ne désirait pas coucher avec elle mais uniquement être assis près d'elle et contempler longuement la fente de son sexe tandis qu'elle serait étendue nue, les jambes écartées, et il la déshabilla des yeux, et la jeune fille jeta un coup d'œil dans la rue, en direction du terminal, et dit "Cette pluie va durer jusqu'à ce soir", et ensuite elle dit qu'elle attendait ses parents qui devaient arriver incessamment avec les bagages, et elle lui demanda comment était l'hôtel, et Meïr dit qu'il était tout à fait correct. Et il ajouta aussitôt "Il est très propre." Savoir qu'elle et ses parents logeraient dans l'hôtel lui fit plaisir, et la jeune fille dit "Il en a tout l'air", et un taxi s'approcha et s'arrêta devant l'hôtel, et la jeune fille dit "Les voilà. Ils sont arrivés", et elle lança un cri et agita la main, puis elle se tourna vers Meïr et lui dit "J'ai été contente de vous rencontrer", et elle dévala les quelques marches et se précipita vers un homme avec une grosse tête et une mèche grise, qui venait de sortir du taxi, et ils s'enlacèrent rapidement, sous la pluie qui avait un peu faibli, puis elle étreignit sa mère, qui était sortie de l'autre côté, et Meïr releva le col de son manteau et la tête inclinée, il sortit dans la rue balayée par la pluie.

Le *Chinese corner* était encore pratiquement désert à cette heure, ce qui mit Meïr mal à l'aise lorsqu'il y pénétra, de sorte que s'il n'avait pas décidé que c'était précisément là qu'il mangerait un *rijsttafel*, et si l'un des serveurs ne l'avait pas remarqué et n'avait pas légèrement incliné la tête dans sa direction, au moment où il se tenait à l'entrée de la grande salle et hésitait sur la rangée de tables et la table à choisir, il aurait peut-être fait demi-tour et serait ressorti. Le serveur s'approcha de lui et lui indiqua, avec une politesse parfaite et sans ouvrir la bouche, l'une des tables puis il disparut, et Meïr s'assit, posa le sac vert sur la chaise voisine, et tout en attendant que le serveur vînt lui apporter la carte, il examina la grande salle, pleine d'une ombre verdâtre comme une odeur d'encens ou des épices et d'un silence étranger, inconfortable, tels les pas d'un chat, qui commandait une seconde salle, et les meubles lourds et enveloppés de la même ombre verdâtre, et les serveurs indonésiens, ou peut-être chinois, minces et souples dont les visages impassibles lisses et verdâtres suscitaient une impression de distance polie et de ruse dissimulée. Deux ou trois servaient sans bruit et avec des gestes précis et rapides un groupe de femmes et d'hommes indonésiens, ou peut-être chinois, il y avait parmi eux des adultes, des vieillards et des enfants et tous étaient assis, endimanchés, autour d'une table formée de plusieurs petites tables réunies ensemble et semblaient être membres d'une même famille qui s'était rassemblée pour fêter quelque chose, et tandis qu'ils mangeaient et bavardaient sur un ton animé, bien que bas, et dans une atmosphère de gaieté, accompagnés par le cliquetis délicat des baguettes, des éclats de voix ou de rire jaillissaient brusquement pour s'évanouir avec la même soudaineté, mais tous ces bruits, de même que les pas des serveurs et les rares mots qu'ils prononçaient avaient quelque chose de hâtif, de tourné vers l'intérieur, et n'interrompaient nullement la tranquillité particulière qui régnait dans le restaurant et éveillait en lui, parallèlement à une impression d'exotisme étranger et infrangible, le sentiment désagréable d'être le témoin d'un mystère ou d'une conjuration. Un des serveurs, peut-être était-ce celui qui lui avait indiqué sa place, lorsqu'il était entré, s'approcha de lui après un certain temps et posa devant lui la carte et Meïr l'étudia à plaisir, il savait exactement ce qu'il voulait commander, et au bout de quelques minutes, un serveur différent vint vers lui et prit sa commande, puis un autre laps de temps s'écoula, tout se déroulait calmement et posément, ce qu'il s'efforçait d'apprécier, jusqu'à ce que le premier serveur posât devant lui un chauffe-plats, et pour finir, après une attente qui lui parut très longue, le serveur revint et toujours sans desserrer la bouche, avec les mêmes gestes, d'une admirable précision et discrètement rapides, il dressa devant lui treize petites assiettes contenant différents plats et un large bol de riz. Meïr le remercia d'un mouvement de tête, le serveur répondit en inclinant légèrement la sienne et disparut dans l'instant, comme s'il s'était dissous dans l'air, puis il examina avec satisfaction et embarras tout ce qui se trouvait sur la table, c'était ce dont il avait rêvé, mais il ignorait l'ordre dans lequel il fallait manger ce *rijsttafel* si attirant, cela lui importait parce qu'il entendait l'apprécier pleinement, et finalement, après maintes hésitations, il commença à manger sans suivre aucun ordre, lentement, d'abord, en s'efforçant de pénétrer et de savourer au maximum le goût particulier de chaque plat puis en toute hâte, et malgré les exhortations à se retenir et à manger lentement qu'il n'eut de cesse de s'adresser à lui-même le long du repas, car il voulait en retirer le plus de plaisir possible et il avait tout son temps pour le faire, il continua à manger avec cette même hâte épuisante, à la sauvette, comme un fugitif, dominé par une impatience sauvage indomptable, et tout en combattant vainement sa précipitation et en scrutant, le visage impénétrable, la salle, les serveurs et les clients, dont le nombre avait progressivement augmenté, mangeaient sans rompre, pour autant, le silence et l'étrangeté, il sentit avec un abattement grandissant que le plaisir qu'il prenait à son repas s'effritait et diminuait jusqu'à se réduire à un effort épuisant de terminer ce qui restait encore dans les petites assiettes et la volonté de se trouver déjà hors de cet endroit.

Le Dam grouillait de nouveau de garçons et de filles. Ils étaient assis en bandes et fumaient, béaient dans le vide ou s'embrassaient en toute sérénité à la lumière du soleil pâle et froid, qui perçait les nuages. Les rues et les ruelles avoisinantes étaient animées, elles aussi, à présent, tout semblait se réveiller, et Meïr demeura quelques secondes immobile devant le restaurant et promena son regard alentour en hésitant, en suivant son programme, il aurait dû maintenant aller visiter la maison de Rembrandt et la synagogue portugaise, mais il décida finalement de faire d'abord une petite virée dans le "quartier chaud" pour digérer un peu le repas et contempler le rebut de l'humanité et la décadence et en particulier les prostituées dans les vitrines, il ne pouvait quand même pas être à Amsterdam et ne pas voir ce spectacle, et d'un pas alerte, son sac vert sur l'épaule, pratiquement sans s'arrêter et sans tourner la tête, il s'enfonça de rue en rue. Les venelles étaient bourbeuses, après la pluie, et un vent glacial et harassant y soufflait, mais des foules les remplissaient de nouveau et de nouveau, cette même musique assourdissante faisait vibrer l'air sans pitié, et il ressentit de nouveau la profonde fatigue qu'il croyait avoir surmontée et se mit à transpirer malgré le vent froid, cherchant des yeux un endroit à l'écart où il pourrait s'asseoir un peu et se reposer, il pensa un instant retourner à l'hôtel pour se doucher et se reposer mais le souvenir de l'hôtel lui inspira du dégoût et il décida de n'y retourner que le soir, pour dormir, et continua d'avancer par les petites rues, qui étaient moins animées et plus calmes, et franchit un petit pont rouillé puis s'engagea dans une rue étroite et agréable, puis obliqua dans la rue voisine, et traversa une place, cette partie de la ville faisait l'effet d'être un quartier ouvrier, et ensuite il passa devant quelques bâtiments qui semblaient voués à la destruction, et longea un terrain vague au bout duquel, près de la berge d'un large canal, s'élevaient de hauts tas de ferraille. Il s'arrêta quelques instants et contempla le paysage abandonné qui, bien que non loin du centre de la ville, lui donnait l'impression qu'il était quelque part à sa périphérie, puis le ciel s'assombrit de nouveau, le vent froid forcit, et il se remit en marche, continuant de longer la large rue que ne bordait aucune habitation et qui se confondait, un peu plus loin, dans une autre rue, dont il comprit, d'après sa largeur particulière et l'animation qui y régnait, qu'elle était une artère principale, et il la suivit. Il avait le sentiment que s'il continuait de suivre cette rue, il parviendrait à cette partie de la ville qui, la veille, lorsqu'il avait consulté le plan de la ville, lui avait paru particulièrement agréable et tranquille et où il avait pensé se promener de toute façon, et une bruine se mit à tomber, mais il ne s'arrêta pas pour trouver un abri et continua à marcher sous la pluie, qui s'intensifia et devint rapidement une grosse averse, et il traversa d'un pas accéléré un grand pont neuf jeté au-dessus d'un canal extrêmement large, et il hâta encore sa marche, qui se transforma presque en course, la pluie tambourinait et dégoulinait sur sa tête et sa figure et s'absorbait dans ses vêtements et ses chaussures, dans le but de parvenir le plus vite possible jusqu'aux immeubles blancs et élevés, qu'il apercevait au loin, de manière floue, derrière le rideau de pluie, et une fois qu'il y fut arrivé, il s'arrêta sous un auvent, près de l'entrée des bureaux d'une quelconque société commerciale ou agence de quelque chose, il était trempé jusqu'aux os, et après avoir un peu secoué ses vêtements et s'être essuyé la tête et la figure avec son mouchoir, il regarda, immobile, la pluie qui enveloppait de sa densité de brouillard la rue extrêmement large et déserte et les hauts immeubles blancs.

L'humidité et le froid régnaient dans l'air et traversaient ses chaussures et ses vêtements mouillés, et pourtant, il restait sans mouvement et continuait à regarder la pluie dont la violence et la persistance pouvaient laisser à penser qu'elle allait tomber invariablement pendant des jours et des jours, et il pensa qu'en Israël, le ciel était sûrement maintenant bleu pur et plein de lumière, et il vit ce ciel devant lui et comment il se déployait sous ses yeux à partir d'Israël dans sa direction comme un immense morceau de tissu au-dessus de la région du Sharon, de Tel-Aviv et du littoral avec les douces collines d'argile et de calcaire, et comment peu à peu, au fur et à mesure qu'il se rapprochait, il s'obscurcissait jusqu'à prendre la couleur sombre et maussade du ciel qui était au-dessus de sa tête, et il s'assit sur une marche et sortit de sa poche le plan de la ville pour l'étudier un petit peu et localiser l'endroit précis où il se trouvait, le froid et l'ennui commençaient à user sa patience et il espérait ainsi les surmonter tant soit peu, et il le déplia et l'examina, puis, en restant toujours sous l'auvent, il alla jusqu'à l'angle de l'immeuble pour voir le nom de la rue et il vit que c'était "Sarphati" et il retourna au plan pour y trouver la rue et il lui vint à l'esprit que ce Sarphati était un Juif, ce nom lui était connu, il avait probablement entendu parler de lui pendant les cours d'histoire ou de littérature, et un sentiment de chaleur, de joie, de communion et d'appartenance se répandit en lui et le fit échapper à l'isolement hermétique, car instantanément, comme d'un coup de baguette magique, cette rue déserte, froide et balayée par la pluie, s'était transformée en quelque chose qui lui était proche et qui lui appartenait d'une manière abstraite, de même que lui appartenait à cette rue, et cette sensation ne se dissipa ni même ne diminua après qu'il eut essayé – que pouvait-il faire d'autre pendant cette morne attente ? – de se remémorer ne fût-ce qu'un seul détail à propos de ce Sarphati qui, à en juger par la longueur et la largeur de la rue qui portait son nom, était une importante personnalité. Il avait d'abord été sûr qu'il s'agissait d'un poète, descendant des Juifs expulsés d'Espagne, puis un homme d'Etat important, et quelques instants plus tard, il lui avait semblé être un philosophe, à l'instar de Spinoza, ou avoir inventé quelque chose dans le domaine de l'optique. Deux employées surgirent du bureau et coururent sous la pluie vers un taxi, qui était venu les attendre devant l'entrée, et Meïr les suivit des yeux jusqu'à ce qu'elles s'y engouffrent, puis le taxi démarra et disparut à l'angle de la rue, et il se demanda comment passer le temps, il était près de trois heures et la nuit ne tomberait pas avant huit heures. Et alors qu'il contemplait distraitement la rue Sarphati déserte, il se souvenait maintenant que Sarphati était effectivement un important homme d'Etat, quelque chose de semblable à Disraeli, il pensa aux cartes postales qu'il avait écrites à Aviva et à Posner et il décida que lorsque la pluie cesserait, il irait à la poste et les enverrait, et que de la poste, il irait peut-être à la maison de Rembrandt ou au moins à la synagogue portugaise. Il déplia de nouveau le plan, se traça un itinéraire et au bout d'un certain temps, la pluie faiblit, redevint bruine, et il jeta un dernier coup d'œil sur le plan, le remit dans le sac, releva le col de son manteau, il n'avait plus la patience d'attendre que la pluie s'interrompît complètement, et sortant de sous l'abri, il se mit à marcher en direction du centre.

Meïr avançait dans les rues, replié et recroquevillé dans son manteau humide, tout en s'efforçant de maintenir, d'instinct, le cap qu'il avait déterminé, il aurait pu prendre un tramway mais quelque chose en lui s'y refusait, et pour finir, après avoir longuement erré de par des rues sans intérêt, inondées d'eau, il arriva soudain à proximité du croisement du Rokin avec le portail et le clocher et s'arrêta pour jeter un rapide coup d'œil sur le plan, puis il repartit et au lieu de traverser la rue et de continuer vers la poste, comme il avait d'abord eu l'intention de le faire, il tourna à droite et se dirigea vers un sex-shop, devant la vitrine duquel il s'était déjà arrêté le matin même, et il le dépassa innocemment, en s'en approchant et en passant devant la vitrine il avait ralenti son allure, ce qui lui avait permis de voir, à travers la porte ouverte, qu'il était presque vide, et il marcha jusqu'au bout de la rue où il fit halte puis il revint sur ses pas et entra dans la boutique, où, en effet, il n'y avait, excepté le vendeur, un jeune homme qui était assis au fond de la boutique, les pieds posés sur la table qui se trouvait devant lui, et lisait en écoutant de la musique au moyen d'un casque, que deux hommes d'un certain âge, ils étaient très bien habillés et avaient l'air d'avocats ou d'hommes d'affaires, qui se tenaient l'un dans un coin, le second dans un autre, replié chacun sur lui-même et isolé, et compulsaient d'un air concentré des magazines pornographiques qui s'alignaient sur les présentoirs et les rayons de même que différents articles et gadgets – des préservatifs et des aphrodisiaques, des verges artificielles destinées, vraisemblablement, à l'excitation et à la masturbation, ainsi que des culottes et des soutiens-gorge provocants. Meïr s'avança lentement le long des présentoirs et des rayonnages tout en examinant à la dérobée les divers gadgets, ils lui inspiraient du dégoût, en particulier les verges artificielles, à la vue desquelles il ricana intérieurement avec mépris, puis il s'arrêta, et après avoir posé le sac vert sur le sol, il feuilleta, le visage impassible, les revues pornographiques qui l'excitèrent par leurs reproductions en couleurs, détaillées, des images de belles femmes nues dans des poses lubriques, et de coïts à deux, à trois partenaires ainsi qu'en groupes dans les positions les plus extravagantes qui soient, jusqu'à avoir l'impression que son visage enflammé, il en sentait parfaitement la chaleur, se couvrait d'une érubescence brûlante visible aux yeux de tous. Et tandis qu'il était en proie à cette sensation embarrassante, il n'arrivait pas à faire abstraction, ne fût-ce que pour quelques instants, de la présence des deux autres hommes et du vendeur, il se demanda s'il n'allait pas entrer dans une des cabines masquées de rideaux noirs, qui se trouvaient au fond de la boutique, et visionner, pour une somme modique, un film pornographique, et il décida finalement de reporter la chose au lendemain, cet isolement en plein jour au vu de tous dans une des cabines aux rideaux noirs avait un côté désagréable, et il continua à feuilleter les magazines pornographiques, mais il remarqua peu à peu qu'une fois passé la première excitation que ces revues procuraient, ces corps nus de femmes dans des poses qui se répétaient sans imagination, ces accouplements dans des positions invariables finissaient par susciter l'ennui, mais il continua cependant à les parcourir et à jeter des regards alentour, puis il se replia lentement et sortit dans la rue où une pluie fine comme de la poussière tombait faiblement, et il traversa le croisement du Rokin et se dirigea vers le bureau de poste.

Il s'arrêta de l'autre côté, près du portail avec le clocher, et jeta un coup d'œil sur le plan, les rues qui se croisaient grouillaient à présent de monde et de voitures, et cette agitation se mêlait aux signes avant-coureurs, encore à peine perceptibles, que le jour commençait à décliner et que le soir approchait, et ensuite il repartit, tourna à droite et s'engagea dans une rue assez étroite, piétonne, parallèle au Rokin et pleine de boutiques, surtout des boutiques de vêtements, et tandis qu'il avançait parmi la foule compacte qui s'y promenait à cette heure, il crut apercevoir devant l'une des vitrines, au milieu de quelques autres personnes, l'homme amer au costume luxueux. Il était face à la devanture mais Meïr reconnut son profil et quelque chose d'autre, bien qu'indéfinissable, très précis, qui émanait de lui et il s'arrêta, comme s'il venait brusquement de se souvenir de quelque chose, et après un court moment d'hésitation, il pivota prudemment sur ses talons et s'éloigna. Il longea plusieurs rues d'un pas déterminé, comme s'il avait réellement une affaire à régler, puis il suspendit sa marche au bord d'un canal et il le contempla avec morosité, la fatigue douloureuse de ses jambes s'était étendue et accentuée, et il regarda, indifférent, son eau sombre, immobile, les arbres et les maisons qui étaient de l'autre côté, et au fur et à mesure qu'il reconstituait l'épisode qui venait de se dérouler, il se prenait à douter que l'homme qu'il avait aperçu fût effectivement l'homme amer au costume luxueux de l'hôtel, car il ne l'avait vu, en tout état de cause, que de profil, et en toute vitesse, étant donné que les passants le lui avaient caché, et une sensation de désespérance et de honte s'empara de lui, et il regarda le plan puis se remit en route vers le bureau de poste, et bientôt, il éprouva la volonté de retourner dans la rue qu'il avait fuie quelques minutes plus tôt de façon si humiliante, de trouver l'homme qu'il avait aperçu et de vérifier s'il s'agissait bel et bien de l'homme amer au costume luxueux ou de quelqu'un d'autre, et le cas échéant, de venir se mettre à côté de lui, épaule contre épaule, et d'échanger avec lui quelques mots sous un prétexte quelconque, il sentit que cet acte avait une importance extrême, capitale même, dans une certaine mesure, mais ses jambes étaient pétrifiées par la fatigue, au point qu'il n'arrivait à les soulever qu'avec les plus grandes difficultés, et l'idée d'avoir à refaire le chemin qu'il venait de parcourir en sens inverse, afin de retrouver quelqu'un qui avait certainement déjà quitté la petite rue commerçante depuis longtemps et s'en était allé Dieu sait où, vint atterrir et s'enfoncer comme une pierre dans un tas de poussière.

A la poste, un grand et somptueux édifice de style ancien, Meïr acheta des timbres et envoya les deux cartes, puis il se dirigea vers le kiosque qui se dressait devant le bâtiment, et fit provision de deux sandwiches au fromage, de quelques fruits, d'une tablette de chocolat et d'un gâteau sec pour le soir et la nuit, il savait déjà qu'il les passerait dans sa chambre d'hôtel, et il fourra le tout dans le sac vert, puis il s'éloigna et s'arrêta près du bord du trottoir et contempla la rue qui se trouvait devant le bureau de poste ainsi que la section de rue qui la croisait, et il se demanda où aller et que faire jusqu'à la nuit. Il se sentait trop fourbu pour visiter, même superficiellement, un musée, la synagogue portugaise ou n'importe quel autre endroit, et il déplia le plan et le consulta, il ne voulait en aucun cas regagner déjà l'hôtel et s'y enfermer ou errer de nouveau dans le centre-ville, il avait l'impression d'entendre la rumeur constante qui en montait et pesait dessus comme une nappe de fumée glacée dans l'air frais et qui lui paraissait, maintenant plus que le soir et la nuit, résumer la nature violente qui bouillonnait sous la façade agréable, villageoise de la ville, et après avoir étudié assez longuement le plan, il tourna et marcha vers les rues situées à l'est du bâtiment de la poste, il ne les avait pas encore visitées et d'après le plan, elles semblaient particulièrement agréables et tranquilles, et il erra sans but dans ces rues, d'un pas lourd et harassé, la douleur pétrifiée qu'il éprouvait aux jambes s'était répandue et affectait ses hanches et son dos, tout en promenant un regard éteint sur les maisons et les arbres, guettant le soir, dont l'approche se faisait de plus en plus sentir, il remarquait chaque touche supplémentaire d'obscurité qui se fondait dans l'air et chaque miette supplémentaire de silence nocturne ou d'affaiblissement du mouvement, et qui, cependant, tardait. Il s'arrêta sur l'un des petits ponts et posa le sac vert qui pesait sur son épaule puis il s'accouda au parapet du pont et contempla avec une lassitude infinie les maisons noires aux hautes fenêtres et les grands arbres verts qui se reflétaient dans l'eau du canal, immobile comme l'eau d'un marécage, et il sentit, désespéré, que son voyage était gâché irrémédiablement et cela, à cause de l'affaire de la chambre, ah, s'il pouvait seulement recommencer tout son voyage dès le début. Il essaya de se réconforter et murmura "Amsterdam est une ville formidable. Regarde autour de toi. Regarde cette beauté et apprécie-la", il attendait une sorte de révélation qui lui ouvrirait les yeux, transporterait son âme et l'inonderait de l'émotion et du plaisir, absents jusque-là, vers lesquels il tendait et qu'il aurait dû éprouver mais n'éprouvait pas, et il se demanda si la beauté de la ville était contenue dans ce canal, étroit, avec son eau vert foncé, croupissante, ou peut-être dans les rangées d'arbres aux douces frondaisons qui le bordaient, ou encore dans la maison d'en face, avec ses moulures et ses hautes fenêtres voilées de rideaux blancs, et tandis qu'il fixait celle-ci d'un regard las, il se demanda ce que devaient faire à présent, à ce moment précis, les habitants de cette maison, ou même uniquement ceux qui occupaient l'appartement sur lequel était attaché son regard – étaient-ils déjà en train de dîner ou bien de prendre un déjeuner tardif en devisant entre eux ou alors regardaient-ils la télévision ou encore se disputaient-ils, ou le mari somnolait-il sur le canapé avec son journal, comme il en avait l'habitude à cette heure-là, avaient-ils des enfants et combien, où était située l'école dans laquelle ils allaient, quel était le métier du père et de la mère, si tant est que la mère travaillait à l'extérieur, et étaient-ils contents d'habiter ce quartier, et ce quartier, était-il considéré comme un bon ou comme un mauvais quartier, chic ou pauvre, et peut-être n'était-il ni l'un ni l'autre, mais un peu particulier, comme le quartier de Neveh Shalom ou les rues autour du boulevard Rothschild, de la rue Ahad-Haam et de la rue Melchett, et il tourna la tête et inspecta les environs du regard, comme s'il voulait en juger lui-même par l'aspect des maisons, des arbres et des rares boutiques, et son regard suivit le canal le long duquel, dans la direction du port, se dressaient en une magnifique perspective d'autres arbres, d'autres maisons avec au-dessus d'eux, en guise d'arrière-plan, le ciel qui s'affaissait, et il survola dans son esprit la ville tout entière, telle qu'il se la représentait dans son imagination à force d'étudier le plan, et il essaya de deviner les directions dans lesquelles elle s'étendait et le caractère de ses quartiers et leur particularité – où résidaient les classes supérieures, les gens riches et l'élite administrative, technologique et intellectuelle, et où résidaient les classes populaires, quels étaient les endroits fréquentés par les étudiants et les artistes, par les ouvriers, et où se trouvaient les rues particulièrement agréables ou prestigieuses et celles qui étaient sordides et désagréables et où une personne honnête hésiterait à s'aventurer seule même en plein jour, et il sentit la masse colossale d'indifférence, infrangible et inflexible, se porter vers lui de toute part et l'encercler comme une muraille, elle commençait là, dans cet air froid qui le touchait et s'étendait jusqu'à la limite floue de la ville. Il la voyait comme une ligne sinueuse au-delà de laquelle se déployaient à perte de vue des champs brun-vert et des canaux d'eau sombre sous un ciel tendu comme une tente grise, ah, si seulement il avait pu, maintenant, à cet instant précis, ne serait-ce que pour une heure, être à Tel-Aviv, et il sentit qu'une mince barre d'inox traversait l'immensité de l'air gris et le reliait pendant quelques instants à Aviva, et une joie délicate, consolatrice, le raffermit et ensuite il se souvint de sa mère qui était morte, son souvenir ne lui inspirait aucun chagrin, aucune douleur mais un sentiment de communion et de doux regrets, et il essaya de penser à elle, mais ses pensées s'effritaient et se mélangeaient à toutes sortes d'autres pensées, et le sentiment d'absence et de regrets, et aussi, dans une certaine mesure, le poids de l'indifférence et de la solitude, tout se confondit et s'absorba dans son détachement dû à la fatigue infinie. La douleur pétrifiée de ses jambes irradiait vers ses hanches et son dos au point qu'il eut le sentiment qu'ils avaient durci et étaient en train de se casser comme de la porcelaine, mais il resta à son poste et continua à regarder, immobile, ces arbres, ces maisons et le canal qui se voilaient lentement sous ses yeux de la pénombre bénie du soir et s'obscurcissaient. Cette sensation d'épuisement et de profond détachement lui était agréable et il se livra à elle, animé par la volonté que rien ne vînt l'interrompre, et soudain une petite voiture s'arrêta à quelques pas de lui et le conducteur apparut à la vitre et lança "Hé, pourquoi est-ce que tu restes planté là, comme ça ?" avec un sourire joyeux, et Meïr, surpris d'être apostrophé comme un ami, pencha la tête et regarda, impassible et sans mot dire, l'inconnu qui était assis, seul, dans la voiture, et il le scruta en se disant qu'il était peut-être un ami du mouvement de jeunesse ou quelqu'un qu'il avait connu à l'armée ou au kibboutz ou encore un camarade de classe de l'Ecole polytechnique, faisant même un pas et s'inclinant un peu pour mieux le voir. L'homme, il avait à peu près son âge et ne cessait de le fixer des yeux avec patience et de lui adresser un sourire amical et gai, dit "Tu es israélien, non ?" et Meïr hocha très faiblement la tête, de manière réservée, comme s'il l'admettait à contrecœur, et l'homme, que la réaction glaciale embarrassa un peu, rit légèrement comme s'il avait néanmoins remporté une victoire et dit "Ça se voit tout de suite", puis il lui fit un signe de la main et redémarra.

Devant l'hôtel, dans la rue déjà à moitié déserte, Meïr se trouva nez à nez avec le vieux Juif, qui prenait l'air et sans hésitation, de la façon la plus naturelle du monde, comme s'ils se connaissaient, il lui lança un "Bonsoir", auquel Meïr, confus parce qu'il avait eu l'intention de se glisser dans l'hôtel prétendant ne pas le remarquer, répondit par un même "Bonsoir", il avait maintenant l'impression d'avoir été pris en faute, et le Juif lui demanda s'il avait passé une bonne journée, il l'avait demandé sans raison particulière, dans le but d'engager la conversation, et Meïr dit qu'il avait passé une excellente journée, ses jambes s'écroulaient de fatigue et il ne souhaitait rien tant que regagner enfin sa chambre, se laver un peu et se coucher, et le Juif dit que lui et sa femme avaient également passé une excellente journée, et que pendant les deux jours qu'ils avaient passé là, ils étaient arrivés en train de Düsseldorf, ils avaient réussi à visiter la plupart des musées importants, deux synagogues et presque tous les autres sites intéressants, et qu'ils avaient même effectué une promenade sur les canaux, et qu'à la vérité, ils en avaient terminé avec la ville, et que s'ils n'avaient pas réservé la chambre jusqu'au lendemain, ils auraient pris l'avion pour Londres dans la soirée, et Meïr dit "Oui. Je comprends", et s'appuya à la rampe des marches qui conduisaient à la petite terrasse. Une sensation de soulagement et de quiétude se répandit en lui du seul fait de la présence de ce Juif, son costume bourgeois, son chapeau de gentleman étranger et son hébreu, qu'il parlait mal et avec un fort accent diasporique ne l'empêchaient pas le moins du monde de nourrir, à sa grande surprise, une sympathie chaleureuse envers lui, voire une réelle affection, et il voulait rester lui tenir compagnie, il éprouvait de la peine, puis de l'angoisse à l'idée que l'homme et sa femme quitteraient l'hôtel le lendemain, et le Juif dit "Qu'y faire ? C'est perdu. Nous partirons demain", et Meïr dit "Ça ne change pas grand-chose. Au lieu de coucher là-bas, vous coucherez ici, c'est tout", et il lui demanda comment était leur chambre, il cherchait un moyen de se rapprocher de lui et de lui exprimer sa sympathie, et le Juif dit qu'ils en étaient contents et il demanda à Meïr comment était la sienne, et Meïr dit "Bien", s'il pouvait seulement l'inciter par un moyen quelconque à rester avec sa femme encore un jour, et il demanda au Juif ce qu'ils faisaient ce soir et le Juif dit "Rien. Je pensais aller au cinéma, mais ma femme a peur. Moi aussi, d'ailleurs. La ville est pleine d'Arabes et de toutes sortes de gangsters noirs. Allez savoir", et il alluma une cigarette. L'obscurité s'épaissit et un froid vif remplit l'air, et Meïr dit "Oui, la ville n'est pas très agréable. En particulier ce quartier", son corps était attiré vers le sol par des forces titanesques de fatigue, mais quelque chose l'attachait à ce Juif et ne le laissait pas prendre congé et monter

295

dans sa chambre, et le Juif hocha la tête et dit que c'était partout pareil, et il expira un nuage de fumée, et demanda à Meïr s'il venait de Londres, et Meïr dit qu'il avait l'intention de s'y rendre deux jours plus tard, et le Juif dit que sa femme craignait qu'ils ne trouvent pas de chambre, là-bas, car ils avaient entendu dire que cette année, Londres était plein, il semblait lui aussi inquiet à ce sujet. Et ensuite il raconta à Meïr qu'ils étaient arrivés à Amsterdam de Vienne, mais pas directement, car ils avaient d'abord traversé la moitié de l'Allemagne – Munich, Stuttgart, Francfort, Bonn, Cologne, Hanovre, Hambourg, Düsseldorf – le tout en train, et pour lui prouver combien ils avaient économisé en voyageant de cette façon, il établit des comparaisons entre les prix du voyage en train et en avion, et il se livra à des additions et à des soustractions, et calcula les frais d'hôtel et de nourriture puis passa à la comparaison des prix de toutes sortes de produits, ceux dont ils avaient fait l'acquisition au cours de leur voyage et ceux qu'il était dans leur intention d'acheter, à Londres, surtout, parce que là-bas, c'était connu, tout était moins cher que sur le continent, en particulier les vêtements et les appareils électroménagers, et Meïr, toujours appuyé à la balustrade, déployant des efforts immenses pour l'écouter, ne saisissait cependant qu'imparfaitement la plus grande partie de ce qu'il disait en raison de la terrible fatigue et du froid, et en raison des vives douleurs dans ses jambes et son dos, mais il glissait de temps à autre une remarque ou une question pour montrer qu'il écoutait et pour l'encourager à poursuivre, il voulait tellement que le Juif et sa femme restent encore un jour, pas plus, et alors la femme apparut, elle était extrêmement chaleureuse et pleine d'inquiétudes, et Meïr échangea avec elle quelques phrases, et ensuite il prit congé et pénétra dans l'hôtel en souhaitant que quelque chose arrivât qui les retiendrait un jour de plus, puis il escalada l'escalier de bois très raide qui conduisait à sa chambre.

Dans la petite chambre éloignée, qui flottait, coupée de tout, dans la nuit hollandaise, ce fut son impression dès l'instant où il ferma à clé la porte derrière lui à la vue des murs blancs et du plafond pentu avec la petite fenêtre qui limitaient cet espace familier, dans lequel se trouvaient le lavabo, l'armoire marron et le double lit, où la marque de son corps était encore parfaitement visible, il fut entouré par une sensation de tranquillité et de chaleur familiale, c'était là son territoire exclusif, en tout cas jusqu'à ce que le jour se lève et qu'il soit contraint de trouver une autre chambre, ce à quoi il préférait, pour l'instant, ne pas penser, et il posa le sac vert qui écrasait son épaule par terre, se déchaussa, un grand soulagement de ses jambes endolories, et il se lava un peu au-dessus du lavabo, puis il sortit du sac les provisions qu'il avait achetées pour la nuit, les disposa sur la chaise, près du lit, posa le plan et le prospectus de la compagnie Cook sur le lit, et après s'être allongé sur le côté, il commença à manger. Tout en mangeant lentement et posément, son regard errait sur le plan de la ville, elle était déjà profondément gravée dans sa mémoire avec sa forme en éventail et le tracé des rues, des canaux, les taches vertes des jardins, et il déchiffra une nouvelle fois les noms difficiles et étrangers des rues et des canaux qui ne lui disaient rien, cela le divertissait et faisait passer le temps, car il avait depuis longtemps abandonné tout espoir de les lire correctement et de les comprendre, et ensuite il prit le prospectus de la compagnie Cook avec le couple de Hollandais souriants dessinés sur la couverture, la rumeur constante avait enflé et lui parvenait maintenant du sud, comme s'il s'agissait d'une nuée de mouches bourdonnantes que le vent, changeant de direction, avait apportées, et il parcourut à nouveau, pour la énième fois, les divers programmes d'excursions – une excursion d'une durée de trois heures trente aux moulins à vent et à Edam, "une excursion à" – suivaient ensuite trois mots incompréhensibles, vraisemblablement en néerlandais – "hameau de quarante petites maisons au nord d'Amsterdam sur les bords du Zaan. A la fin du XVIIIe siècle, il comptait sept cents moulins à vent. Il n'en reste aujourd'hui que cinq. Les maisons sont en bois peint en vert, leurs toits sont en pente et leurs fenêtres sont cernées de blanc", la reproduction de trois imposants moulins avec une bande de mer s'étalait en haut de la page, et quelques pages plus loin, après le programme d'excursion à Anvers et à Bruxelles, auquel il renonça instantanément, figurait le programme d'excursion à la digue du nord et au Zuiderzee, à laquelle il se serait peut-être joint, n'eût été sa durée, neuf heures, bien que pour la visite de la digue "longue de trente kilomètres, maître ouvrage des ingénieurs hollandais, terminée en 1932, qui a constitué un premier pas essentiel dans le processus du sauvetage et de la fertilisation de six mille acres de terre agricole", l'excursion à Hoorn, "ville commerciale du XVIIe siècle", le nom de cette ville, qu'il avait déjà entendu quelque part, l'attirait également, bien que pas autant que l'excursion à Alkmaar, dont était reproduite la vieille place, occupée par des civières de bois chargées de fromages ronds comme des meules, il était dommage que la durée de cette excursion fût de sept heures et demie, ou que l'après-midi à La Haye et à Delft, une excursion durée de quatre heures trente en tout, une heure de plus que celle, indiquée en regard, aux champs de fleurs à bulbe de Keukenhof "endroit où, à perte de vue, les champs sont comme un tapis magique de narcisses, de jacinthes et de tulipes qui flamboient dans une apothéose de couleurs magnifiques", et pendant quelques instants, il vit sous ses yeux, à l'aide de la reproduction du prospectus, des champs infinis de fleurs flamboyant comme des torches, sous un ciel d'azur grisâtre, le sandwich au fromage jaune était délicieux, et il se demanda s'il allait immédiatement entamer le second ou le garder pour plus tard, et se dit qu'il entreprendrait peut-être le lendemain cette excursion-là, d'une durée de trois heures et demie seulement, et admirerait ces champs magnifiques qui le réjouiraient certainement, car que pouvait-il y avoir de plus réjouissant que la vision de champs de fleurs flamboyants s'étendant jusqu'à l'horizon, et il sentit déjà, en regardant la reproduction avec les fleurs aux couleurs magnifiques et le canal bleu sur lequel était jeté un charmant petit pont de bois, un avant-goût de la félicité qui l'attendait là-bas, et il avala la dernière bouchée du sandwich, et tandis qu'il mâchait avec plaisir tout en regardant de nouveau le programme de l'excursion et la reproduction des fleurs bariolées et du ruisseau avec le petit pont, il eut brusquement le pressentiment que ces champs de fleurs, qui couvraient la plaine jusqu'à l'infini, lui inspireraient ennui et lassitude, et il prit la tablette de chocolat et en cassa une barre, ayant décidé de garder le second sandwich pour plus tard, il aurait été préférable qu'il n'y eût là-bas qu'un seul champ, un parterre, ou mieux encore, quelques fleurs disséminées çà et là dans une prairie où il pourrait s'allonger et poser sa tête contre la terre, même si c'était une terre étrangère, et s'abandonner tranquillement au contact de l'herbe et au contact de l'air au sein du temps qui s'écoulait sans crier gare, et il se demanda alors ce que deviendraient, au cas où il irait effectivement à Keukenhof, les visites du Rijks, de la maison de Rembrandt et de la synagogue portugaise qu'il avait prévues pour le lendemain, il regrettait à présent de n'avoir pas réalisé le programme qu'il s'était fixé pour la journée, et que faisait-il de la visite de La Haye, d'Edam, de Delft et de la ville commerciale du XVIIe siècle, Hoorn, de la digue, d'Alkmaar avec la vieille place de la photographie ? Cette dernière ville lui paraissait soudain l'endroit le plus attirant et il aurait souhaité la voir en premier, car il désirait visiter chacun de ces lieux sans exception, rien de moins, et y demeurer suffisamment longtemps pour prendre un café avec une pâtisserie et contempler à loisir la rue principale. Il tourna la page et cassa une seconde barre de chocolat et lut une nouvelle fois les réclames des restaurants, *Ristorante Roma*, *China*, *Neptunus* et le café-restaurant au nom hollandais avec l'insigne d'un lion dressé sur ses pattes de devant, et il prêta l'oreille à la rumeur constante, la rue, et aux bruits de différentes natures qui montaient à lui de l'extérieur ainsi qu'aux bruits qui provenaient de l'hôtel même – l'ouverture ou la fermeture d'une porte, des pas, des voix proches ou lointaines, des coups, un robinet – et il écouta avec une tension grandissante des pas qui montaient lentement l'escalier, il avait commencé à les percevoir alors qu'ils étaient encore éloignés et sourds, et peut-être qu'il ne s'agissait que de son imagination, et il lui vint à l'esprit qu'il s'agissait de la grosse Américaine du Michigan qui montait dans sa chambre pour coucher avec lui, ce qu'il se prit à espérer, il lui semblait maintenant qu'il lui avait plu lors de la courte conversation qu'ils avaient eue au bout du couloir, et il la vit déjà échapper sous un prétexte quelconque à ses parents et escalader silencieusement, sur la pointe des pieds, les marches en bois raides, elle allait frapper d'un moment à l'autre à sa porte, il le voulait tellement que son espoir augmentait d'instant en instant, et il se dit que si Rayia se trouvait maintenant ici avec lui, il aurait pu réparer ce qu'il avait raté alors, mais il aurait été également content que ce fût la réceptionniste aux belles jambes sportives ou la jeune serveuse aux hanches étroites et aux gros seins, ou n'importe quelle autre femme, pour peu qu'elle fût étendue à côté de lui et le laissât faire d'elle ce que bon lui semblait, et il essaya de se concentrer sur le prospectus, sur les excursions à Alkmaar et à la digue du Zuiderzee comme s'il n'attendait rien, et alors, tandis que son regard errait sur les mots et qu'il dressait l'oreille, les pas étaient devenus distincts et lents et il ne faisait plus de doute que quelqu'un montait effectivement dans l'escalier et se trouvait déjà un ou deux étages plus bas, il pensa que c'était l'homme amer au costume luxueux, et qu'il montait dans sa chambre, et dans le feu de l'affolement, il voulut se lever et éteindre la lumière ou mettre en hâte ses chaussures et descendre en bas, la chambre était un piège sans issue, mais il resta allongé et ne bougea pas, ses yeux vrillés sur le prospectus sans rien voir, et il écouta ces pas jusqu'à ce qu'ils se perdent quelque part, dans l'une des chambres, derrière une porte que l'on avait fermée à clé. Et ensuite, après qu'il se fut tant soit peu calmé, il se leva et se mit sans plaisir devant le lavabo, quelque chose le poussait à apaiser sa colère et sa honte et à se consoler, et après s'être soulagé et arrangé, il appuya la chaise vide contre la porte, se déshabilla, se coucha et se blottit sous la couverture, les draps étaient propres et frais, ce qu'il nota avec satisfaction, et leur contact lui procurait une sensation agréable, et prenant le second sandwich au fromage jaune, il entreprit de le manger en se disant comme il l'avait déjà fait à plusieurs reprises au cours de la journée, que sous l'apparente douceur et tranquillité presque villageoises de la ville, bouillonnait une violence prête à jaillir, dont les principaux responsables étaient la racaille étrangère des ressortissants du tiers monde, Arabes, Africains et Asiatiques, il mettait dans le même sac les deux Israéliens avec la jeune fille décharnée, abcès purulent dans le corps et l'esprit de l'Europe, qui, en raison de ses sentiments de culpabilité et de sa lâcheté, ou peut-être simplement de son manque de perspicacité, les laissait s'y comporter à leur guise, et qu'ils finiraient par la détruire et en hériter, comme les tribus des Huns ou les Barbares Rome, et il cassa une autre barre de chocolat et éteignit la lumière et ferma les yeux, il se félicitait maintenant d'avoir acheté des provisions pour la nuit, et avant de s'endormir, il voulut encore consacrer quelques pensées à Aviva, et pensa à son programme de visites du lendemain. Il en repassa dans sa tête jusqu'à l'écœurement les différentes étapes dans l'ordre qu'il s'était fixé – le Rijks, la maison de Rembrandt, la synagogue portugaise, les prostituées dans les vitrines, le musée historique de la ville, une promenade sur les canaux –

et se souvint que le lendemain matin, c'est-à-dire dans quelques heures, il lui faudrait vider les lieux, et de même que l'angoisse de même que la rancune s'emparèrent de lui. D'un seul coup, toute sa vie lui apparut comme provisoire et indigne d'être vécue, et tout en s'efforçant de chasser cette idée de son esprit par d'autres pensées, utiles, et de s'agripper au sommeil, il fut submergé par le remords de n'avoir pas réservé de chambre à l'aéroport, ce remords le rongeait en permanence, au point qu'il aurait voulu retourner à Schipol, réserver une chambre et reprendre son séjour dès le début, et il se tourna vers le mur et le regarda dans le noir et se demanda s'il ne ferait pas mieux de raccourcir son séjour à Amsterdam et de partir, le lendemain déjà, pour Londres où ses amis l'attendaient, et l'espace d'un instant, il fut séduit par cette option salvatrice, il suffisait d'un seul acte de sa part pour mettre fin à ces pérégrinations et à l'oppression de l'indifférence et de la solitude, mais il se ravisa immédiatement et décida de mener à terme le programme de son séjour à Amsterdam sans rien en sacrifier. L'abattement et la honte qui avaient suivi la méfiance et la peur qu'il avait éprouvées en entendant les pas ne se dissipaient toujours pas, ils s'infiltraient vers une couche plus profonde où ils formaient comme une flaque de malaise, et il ralluma la lumière, se leva et mangea la poire, puis il se lava la figure et se blottit de nouveau sous la couverture.

Meïr se réveilla de bonne heure et nota, les yeux fermés, encore à moitié endormi et plongé dans une agréable sensation de matin de shabbat automnal à Tel-Aviv, que son sommeil avait été profond et paisible. Dans les premiers instants qui avaient suivi son réveil, il lui avait effectivement semblé être à Tel-Aviv, mais peu à peu, la présence de la chambre étrangère qui l'emprisonnait s'était imposée à lui, et avec elle, la volonté de se dépêcher et de se retrouver à l'air libre, et il se souvint qu'il devait la quitter le matin même, et l'anxiété, qui s'était jusque-là maintenue à l'état de légère tension sous la peau de son visage ou dans sa poitrine, s'empara complètement de lui, et il se leva et se rasa, et après s'être habillé et avoir fait sa valise, comme il regrettait de devoir quitter la chambre qui lui plaisait tant par son isolement avec son plafond en pente et la petite fenêtre par laquelle l'on pouvait voir quelques toits voisins et des morceaux de ciel, il la caressa littéralement du regard, et vérifia qu'il n'avait rien oublié, puis il descendit avec ses bagages à la réception. Le hall exigu était désert et la réceptionniste était assise derrière le comptoir en train de lire. Après avoir adressé un "Bonjour" allègre enveloppé d'un sourire particulièrement chaleureux, il lui avait demandé si elle avait une chambre pour la nuit suivante, ce à quoi elle lui avait répondu qu'elle n'avait rien, pour le moment, mais qu'il revienne la voir après le petit déjeuner, il déposa sa valise contre le mur, à la même place que la veille. Et comme il était encore trop tôt pour le petit déjeuner, il sortit flâner dans le Rokin et dans les petites rues avoisinantes, celles qui partaient vers l'ouest, il éprouvait de la sympathie pour ce quartier-là par lequel il était passé la veille pour la première fois, se dirigeant vers la rue Sarphati, et il espérait qu'à présent, peut-être, dans la quiétude matinale, la beauté de la ville se dévoilerait à lui et qu'il l'apprécierait à sa juste valeur, mais la question de la chambre le tourmentait sans relâche et l'empêchait de regarder tout à loisir autour de lui et d'apprécier la beauté et la tranquillité des rues et des ruelles, si bien que pour finir, et comme à contrecœur, il abrégea sa promenade et se dépêcha de retourner à l'hôtel. La salle à manger était vide, il n'était pas encore tout à fait l'heure du petit déjeuner, et seule une dame, qui ressemblait par sa coiffure et ses traits à Indira Gandhi s'y trouvait, elle était assise et écrivait quelque chose, probablement une lettre, ainsi qu'un jeune homme et une jeune fille clairs, qui examinaient tous deux silencieusement une carte, et Meïr hésita un instant puis il alla s'asseoir dans le coin le plus éloigné, près d'une des hautes fenêtres qui donnaient sur le Rokin, et il regarda dans la rue tout en attendant la jeune serveuse. Entre-temps et petit à petit, arrivèrent d'autres hôtes – une famille italienne avec deux enfants, un jeune couple souriant, des Suédois ou peut-être des Allemands, deux jeunes filles en jeans élimés, et presque simultanément, le couple âgé d'Israël, et lorsque leurs regards croisèrent le sien, ils s'étaient arrêtés un instant et cherchaient des yeux une table vacante, il les salua d'un mouvement de tête et d'un sourire chaleureux comme de vieilles connaissances, et eux le saluèrent en retour. Leur vue lui pinça le cœur, voilà, ils étaient sur le point de partir et il resterait seul, et ensuite, au bout d'une ou deux minutes, quelques autres personnes étaient entrées, apparut l'homme amer au costume luxueux, Meïr l'attendait anxieusement avec l'espoir qu'il ne viendrait pas, et il s'assit aussitôt non loin de l'entrée, au même endroit qu'il avait occupé la veille. Meïr lui tourna le dos, regarda dans la rue d'un air prétendument détaché, mais il ne pouvait le chasser de son esprit et se libérer de la sensation de sa présence, il la sentait comme une main posée en permanence sur son dos, et de temps en temps, sans le vouloir, il lançait un regard distrait, prétendument neutre, et accrochait son visage dur et maussade avec l'expression d'hostilité amère arrogante et de méchanceté, et il se prit à souhaiter qu'il n'y eût pas de chambre libre et qu'il fût obligé de trouver un autre hôtel, mais après le petit déjeuner, qu'il avait avalé sans même se rendre compte de ce qu'il mangeait, la réceptionniste lui dit qu'il avait de la chance car quelqu'un s'était décommandé et qu'ainsi, une chambre s'était libérée, double, elle aussi, au quatrième étage, mais qu'elle était encore occupée et elle lui proposa de revenir à midi pour y déposer ses affaires. Meïr la remercia, chercher maintenant une chambre pour une nuit n'avait aucun sens, et il lui demanda la clé de sa chambre pour quelques instants parce qu'il lui semblait qu'il y avait oublié quelque chose, et lorsqu'il revint pour la lui rendre, il vit dans le vestibule étroit l'homme amer au costume luxueux, il se tenait au coin du comptoir et attendait probablement que la réceptionniste eût achevé la conversation téléphonique dans laquelle elle était absorbée, et Meïr posa devant elle la clé sur le comptoir et lui adressa un rapide "Merci" et il passa sans lever les yeux devant l'homme amer au costume luxueux et continua à avancer, dans le couloir qui lui paraissait plus long que d'habitude, il avait l'impression que l'homme amer au costume luxueux le suivait du regard, et lorsqu'il descendit les quelques marches qui menaient de la terrasse à la rue, il décida de ne pas prendre le tramway qui allait au Rijks à la station qui se trouvait en face de l'hôtel, comme il l'avait prévu, mais de marcher dans la direction opposée, de contourner quelques rues et de le prendre à une des stations suivantes. Cette rencontre, supposément fortuite, il y soupçonnait quelque chose de délibéré, lui ôta le repos et suscita en lui une haine féroce pour cet homme amer, et il tourna en effet à droite dans la ruelle voisine, puis il tourna de nouveau à droite et longea la rue étroite et calme parallèle au Rokin, le ciel commençait de se couvrir de nuages de pluie et l'air se refroidissait, et au bout d'un certain temps, il tourna une nouvelle fois à droite, et comme il l'avait escompté il déboucha dans la grande artère, non loin du croisement avec le portail et le clocher, et il s'arrêta pour attendre le tramway, ses jambes lui faisaient déjà mal, comme si la fatigue de la veille ne s'était pas dissipée, et lorsque le tramway arriva, il y monta, acheta un ticket, le composta et avança vers l'intérieur. Le tramway n'était plein qu'à moitié, et soudain il aperçut l'homme amer au costume luxueux, assis près de la fenêtre, à quelques sièges de l'endroit où il se tenait, lui tournant le dos, et regardant dans la rue, et pendant une fraction de seconde, il pensa descendre à la station suivante et faire le reste du trajet à pied ou reporter sa visite au musée à l'après-midi, mais par la suite, il se ressaisit et arborant une expression indifférente, continua jusqu'à la station du Rijks où, au bout d'une grande rue, devant une large place plantée d'arbres, il descendit et il entra dans le musée dont il sortit après presque deux heures, épuisé et hébété par la marche à travers les gigantesques galeries du palais, pleines de splendeurs et de trésors artistiques commandant attention, sérieux et respect, qu'il s'était fait un point d'honneur, au prix d'un effort incessant, de visiter toutes, sans négliger la moindre œuvre qui s'y trouvait exposée, et d'admirer, il aurait tant souhaité y rencontrer un visage connu, fût-ce celui de l'homme âgé d'Israël et de sa femme, dans la foule attentive, lasse qui avançait avec lui et l'entourait, fleuve lent et ininterrompu, afin de pouvoir faire halte pendant quelques instants et se reposer un peu, et il s'immobilisa, comme frappé de stupeur, devant la façade du musée, la pluie était suspendue dans l'air, et promena un regard stupide autour de lui. Il resta ainsi plusieurs minutes, mou comme une serpillière, sentant l'air froid s'absorber dans son visage et dissiper un peu sa fatigue et son hébétude, puis il repartit et s'engagea dans le passage voûté percé sous le musée, puis il suivit sans se presser, il y avait quelque chose de plaisant dans cette allure lente et molle comme d'un convalescent, le chemin qui traversait le jardin spacieux et agréable situé de l'autre côté du palais, qui était maintenant absolument désert et enveloppé d'une lumière blanc grisâtre argenté égale, sans ombres, émanant de derrière le dôme des nuages et il semblait s'étendre jusqu'à l'infini et être plongé dans une quiétude archaïque, comme s'il flottait dans une bulle céleste toute de calme, et Meïr se dit "Sens cette tranquillité, sens cette douceur", et effectivement, il la sentait. Mais en même temps, sous sa peau, dans des labyrinthes intérieurs, était tapie une sensation de fatigue et de contrariété car une longue et froide journée l'attendait et il ne savait pas à quoi l'employer, il y avait bien la maison de Rembrandt et la synagogue portugaise ainsi que le Musée historique de la ville et la promenade en bateau sur les canaux, il y avait aussi les prostituées dans les vitrines, qu'il n'avait pas encore vues, mais il était accaparé par une terrible fatigue et un refus catégorique, courroucé, de toute visite supplémentaire, quelle qu'elle soit, le seul fait d'y penser le révoltait et lui donnait envie de crier de fureur et d'impatience, comme il était dommage qu'il ne fût pas allé à Keukenhof ou mieux encore, à Alkmaar avec cette vieille place charmante, et il ne lui restait plus, tout bien considéré, tel était son sentiment, qu'à errer sans but et à attendre, épuisé et contrarié, que le jour passe. Une légère pluie froide commença de tomber et lui picota le visage, mais il se plaisait dans le jardin spacieux au calme enveloppant et il souhaitait qu'il se prolongeât pour l'éternité, et lorsqu'il en atteignit le bout, une rue large et élégante en marquait la limite, il s'arrêta un court instant, déçu, puis il tourna à gauche et s'engagea dans l'avenue. La pluie s'intensifia brusquement et après quelques instants d'entêtement, il fut contraint de se mettre à l'abri sur le seuil d'un magasin d'appareils photographiques, et tout en attendant que la pluie faiblît, il regarda la rue mouillée, les maisons et les arbres que la pluie brouillait, et il se dit que c'était là la beauté de la ville, et il s'efforça de s'imprégner de ce qu'il voyait jusque dans les moindres détails – les maisons, les arbres, les teintes du brouillard de pluie qui les enveloppait ainsi que le jardin et les maisons plus lointaines – et de les graver dans sa mémoire sans rien en perdre, il voulait conserver à jamais tous les éléments de cette vue, avec ses nuances, ses odeurs, son atmosphère, cela lui paraissait subitement d'une importance capitale, comme si de ce souvenir dépendaient non seulement la réussite de son séjour à Amsterdam mais également sa présence dans cette ville, et il décida de se rendre à l'agence de voyages et de réserver sa place pour Londres, c'était le seul acte concret et stimulant qu'il devait effectuer au cours de la journée, et lorsque la pluie diminua, il n'avait pas la patience d'attendre qu'elle cessât complètement, il se remit en marche en se disant qu'il lui faudrait bientôt tourner à gauche, et qu'ensuite, quelques rues plus loin, il tournerait de nouveau à gauche et déboucherait sur la place plantée d'arbres située au bout de l'artère principale, non loin du Rijks, où il prendrait un tramway pour retourner dans le centre-ville et qu'il réserverait sa place, puis irait à l'hôtel mettre sa valise dans sa nouvelle chambre. Mais les rues s'embrouillèrent, il se refusait à avoir recours à son plan parce qu'il voulait mettre son sens de l'orientation à l'épreuve, et il se retrouva soudain dans un marché grouillant de monde. Il s'arrêta et promena un regard circulaire avec un sourire étonné, quelque chose exultait en lui, et ensuite il longea les éventaires de fruits et de légumes, les éventaires d'œufs et de fromages, les éventaires de fruits de mer et de poissons qu'il n'avait encore jamais vus et les éventaires de charcuterie et de viande où étaient exposés de la viande de bœuf, de porc, des lapins, du gibier, les éventaires de mercerie, de vêtements et de fanfreluches, en se frayant un passage d'un air impénétrable et tendu parmi la foule compacte et il se reprocha son manque de décontraction et de sensibilité à ce spectacle bariolé, il ne restait rien de son exultation première, mais en vain, et ainsi, avançant d'un pas tendu et pressé, le sac vert pesant sur son épaule, il arriva à l'extrémité du marché où il pivota sur ses talons puis il le retraversa d'une même allure et finit par en sortir mais la rue dans laquelle il déboucha n'était pas celle par laquelle il avait pénétré dans le marché, c'était une rue très commerçante, pleine de modestes échoppes, comme la rue Sheinkin ou la rue Nahalat-Binyamin, et il la suivit dans l'espoir d'arriver sur la place plantée d'arbres, mais au bout de quelque temps, il s'aperçut qu'il s'était perdu, et il s'arrêta et regarda le plan et recourut même au propriétaire d'un petit magasin de meubles qui se tenait sur le pas de sa boutique et lui indiqua complaisamment le chemin à suivre, et ensuite, après un court moment, il parvint à la place plantée d'arbres, la marche l'avait fatigué, et monta dans un tramway qui le conduisit jusqu'à proximité de l'intersection du Rokin, où il descendit et après avoir traversé deux rues, la réceptionniste en avait marqué la veille l'emplacement sur son plan, il entra dans l'agence de voyages. La chaleur et l'élégance des agences de voyages y régnait, s'il avait pu, il se serait rencogné dans un des coins de la pièce et n'en aurait plus bougé jusqu'à son départ, et soudain, il se sentit non seulement fourbu et négligé de sa personne, avec ce sac vert à l'épaule, mais également étranger, pitoyable et déplacé, il n'était pas l'homme du monde qu'il aurait souhaité être, et en l'espace de quelques minutes, avec une grande légèreté, l'employée de l'agence lui réserva une place d'avion pour le lendemain. Il était tellement étonné par cette légèreté et si plein de reconnaissance, et envahi par une allégresse débordante, il la remercia et sortit, il n'avait pas connu un tel sentiment de bonheur depuis qu'il avait vu par le hublot de l'avion, qui avait commencé sa descente sur les champs, les polders et les minuscules maisons aux toits rouge et gris qui se rapprochaient, et il se dirigea la mine joyeuse vers l'hôtel pour déménager ses affaires. Mais la chambre qui lui était destinée n'était pas encore prête, et la réceptionniste lui proposa de revenir une heure ou une heure et demie plus tard. Il prit la chose avec bonne humeur et sortit de l'hôtel, et après avoir descendu les quelques marches, il fit halte et se demanda où aller, et il décida finalement de prendre le tramway et de retourner dans le quartier du Rijks, la fatigue s'était figée en lui, et sans aucune raison apparente, en vertu, peut-être, d'une décision momentanée ou de la belle vue d'un canal avec un pont et une grande maison noire qu'il avait aperçue de loin, il descendit du tramway, revint sur ses pas et longea le canal, il n'était pas particulièrement différent des autres canaux, tout en regardant les arbres qui se reflétaient dans l'eau verte et épaisse et les maisons aux fenêtres hautes. Il se dit que c'était probablement là que résidait la beauté de la ville, puis il s'arrêta sur un pont et regarda autour de lui, essayant d'enregistrer tranquillement la vue et de l'apprécier, et comme il se tenait ainsi, immobile, sur le pont, il se demanda où étaient la joie et l'enthousiasme, ces tremblements d'émotion et de plaisir du corps et de l'esprit qui auraient dû le remplir, qu'il espérait si ardemment et qui s'emparaient si souvent de lui, autrefois, l'aspect d'une maison, d'une fenêtre ou d'un meuble, la trace d'une odeur,

odeur de vêtement, de plat ou de quelque chose d'indéfinissable, un son, la vue d'une reliure suffisait, parfois, pour l'enflammer, et il passa le pont et pénétra dans une ruelle calme où il se promena sans but, et il pensa à Gavrouch et à l'oiseau unique qui l'avait tellement enthousiasmé et qui, à sa mort, s'était transformé en une silhouette noire comme gravée en lui, et il en allait de même pour sa mère, elle lui apparut, une fraction de seconde, tout à fait clairement, avec les images dont elle s'était imprégnée au fil de sa vie, elles étaient gravées en elle comme l'oiseau en Gavrouch, les paysages de Pologne et de Tel-Aviv, les images de Gibraltar, et il essaya, l'espace d'un instant, de les voir de la même façon qu'elle les avait vues, et aperçut un enchevêtrement de lignes et de taches claires et profondes, et il se dit que toute cette histoire de l'assimilation des images par le cerveau n'était que mensonge, gaspillage total, voire vilenie, si l'on ne pouvait continuer à les porter après sa mort. Il avançait lentement, replié sur lui-même mais détendu, seule la fatigue qui s'était figée en lui l'accablait de plus en plus, et il s'arrêta à l'angle d'une rue et contempla un petit café, blotti derrière des carreaux couleur de miel épais encadré de châssis de bois sombre, la façade de ce café avait quelque chose de très intime, de très civilisé et européen qui l'attirait, et après une brève hésitation, il décida d'y entrer, non seulement parce qu'il voulait délasser son corps et ses jambes figées de fatigue, mais surtout parce qu'il désirait découvrir ce qui faisait l'esprit et la beauté de la ville. Il ouvrit la porte marron avec précaution, d'un air presque coupable, et après avoir examiné les lieux, une agréable pénombre brune et un silence doux y régnaient, il prit place près de la fenêtre, posant le sac vert à ses pieds, et au même instant, il décida de rester longtemps assis dans ce café, peut-être même jusqu'au soir, tant l'endroit lui plaisait, il sentait que quelque chose de la quintessence de l'esprit et de la beauté de l'Europe s'y trouvait et que pour la découvrir et l'apprécier, il y fallait du temps, qui en constituait précisément la source et le fond, et cette quintessence remplissait la pièce obscure et silencieuse aux dimensions modestes comme un air particulier, et enveloppait les personnes qui y étaient attablées, deux femmes âgées bavardant à voix basse et un vieillard qui était assis dans un recoin éloigné et lisant son journal. Et Meïr se cala sur sa chaise et attendit patiemment la serveuse, ou peut-être était-ce la propriétaire du café, qui finit par se diriger vers lui à pas posés et lui demanda avec amabilité ce qu'il désirait et il commanda un café et un gâteau aux pommes, puis il regarda par la vitre la rue déserte et mouillée, une pluie fine s'était mise à tomber, et la bande de ciel gris qui se déroulait au-dessus des maisons, jusqu'à ce que la serveuse lui apportât son café et son gâteau, c'était une femme d'un peu plus de quarante ans à la peau pâle et rosâtre et aux cheveux tirant sur le roux soigneusement peignés, et il la remercia d'un hochement de tête poli, sucra son café et y ajouta du lait qui se trouvait dans un petit pot en porcelaine, il avait l'impression que la douceur de l'endroit et sa tranquillité civilisée imprégnaient son esprit et sa chair, et il s'efforçait de tout exécuter avec une extrême lenteur afin d'accéder à cet esprit et cette beauté impalpables, et tout en buvant et en mangeant il scruta sans hâte les tables carrées couvertes de nappes à carreaux et les murs avec les petites appliques aux abat-jour de tissu frangés et avec les tableaux sombres qui y étaient accrochés, la pénombre empêchait de distinguer ce qu'ils représentaient, et les deux femmes âgées, absorbées par leur conversation, et le vieillard avec son journal et la serveuse au tablier blanc, brillant, aux bords froncés, et il éprouva soudain le besoin pressant de parler à quelqu'un, n'importe qui, et au même instant, il se prit à espérer que l'une des personnes présentes, le vieillard ou la serveuse, lui adressât la parole, lui demandant qui il était et d'où il venait, car il n'avait pas le courage de faire le premier pas. Il se sentit plus vivement encore étranger, comme s'il était enfermé dans un sac étroit, et il ne doutait pas qu'eux aussi partageaient cette impression, et derrière l'expression impénétrable de son visage, sa bouche se remplit de mots qui palpitaient comme des petits poissons dans une eau peu profonde et ne demandaient qu'à jaillir, mais il ne desserra pas les dents et continua de boire et de manger en observant la serveuse qui était en train de faire quelque chose avec application à côté du comptoir, peut-être de nettoyer ou de ranger, et il sentait son corps, il n'était pas laid, au contraire, mais quelconque, dépourvu de toute grâce ou de toute vitalité, et surtout, de la moindre trace de sex-appeal ou de quelque chose d'attirant, et il en était de même pour son visage, que l'on avait comme façonné délicatement mais sans inspiration dans du fromage, et il sentit combien cette femme, qui lui était absolument étrangère, et qui dégageait une propreté et un éclat de ménagère diligente et fidèle, qu'aucune pensée coupable n'avait probablement encore jamais effleurée, l'excitait, précisément par ce qu'elle avait d'étranger, de quelconque et d'innocent, et il la vit nue, son corps blanc paraissait maintenant encore plus quelconque et dépourvu de sex-appeal, et il pensa qu'il aurait été prêt à donner beaucoup pour qu'elle fût étendue devant lui dans sa chambre d'hôtel et qu'il pût être assis à côté d'elle et contempler avec une lenteur indéfinie, des heures durant, la fente de son sexe avec la toison noire tout autour, et la serveuse se pencha et disparut derrière le comptoir, et lorsqu'elle se redressa, il eut l'impression qu'elle cherchait à capter son regard, et il s'empressa de se détourner et regarda dans la rue. Une pluie faible tombait avec monotonie, mouillant le trottoir et la chaussée, et son regard demeura ainsi fixé pendant un long moment puis, il avait maintenant terminé son café, il ramena son regard vers l'applique ornée d'un abat-jour frangé qui se trouvait sur le mur lui faisant face et vers le tableau accroché à côté d'elle, un paysage sombre avec quelques arbres ployant au vent et une masse obscure, peut-être une cabane ou une meule de foin, et comme il observait ce tableau et s'efforçait de déchiffrer le sens de cette forme ainsi que les rideaux et les pots de fleurs qui se dressaient çà et là sur le rebord d'une fenêtre, sur un socle ou au coin d'une table, le tout arrangé dans le meilleur goût européen, il sentit qu'il commençait à s'ennuyer, et au sein de l'ennui qui épaississait, l'affaire du déménagement de sa valise dans la nouvelle chambre et la sensation de perdre son temps commençaient à le tracasser, et cette dernière sensation s'intensifia rapidement et se mua en une exaspération, il ne venait pas à Amsterdam toutes les semaines après tout et il y avait encore tant de choses qu'il avait l'intention de voir et le temps fuyait, s'écoulait, et il fut assailli par le désir de se lever et de s'en aller, mais n'en fit rien, il voulait découvrir et saisir le goût de la lenteur et la savourer à fond et il lui semblait ne s'être pas encore suffisamment attardé, puis, n'en pouvant finalement plus, il fit signe à la serveuse qui s'approcha de lui l'addition à la main, et il régla, prit le sac vert et sortit dans la rue froide et mouillée, s'arrêta sous le petit auvent qui coiffait le seuil du café pour attendre que la pluie, qui tombait avec monotonie du ciel gris, cessât ou au moins, faiblît, mais au bout de quelques instants, il en eut assez et relevant le col de son manteau, il serra contre lui le sac vert et se mit en marche. Il s'employait à raser autant que possible les murs et ce n'est que lorsqu'il parvint au Rokin, où soufflait un vent très fort qui rabattait sur son visage les gouttes d'eau suspendues dans l'air que la pluie diminua sensiblement et il traversa la rue et pénétra dans l'hôtel, le corridor le vestibule et l'escalier étaient remplis d'une pénombre hivernale épaisse, et après avoir pris sa valise bleue, il monta derrière la réceptionniste dans sa nouvelle chambre, au quatrième étage. Ses vêtements et ses chaussures étaient détrempés et il avait froid aux pieds, mais il ne demeura pas plus d'une minute ou deux dans la chambre, jetant un coup d'œil par la fenêtre sur la cour de pierre nue et lugubre, que l'arrière-corps également lugubre de la maison voisine fermait, quant à la chambre, étroite et longue, elle était si laide et repoussante qu'il préférait, dans la mesure du possible, ne pas la regarder, et il redescendit l'escalier obscur et se consolant en pensant que le lendemain à la même heure, il serait déjà dans l'avion pour Londres, et il remit la clé de la chambre à la réceptionniste, sortit et se dirigea vers le Mac Donald, il avait décidé la veille qu'il y déjeunerait, mais il bifurqua légèrement en chemin et entra dans le sex-shop, il se dit qu'il s'y rendait pour une visite d'adieu, qui, à sa grande surprise, était plein d'hommes qui se tenaient devant les étalages et les rayonnages, repliés chacun sur soi, et feuilletaient silencieusement les magazines pornographiques comme s'il s'agissait de rapports financiers ou scientifiques, ou qui examinaient, et même qui palpaient, les différents gadgets, et il s'avança et se mêla à eux et feuilleta, lui aussi, ces magazines, le nombre élevé de clients dissipait tant soit peu son malaise, mais très rapidement, après un bref et embarrassant moment d'excitation, ils ne lui inspirèrent plus que de l'indifférence et de l'ennui, mais il s'obstina cependant à continuer à les feuilleter afin d'éprouver à nouveau émotion et excitation, pourtant, au bout de quelques instants, il lui fallut admettre son dépit et il continua son chemin vers le Mac Donald, celui-ci était déjà plein à craquer, et bien qu'il fût encore tôt pour déjeuner, de longues queues compactes s'étiraient jusque dans les moindres recoins, ce qui était en totale contradiction avec son programme et son attente, il escomptait trouver un lieu vide et tranquille, aussi décida-t-il de ne pas y rester plus longtemps mais de flâner un peu dans les rues voisines dans l'espoir que le fast-food se désemplirait au bout d'un certain temps, il lui vint même à l'idée, l'espace d'un instant, d'en profiter pour voir la maison de Rembrandt et la synagogue portugaise, qui se trouvaient à un quart d'heure de marche, mais il résolut finalement de reporter cette visite après le déjeuner, il avait encore devant lui de nombreuses heures jusqu'au soir, mais lorsqu'il retourna, après une demi-heure, au Mac Donald, il le trouva aussi bondé qu'avant, et envahi par une sensation de dépit et de mécontentement, il prit son tour à l'une des queues, sortir et recommencer à se promener ne servirait à rien, car il était peu probable que la situation s'améliorât, et de plus, la faim s'était mise à le tenailler, et tout en attendant d'être servi, il se consola en se disant de nouveau que le lendemain, deux ou trois heures plus tard, il atterrirait à Londres. Il commanda un Big Mac et une portion de frites et chercha une place mais dans toute la salle, il n'y avait pas une seule table de libre, de sorte qu'il sortit avec son Big Mac et sa portion de frites et il s'arrêta un instant dans la rue, devant le Mac Donald, le trottoir et la chaussée étaient particulièrement sales à cet endroit, se demandant où manger, il voulait s'asseoir dans un lieu agréable où personne ne le dérangerait, et ensuite il tourna à droite et suivit la rue, il s'était souvenu qu'à son extrémité, après la rue perpendiculaire, se trouvait le jardin qu'il avait vu la veille, au matin, lorsqu'il se promenait dans ce quartier, mais lorsqu'il parvint au jardin, toute envie de s'y asseoir le quitta, peut-être à cause de l'humidité ou du délabrement qui y régnait, et sans s'arrêter, il le longea et s'engagea dans la rue perpendiculaire, et quelques rues plus loin, il tourna à gauche, il avait décidé de se trouver un endroit dans le quartier des petites rues proches du canal à côté duquel il avait passé sa première nuit, et il y erra, son Big Mac et sa portion de frites à la main. Les rues étaient effectivement calmes et agréables comme dans son souvenir, mais il ne réussit à trouver dans aucune d'elles ce charme singulier, unique, sorte de nostalgie, d'atmosphère qu'il n'était pas capable de définir mais qu'il identifierait sans peine aussitôt qu'il se trouverait en sa présence, et malgré la faim qui le torturait, il ne renonça pas et continua de voguer de par ces rues, tout en examinant chaque clôture, chaque marche ou bord de trottoir, jusqu'à ce que brusquement, de façon tout à fait inopinée, il débouchât sur la partie du canal avec le pavillon blanc de l'embarcadère situé à l'extrémité du Rokin, et il s'approcha de l'eau, s'accoudant au parapet de fer. Ce n'était pas là l'endroit au charme particulier, intime, qu'il cherchait, mais une résignation amère l'envahit et il se débarrassa de son sac vert, posa sur une borne en béton son Big Mac et la portion de frites et se mit à manger, tout en observant avec lassitude l'eau verte du canal, les passants et les immeubles sinistres. Un soleil pâle surgit derrière l'enveloppe de nuages et porta une tache de lumière fraîche sur la rue, et il songea avec tendresse à Tel-Aviv avec ses maisons blanc jaunâtre qui semblaient faites de vieux carton, et avec le ciel d'azur lumineux, comme dessiné par un enfant, au milieu duquel, légèrement vers le sud, il y a un soleil jaune d'œuf, qui se déploie comme une immense voile au-dessus des maisons de sable et au-dessus des collines et des orangeraies et des bosquets d'eucalyptus et des labours verts recouvrant les terres d'argile rouge et se cachant derrière ces mêmes collines de telle sorte qu'ils ne sont visibles qu'à distance, jusqu'aux montagnes bleuissantes tout au loin d'un côté, et au-dessus de la mer, de l'autre, jusqu'à la ligne d'horizon avec laquelle il fusionne et se mélange doucement, et il vit Aviva, elle était assise dans le fauteuil d'angle de la pièce avec une tasse de café et un livre, il ne l'apercevait qu'en partie et de manière floue, mais il savait que c'était elle, car c'était elle qu'il voulait voir, et ensuite il vit Posner, son visage lui échappait mais il s'efforça de le retenir autant que possible, il était assis avec lui sur le balcon poussiéreux, c'était déjà après son retour en Israël, et il lui disait que le tourisme n'était qu'une gigantesque tromperie, et Posner disait qu'il n'avait vraisemblablement pas tort mais qu'il en allait de même pour toutes sortes de choses, et qu'il fallait peut-être traiter le tourisme comme la vie elle-même, c'est-à-dire savoir qu'il s'agissait d'une tromperie et cependant se comporter comme si ce n'en était pas une, telles étaient les idées de Posner et il les connaissait très bien, mais cette fois, elles lui déplaisaient parce qu'il avait l'impression qu'elles contenaient quelque chose qui était dirigé contre lui et qui accusait sa faiblesse, mais l'image de la conversation sur le balcon et les sons de l'hébreu lui procurèrent tant de plaisir et de consolation, comme s'il s'était glissé dans son lit, sous sa vieille couverture, et il mordit dans le Big Mac et se sourit avec satisfaction, et ensuite, tandis qu'il croquait les dernières frites, il se demanda ce qu'il allait faire jusqu'au soir, et après une hésitation, il décida de retourner tout d'abord au marché qui lui avait tellement plu avant le déjeuner et avait éveillé en lui une sorte d'allégresse, après tout, les marchés, peut-être plus que n'importe quel autre lieu, donnaient à découvrir quelque chose de l'esprit d'un peuple, mais cette fois, il le visiterait en prenant son temps, sans se presser, et ainsi, il pourrait s'en pénétrer et l'apprécier, et en effet, après avoir terminé son déjeuner, comme dessert, il mangea la poire qui lui restait de la veille, il prit le sac vert et se rendit à la station située après le croisement du Rokin, et sans se renseigner au préalable, il monta dans un tramway qui se dirigeait vers le Rijks. L'achat du ticket et son compostage lui étaient devenus familiers, il le nota avec satisfaction, mais à l'une des stations, après le Rijks, il changea brusquement d'avis et descendit, traversa la rue et monta dans le premier tramway qui, il en avait le sentiment, le ramènerait au Rokin, son ticket était valide pendant une heure entière, mais bientôt il eut l'impression que le tramway prenait une tout autre direction, et il se leva et descendit à la première station, et il demeura immobile, dans la rue fortuite, regardant autour de lui affectant de chercher une adresse précise, il le faisait avec un véritable sérieux, comme s'il entendait convaincre un œil caché qui le suivait, et ensuite, tout en continuant à chercher l'adresse inexistante, il passa le coin, traversa la rue et monta dans un tramway, qui venait d'une autre direction, il s'obstinait à n'avoir recours à l'aide de personne pour retourner au Rokin et continuait à miser sur sa sensation, et transformant ainsi volontairement ses errements en un amusement morose, qu'il comptait bien prolonger, même au prix de voyager en tramway pendant des heures, et il descendit et monta dans un tramway différent et brusquement, sans qu'il s'y attendît, le tramway prit l'intersection et s'engagea dans le Rokin, et il descendit, et se tint immobile dans la rue, heureux d'avoir gagné son pari et de se retrouver en terre connue, et cependant désemparé car il ne savait pas ce qu'il allait faire à présent. Il y avait quelque chose de gênant, dans cette façon de demeurer sans mouvement sur le trottoir parmi les passants, aussi traversa-t-il la rue, aucune raison particulière n'avait motivé son geste, si ce n'est le sentiment vague qu'il y avait dans les rues situées de l'autre côté du Rokin quelque chose qui conviendrait à sa volonté du moment, et il alla de rue en rue sans but, pensant à la plage de temps qui le séparait du soir, elle prit, dans son esprit, la forme d'un gigantesque tas de canettes vides et rouillées qu'il lui fallait escalader jusqu'au sommet, et cela l'effraya car il se tenait subitement devant le temps vide et il comprenait qu'il lui serait impossible de l'éviter ou d'en enlever ne fût-ce qu'une seule miette, mais qu'il devrait le traverser de part en part, seconde par seconde, et en proie au désarroi qui l'assaillait, il essaya de se souvenir s'il n'avait pas, dans cette ville, un ami ou une connaissance, peut-être même une connaissance de ses parents, ou un proche, pour éloigné qu'il soit, mais en vain, et tout en traînant ses jambes lourdes et endolories, l'absence de but était pour lui une source d'amertume et de vexation, plongé dans une sensation de délaissement et d'isolement infrangibles, et dans une fatigue accablante, la douleur dans ses jambes se répandit de nouveau et se logea dans ses hanches et son dos, il sentit qu'il éclatait intérieurement en sanglots plaintifs et impuissants, et il s'arrêta devant le véhicule d'un marchand de glaces ambulant, lui en acheta une, se remit en marche et entreprit de la lécher tout en regardant les bâtiments lugubres qui semblaient impénétrables de l'extérieur, et comme protégeant une intimité, et il pensa aux personnes heureuses qui y vivaient, ils étaient sans aucun doute heureux dans la chaleur sûre et intime de leurs familles, tissée d'une routine tranquille et enracinée, dans leurs appartements anciens, parmi des meubles transmis de génération en génération, et il essaya de se représenter ce que l'une de ces personnes penserait de lui, si elle jetait en ce moment un coup d'œil par la fenêtre ou le dépassait pour rentrer chez elle, de lui, l'étranger dépenaillé, hébété de fatigue, frissonnant de froid et d'abattement qui errait, les jambes molles, avec un sac vert sur l'épaule dans les rues agréables de sa ville, et essayait, rassemblant ses dernières forces, par-delà le désespoir, de découvrir le secret de la beauté de ces rues et la relation cachée mais, à l'évidence, réelle entre eux. S'il lui avait seulement été donné d'échanger quelques mots avec cet étranger invisible, fût-ce même dans un anglais approximatif, et pourquoi ne lui ferait-il pas signe par la fenêtre et ne l'inviterait-il pas à monter ou ne l'aborderait-il pas dans la rue en venant vers lui, il n'était pas aussi différent de lui que ces Asiatiques et les Africains, et ne lui demanderait-il pas qui il était d'où il venait et ce qu'il faisait ? Après tout, il était ingénieur et avait étudié l'histoire, celle de la Hollande également, ou plus exactement de l'Europe, il avait lu des livres, *Till Eulenspiegel*, et avait admiré des tableaux de Rembrandt, de Bruegel et d'autres, pour ne rien dire de la sympathie qu'il vouait aux Hollandais et que ceux-ci avaient pour Israël, et il coula un regard timide vers un homme qui venait vers lui, il était habillé simplement et avait un visage allongé et avenant, et ensuite il observa çà et là les fenêtres masquées de rideaux et il se dit qu'il était impossible que dans une ville qui comptait plusieurs centaines de milliers d'habitants, il n'eût pas une seule connaissance. Son besoin de se trouver en compagnie d'une personne tant soit peu familière et de parler se fit si pressant qu'il craignit de pousser brusquement un hurlement, le quartier dans lequel il flânait maintenant était plus central et plus animé, et il entra dans une grande librairie, arrangée avec goût, mais les livres, dont il espérait qu'à les feuilleter, il parviendrait un peu à se distraire et à se calmer, provoquèrent, au contraire, son impatience, et il se contenta d'en effleurer les couvertures d'un regard inattentif. Au bout de quelques instants, il quitta la librairie, traversa la rue puis s'engagea dans une autre rue, il avait l'impression de se diriger plus ou moins vers le terminal, c'était en tout cas la direction dans laquelle il voulait aller, puis il tourna dans une jolie rue qui y prenait, s'arrêta au coin et acheta deux aérogrammes, et ensuite, il traversa une petite place, s'engagea dans la rue qui la prolongeait, et brusquement, après avoir marché encore pendant un certain temps, il s'immobilisa, comme frappé par une pensée subite, puis il pivota sur ses talons et revint sur ses pas. La lourdeur de son corps et les douleurs de la fatigue qui lui suçaient la moelle avaient eu raison de lui, il était encore désespérément tôt, bien qu'il crût déjà distinguer çà et là les premiers signes, imperceptibles, du soir, mais force lui fut bientôt de constater qu'il ne s'agissait là que du temps couvert, et après avoir remonté plusieurs rues de son pas tendu et exténué, il se dirigea vers un café-restaurant qui, à en juger par sa façade et les quelques personnes assises derrière son vitrage, la plupart avaient entre trente et quarante ans, à des tables en bois simples entre lesquelles étaient posés des tonneaux avec des fleurs, lui parut sympathique et différent, et était exactement le genre d'endroit qu'il avait souhaité trouver. Il entra et descendit quelques marches, la petite salle, au centre de laquelle se dressait un grand poêle en fonte, était pleine d'une pénombre brune, et il prit place à l'une des tables en bois simples et lourdes, se débarrassa du sac vert qui lui pesait sur l'épaule, et scruta les gens qui mangeaient ou buvaient autour de lui tout en bavardant discrètement, la plupart semblaient être des étudiants ou des professeurs, et les tableaux amusants qui ornaient les murs, aux côtés de coupures de journaux et de nombreuses adresses, ainsi qu'un menu décoré de caricatures dont il essaya de déchiffrer sans succès quelques-uns des plats, et lorsque la serveuse vint vers lui, une femme âgée aux cheveux gris soigneusement ramassés autour de son large visage de paysanne, il commanda une bière, puis il étala devant lui sur le prospectus de la compagnie Cook les aérogrammes, et tout en buvant sa bière à petites gorgées prolongées, il s'employait de nouveau à s'escompter posément, dans un ultime effort de capter la sensation de lenteur, et également afin de se reposer et de faire passer le temps, il écrivit une lettre à Aviva, et ensuite à Posner. Il écrivait calmement, le cœur débordant de tendresse, et prononçait dans un murmure, à leur intention, les mots qu'il écrivait, jusqu'à ce qu'il finît par se rendre compte des regards que lui lançaient les deux jeunes gens assis à la table à sa droite, s'il avait pu être à cette heure de crépuscule estivale à Tel-Aviv, ne fût-ce que pour un moment, et voir la foule des hommes et des femmes dans leurs légers habits d'été remplir les rues, entendre leurs voix et saisir au passage des mots et des phrases, des bribes de conversations, des interpellations, sentir le contact de l'air vaporeux et moite, cet air lourd du plus fort de l'été qui n'a pas son semblable et se rafraîchit tout doucement à la tombée du soir, qui se mêle à lui, portée par les légers souffles de brise, imaginaires peut-être, montés de la mer par la rue Frischman. Et soudain, il eut le sentiment que ce Tel-Aviv avec cet été n'étaient que le souvenir de quelque chose qui avait disparu et s'était perdu, et qu'il était un exilé à perpétuité, et une grande frayeur accompagnée de regrets amers et déchirants l'inondèrent, qui ne se dissipèrent même pas après qu'il se fut dit que tout cela était faux, et ensuite, une fois qu'il eut fini de boire et d'écrire, il demeura assis, autant que son impatience, qui s'était réveillée, le lui permit, et regarda les gens qui se trouvaient dans la salle et ceux qui entraient et sortaient, les tableaux et les adresses, les lourdes tables en bois et le poêle de fonte noir avec l'épaisse cheminée, puis à nouveau les tableaux, les adresses et les personnes assises tout autour, et pour finir, ne pouvant plus maîtriser son impatience, il consulta son plan, établit le chemin qu'il devait prendre pour parvenir au bâtiment de la poste, régla sa bière, prit le sac vert et sortit. Les premières ombres du soir, extrêmement ténues, presque diaphanes, se fondaient dans la lumière et dans l'air, il les guettait comme un chien de chasse aux aguets et sut que le soir venait maintenant enfin de commencer, et lorsqu'il entra dans le bureau de poste, alors qu'il allait se diriger vers le guichet affecté à la vente de timbres, la grande salle grouillait de monde, à cette heure, il lui sembla apercevoir, dans la queue formée devant ce guichet, l'homme amer au costume luxueux, cette fois aussi, il ne le voyait qu'imparfaitement, car les gens qui se trouvaient derrière lui le cachaient en partie, mais, plus encore que la fois précédente, il avait la certitude qu'il s'agissait bien de lui, il lui avait suffi, pour cela, de capter le profil de son visage amer et ses épaules, et il se figea, regardant dans tous les sens, comme s'il cherchait des yeux le guichet auquel il lui fallait s'adresser, puis il fouilla dans le sac vert et dans les poches de son manteau, et comme s'il venait de s'apercevoir de quelque chose, il battit en retraite, sortit de la poste et commença à marcher sans savoir où il allait, plein de désespoir et de honte, car il désirait que ces aérogrammes parviennent immédiatement, sans aucun délai, à Aviva et à Posner, il avait l'impression que c'était effectivement ce qui se passerait aussitôt qu'il les glisserait dans la boîte, parce qu'un besoin pressant de poursuivre sa conversation avec eux le remplissait, il leur avait parlé et il les avait entendus lui répondre, ou, pour le moins, il avait vu l'expression de leurs visages attentifs et approbateurs, et voilà que ce contretemps stupide interrompait leur conversation et laissait les choses en suspens et sans réponse. Et comme il errait dans les rues avoisinant la poste avec l'intention d'y retourner après un court moment pour envoyer les lettres et s'employait, sans succès, à renouer le fil de la conversation interrompue, il lui vint à l'esprit de profiter de ce contretemps et de se rendre à la maison de Rembrandt et à la synagogue portugaise et de les visiter, tous deux étaient encore ouverts et s'il se dépêchait, il arriverait encore à temps, et au même instant, tout à la fermeté et à l'énergie qui s'étaient brusquement réveillées en lui, il étala le plan, établit son itinéraire de sa marche, et s'y rendit d'un pas alerte, la fatigue s'était dissipée d'un coup et il était comme plein de nouvelles forces, toutes fraîches, et il visita la maison de Rembrandt et ensuite la synagogue portugaise, puis, après avoir effectué cette tâche, une merveilleuse sensation d'avoir accompli un devoir et remporté une victoire l'entourait, il retourna à la poste et envoya les aérogrammes, puis s'enfonça dans le réseau des rues, dépourvu de tout désir, attendant avec morosité que la nuit finît par tomber et le sauvât de tout cela, car la fatigue lancinante s'était de nouveau emparée de lui. Il préférait marcher plutôt que de rester assis et cela, non seulement parce qu'il était trop impatient, mais parce qu'il voulait épuiser entièrement ses forces et parvenir à l'extrême limite de la fatigue, s'il avait simplement pu parler avec quelqu'un, n'importe qui et de n'importe quel sujet, du mouvement des tramways ou du temps qu'il faisait, c'était sans importance, pourvu qu'il pût prononcer des mots réels exprimés par des sons et entendre des mots réels exprimés par des sons en réponse aux siens, à force de silence, il craignit même pendant, une fraction de seconde, d'avoir perdu l'usage de la parole, et il fut à nouveau enveloppé par la nostalgie, fine comme toile d'araignée, de Tel-Aviv, il la vit soudain dans ses moindres détails et dans tout son éclat, comme s'il en conservait par-devers lui le précipité réel et singulier, couverte d'un doux ciel d'été aux bords ourlés d'une lueur translucide, avec un quartier de lune visible à travers le feuillage de l'azédarach s'élevant dans la cour de la maison voisine, et bien qu'une vive lumière crépusculaire éclairât toujours les rues, il décida de regagner l'hôtel et de monter dans sa chambre pour dormir un peu étant donné que cette marche sans but devenait de plus en plus déprimante et humiliante et qu'il ne trouvait plus en lui ne fût-ce qu'une étincelle de volonté ni, à plus forte raison, d'énergie pour faire un seul pas, et il s'arrêta au coin de la rue, en lut le nom puis il consulta le plan et revint vers le bâtiment de la poste afin d'acheter quelque chose à manger pour le soir et la nuit. Il prit cette fois encore deux sandwiches au fromage jaune, deux poires et une tablette de chocolat, exactement comme la veille, avec, pour varier, une friandise aux noix et fourra le tout dans le sac vert, éprouvant une sorte de relâchement agréable et un chatouillement de satisfaction, car désormais il sentait bel et bien que son séjour dans cette ville commençait de toucher à son terme, et il repartit vers le Rokin et son hôtel, mais à un moment, il bifurqua et se détourna de son chemin, il voulait, à présent, retarder un peu la fin, et prenant une rue que son instinct lui dit être parallèle au Rokin, il la parcourut, le jour grisonnait et les rues se faisaient plus vides et plus tranquilles, puis il parvint à une petite place triangulaire, sorte d'élargissement du trottoir et de la chaussée, avec quelques grands arbres et des bancs. Tout près, juste derrière la limite entre le jardin et le trottoir, se dressait un hôtel de taille moyenne, mais somptueux et ancien, et il s'arrêta quelques secondes et le contempla, puis il entra dans le jardin et s'assit à l'extrémité d'un banc à l'autre bout duquel était assis un garçon de seize ou dix-sept ans qui lisait un livre, à la lumière blanc grisâtre du crépuscule, et il posa le sac vert, son épaule transpirait et lui faisait mal, et il contempla la façade de l'hôtel aux magnifiques balcons de palais et les hautes fenêtres masquées de lourds rideaux et la lourde porte en bois de l'entrée avec ses ornements de cuivre, et les grands arbres aux frondaisons touffues, qui accroissaient l'ombre du soir ainsi que le silence et le calme profond, jetant de temps en temps un coup d'œil au garçon, il s'y prenait avec beaucoup de délicatesse, cherchant dans un ultime sursaut de vitalité à lui exprimer, le plus discrètement possible, de l'affection et sa volonté de lier connaissance, il sentait de nouveau en lui un désir, faible, il est vrai, de faire un dernier effort pour apprécier enfin son séjour dans cette ville, et surtout, pour pouvoir se dire qu'il l'avait visitée et s'y était plu, puis une somptueuse voiture noire s'arrêta devant le perron de l'hôtel et trois hommes en sortirent, tous vêtus de complets sombres et luxueux, il pouvait les apercevoir sans difficulté, de l'endroit où il était assis, et il devina, à leur traits, leurs gestes et leur façon de marcher, qu'ils étaient arabes, probablement il se dit des scheiks d'un des émirats du Golfe persique, et lorsqu'ils s'engouffrèrent dans l'hôtel et disparurent derrière la lourde porte en bois, il se dit que c'était un hôtel pour Arabes richissimes, tout en témoignait, et ensuite, après un temps qui lui parut extrêmement long, il était assis immobile et regardait devant lui avec une parfaite tranquillité, il surmonta ses hésitations et se tourna vers le garçon, il n'y avait personne à part eux, à cette heure-ci dans le jardin où l'obscurité gagnait, et il lui demanda avec précaution et sur un ton dégagé, en anglais s'il était d'Amsterdam, et le garçon dit "Oui. Je suis arrivé ici avec mes parents quand j'étais petit", et il indiqua le nom de l'endroit d'où il venait, mais Meïr ne le saisit pas et il demanda au garçon ce qu'était cet endroit, et le garçon dit que c'était un gros bourg non loin d'Utrecht. Il s'était montré d'emblée cordial et ouvert et Meïr éprouva pour lui beaucoup de gratitude, mais il ne lui en témoigna aucune marque afin de ne pas éveiller ses soupçons et il lui demanda ce qu'il faisait à Amsterdam, il était prêt à poser n'importe quelle question, fût-ce la plus superflue, le garçon devait certainement faire des études, pour que le fil de la conversation ne se rompît pas, et le garçon dit qu'il étudiait dans une école de gestion, et Meïr dit qu'il parlait très bien anglais, et le garçon sourit timidement et dit qu'il aimait les langues et il referma son livre, la nuit s'épaississait lentement mais visiblement, dans l'ombre du feuillage noir des arbres du jardin, tandis que dans la rue, la lumière crépusculaire grisâtre n'avait pratiquement pas changé, et Meïr dit au garçon qu'il venait d'Israël, et le garçon dit qu'il avait entendu parler de ce pays, et Meïr, à qui ces dernières paroles inspirèrent de la joie et un sentiment de proximité et de communion, lui demanda comment les habitants d'Amsterdam pouvaient supporter les milliers de touristes sauvages et malpropres qui remplissaient le centre de la ville, et le garçon dit que les habitants d'Amsterdam étaient des gens tolérants depuis toujours, et que de surcroît, ils ne le remarquaient généralement pas parce qu'ils vivaient et se promenaient dans d'autres quartiers de la ville, et Meïr dit "Je suis touriste, et je ne peux pas le supporter. C'est affreux", et le garçon sourit, la pénombre brouillait déjà un peu ses traits, et il dit "Beaucoup de gens en vivent, ici", et Meïr dit "Oui. Je comprends. Mais tout de même. C'est vraiment affreux", il éprouvait en son for intérieur une haine implacable, amère pour cette populace nomade, comme s'il y avait en elle quelque chose qui le menaçait personnellement, et le garçon, qui se sentit comme dans l'obligation de s'excuser, dit que d'ici deux ou trois mois, lorsqu'il commencerait à faire plus froid, la plupart d'entre eux quitteraient la ville pour de bon, et il mit le livre dans un sac qui était posé à côté de lui et se leva, et Meïr se leva à son tour, chargea le sac vert sur son épaule et dit qu'il devait aller au Rokin et le garçon dit qu'il y allait aussi, et ils marchèrent sans hâte côte à côte, au point qu'on aurait pu les prendre, de loin, pour deux amis ou pour un père et son fils, et lorsqu'ils parvinrent à l'intersection du Rokin, près du portail avec le clocher, ils se quittèrent sur une chaleureuse poignée de main, et le garçon sauta par-dessus la barrière et traversa la rue en courant légèrement, le flot des automobiles était dense, à cette heure, et s'écoulait difficilement, et Meïr resta sur place, le suivant d'un regard affectueux, comme s'il s'agissait réellement de son fils, et reconnaissant, jusqu'à ce qu'il disparût, et il vit les lumières multicolores du cinéma qui se trouvait en face de lui, un peu plus loin que le sex-shop, et une fraction de seconde, il envisagea de s'y rendre et d'entrer dans l'une des cabines isolées, masquées de rideaux noirs, pour visionner un film pornographique, il s'était promis de le faire une fois arrivé à Amsterdam, mais il tourna à gauche et traversa une petite rue puis il traversa le croisement en direction du bord du large canal avec le pavillon blanc de l'embarcadère situé sur l'autre rive, et bien que la lumière grisâtre du crépuscule n'eût pas encore faibli, il décida de retourner à l'hôtel, de monter dans la chambre et de mettre ainsi un terme à sa visite de la ville, si la nuit était tombée, il l'aurait fait d'un cœur plus léger, car, pour lui, le séjour avait de toute façon déjà pris fin et il n'y avait plus une seule curiosité de la ville qu'il eût encore souhaité visiter, excepté le "quartier chaud" avec les prostituées dans les vitrines, mais en vérité, il avait renoncé à cela aussi, et il longea le canal, contre le parapet, tout en regardant le pavillon blanc qui était éclairé, et les touristes qui se pressaient devant lui, sur l'embarcadère, et descendaient l'un à la suite de l'autre, d'un pas lent, mal assuré, vers le bateau de promenade, qui scintillait déjà de tous ses feux joyeux. Il contemplait ce spectacle sans intérêt particulier, comme s'il se trouvait à une distance infinie, et il sentit que le soulagement enfermé dans sa poitrine se répandait en lui et l'enveloppait comme un duvet chaud, agréable et douillet, tout serait terminé dans quelques instants, puis il passa devant un petit restaurant oriental plein de monde, une odeur caractéristique de viande grillée s'en dégageait, et il poursuivit sa marche vers l'hôtel le long des bâtiments lugubres, et plus il s'en rapprochait, plus il ralentissait le pas, car le jour crépusculaire, cette lumière glacée blanc-gris, restait obstinément inchangé. La vie nocturne commençait de s'éveiller autour de lui, comme si elle naissait de l'animation bruyante, habituelle, du crépuscule, appelée bientôt à décroître. Ces mouvements encore cachés étaient nettement perceptibles, et il savait qu'aussitôt qu'il entrerait dans l'hôtel, l'échec de son séjour dans cette ville serait scellé définitivement et de façon irrémédiable, et tout cela, parce qu'il n'avait pas réservé de chambre dès son arrivée à l'aéroport, et surtout parce qu'il était dépourvu de cette aptitude à profiter de la vie que possédait, par exemple, Posner ou le transporteur de Turquie, qui, sans aucun doute, aurait maintenant pris une douche, se serait changé puis serait allé au restaurant, certainement en compagnie d'une jeune et jolie fille qu'il aurait trouvée, peut-être la serveuse à la poitrine excitante ou bien une Hollandaise ou une Américaine sportive libérée assoiffée d'aventures, et ensuite, au cours de la nuit, il aurait sûrement été au cinéma et après le cinéma, dans le "quartier chaud" où il serait resté jusqu'à une heure tardive, entrant dans une boîte de nuit, engageant la conversation avec une femme et flirtant avec elle, et au petit matin, il aurait invité une prostituée ou peut-être même deux ou la jeune fille qu'il aurait rencontrée dans la boîte de nuit à monter dans sa chambre, et il éprouva soudain le désir de tourner à droite dans la rue étroite et ensuite à gauche et de continuer jusqu'au "quartier chaud", un seul pâté de maisons le séparait à présent de la terrasse de l'hôtel, et il céda, se résigna et s'abandonna à l'épuisement de ses forces et de sa volonté, mais lorsqu'il parvint à la terrasse de l'hôtel, il poursuivit sa marche, prétendument par distraction, jusqu'au Dam, la place et les bâtiments qui l'entouraient étaient toujours illuminés par cette lumière glacée, si au moins il avait fait nuit, la reddition n'aurait pas été aussi flagrante et gênante, mais cette lumière sale qui n'était autre que la désespérante lumière du crépuscule n'avait rien perdu de sa vivacité glacée, il la suivait fixement avec des yeux de hibou, et dans une des ruelles, il tourna à droite, et au bout d'un certain temps, de nouveau à droite et entra dans une rue étroite, il lui sembla que là, la lumière avait un peu faibli et s'était tant soit peu obscurcie, mais à force de la regarder et de s'attacher à en distinguer les nuances, il lui fut difficile de déterminer si c'était elle qui avait un peu faibli et s'était obscurcie ou si cette obscurité n'était que l'ombre qui s'était formée dans cette ruelle en raison de son étroitesse et de ses immeubles hauts et sombres, et il décida de distraire son attention de la lumière et cessa de la suivre, car il trouvait inutile de continuer à se fatiguer par des expériences vaines, et qu'il voulait se ménager une surprise agréable lorsqu'il se rendrait brusquement compte, après avoir franchi encore quelques rues, que la lumière s'était réellement obscurcie. Et quand, après quelques minutes, il tourna de nouveau à gauche, ses jambes et son corps n'étaient plus que des masses lacérées par les douleurs d'une terrible fatigue, et déboucha de nouveau sur le Dam, d'une autre direction, cette fois, il nota que la lumière avait effectivement faibli et s'était assombrie, mais pas autant qu'il l'avait espéré, et il prit une nouvelle fois le Rokin vers l'intersection, et lorsqu'il arriva devant l'hôtel, il s'arrêta et s'appuya à la façade d'un immeuble, et il demeura immobile, pétrifié par l'obstination et l'anéantissement de toute volonté excepté celle d'assister à la tombée de la nuit, et il regarda l'hôtel qui se trouvait de l'autre côté de la rue et dont une lueur sale, ténue, s'accrochait encore avec une ténacité illimitée à la façade laide, au point qu'il eût l'impression que cela durerait à jamais. Et une rage rebelle, têtue et hostile, qui n'était que l'ultime sursaut, impuissant, de la sensation de capitulation, de médiocrité et de la volonté anéantie se comprima en décision de continuer à se tenir ainsi, appuyé sans bouger à l'immeuble, son sac vert pesant sur l'épaule, pendant mille ans, s'il le fallait, jusqu'à ce que cette lumière baissât et s'absorbât complètement sans laisser la moindre trace dans l'obscurité. Et ensuite il vit comment peu à peu, dans un mouvement dont on ne pouvait saisir les conséquences, elle s'embruma et se voila d'une ombre tendre, tout en restant encore lumière, puis s'assombrit, s'obscurcit, le feu des projecteurs du pavillon de l'embarcadère s'intensifiant, et finit par disparaître, et il attendit sans bouger encore quelques instants comme s'il voulait s'assurer que l'obscu-rité était bien complète et absolue et confirmer sa victoire, puis il se redressa, traversa la rue et monta les quelques marches qui menaient à la terrasse de l'hôtel et il s'engouffra dans le corridor étroit aux paysages sombres, que la lumière jaune des lampes éclairait, de même que le corridor, d'une lueur faible et déprimante, et il se dit que son séjour à Amsterdam était fini. Il se le dit en prononçant chaque mot, et malgré l'oppression et l'abattement qui l'accablaient, il ressentit un profond et agréable soulagement, et ce sentiment se mêla au sourire cordial qu'il adressa en retour au sourire débordant de bonne volonté de la grosse Américaine, elle se tenait près du comptoir de la réception et réglait probablement quelque chose, et il lui demanda, presque avec en-train, comment elle allait et ce qu'elle avait fait, et elle lui répondit qu'elle allait très bien et lui raconta par le menu l'excursion qu'elle avait faite avec ses parents à Leyden et à La Haye, ils avaient loué une voiture et sa mère avait conduit pendant la plus grande partie du chemin, et il l'écouta, hochant légèrement la tête de temps en temps, et regardant son visage de crème fraîche rose et ses seins informes, ainsi que son corps, emballé Dieu sait comment dans son pantalon qui lui donnait un air tellement ridicule et pitoyable, et il se demanda comment lui proposer de monter avec lui dans sa chambre, devait-il le faire tout à trac, au beau milieu de son récit, ou attendre qu'elle eût terminé, ce qui semblait plus raisonnable, et lui fallait-il procéder de façon directe ou allusive, tel était le problème, à la vérité, il était à l'affût d'un signe d'elle, fût-ce le plus léger et le plus indirect, mais elle continua à parler de splendides champs de fleurs et de palais qui n'avaient pas leurs pareils en Amérique, puis d'une vieille église qui possédait des vitraux uniques, elle les lui décrivit avec l'application d'un bon élève en train de passer un examen, et il perdit courage comprenant qu'elle ne lui ferait aucune avance parce qu'elle était à mille lieues de penser à ça, et que lui, de son côté, ne lui proposerait rien parce qu'il n'était pas prêt à subir d'humiliation et qu'il était dépourvu de cette insolence qu'il admirait tant et dont il avait cependant parfois l'impression qu'elle existait en lui et qu'elle se rassemblait et s'amplifiait enfin et qu'elle allait briser d'un moment à l'autre les chaînes de la prétendue morale et de l'altruisme et abattre les barrières de la lâcheté et émergerait au grand jour, savoureuse et sauvage, et finalement, il profita d'un silence dans la conversation pour prendre congé, et monta d'un pas lourd l'escalier en bois raide, dont la pauvre clarté des lampes ne faisait que souligner la désagréable pénombre qui y régnait, il se consola en se disant que c'était l'avant-dernière fois qu'il le gravissait, et lorsqu'il pénétra dans sa chambre laide au quatrième étage, où il n'avait jusque-là passé que deux ou trois minutes, et qu'il referma la porte derrière lui, un soulagement profond l'inonda, la sensation de grâce de celui qui a renoncé à tout, au point que le renoncement même se transforma en la plus grande et la plus heureuse de ses victoires. Il oublia la grosse Américaine dès avant même d'arriver au premier étage, tandis qu'il n'accorda à l'homme amer au costume luxueux qu'une éphémère et indifférente pensée, lorsqu'il traversa le couloir du troisième étage, ainsi qu'à l'impression que tous les autres clients de l'hôtel étaient sortis, et après avoir posé par terre le pesant sac vert et fermé sa porte à clé, non sans y appuyer finalement une chaise, s'être lavé au-dessus du lavabo, avoir déposé sur l'autre chaise, près de son lit, les aliments qu'il avait achetés pour la nuit, et s'être mis au lit avec le plan de la ville et le prospectus de la compagnie Cook, ressentant un vif plaisir au contact des draps propres et repassés, ils étaient encore durs, une formidable allégresse se répandit en lui, dans son esprit et son corps, qui le chatouillait et le secouait comme le rire joyeux, savoureux, rayonnant d'un bébé et il pencha sa tête sur sa poitrine et replia les jambes et se balança d'avant en arrière, plein de gaieté et de bonheur sous la couverture et il rit joyeusement. Et ensuite, après s'être un peu calmé, mais encore submergé par le plaisir et la joie, il mangea et jeta un coup d'œil sur le plan de la ville étalée comme un éventail avec ses rues, ses canaux et ses jardins, tout cela était déjà gravé dans son cerveau et semblait lui être familier depuis des années, et son regard erra un peu sur le plan, puis il suivit la rue animée qui prenait après le terminal, c'est là que commençait réellement pour lui la ville, et il s'engagea dans le Rokin puis tourna au croisement et son regard erra le long de l'Amstel, et s'arrêta, une fraction de seconde, puis il revint en arrière et chercha la rue Sarphati et le chemin qu'il avait pris pour y arriver, à partir du vaste terrain vague aux tas de ferraille rouillée, peu après lequel il avait été surpris par la pluie qui s'était rapidement transformée en trombes et l'avait contraint à presser le pas, et ensuite, une fois traversé le grand pont, il le repéra facilement sur le plan, à courir, jusqu'à ce qu'il trouvât refuge sous l'auvent, près de l'entrée de ce bureau, il se souvenait très clairement de la rue déserte, de l'humidité de l'air, du froid et de l'odeur de la pluie qui tombait et embrumait tout, et il fouilla dans sa mémoire pour tenter de se rappeler si ce Sarphati était bien un homme d'Etat ou peut-être autre chose, et de là, il passa directement au Stedelijk et au Rijks, il les unit à l'aide du jardin qui s'étendait derrière le Rijks, et où il régnait une parfaite, une céleste tranquillité, c'était, en tout cas, ainsi qu'il s'était gravé dans son esprit, et d'un léger mouvement de l'œil, il poussa jusqu'à ces quartiers qui, sur le plan, paraissaient opulents et agréables, et il se demanda pourquoi il ne lui était même pas venu à l'idée de les visiter, ni ce grand parc, qui lui sautait aux yeux à chaque fois qu'il regardait le plan, le sandwich au fromage jaune était délicieux, meilleur encore que celui de la veille, et il se félicita d'en avoir acheté deux, et il retourna aux environs de l'intersection du Rokin, là, dans le centre-ville, il se sentait chez lui, et son regard se déplaça légèrement et repéra à peu près la petite rue, dans le quartier des rues situées à l'est du bâtiment de la poste, qui, alors qu'il se tenait fatigué et morose sur le pont et regardait le canal étroit dans la direction du port, lui avait offert une splendide perspective, avec ses arbres aux riches feuillages, ses immeubles sombres et la bande de ciel crépusculaire qui était déployée au-dessus d'eux et descendait, telle une gigantesque toile de tente, vers les confins invisibles de la ville. Il prit le second sandwich, y mordit avec plaisir, et repéra sans difficulté l'emplacement de la maison de Rembrandt et de la synagogue portugaise, il était maintenant content de les avoir visitées, puis il traversa une nouvelle fois le Rokin et situa l'emplacement du Musée historique de la ville, il était si près de l'intersection et de l'hôtel, mais il ne regrettait pas le moins du monde de ne l'avoir pas visité, ni d'ailleurs les autres endroits qu'il s'était promis de voir comme le musée Van Gogh ou le jardin zoologique. Même le fait de ne s'être pas rendu dans le "quartier chaud" avec les prostituées dans les vitrines n'éveilla en lui qu'un malaise passager, car déjà, moins d'une heure après s'être enfermé dans sa chambre, et à vrai dire, peut-être dès l'instant où il y était entré, il avait quitté cette ville, où il avait erré sans relâche et sans but pendant trois jours, et s'était éloigné de plusieurs milliers de kilomètres de son atmosphère et de ses paysages – des rues et des arbres aux frondaisons touffues, des canaux et des ponts de la maison de Rembrandt et du bâtiment de la poste et d'un joli tronçon de rue à l'ouest ou à l'est du Rokin, et du sex-shop avec ses rayonnages et ses présentoirs couverts de magazines et ses cabines masquées de rideaux noirs derrière lesquels se déroulait quelque chose d'excitant, et des tramways qui passaient dans un roulement monotone, et du marché, oui, de ce marché plein de gaieté, et de la grosse Américaine, qui était restée devant le comptoir de la réception, peut-être attendait-elle qu'il revînt et l'invitât à sortir avec lui, et de la serveuse familière du café intime aux cheveux tirant sur le roux et peignés avec soin, Dieu sait d'où elle sortait, brusquement, avec son visage pâle et quelconque, dont les traits s'étaient complètement effacés de sa mémoire, comme si elle en était dépourvue, et de l'homme amer au costume luxueux, ils lui paraissaient tous si lointains et flous, à présent, au point qu'il se mit à douter d'avoir réellement vu tout cela, il eut l'impression d'être son double qui contemplait, des dizaines ou des centaines d'années plus tard, la sculpture en bronze du Stedelijk qui répandait de l'eau en tournoyant sans fin avec indifférence sur fond d'un ciel gris, puis il se tourna sur le côté et feuilleta le prospectus de la compagnie Cook, et tout en mangeant la tablette de chocolat, il avait décidé de garder les poires pour plus tard, il se dit que lors de son prochain voyage en Hollande, pour tant est qu'il en effectuerait un, il choisirait l'excursion à Alkmaar, "décor splendide du si célèbre et pittoresque marché aux fromages", comme il y était écrit, et en effet, la photo de la vieille place pavée avec les civières en bois sur lesquelles étaient posées d'énormes meules de fromage le séduisit de nouveau, et aussi l'excursion à La Haye et à Delft, après tout, La Haye était la capitale royale et il avait entendu dire qu'elle était pleine d'anciens et beaux palais, et son regard se déplaça et il aperçut la bigarrure fraîche et attirante des fleurs et l'eau du ruisseau qui coulait et passait sous le joli petit pont en bois, et il se dit qu'il choisirait peut-être aussi l'excursion aux champs de fleurs bulbeuses de Keukenhof, "endroit où, à perte de vue, les champs sont comme un tapis magique de narcisses, de jacinthes et de tulipes qui flamboient dans une apothéose de couleurs magnifiques", et il suivit attentivement un bruit de pas qui montaient l'escalier tandis que son regard restait posé sur les fleurs rouges, orange et jaunes et sur l'eau bleue du ruisseau avec le joli petit pont en bois, puis ils se turent, quelque part à l'étage au-dessous, et le silence revint.

Le matin, après s'être rasé et changé et après avoir fait sa valise et pris son petit déjeuner avec un plaisir qu'il n'avait pas ressenti les jours précédents, il confia sa valise à la réceptionniste et sortit se promener dans les rues voisines, il disposait encore de plusieurs heures et il avait décidé d'en profiter pour quelques flâneries d'adieu dans les rues qui lui avaient laissé un souvenir agréable. C'était un samedi matin plein de douceur et il était lui-même frais et dispos comme il ne l'avait pas été depuis qu'il était arrivé à Amsterdam, et après deux heures de promenade agréable dans les rues situées à l'ouest et à l'est du Rokin, il retourna à l'hôtel, paya sa note et prit la valise, jetant un dernier regard à l'étroit vestibule, au corridor avec les paysages sombres et à la petite terrasse d'où il contempla, un instant, tout le Rokin, jusqu'au croisement et au clocher, et il se rendit à la station de tramway, descendit au terminal, et peu avant midi, il s'envola pour Londres et arriva vers le soir, par un temps frais mais sec, chez ses amis, qui lui avaient réservé une chambre dans une pension non loin de la station de métro d'Uston Road.

Le lendemain, c'était un dimanche, Meïr se réveilla de bonne heure, se leva immédiatement et s'habilla, il lui était difficile de rester dans un endroit fermé et il avait hâte de sortir voir la ville, et après avoir avalé un morceau et bu une tasse de thé au lait, il sortit et prit Uston Road, puis il tourna et s'engagea dans Tottenham Court Road dans la direction d'Oxford Street. Il marchait lentement, les mains dans les poches et le plan de la ville sous le bras, examinant les lourds immeubles et les vitrines. La tranquillité des rues presque désertes ainsi que la fraîcheur agréable qui y régnait l'emplissaient de quiétude et d'une joie retenue, et la lecture aisée du nom des rues et des magasins, à laquelle il s'adonnait sans s'en rendre compte, lui procurait un plaisir incommensurable, et pourtant, telles les faibles traces d'une maladie passagère, il continuait d'éprouver, au milieu de tout cela, cette inquiétude mêlée d'absence, dont il croyait pourtant avoir guéri complètement en arrivant à Londres et en retrouvant ses amis, et il fit halte à l'angle d'Oxford Street et regarda autour de lui, puis il jeta un coup d'œil sur le plan, et d'un même pas égal, il marcha vers Hyde Park. Aux environs de midi, il reprit le chemin de la maison de ses amis, ils étaient convenus de sortir déjeuner ensemble dans un restaurant chinois, en route il entra dans l'église située dans Regent Street où il se tint un certain temps près de l'entrée et écouta par télévision en circuit fermé le sermon du prêtre à ses fidèles sur "Jonas dans le ventre de la baleine".

Le déjeuner, surprenant et délicieux, qui se déroula dans une atmosphère très gaie, dura longtemps et lorsqu'il prit fin, Meïr ressentit une grande fatigue et cette même absence, tout ce qui se passait autour de lui avait comme perdu sa netteté et sa vivacité et se déroulait loin de lui, derrière un écran flou de brouillard, mais il se dit que cela n'était que le fruit de la fatigue et de la tension du premier jour à Londres, aussi ne retourna-t-il pas dans sa chambre, il répugnait à se retrouver seul, mais accompagna ses amis et passa avec eux le reste de la journée et la soirée. A huit heures et demie du matin, comme il l'avait prévu la veille, il se dirigeait déjà vers le National afin d'acheter des billets pour la représentation du soir même et pour deux autres pièces, il s'y rendait à pied, comme il l'aimait et de plus, cela entrait dans le cadre de sa visite de la ville. Cette marche l'animait d'une sensation de fraîcheur, d'énergie et même de bonne humeur, car il y avait quelque chose de merveilleux et d'entraînant dans les rues en train de s'éveiller de cette ville immense et dans le temps clair et froid, et, évidemment, dans les promenades qui l'attendaient, et cependant, comme par un fait exprès, une trace de la faible tension et de l'absence ressenties la veille l'accompagnait obstinément comme un léger nuage d'ombre depuis son réveil, ne lui laissant que de brefs moments de répit. Il s'arrêta un instant à l'angle d'Oxford Street et jeta un coup d'œil sur le plan, puis il s'engagea dans Charring Cross Road dans la direction du Strand, il ne se lassait pas de lire le nom des rues et des magasins, et une fois arrivé au Strand, il prit le pont Waterloo, et bien qu'il eût dû se dépêcher d'arriver au théâtre car son programme de la matinée était extrêmement chargé, il s'y arrêta brièvement et contempla le fleuve et les bâtiments imposants qui se dressaient sur ses deux rives, puis il repartit en toute hâte, mais lorsqu'il parvint au National et vit qu'une queue, peu importante, il est vrai, elle devait compter une vingtaine de personnes, s'était déjà formée devant le guichet encore fermé, il en éprouva du dépit et se désola de ne s'être pas mis en route une demi-heure ou même une heure plus tôt, et il eut peur de ne plus pouvoir obtenir de bonnes places et d'avoir à attendre longtemps son tour, ce qui perturberait son programme pour la matinée, à tel point que dans sa colère, il pensa, un instant, s'en aller et revenir plus tôt le lendemain matin, mais il n'en fit rien et prit place dans la file, tâchant de chasser sa déception et ses craintes en s'absorbant dans la contemplation du fleuve et des bâtiments blancs de la rive opposée, ainsi que dans l'étude du plan de la ville et il repassa son programme pour la matinée. Il avait projeté, sur le conseil de ses amis, de se promener, après avoir acheté les billets, le long de Victoria jusqu'au Parlement et à l'église de Westminster et de revenir par le Trafalgar Square et la National Gallery. Il fouilla dans ses poches et s'aperçut que, dans sa hâte, il avait oublié son argent, qui était resté dans le pantalon qu'il avait porté la veille, et son humeur s'assombrit dans l'instant, et il fut assailli par un sentiment d'atroce désespoir et de colère contre lui-même et contre le monde entier, il n'avait plus qu'un désir, se retrouver immédiatement chez lui, à Tel-Aviv, et tout en retournant derechef ses poches, en proie au désarroi et à un tourbillon d'amertume et d'affolement, il réfléchit à un moyen de se tirer d'embarras – l'idée de faire appel à l'une des personnes qui se trouvaient à côté de lui dans la file lui traversa un instant l'esprit, puis celle de tout expliquer au guichetier et de lui laisser quelque chose en gage, mais la sensation nette qu'il leur était étranger et qu'ils lui étaient étrangers, et même le fait qu'il ne maîtrisait pas la langue aussi parfaitement que l'hébreu firent qu'il renonça à ces solutions – et pour finir, le cœur mis à feu par le désespoir, l'humiliation et le sentiment douloureux d'avoir subi un préjudice, il quitta la queue et d'un pas pressé, presque en courant, il voulait revenir avant que le guichet n'ouvre, il retourna par le pont Waterloo au Strand afin de changer dans l'une des agences bancaires un chèque de cent dollars, il avait par chance sur lui son carnet de chèques de voyage, mais, il découvrit avec stupéfaction que les banques n'ouvraient leurs portes qu'à dix heures, il ne pouvait en aucun cas se résigner à cette conspiration, et force lui fut de ravaler la fureur de son désespoir et de déclarer forfait, et c'est en sueur, vaincu, qu'il se posta devant la grille de la Barclay's, et alors qu'il attendait qu'elle ouvre et qu'autour de lui, d'autres personnes attendaient également, calmes et disciplinés, il ne restait pas trace de la bonne humeur et de la fraîcheur qu'il avait ressenties le matin, il essaya de se consoler par des raisonnements logiques, mais en vain, car le désespoir et l'humiliation s'approfondissaient et avec eux, le sentiment que tout son séjour à Londres était ruiné, sans parler de son programme pour le jour même. Et en guise de mauvais augure, l'inquiétude l'envahit de nouveau, de manière plus vive encore, suivie par l'absence et la sensation que quelque chose en lui se troublait et qu'il se coupait de lui-même et de ce qui l'entourait et s'enveloppait d'une écorce faite d'air spongieux, grisâtre, qui le séparait de quelque chose dans lequel il était plongé comme un fœtus mort et séparé du placenta. Après avoir acheté les billets, il n'y avait qu'une seule personne au guichet, lorsqu'il y retourna, et il obtint sans difficulté les places qu'il voulait au prix qu'il voulait, il retourna vers le pont pour aller à Victoria et au Parlement, et une fois dessus, il s'arrêta, s'accouda au parapet et contempla attentivement le fleuve dont aucun mouvement n'agitait l'eau grise, et les bâtiments impériaux des deux rives, tout respirait la solidité et l'impassibilité, tentant, par cette longue contemplation, de reconquérir le calme et la douceur, voire même l'allégresse, qui l'avaient entouré le matin en sortant de la maison, mais sans succès, l'inquiétude incompréhensible et l'absence ne lâchaient pas prise, pas plus que la sensation douloureuse de perturbation, et de surcroît, il transpirait sans arrêt, probablement en raison de la chaleur et de l'humidité désagréables qui régnaient dans l'air froid, ce qui lui donnait l'impression d'être continuellement sale et collant, s'il avait seulement pu prendre une douche, et avant de se redresser et de se remettre à marcher, il enleva son manteau et le mit sur son bras. Au bout du pont, avant de tourner vers Victoria, il décida irrévocablement de renoncer à son programme pour la matinée, puisque tout avait été irrémédiablement perturbé et ruiné, et de visiter, à la place, le British Museum, le musée se trouvait sur le chemin de la pension où il logeait et il avait eu en tout état de cause l'intention de le visiter à un moment ou à un autre, mais lorsqu'il arriva à Southampton, il changea d'avis et décida d'entrer chez Foyle's, d'après le plan, ça n'était pas très loin, et d'acheter le livre que Posner lui avait demandé. L'endroit grouillait de monde. Meïr fit quelques pas entre les présentoirs du rez-de-chaussée, s'arrêtant et lançant un regard circulaire, le flot des gens et la quantité des livres, de même peut-être que la chaleur et l'atmosphère étouffante qui étaient plus lourdes que dehors, l'avaient affaibli dès son entrée dans la librairie, puis il se ressaisit et demanda à l'un des employés où se trouvait la section des livres de géophysique, puis il monta au troisième étage, et sans s'attarder, bien que continuant à se sentir étranger et inquiet, il se dirigea, à l'aide des pancartes, vers la section de géophysique où il entreprit précipitamment, comme s'il était poursuivi, de chercher le livre. Il parcourut hâtivement du regard les ouvrages qui se trouvaient à la hauteur de ses yeux, en prit un et l'ouvrit, la multitude des livres éveillait en lui une voracité terrible et tout ensemble une sorte d'anxiété inexplicable, et le livre encore à la main, il ignora plusieurs rayons pleins à craquer pour se pencher vers l'étagère inférieure, son visage ruisselait de sueur et les verres de ses lunettes étaient couverts de buée, et il prit un livre, ce n'était pas celui que Posner lui avait demandé, et il se releva afin de s'essuyer la figure et de nettoyer ses lunettes, et tout à coup il eut l'impression que le sol se dérobait et s'inclinait sous ses jambes. Il s'appuya contre l'étagère et regarda autour de lui, affolé et espérant que cette sensation passerait, mais le mouvement, qui, l'espace d'un instant, parut effectivement cesser, reprit de plus belle et s'y ajouta bientôt l'impression que ses membres perdaient leur légèreté et qu'ils épaississaient et s'alourdissaient, et tout en suivant avec une attention et une inquiétude grandissantes le mouvement du sol et l'engourdissement de ses membres, il s'avança lentement, en traînant les jambes, il était incapable d'autre chose, vers la table du vendeur préposé à la section, tout ce qui était autour de lui et en lui s'était éloigné subitement et se déroulait avec une lenteur désespérante et de manière opaque, et il lui dit qu'il se sentait mal et lui demanda s'il pouvait avoir un peu d'eau, il avait l'impression que son visage était pétrifié et qu'il se trouvait sous une écorce de peau desséchée et tendue où perçaient deux yeux au regard figé et sa voix, qui jaillissait de ses lèvres avec cette même lenteur atroce et lui semblait creuse comme si elle sortait de tuyaux de faïence enfoncés au plus profond de la terre. Le vendeur, un jeune homme svelte vêtu avec une élégance sportive que tout cela gênait et contrariait visiblement beaucoup, tordit un peu le visage, un beau visage européen orné d'une légère rougeur aux joues, et dit avec une politesse glaciale, réservée à l'extrême, qu'il n'y avait pas d'eau à cet endroit, mais Meïr, les deux livres lui étaient restés entre les mains, se laissa lourdement tomber sur la chaise libre qui se trouvait à une distance de deux ou trois pas de la chaise du vendeur, derrière le comptoir de vente, car ses jambes s'étaient métamorphosées en deux blocs de sable gris et ne le portaient plus, et il répéta de cette même voix qui lui semblait creuse et profonde qu'il se sentait mal et voulait boire un peu d'eau, et le vendeur, qui avait dû admettre que la situation était sérieuse et qu'il ne pourrait pas se tirer d'affaire sans entreprendre quelque chose, se leva, ostensiblement mécontent, et se dépêcha d'alerter le préposé à l'étage, assis un peu plus loin, derrière un vaste bureau. Meïr, qui était resté assis sur la chaise et sentait que son visage se pétrifiait de plus en plus et virait au gris, les observa comme à travers une écharpe d'air gris qui le ceinturait et le séparait de tout ce qui l'entourait, suivant parallèlement une inquiétude encore sourde qui enflait en lui, et il les vit chuchoter entre eux, et le jeune vendeur le montra de la main à plusieurs reprises, ce qui lui fut extrêmement désagréable, tandis que le préposé l'examina des yeux deux ou trois fois et cela aussi l'embarrassa, mais il hocha faiblement la tête dans sa direction pour confirmer et renforcer les dires du jeune vendeur, sans les avoir entendus, et après quelques instants, le jeune vendeur apparut et lui tendit un verre d'eau et il le remercia d'un mouvement de la tête, ses lèvres étaient figées et il ne pouvait pas les remuer, et il le prit d'une main lourde, dépourvue de vie, le porta dans un geste d'une infinie lenteur à sa bouche et but. Et ensuite, toujours avec cette même lenteur, il posa le verre sur la table et continua de rester assis sur la chaise espérant que son malaise passerait, tandis que le jeune vendeur et quelques-uns des clients, ainsi que le préposé à l'étage, lui jetaient des regards de curiosité à la dérobée, impatients qu'il se lève et s'en aille, mais il ne bougea pas car son état ne s'améliorait pas, à un moment, pourtant, il l'avait cru, mais au contraire, empirait, et comme il était assis, plein d'anxiété et tout à l'écoute de son corps, hors duquel quelque chose était en train de s'échapper rapidement, les livres lui tombèrent des mains l'un après l'autre, et il regarda leur chute et tenta même de l'empêcher, mais en fut incapable, car de nouveau, sa volonté et ses doigts, qui s'étaient pétrifiés et entre lesquels l'un des livres resta pris, ne lui répondaient plus, ni ses jambes, qui avaient gonflé et viré au gris, telle était en tout cas la nette impression qu'il avait, ni son visage qui non seulement avait durci et dont la peau s'était parcheminée mais qui avait, lui aussi, un sixième sens le lui laissait deviner, viré au gris, et avec lui, l'enveloppe d'air qui l'enfermait. Il regarda le jeune vendeur, qui l'observa à son tour, comme par abstraction et malgré lui, son regard était empli de froideur et de répulsion ostensible, et il lui dit sur un ton de confession et d'imploration, l'anxiété s'était déjà répandue en lui et remplissait sa poitrine, qu'il n'était pas bien, et le jeune vendeur hocha la tête et s'absorba obstinément dans ses papiers, et il répéta qu'il n'allait pas bien et suivit, tendu, ce qui était en train de se dérouler en lui, sentant que la vitalité qui habitait encore dans son corps s'en échappait irrépressiblement comme l'air tremblant qui sort par des trous minuscules, invisibles, et qu'il se vidait tout entier, et dans les replis de sa conscience hébétée, qui pâlissait de frayeur, se fit jour la certitude qu'il allait mourir d'une hémorragie cérébrale qui l'avait frappé lorsqu'il s'était penché vers le rayon de livres inférieur, c'était une évidence que ne marquait pas le moindre doute, et il se dit qu'il n'aurait pas dû se pencher, et tout à coup, sa respiration se fit froide, il sentait le froid dans ses narines et sur sa lèvre supérieure, ainsi qu'à l'extrémité de ses doigts, et il se tourna vers le jeune vendeur et dit *"I am dying"*, et le jeune vendeur, qui faisait tout ce qui était en son pouvoir pour l'ignorer, lui, et ce qui était en train de se passer, et ainsi, d'abolir ou en tout cas de minimiser l'incident qui l'embarrassait, lui et la clientèle, au plus haut degré, dit *"No, no. You are O.K."*, et il s'obstina à ne pas le regarder et à continuer de classer ses papiers comme si de rien n'était avec une apparente équanimité, et Meïr dit *"I am dying, really"*, sa respiration froide et le froid au bout de ses doigts ne lui laissaient aucun doute, et le jeune vendeur dit *"No, no"*, et courut vers le préposé de l'étage. Meïr était assis, immobile comme une statue spongieuse, le livre pendant lâchement entre ses doigts, et il sentit qu'avec le froid qui se répandait en lui, tout ternissait et blanchissait – son visage, son corps, sa respiration, l'air qui l'entourait – et observant le jeune vendeur et le préposé, il les vit chuchoter entre eux tandis que les clients s'attroupaient ici et là et lui lançaient des coups d'œil furtifs, une agitation contenue se créait autour de lui, et il se dit qu'il n'aurait pas dû se pencher vers le rayon inférieur, puis le jeune vendeur revint, et pratiquement sans le regarder, il lui dit qu'une ambulance allait bientôt arriver et retourna à ses papiers, et Meïr dit *"It's not necessary, it will not help. I am dying"*, les mots sortaient de sa bouche avec lenteur et confusion, comme enveloppés d'une gaine de brouillard, et brusquement, sans raison, il se leva tandis que le livre était toujours coincé entre ses doigts, comme s'il y avait été oublié. Le jeune vendeur leva les yeux de ses papiers et le regarda un instant avec affolement et colère, et ensuite, après avoir examiné, désemparé, l'attroupement des clients, il se tourna vers lui, mais de nouveau sans le regarder dans les yeux, et le pria durement, avec une hostilité contenue, de rester assis jusqu'à ce que l'ambulance arrive, mais Meïr, une incompréhensible impulsion de désobéissance s'était emparée de lui, continua à rester debout et dit *"No. I want to stand"*, et il le répéta une nouvelle fois, après que le jeune vendeur, le nez dans ses papiers, l'eut de nouveau exhorté, d'une même voix sourde pleine d'hostilité, à s'asseoir, et de sa voix confuse et égale il dit *"I am dying. It's finished, I know. The blood pipes in my head had been splitted. I am becoming cold. In few minutes I'll be dead"*, et le jeune vendeur dit *"Sit down, please. They will be here in a few minutes"*, et Meïr dit *"It's finished"*, et au bout de quelques instants il dit *"I should not bend my head so low. I knew it. It was a mistake"*, et il se tut et écouta ce qui se déroulait à l'intérieur de son corps et sentit avec netteté la mort s'emparer de lui, la zone éclairée en lui rétrécissait d'instant en instant, et tout devenait gris et sombre, et absorbé par le désarroi terrifiant, affolant que le décor étranger renforçait encore, il réalisa n'avoir plus que quelques minutes à vivre. Quelque part au fond de lui, comme sous un grand amas de terre et de pierres, il sentit jaillir un sanglot amer, irrépressible, infantile, le sien mais pourtant déjà coupé de lui, et il se tourna vers le jeune vendeur et de sa voix confuse ressemblant à un nuage de fumée sèche il dit *"I have two children and I love them"*, et ensuite il dit *"I love my wife"*, et le jeune vendeur, il ne le regardait toujours pas mais sa voix avait pris une intonation plus douce, dit *"Sit down, please. Everything will be O.K."*, et Meïr dit *"It's finished. It's too late"*, et le jeune vendeur lui lança un regard implorant et dit *"The ambulance will be here in a minute. Sit down, please"*, mais Meïr secoua la tête négativement, telle était, en tout cas, son intention, l'angoisse, qui avait maintenant empli tous les replis de son cerveau, était comme gelée, si bien qu'il semblait que quelque chose en lui s'était résigné à sa fin, et il dit *"It will not help"*, etc., et ensuite il dit *"I am an ingeneer"*, et il voulut regarder autour de lui, et tout à la sensation de terreur qui s'était comprimée dans son corps pétrifié qui enflait, tel était l'effet qu'il lui faisait, il eut l'impression d'être enfermé dans une bulle de plus en plus opaque qui le séparait du monde et de la vie qui grouillait là, tout près de lui, et il répéta *"I am an ingeneer"*, comme s'il espérait obtenir de la sorte un traitement particulier, et ensuite il dit *"I have some projects to finish, I am from Israel"*, il voulait maintenant se rendre sympathique auprès du vendeur, mais non pas par intérêt, il était au-delà de tout ça, *"I have two children and I am dying."* Il aurait donné n'importe quoi pour ne pas vivre ses derniers instants au milieu d'une foule d'étrangers oppressante et opaque, et il était désespéré à l'idée d'avoir à passer ces ultimes moments dans un endroit tellement étranger et parmi des étrangers qui ne pouvaient pas le connaître, lui ou ses parents ou quelque autre personne le connaissant ou ayant au moins entendu parler de lui, et le jeune vendeur dit *"Please, sit down"*, et Meïr dit *"It will not help. The blood pipes in my head had been splitted. It's finished, I know it"*, et il entendit sa voix s'épaissir et s'effriter et sentit qu'il s'éloignait et se brouillait, et soudain, sans aucune raison, il se laissa lourdement retomber sur la chaise. Et comme il regardait d'un air hébété devant lui, captant à travers un écran de brume les gens qui se tenaient en face de lui et le dévisageaient, le jeune vendeur, qui rangeait ses papiers, et les rayonnages bourrés de livres et il attendait la mort, les deux ambulanciers firent irruption, il comprit que c'étaient eux à leurs uniformes et à la façon dont la foule s'écarta pour leur frayer un passage, et après qu'ils eurent échangé quelques mots avec le jeune vendeur le plus jeune d'entre les deux s'approcha de lui, lui saisit le poignet et prit son pouls, tandis que le plus âgé dépliait le fauteuil roulant pliable qu'ils avaient apporté avec eux, Meïr les observait avec une égalité d'âme désespérée, après tout, il ne voyait aucune utilité à tous ces efforts et s'était déjà résigné à sa mort imminente, et il dit *"It's no use. My blood pipes in my head had been splitted. I am finished. I know it"*, mais le plus âgé, il était de taille moyenne et avait une carrure de catcheur, sourit de tout son visage plein de lourdeur et de chaleur humaine et dit *"You'll be all right. Don't worry"*, il y avait dans son allure robuste et dans ses gestes expérimentés et calmes quelque chose qui inspirait confiance et Meïr vit naître en lui une faible lueur d'espoir, mais elle s'éteignit immédiatement, car sa mort imminente était pour lui une certitude indubitable et il dit *"My blood is running out of my blood pipes. I feel it. I have only few minutes to live"*, et le plus âgé lui dit d'un air plein de bonté et de bienveillance *"You are all right, believe me"*, et le soutint de ses bras vigoureux, et avec l'aide du plus jeune, qui avait fini de l'examiner et avait remis ses appareils dans un sac, il l'assit dans le fauteuil roulant, le conduisirent rapidement jusqu'à l'ascenseur, et sous les yeux d'une foule de curieux qui s'était amassée dans la rue, ils le hissèrent dans l'ambulance et le transportèrent à l'hôpital dans un hurlement de sirène.

Là, on le coucha dans un coin tranquille, et après avoir été examiné par une infirmière, un jeune médecin examina sa tension artérielle, son cœur, ses réflexes et son activité motrice, et une fois l'examen terminé, il lui dit qu'en dehors d'une légère hypertension et peut-être aussi d'une certaine lenteur de ses réflexes, vouée à disparaître, sans le moindre doute, le tout résultant probablement d'une grande nervosité et de la fatigue, il n'avait rien trouvé et qu'il pouvait se lever et partir, et Meïr sentit que quelque part au fond de lui, dans l'épaisse angoisse qui se dissipait, là où, auparavant avait surgi le sanglot, un nœud se défaisait et se relâchait avec des larmes de bonheur, pleines de gratitude, de même que si à cet instant précis et en vertu de ces paroles, il avait été arraché à la mort, et il hocha la tête, et le médecin se leva du bord du lit, il était cordial et sérieux, sans plus, et avant de s'en aller, il lui fit observer avec un brin d'ironie qu'il n'était pas recommandé d'essayer d'engloutir Londres en trois jours, la poule était trop grasse, et il lui lança un sourire et disparut dans l'une des chambres voisines.

Meïr resta encore allongé sur le lit un certain temps, il était terriblement fatigué et toujours aussi faible, et ensuite, après avoir eu l'impression de s'être un peu calmé et d'avoir récupéré ses forces, il essaya de descendre du lit, mais il avait du mal à contrôler ses membres, comme si une disjonction s'était opérée entre eux et sa volonté, qui s'était émoussée et perdue dans un nuage d'affolement. Ainsi, après avoir soulevé une jambe et l'avoir posée par terre, il ne réussit pas à soulever l'autre et elle resta étendue sur le lit, et il se souleva et la contempla comme s'il s'agissait d'une jambe étrangère, et ce n'est qu'après l'avoir contemplée ainsi pendant un long moment, avec un mélange de terreur et d'hébétude, battant le rappel de toutes ses forces dispersées, qu'il parvint à se concentrer et à ordonner à ses mains de prendre sa jambe et à la poser par terre. Ensuite, il s'escrima pendant plusieurs minutes avec ses vêtements, ses jambes s'empêtraient dans le pantalon, ses bras, dans le pull-over, et ce n'est qu'avec les plus grosses difficultés et à l'aide d'une gymnastique compliquée qu'il réussit finalement à les enfiler, ses chaussures, en particulier, lui donnèrent du fil à retordre, il lutta avec elles pendant un long moment avec un insuccès si effrayant qu'il en pleura presque de fureur et de désespoir, car il n'arrivait pas à les tenir ni à les mettre correctement et lorsqu'à plusieurs reprises il voulut poser l'une d'elle par terre, sa main refusa, contre son gré, de lâcher prise, si bien qu'il soupçonna son cerveau d'être irrémédiablement atteint.

Une ombre brun grisâtre de crépuscule emplissait déjà la rue animée lorsque Meïr quitta d'un pas mal assuré l'hôpital et s'arrêta sur le trottoir, plongé dans une confusion et dans un abattement profonds, en proie au sentiment terrorisé qu'il était frappé d'une perturbation générale qui affectait son corps, ses sens et son esprit, et que trahissaient l'expression de son visage, ses gestes et quelque chose qui émanait de lui et l'enveloppait d'une ombre épaisse, il avait l'impression que même ses habits accusaient une négligence particulière, mais il ne se sentait pas la force d'y remédier, et il regarda alentour et essaya de réfléchir à ce qu'il voulait faire tout en jetant des regards aux personnes étrangères qui passaient devant lui, la rue grouillait maintenant d'automobiles et de piétons, et il lui semblait que tous le regardaient avec méfiance, en raison de la perturbation qui était gravée sur son visage défait et qui l'enveloppait d'une gaine dure. Et il se mit en marche pour effacer cette sensation, et tout en avançant lentement, s'attachant, dans la mesure du possible, à se rendre invisible aux yeux des passants, il essaya de nouveau de réfléchir à ce qu'il voulait faire et au chemin qu'il devait prendre pour retourner chez ses amis, mais il fut absolument incapable d'enchaîner une pensée à l'autre, et de surcroît, il éprouvait une immense fatigue, ses jambes tremblaient de faiblesse, et il leva le bras, héla un taxi, y monta, et après que le chauffeur lui eut demandé pour la deuxième fois où il voulait aller, il lui donna l'adresse, se cala confortablement sur son siège, tentant de se calmer et regarda avec impassibilité les gens, les automobiles et les bâtiments, qu'il avait tant à cœur de contempler de près, rien ne bougeait en lui, tout y était figé et plongé dans une profonde indifférence, telle l'eau croupissante et recouverte de mousse, d'algues et de feuilles mortes brun grisâtre d'un bassin, aussi, ce qu'il voyait s'infiltra en lui comme vidé de toute vie à travers le nuage de poussière brun grisâtre qui l'enveloppait.

Après une course qui lui parut étonnamment courte, il était prêt à rouler indéfiniment car la course lui avait procuré un certain calme, le chauffeur s'arrêta devant la maison de son ami, et Meïr, qui savait qu'il était arrivé et qu'il devait se lever et sortir, continua cependant de rester assis, et ensuite, après un temps qui lui sembla suffisamment long pour susciter l'impatience du taxi, il se pencha un peu en avant afin de se lever, mais il ne parvint pas à étendre le bras pour ouvrir la porte, son bras refusait de lui obéir, et finalement, il lança avec effort l'autre bras, réussit à sortir du taxi dans un geste compliqué, puis il s'approcha de la vitre du chauffeur, il avait l'impression que celui-ci ne le quittait pas des yeux, enfonça sa main dans sa poche et en sortit un billet de banque, le moindre de ses actes exigeait l'attention de toutes ses forces cérébrales, mais il ne parvint pas à le tendre au chauffeur, car les doigts de sa main refusaient avec obstination de s'ouvrir et gardaient le billet contre son gré tout comme ils avaient gardé, tout à l'heure, ses chaussures, ce qui l'obligea à l'arracher à l'aide de son autre main, et il le donna au chauffeur, qui, lui semblait-il, l'observait avec méfiance depuis qu'il l'avait pris en charge, et cela, parce qu'il avait vu sans aucun doute quelque chose de bizarre, qu'il s'employait de toutes ses forces à masquer et à effacer, mais en vain. Ensuite il prit la monnaie et sans la compter, il avait l'impression que chaque geste le trahissait, il la fourra dans sa poche et dit *"Thank you, sir"*, et le chauffeur lui fit un petit signe de la main et démarra, mais il resta debout au bord du trottoir et écouta le son de sa voix, comme si elle était demeurée en suspens dans l'air grisaillant du crépuscule, et sa voix lui parut extrêmement insolite et étrangère, et il répéta *"Thank you, sir"*, attentif et inquiet, puis il dit "J'aime Londres", et se rendit compte qu'en effet une voix étrangère jaillissait de sa gorge, et il se dirigea, enveloppé par une profonde inquiétude, vers la maison, et lorsqu'il parvint près du porche, il s'immobilisa, s'éclaircit la gorge et dit à nouveau *"Thank you, sir.* J'aime

Londres", mais la voix n'était toujours pas la sienne, de même que le visage n'était pas le sien mais une écorce de peau morte tendue sur ce qui était auparavant son visage.

Son ami l'accueillit chaleureusement, sa femme était sortie faire des courses et il était seul à la maison avec leur petite fille, et avant que Meïr ait eu le temps d'ouvrir la bouche il l'invita à entrer dans la cuisine et lui offrit un verre de thé avec une tranche de gâteau, et cela lui redonna courage car il avait faim et soif, et surtout, dissipa tant soit peu le sentiment d'isolement et de délaissement qui l'oppressait et épuisait ses forces et tout en bavardant et buvant, Meïr n'arrivait pas à échapper au sentiment, qui l'avait saisi dès qu'il était entré, que son ami avait remarqué la transformation qui s'était opérée en lui et qu'il l'examinait sans relâche du regard, et sans pouvoir plus se contenir, il finit par lui demander s'il avait remarqué que quelque chose n'allait pas chez lui, et son ami haussa les épaules et dit qu'il n'avait rien remarqué, mais Meïr s'entêta et lui demanda s'il n'avait pas constaté un changement dans sa voix, dans son regard ou dans l'expression de son visage, et son ami le regarda un instant et répéta qu'il ne remarquait rien, excepté peut-être, une certaine expression de lassitude, et Meïr, que les paroles de son ami avaient un peu apaisé, continua de prétendre qu'un changement était bien intervenu et il entreprit de lui raconter ce qui lui était arrivé dans la journée, il s'appesantit surtout sur ce qui s'était passé chez Foyle's et à l'hôpital et le relata par le menu, éclatant de temps en temps de rire car à présent, tandis qu'il en faisait le récit, tout cela, et en particulier la certitude qu'il allait mourir, lui paraissait plutôt ridicule et absurde, et il sentit que malgré la frayeur et la morosité qu'il éprouvait quelque chose fondait en lui et s'éclaircissait. Son ami l'écouta très attentivement, avec, parfois, ce qui ressemblait presque à de l'envie, se joignant par moments à son rire et il l'assura une nouvelle fois qu'il n'avait nullement changé sauf peut-être en ce qui concernait cette expression de lassitude, Meïr ne se lassait pas de l'entendre le lui répéter car cela approfondissait à chaque fois le sentiment de soulagement qui se répandait en lui, et ensuite, après que Meïr eut achevé son récit, il dit qu'à sa connaissance la plupart des touristes étaient sujets, sous une forme ou sous une autre, à ce phénomène, fruit selon le médecin de la tension et de la fatigue, qui étaient, à leur tour, la conséquence de la séparation et de la plongée dans l'inconnu avec ce que cela comportait – perte de statut, de liens, de points de repère les plus élémentaires, difficulté de communication, sensation de provisoire – à quoi il fallait ajouter le conflit entre le désir de tout découvrir et la conscience de ses limites, et dans le cas de Meïr, il était probable que la mort de sa mère y fût également pour quelque chose, somme toute, il y avait des courants souterrains, et il tendit une tranche de gâteau à la petite fille, venue de l'autre pièce où elle était assise et regardait la télévision, et il l'assura que cette sensation d'isolement passerait au bout de quelques jours, lorsqu'il se serait un peu calmé et adapté à l'environnement inconnu, mais il lui conseilla néanmoins d'aller le lendemain se faire examiner par un médecin de ses amis, mais Meïr, qui lui était vivement reconnaissant de l'avoir écouté et d'avoir eu des propos apaisants, et même d'être là, comme s'il l'avait ainsi sauvé de la mort, décida d'attendre un ou deux jours, car il se sentait de mieux en mieux. Maintenant que la menace de la mort ne planait plus sur lui, que l'affolement et l'absence avaient faibli, le souvenir de son comportement, et de tout ce qui lui était arrivé, l'embarrassait car il lui semblait résulter d'une faiblesse de caractère et d'un manque de confiance en soi, qui se traduisaient dans son esprit par une défaillance de virilité, mais il était si heureux et si fatigué qu'il n'avait ni la volonté ni la force de se livrer à des analyses, en tout cas, pour le moment, aussi, malgré les traces de frayeur et d'absence, il s'abandonna à la sensation heureuse du sauvetage et du soulagement, et lorsqu'il prit congé, la femme de son ami était rentrée, entre-temps, et ils avaient dîné ensemble puis regardé la télévision, il se sentit revigoré, malgré la fatigue qui s'était accumulée en lui à la suite de la tension et de ce qui lui était arrivé dans la journée.

Le matin, après un court moment de fraîcheur fragile, l'épuisement s'infiltra à nouveau en lui, immédiatement suivi de cette faiblesse imprégnée d'anxiété, et il s'habilla avec difficulté, car de nouveau, il ne maîtrisait plus ses membres et ses doigts refusaient de lâcher ce qu'ils tenaient, si bien qu'il était contraint de s'arrêter, de concentrer sa pensée et de leur donner des ordres explicites ou de faire appel à une main pour aider l'autre, qui se comportait comme si elle était paralysée, tout en oubliant au fur et à mesure ce qu'il avait eu l'intention de faire. Il tint son pantalon pendant un moment long et désespérant sans pouvoir le mettre, de même qu'il ne se souvint pas, abîmé à nouveau dans une absence totale, de l'endroit où il avait posé un objet qu'il avait eu quelques instants auparavant à la main, et lorsqu'il entra dans la salle de bains pour y faire sa toilette, il perdit plusieurs minutes à réunir les affaires dont il avait besoin, plongé dans cette tension et cet abattement dont pas plus tard que la veille, voire le matin même, il était certain de s'être libéré. Néanmoins il reprit courage dans l'espoir que le malaise se dissiperait rapidement, mais lorsqu'il s'assit et entama son petit déjeuner il se surprit de nouveau à se calotter avec les couverts, tenant ensemble à la main le couteau à pain et la cuillère ou la fourchette et la tasse sans réussir à poser l'ustensile dont il n'avait pas besoin, et tandis qu'il s'examinait, il ressentit à nouveau l'étrange friabilité dans sa voix, la tête, et l'opacité creuse de son regard et son visage, qui lui avait paru parfaitement normal quelques minutes plus tôt dans la glace, lui fit de nouveau l'effet d'être enflé et spongieux et envahi par une dure membrane de peau morte qui figeait son expression. Il se palpa la figure à plusieurs reprises sans constater aucune transformation mais cela ne modifia en rien son impression, et ensuite, Dieu sait comment, s'y ajouta la sensation qu'en lui, dans sa chair distendue et spongieuse, se trouvait quelqu'un d'autre qui s'était détaché de lui comme une écorce intérieure, une silhouette humaine à son image, constituée de fumée épaisse, et il cessa de manger et regarda devant lui avec un désespoir absolu, il voulut même, l'espace d'un instant, se prendre la tête entre les mains et commencer à pleurer, car il sentait maintenant avec netteté, alors que la veille la sensation avait été vague et qu'il l'avait pratiquement oubliée, qu'une force obscure, plus puissante que lui, s'était libérée et était montée de ses replis profonds, il se les représentait sous les espèces d'un labyrinthe d'espaces sombres dans la partie inférieure de son ventre et dans ses jambes, et s'était emparée de lui, et qu'il n'en guérirait jamais, et une solitude et une impuissance qu'il n'avait encore jamais connues l'enveloppèrent, et son seul désir fut que Posner, et surtout Aviva, se trouvent à cet instant à ses côtés, car il avait l'impression qu'il ne pouvait s'appuyer que sur eux et qu'ils étaient les seuls à pouvoir le sauver de la catastrophe qui s'était abattue sur lui. Et ce désir était si impérieux et total, toute sa vie en dépendait, qu'il décida de retarder un peu la promenade qu'il voulait faire dans les jardins et de leur écrire des cartes qu'il leur enverrait par courrier express.

Après le petit déjeuner, il ne s'était même pas rendu compte de ce qu'il avait mangé, il mit son manteau et sortit acheter des cartes postales dans Tottenham Court Road, mais la vue de la rue le troubla, ses pas étaient mal assurés, comme s'il commençait seulement à apprendre à marcher, si bien qu'il fit bientôt halte et pensa retourner dans sa chambre, mais quelque chose s'obstina en lui et il poursuivit sa marche sous une pluie fine jusqu'à Tottenham Court Road où il aperçut, de l'autre côté de la rue, un débit de tabac-papeterie, mais il se trouva dans l'impossibilité de traverser la chaussée car il réalisa brusquement qu'il lui était difficile d'évaluer les distances et la vitesse, la chaussée elle-même lui paraissait effroyablement déformée, et l'étranger enfoui en lui refit lui aussi une brève apparition, et il demeura pendant un long moment en bordure du trottoir, comme s'il s'agissait du bord d'un précipice, il lui semblait par moments qu'il était condamné à y demeurer jusqu'au soir, mais la pensée de retourner dans sa chambre sans les cartes le plongea dans un désespoir si sombre qu'il sentit que cela serait pire que de traverser la rue, et ainsi, après d'interminables minutes, lorsqu'il fut certain qu'il n'y avait aucune automobile en vue, il rassembla ses forces et traversa la rue dans un élan effarouché, comme s'il se jetait du haut d'un rocher, et entra dans la papeterie et acheta quatre cartes et ensuite, dans un même sombre effort, il regagna sa chambre, la pluie s'était faite entre-temps plus forte, et aussitôt après avoir enlevé son manteau, il s'assit et commença à écrire, d'abord à Aviva, mais sa main crispée ne réussit qu'à former des lettres tordues et brisées, méconnaissables, sortes de gribouillis nerveux dénués de sens, et de surcroît, il les confondait, de sorte que lorsqu'il voulait, par exemple, écrire un *b* il traçait un *l* ou un *q* et lorsqu'il voulait tracer un *s*, un *d* ou un *v* une quelconque autre lettre apparaissait au hasard sous sa plume, et les mots eux-mêmes gambadaient et se dispersaient sur toute la surface du papier blanc en lignes désordonnées et inclinées et ressemblaient à des colonnes affolées de fourmis noires, et quelques-uns d'entre eux s'assemblaient arbitrairement avec ceux qui les précédaient, qui leur succédaient ou avec les lettres isolées, il ne comprenait pas ce qui lui arrivait et était incapable, malgré ses efforts désespérés, d'y résister, comme si une force étrangère, démoniaque s'était emparée de sa main et en jouait sauvagement à sa guise. Pour finir, abattu, nerveux et au bord des larmes, il déchira la carte et la jeta à la corbeille, et il continua cependant à croire que tout cela était la conséquence d'une nervosité passagère et qu'il devait simplement se reposer un peu et peut-être aussi boire quelque chose, la crainte d'avoir perdu la faculté d'écrire avec tout ce que cela représentait et ce qui en découlait l'effraya, et il se prépara une tasse de café, et après l'avoir bue et s'être allongé un certain temps sur le lit, les yeux fermés, il retourna aux cartes postales, mais il les massacra toutes en moins d'une heure de manière de plus en plus désespérée et exaspérée, puis, sans attendre une seconde, il mit son manteau et sortit en acheter de nouvelles, il se sentait tenu de vérifier sans délai que sa faculté d'écrire n'était pas perdue, mais il ne se dirigea pas vers la papeterie où il avait acheté les premières cartes, il ne voulait pas susciter l'étonnement du papetier, non, il marcha sous la pluie battante, que portait à présent un vent de faible allure, jusqu'à ce qu'il trouve une autre boutique, c'était une petite échoppe non loin du British Museum, et il acheta quatre nouvelles cartes et les fourra dans la poche de son manteau. Il ne retourna pas immédiatement dans sa chambre, comme il avait eu l'intention de le faire en premier lieu, mais flâna dans les rues et entra dans plusieurs librairies, papeteries et magasins de bureautique, absorbé dans un nuage d'inquiétude et d'absence, et ensuite, mû par la volonté de reprendre le chemin de la normalité, il effectua une visite au British Museum, il en parcourut à la hâte quelques salles, les mains dans les poches de son manteau, et ressortit, déclarant forfait, les vastes salles emplies d'objets l'oppressaient et le troublaient, et en sus, il avait peur de heurter quelque chose et de causer des dégâts, il ne doutait plus à présent qu'il était malade, chaque magasin dans lequel il entrait et chaque rue qu'il traversait le lui prouvait de la manière la plus irréfutable qui soit. Il regagna sa chambre aux alentours de midi mais n'entreprit d'écrire les cartes que vers le soir, alors qu'après s'être reposé, douché, changé et avoir bu un café – il avait veillé à tout faire lentement, posément et avec concentration – il se sentait frais, calme et prêt à se mettre à la tâche, même s'il lui fallait encore ignorer des montagnes d'anxiété et d'absence et prétendre qu'elles n'existaient pas, et il s'installa devant la table toujours avec la même lenteur et de la manière la plus confortable, mais avant d'avoir écrit quoi que ce soit sur la carte, il décida de s'exercer d'abord sur une feuille qu'il arracha à une brochure pour touristes, et bien que les lettres qu'il traçait fussent nerveuses et laides et les lignes obstinément penchées, elles étaient cependant lisibles et auraient pu avoir été écrites dans le train, mais lorsqu'il passa à l'une des cartes postales, après avoir inscrit quelques mots, son écriture se gâta de nouveau au point de devenir méconnaissable, les lettres se confondaient arbitrairement, les mots étaient tronqués, s'effritaient et se dispersaient malgré l'application qu'il mettait à dompter l'écriture et il s'interrompit, corrigea sa position, se reposa un peu, se calma et se concentrant sur chaque lettre séparément, il s'efforça de les dessiner en respectant leur forme et leur place, mais cette même force démoniaque, irrépressible, qui était enfouie en lui et s'était de nouveau emparée de sa main, ruina tous ses efforts, et il finit par déchirer la carte et en posa une autre devant lui, il essayait encore de se contenir et de se comporter comme si de rien n'était, mais la date et les premiers mots "A ma chère et lointaine femme. Je suis assis dans ma chambre à Londres et je pense", étaient déjà si laids et incorrects qu'il la déchira immédiatement elle aussi, en plus du désespoir, son écriture lui inspirait également du dégoût pour sa laideur maladive, et ensuite il s'étendit sur le lit, épuisé par l'effort et la fureur, découragé, et au bout de quelques instants, il se releva, se posta à la fenêtre et regarda distraitement dans la rue.

Il était certain maintenant d'avoir perdu pour toujours la faculté d'écrire, de même qu'il avait irrémédiablement perdu sa normalité, qui le constituait et définissait son identité et tout en regardant ainsi dans la rue il sentit que tout ce qui était en lui s'écroulait et se transformait en un amas de débris dont s'élevait une poussière blanc grisâtre, telle la poussière qui se dégage des monceaux de débris de briques et de chaux à côté d'un bâtiment en démolition, et un brouillard gris-blanc se répandant en lui, il éprouva de nouveau cet épuisement effrayant qui l'enveloppait d'un nuage d'indifférence émoussée et de désespoir. Son seul désir était de se trouver en cet instant où toute possibilité d'issue était perdue avec Aviva, il avait tellement besoin d'elle qu'il étouffa un cri, il savait qu'elle le secourrait ou au moins lui serait un refuge, et l'affaire de l'autre homme, qui lui revint soudain à l'esprit, douloureuse, n'ébranla en rien cette certitude, et lorsqu'il sortit dans la rue, il sentit qu'il deviendrait fou s'il continuait de rester entre les quatre murs de sa chambre, et il marcha de son pas mal assuré sur le trottoir, qui était encore humide de pluie, il parla à Aviva et se reposa sur elle en pensée sans arrêter pour autant de s'observer et soudain, il sentit de nouveau que quelqu'un d'autre était enfoui dans son corps encore empli de poussière, sous l'écorce de sa chair distendue, une silhouette humaine sombre faite d'éponge grisâtre, elle correspondait à la sienne mais s'en distinguait pourtant, et cela le remplit de frayeur, car cette fois plus que toutes les autres, la forme était complètement abstraite et elle se mouvait et se métamorphosait comme une colonne de fumée tout en étant distincte et parfaitement définie, irradiant indépendance et force et douée d'une existence perpétuelle, si bien qu'il s'arrêta, hésita un instant puis se dirigea vers la station d'autobus la plus proche et monta dans le premier autobus. Son unique souhait était de se trouver à présent avec Aviva, car elle était la seule chose en quoi il avait confiance dans ce chaos, après que tout, y compris lui-même, se fut révélé une supercherie en déliquescence, puisque même sa voix lui tournait le dos et le trahissait d'une façon stupéfiante et blessante. Il avait le sentiment qu'Aviva seule pouvait l'aider à se retrouver, à reprendre ses esprits et également à recouvrer la faculté d'écrire, cela lui semblait être le point capital, et tandis qu'il était assis ainsi dans l'autobus et contemplait par la vitre d'un regard opaque les rues obscures, regrettant l'absence d'Aviva, il réexamina son état contre son gré, poussé par une curiosité terrorisée, et parvint de nouveau à la conclusion que par-delà l'extrême tension et la fatigue et cet incident qui lui était arrivé parce qu'il s'était baissé et qu'il avait penché la tête, ce qu'il n'aurait dû faire en aucun cas, tout ça était le fruit de sa faiblesse de caractère et d'un lamentable manque de confiance en soi, qui dénotaient sans aucun doute une défaillance de sa virilité et une inaptitude à profiter de la vie. Mais bientôt, il sentit que son état s'améliorait, il s'apaisait et se décontractait, et que sa faculté d'écrire lui revenait, et cela le remplit de joie, car il avait l'impression que s'il réussissait à écrire correctement, le reste s'arrangerait aussi.

La nuit, lorsqu'il retourna dans sa chambre, il pensa de nouveau essayer d'écrire à Aviva et à Posner, la nécessité de le faire ne lui laissait aucun repos, mais après avoir tracé quelques mots sur une autre page de la brochure pour touristes, il décida de reporter la rédaction de la carte au lendemain, pourtant le lendemain et le surlendemain après lui, il ne réussit pas, malgré ses préparations minutieuses et compliquées et malgré ses sombres efforts, à couvrir les cartes d'autre chose que de ces griffonnages laids et dénués de signification et il les détruisit les unes après les autres. Il acheta des cartes à deux reprises encore, chaque fois dans une autre boutique, se lava la figure, se doucha, but du café ou mangea quelque chose de bon, s'étendit sur le lit, lut tranquillement le journal, sortit se promener, se raisonna, essaya de tout oublier et de prétendre que tout allait bien, changea de chaise, pratiqua l'écriture automatique, mais en vain, les caractères étaient affreux, tels ceux tracés par un homme primitif et malade, et les mots se dispersaient en lignes tordues et déliées, plus il se consacrait à l'écriture des cartes, plus augmentaient sa nervosité et son abattement, et ainsi, abîmé dans cette hébétude anxieuse et dans l'absence, son désespoir et son exaspération augmentèrent de jour en jour, mêlés à la crainte oppressante que d'ici quelques jours, Aviva s'inquiéterait beaucoup de ne recevoir aucune lettre de lui, et il continua à s'employer à écrire les cartes, mais sans espoir de réussir et de revenir à son état antérieur, normal, qu'il se représentait maintenant dans son esprit comme un paradis mirifique et perdu. Et au bout de trois jours, vers le soir, alors qu'il se promenait avec son ami dans Regent's Park, l'heure du crépuscule était agréable après plusieurs jours gris et son ami avait emmené sa petite fille en promenade, Meïr lui demanda de nouveau, après une longue hésitation qui avait duré depuis l'instant où ils avaient quitté la maison, s'il n'avait pas remarqué que quelque chose n'allait pas chez lui, et l'ami s'arrêta et le considéra et dit qu'il n'avait rien remarqué, et Meïr dit qu'il le sentait lui distinctement et il pria son ami d'examiner minutieusement son visage et ses yeux, et l'ami s'exécuta et le scruta lentement et avec une grande attention et dit "Tu as l'air un peu fatigué, c'est tout", et Meïr dit "Non, il y a quelque chose qui ne va pas", ils revinrent sur leurs pas, en suivant la petite fille, et Meïr lui demanda s'il n'avait pas remarqué non plus le changement qui était intervenu dans sa voix, et afin que son ami pût s'en rendre compte, il s'arrêta et dit "La pelouse de Regent's Park, c'est la pelouse la plus verte du monde", et son ami l'écouta, immobile, d'un air concentré, il conserva son immobilité même après que Meïr eut achevé sa phrase comme s'il continuait à entendre les mots encore en suspens dans l'air, et il haussa les épaules et dit qu'il ne remarquait rien et se remit en marche. Meïr hocha la tête en signe de désapprobation et parla à son ami de la fatigue, de l'affolement et de l'absence qui ne lui laissaient pas de répit, ils marchaient maintenant dans une allée spacieuse bordée de parterres de fleurs magnifiques, et surtout de son impossibilité d'écrire, et aussi de son incapacité de lâcher des objets qu'il tenait en main, phénomène qui s'était certes atténué et qui ne survenait plus qu'à des intervalles un peu plus espacés, ainsi que de l'apparition de sa forme sœur abstraite, et il respira profondément et dit "Ce n'est pas moi", et son ami, qui l'avait écouté d'un air attentif et plein de sympathie comme les fois précédentes, dit "C'est toi, c'est toi", et il s'empressa de soulever sa fille qui s'était cognée contre quelque chose et était tombée, et ensuite il dit que la crise de l'étranger, comme toutes les crises, fait toujours ressortir quantité de qualités et de forces mentales contenues en nous mais qui nous étaient jusque-là absolument inconnues, et qu'elle accuse les légères faiblesses, c'est-à-dire, celles auxquelles nous nous sommes habitués, qui, avec les années, se sont couvertes de rouille et émoussées, et qui, brusquement, après avoir été détachées des couches des habitudes, prennent une amplitude et des dimensions énormes – le manque de confiance en soi, les différentes phobies, le besoin d'attention, tout, tout ce qui existait dans des proportions apparemment normales, et ce qui se cachait quelque part sous des montagnes d'ignorance feinte ou réelle –, mais que lorsqu'il se retrouverait dans son environnement naturel, cela s'arrangerait tout doucement, et que pour finir, il ne resterait peut-être de ça qu'une légère marque, rien de plus, et quelques souvenirs émus, et Meïr, qui malgré ces paroles réconfortantes était resté absorbé dans son anxiété, dit qu'il avait peur de ne jamais pouvoir se débarrasser de ses difficultés et son ami dit "Elles s'en iront sans que tu t'en rendes compte. Je te le promets. Et tu en viendras encore à les regretter", et Meïr eut un sourire las, il lui était tellement reconnaissant pour ces propos et il espérait tant qu'ils se réaliseraient, et son ami lui donna une tape affectueuse sur l'épaule et dit qu'il était sûr de ce qu'il disait, ils marchaient maintenant sur la vaste pelouse derrière la petite fille qui courait après un écureuil, et Meïr dit "Je serais prêt à renoncer à tout ça", et son ami dit "Tu te trompes", et ensuite il dit "l'autre" qui était en lui qu'il avait à présent l'occasion de connaître, et de vivre avec lui, et qu'il ne devait pas essayer de chasser car il s'agissait de lui-même, non moins, et peut-être plus que la personne qui lui était familière et à quoi il était déjà habitué, et Meïr boutonna son manteau, un vent froid soufflait, et dit "Oui", il se sentait véritablement soulagé, et éprouvait même un éclair d'allégresse momentanée, précaire, et son ami dit "Les gens ont peur de ce qu'ils sont, et ils n'ont peut-être pas entièrement tort", et dans un même souffle, il continua "Il faut avoir moins peur, alors on peut profiter de tout", et Meïr sourit faiblement et dit "Oui", et il pensa avec une douce nostalgie à Aviva.

Quelques jours après être rentré en Israël, Meïr alla consulter le Dr Rainer, qui l'accueillit chaleureusement, et lui demanda, avant même qu'il eût refermé derrière lui la porte de son cabinet, comment s'était passé son voyage, et Meïr dit "Très bien", et énuméra les lieux qu'il avait visités, et ensuite, après que le docteur lui eut demandé comment il se sentait et qu'il eut répondu "Bien", il lui rapporta brièvement ce qui lui était arrivé à Londres en passant sous silence tout ce qui lui semblait n'avoir aucune espèce d'importance du point de vue médical, telles la peur de la mort qui l'avait assailli ou sa conversation avec le jeune vendeur, mais il souligna le manque de coordination et la perte du contrôle de ses membres, ainsi que l'épuisement et l'absence, qui continuaient de l'affecter et ne perpétuaient pas seulement en lui le sentiment que ses mouvements avaient quelque chose de confus et de déréglé et qu'il souffrait d'une faiblesse maladive, mais aussi que son visage était légèrement déformé et qu'une écorce sèche d'ombre le couvrait et rendait opaque son regard hébété, bien qu'il ne doutât pas que le Dr Rainer l'eût remarqué dès l'instant où il avait fait son entrée dans son cabinet, il sentait tout ça de manière si évidente et si concrète qu'il avait l'impression que l'hébétude était un nuage de poussière qui flottait devant ses yeux et que chacun pouvait remarquer facilement. Le Dr Rainer, qui l'avait écouté très attentivement, son visage avait pris une expression sérieuse et ses yeux verts et vifs l'avaient scruté avec concentration, le rassura et dit, comme le médecin de Londres, qu'il était possible que tout cela fût la conséquence de la fatigue et de la nervosité, et qu'il ne décrivait en tout cas aucun symptôme d'une affection organique, et que son hypertension avait vraisemblablement encore augmenté à la suite de cette fatigue et de cette nervosité, et après l'avoir examiné minutieusement et lui avoir prescrit des médicaments, elle sourit légèrement et dit "Cela passera. Ne vous inquiétez pas", et ensuite elle lui raconta sur un ton triomphal qu'elle avait effectué les travaux dans son appartement, et Meïr lui demanda si le résultat lui plaisait et elle dit "Enormément", et l'invita à venir voir les transformations et Meïr, qui s'était déjà levé pour partir, dit, par pure politesse, "Avec grand plaisir", et le Dr Rainer dit qu'il pouvait même venir demain en début de soirée, à six heures et demie, par exemple, et Meïr dit "D'accord. J'y serai", et il la remercia, et lorsqu'il posa sa main sur la poignée de la porte, il s'arrêta et lui dit que s'il avait un empêchement il lui téléphonerait.

Meïr visita avec elle l'appartement et examina les transformations qu'elle avait faites, une douce lumière bleuâtre de crépuscule emplissait les chambres, et ensuite ils s'assirent dans le joli salon, burent du café, mangèrent des petits fours et parlèrent de l'étranger. Le Dr Rainer avait vécu deux ans avec son mari aux Etats-Unis où ils se rendaient souvent, de même qu'en Europe, fous des voyages professionnels et d'agrément, et Meïr s'efforçait de la suivre et de participer à la conversation, ce qui lui coûtait de nombreux efforts, car il était toujours plongé dans cette absence enveloppée d'inquiétude et d'hébétude spongieuse, somnolente, et quelque chose le poussait irrésistiblement à se renfermer dans une écorce d'indifférence, ce que le Dr Rainer, il en avait le net sentiment, remarquait parfaitement, de même qu'elle remarquait les autres changements qui s'étaient opérés en lui et les efforts colossaux qu'il fournissait pour les masquer, tout en la tenant sous son regard creux et distrait et en s'employant de toutes ses forces à saisir le sens de ses propos et à y réagir. Et soudain, par une association d'idées qu'il eut, lui-même, du mal à comprendre, alors qu'elle lui racontait un voyage qu'elle avait fait, quelques années auparavant, dans le nord de l'Angleterre, il lui demanda d'un ton animé si elle n'avait pas remarqué les changements qui s'étaient opérés en lui, sa voix lui parut friable et sourde, comme une biscotte tombant par terre, et elle interrompit son récit et le regarda et dit "Non", et après un bref moment d'arrêt elle ajouta "Vous avez peut-être l'air un peu fatigué." Elle l'avait dit avec une parfaite simplicité, non sans une nuance d'intimité, c'est en tout cas ce qu'il lui sembla, et il se passa une main sur le visage comme pour en ôter le voile de faiblesse et d'hébétude figée, et ensuite, comme dans un état de somnolence ou de détresse, il se représentait une bulle grise qui flottait dans une autre bulle, infiniment plus grande, il tendit la main et la posa tendrement sur l'épaule du Dr Rainer, qui le regarda avec un léger étonnement, et il l'attira à lui d'un geste à peine perceptible, et pencha sa tête vers elle, soit pour la poser sur son épaule, soit pour se rapprocher d'elle, et l'expression étonnée du visage du Dr Rainer se couvrit d'une sorte de fin brouillard de gêne, et elle dit "Qu'est-ce qui se passe ?" et Meïr dit "Rien", et il passa son autre main autour de son cou et contempla son visage, la lumière grisaillante de la chambre l'embrouillait un peu, puis il posa tendrement sa tête sur la sienne et ne bougea plus, l'odeur de ses cheveux était comme l'odeur d'un vêtement, et tout doucement, il lui caressa la joue du doigt, et ensuite le cou et l'épaule, et avec la même lenteur embrumée, il baissa la tête jusqu'à ce que ses lèvres touchent sa joue et il l'embrassa, son hébétude ensommeillée semblait avoir gagné le Dr Rainer à son tour et les envelopper maintenant tous deux, il n'y avait là aucune trace de désir mais plutôt une lente chute, hallucinée dans la douceur de l'heure crépusculaire et une volonté d'absorption, et toujours avec cette même douceur hallucinée, il glissa sa main sous son chemisier, et ensuite il retroussa un peu sa jupe et lui caressa les cuisses, ses mains se mouvaient d'elles-mêmes, comme endormies, et ensuite, alors qu'il avait les yeux fermés, il commença à défaire les boutons du chemisier, mais cette opération, toute pratique, ou peut-être était-ce le bruit d'une voiture qui avait freiné brusquement, la réveilla, et d'une voix étouffée, comme si elle craignait de déchirer le tendre voile qui les enveloppait, elle dit "Pas ici. Passons dans l'autre chambre", et ils se levèrent et entrèrent dans la chambre à coucher et se déshabillèrent, Meïr prit garde de ne pas regarder son corps nu, et ils s'allongèrent sur le lit et se recouvrirent du drap. Une odeur personnelle et étrangère imprégnait le lit et les draps, et il l'étreignit, les yeux clos, et l'embrassa, la sensation de son corps enlacé entre ses bras le remplit de satisfaction et de fierté rentrée, et pourtant, il n'échappa pas un seul instant au sentiment incontestable qu'elle était plus âgée que lui, et surtout qu'elle était plus forte et supérieure à lui dans un sens profond et premier, et sans le vouloir, il éprouva pour elle de la révérence, et tout en caressant ses épaules et ses seins opulents et chauds, il considéra avec une attention extrême, les yeux maintenant entrouverts, son visage lourd de femme faite, avec le manque de fraîcheur et la fatigue qui étaient imprégnés dans les pores de sa peau pâle, à l'orée du flétrissement, et la quiétude profonde et mûre qui le couvrait, et ensuite, son regard ne la quittait pas, il suivit dans son esprit le mouvement ralenti de sa main sur son ventre et ses hanches jusqu'au sexe, il évitait obstinément de voir son corps nu bien qu'il eût grande envie de le faire, et alors une grande attirance pour elle et un violent désir de se fondre en elle et de la faire jouir comme personne ne l'avait jamais fait le submergea, et il referma les yeux et se concentra sur son désir, qui gonfla et remplit tout son être comme un liquide sombre, très épais, presque visqueux, et se répandit dans toutes les cavités de son corps et cristallisa toute sa volonté et ses pensées, et cependant éveilla de leur torpeur l'angoisse et la crainte d'échouer, ce qui fit de lui une aspiration appliquée, presque une nécessité, et il la serra contre lui et la caressa et se concentra et essaya de se remémorer rapidement les moyens et les méthodes, dont il avait entendu parler, qu'il avait rencontrés dans ses lectures ou connaissait de sa propre expérience, et les positions qu'il avait vues dans des films ou dans *la Joie du sexe*, et en particulier cette position excitante, qui parvenait à chaque fois jusqu'au seuil de sa mémoire, s'y arrêtait et rebroussait chemin. La crainte d'échouer revenait sans cesse à la charge, comme les vagues sur le rivage par une nuit d'hiver et l'enveloppait intérieurement de son grondement, si bien qu'il se prit soudain à regretter tout ça, et pour finir, découragé, il s'abandonna à son corps chargé du désir tendu de la faire jouir et de jouir, et il la pressa contre lui de toutes ses forces, mais avec douceur, car même maintenant, il ne pouvait se libérer du sentiment de révérence qu'elle lui inspirait, et elle laissa échapper un soupir qui ressemblait à un soupir de soulagement et posa sa tête à côté de la sienne, et il continua de la serrer contre lui et il lui sembla qu'un fleuve de tendresse jaillissait en lui et s'épanchait vers elle, et ensuite il essaya de penser à son visage et à son corps, mais tout son être était concentré sur le point où ils fusionnaient et sur le désir infini de la faire jouir, et tandis qu'il remuait sur elle de tout son corps tendu comme un nerf par ce désir, il sentit que lentement, en un mouvement glissant que rien ne pouvait plus arrêter, il n'éprouva d'ailleurs aucune volonté de le faire, comme s'il s'était drapé de sommeil tout en étant éveillé, il était aspiré en elle et elle finit par l'absorber entièrement, et les yeux fermés, le corps encore tendu par l'effort, il sentit l'humidité chaude, pleine de douceur, au léger parfum d'herbes sèches, l'envelopper, et sans remuer les lèvres, mais à haute voix et distinctement, il dit "C'est l'endroit, c'est l'endroit."

Couché ainsi dans l'agréable humidité, il laissa son corps se détendre et la douce lassitude et le calme l'imprégner et le dorloter, et pour finir, après un long moment et comme malgré lui, il ouvrit les yeux et regarda les collines qui oscillaient et le ciel épais et limpide penché sur elles. Une lumière de crépuscule couleur de faïence dont les collines et le ciel étaient comme des précipités régnait dans l'air, ainsi qu'une odeur amère de vieilles écorces d'oranges mélangée à celle de la lessive Menorah, et Meïr s'assit lentement et regarda l'horizon, là où les pentes douces de deux collines se confondaient dans un mouvement courbe, tout était plongé dans une profonde quiétude, et il eut le sentiment qu'il pourrait rester ainsi à regarder devant lui, à moitié endormi, livré à ce même mouvement lent et continu, pendant tout l'été et, somme toute, pendant tout l'automne et tout l'hiver aussi, avec les vents et les pluies qui ruisselleraient sur son visage, et jusqu'à la fin des temps. Et en effet, il ne se leva pas et ne tourna même pas la tête lorsqu'il aperçut du coin de l'œil Bill Gorman, qui marchait vers lui dans la vallée, et ce n'est que lorsque celui-ci se tint devant lui qu'il leva la tête et dit "Hello, Bill", en souriant faiblement, il voulait maintenant lui marquer son affection et sa joie mais elles gisaient au fond de lui, lourdes de sommeil, et Bill dit *"Hello, boy"*, et ils se serrèrent la main, et Meïr dit "Je suis content de te voir", et lui demanda comment il allait et Bill, comme à son habitude, répondit en souriant "Je suis *fine*. Miami est unique. L'armée américaine me bichonne comme une mère, et la diaspora me rend heureux comme un oiseau", et il éclata d'un rire malicieux de sa voix enrouée, et Meïr sourit comme malgré lui en voyant le profil de Bill qui lui rappelait toujours un ballon de rugby tout usé, et il se le représenta dans son imagination roulant sur une pelouse ou serré entre les bras d'un colosse au casque bariolé qui fonçait comme un taureau en train de charger et essayait de se frayer un passage entre la masse des autres colosses en casque qui couraient derrière lui de toute leur force pour l'attraper et le lui prendre des mains, et Bill dit "Je ne comprends pas comment est-ce que vous permettez à un clown comme Begin de vous gouverner", et Meïr dit "La majorité était pour lui", et Bill dit "La minorité aussi", et il partit de nouveau à rire et dit "Chaque peuple a le dirigeant qu'il mérite", et il fit un léger geste de son corps, et

Meïr, qui malgré l'affection qu'il avait pour lui voulait maintenant être seul, lui demanda où il allait, et Bill tapota la bonbonnière qu'il tenait sous le bras et dit qu'il allait chez Weiss, car sa jeune fille fêtait aujourd'hui son anniversaire, et avant de repartir il dit "Je monterai voir tes parents demain soir. Transmets mes amitiés à ton père et à ta mère", et Meïr dit "D'accord", et il pensa une fraction de seconde lui raconter que sa mère était morte, mais au même instant, à cause, peut-être de la fatigue estivale, ce fait perdit de sa netteté et s'effilocha, et bien qu'il ne s'effaçât pas complètement de sa conscience, il lui fit l'effet de n'être qu'une illusion ou un souvenir qui ne lui appartenait pas, et pourtant elle était morte, à n'en pas douter, et il répéta "D'accord", et agita la main vers lui en signe d'adieu. Et ensuite, quelque temps après que Bill se fut évanoui derrière la colline, il savait qu'il avait disparu sans pour autant s'être retourné et l'avoir suivi des yeux car il était tout à la sensation très agréable de l'écoulement paisible et estival du temps qui inondait tranquillement son visage comme un jet de douche, et il craignait de la rompre, il se leva, s'étira et commença à faire de la gymnastique, car il devait se mettre en marche et il avait peur que dans l'état de faiblesse où se trouvait son corps, cela lui fût extrêmement difficile, mais à sa plus grande stupeur et déception, la gymnastique lui coûta de terribles efforts étant donné que son corps, c'est ce qu'il réalisa subitement, avait perdu sa souplesse qu'il avait pourtant cru toujours posséder, au point qu'il eut de la peine à faire les exercices les plus connus et les plus simples, qui pourtant ne lui causaient aucune difficulté peu de temps auparavant, c'est en tout cas ce dont il croyait se souvenir, mais il ne se découragea pas, et tout en suivant les instructions et le rythme qu'il se dictait à lui-même, il entendait dans son esprit la grosse voix et l'intonation de Gerda Altschuler, il continua les exercices avec acharnement et concentration.

Bien que la lumière du crépuscule restât inchangée, Meïr sentait que le soir tombait, et il commença de marcher entre les collines qui se balançaient, dans les douces vallées, couvertes de fleurs matinales ainsi que d'herbes et de petits arbustes sauvages de toutes sortes qui dégageaient de vieilles odeurs de champs, sifflotant dans sa tête *Malagnia*. Plan par plan, les collines se rehaussaient et obstruaient la vue, et il sut que lorsqu'il sortirait de cette terre vallonnée et dépasserait les rideaux verts des caroubiers isolés et les dunes blanches bordant la mer et qu'il atteindrait le verger avec ses fraisiers et son cyprès, il l'appelait "la forêt bouclée", aurait lieu la chose la plus agréable qui soit, dont la seule pensée le remplissait de bonheur et de frissons au point que sa bouche et même son cœur craignirent de l'évoquer. Cela ne le poussa pas à presser le pas, au contraire, c'était comme s'il tenait à retarder autant que possible le moment attendu, mais égaya son humeur et le remplit d'une joie contenue, et lorsqu'il aperçut Gavrouch sur une colline proche, il s'arrêta et contempla toute l'étendue des collines qu'il avait sous les yeux, baignée par cette même lumière fixe qui semblait émaner de la terre et des bords du ciel et qui était peut-être présente depuis toujours dans cet espace, sorte d'éternelle poussière lumineuse datant d'avant la création colorant ces collines qui paraissaient tantôt s'élever vers le ciel et tantôt monter du ciel vers la terre, qui était le véritable ciel, puis il se remit en marche et traversa un vallon et commença à escalader la colline de Gavrouch.

Gavrouch était assis en tailleur, comme les Bédouins, un peu penché en avant, son attention entièrement accaparée par l'observation silencieuse de quelque chose qui se trouvait devant lui, il portait de temps en temps à ses yeux les jumelles noires de campagne, qui pendaient à son cou, et lorsque Meïr s'approcha de lui, il lui fit signe, sans ôter les yeux de l'objet de son observation, d'approcher avec précaution, et Meïr s'exécuta et s'agenouilla à côté de lui, et alors Gavrouch lui montra du doigt un petit oiseau, qui lui fit penser par sa forme et ses mouvements brusques à une bergeronnette, et Gavrouch dit dans un murmure, presque sans remuer les lèvres, "Regarde. C'est lui que je poursuis." L'oiseau était posé sur la branche fine d'un arbuste clairsemé et ne cessait d'agiter sa queue et de tourner fiévreusement la tête dans tous les sens, et Meïr le contempla longuement et attentivement, mais uniquement pour faire plaisir à Gavrouch, dont il sentait la présence, qui le remplissait de bonheur, sans même avoir besoin de tourner la tête et de le voir, mais finalement, il ne put plus se retenir, l'oiseau ne faisait rien d'autre qu'agiter sa queue et remuer la tête dans tous les sens sans relâche, et il se tourna vers Gavrouch et le regarda, scrutant son visage contracté et ridé comme une pomme desséchée par le soleil, et il pensa combien il aimait ce visage fatigué et ascétique, tout le goût de la terre d'Israël y était incarné, et combien il aimait Gavrouch avec son attachement profond à la nature, ses élans d'enthousiasme brusques et passagers et avec son amour de gamin, défiant la raison et le temps, il durait déjà depuis de si nombreuses années qu'il en était devenu éternel et incommensurablement ennuyeux à force de sinuosités répétitives, pour cette jeune fille, à vrai dire une femme mère de deux enfants, et il lança de nouveau un coup d'œil à l'oiseau et pensa demander à Gavrouch des nouvelles de sa maîtresse, il savait que cela lui ferait extrêmement plaisir, mais au même instant, dans un mouvement soudain, l'oiseau bondit, comme si quelque chose l'avait effrayé, et se posa sur une autre branche et agita avec une grande agilité sa queue et immédiatement, sans presque s'arrêter, il s'envola et vola à ras de terre puis se posa sur un autre arbuste au-delà d'un repli de terrain peu profond, et Gavrouch se redressa et se mit à suivre lentement l'oiseau, et Meïr, se levant à son tour, se joignit à lui. Ils passèrent le repli de terrain et gravirent la pente douce de la colline d'en face, et Gavrouch dit "N'est-il pas splendide ?" et Meïr dit "Oui, il est très beau", il était heureux de pouvoir enfin parler, après le silence prolongé, et Gavrouch dit "Je le poursuis déjà depuis deux jours. Je l'ai découvert par hasard à côté des bassins. C'est très curieux car d'après ses signes distinctifs cet oiseau n'arrive jamais en Israël. Chaque ornithologue débutant le sait", et il porta un bref instant les jumelles à ses yeux, scruta le terrain, et dit "Mais je me trompe peut-être. Peut-être que quelque chose m'a échappé et que je le confonds avec un autre oiseau ?" et il haussa les sourcils et passa un doigt sur l'un d'eux dans un geste qui lui était caractéristique, son front se creusa de plis et il dit "Si c'est bien l'oiseau auquel je pense, c'est une grande découverte", et il continua à avancer, mais silencieusement, maintenant, et avec précaution, et il regarda l'oiseau, il était de nouveau posé sur la branche d'un petit arbuste, mais avant même qu'il n'eût eu le temps de se baisser, l'oiseau déploya ses ailes, s'envola vers le sommet de la colline et disparut, et Meïr, qui espérait qu'un terme serait ainsi mis à la poursuite, dit "Un bel oiseau. Nous l'avons probablement effrayé", et Gavrouch dit "Je dois déchiffrer cet oiseau. Il me rend fou." Ils contournèrent la colline près du sommet et s'immobilisèrent, le paysage des collines s'étendait sous leurs yeux à perte de vue, et Gavrouch prit les jumelles et chercha l'oiseau et dit "Tu sens le vent sur ton visage ?" et Meïr dit "Oui. Un vent agréable", et ensuite, après un temps d'arrêt qui lui sembla prolongé, il dit "Tu le vois ?" mais Gavrouch ne répondit rien, il était tout absorbé par sa recherche, puis il étendit la main et dit "Le voilà", et ils repartirent et commencèrent de descendre la pente douce marchant tranquillement entre les fleurs et les herbes basses, une odeur de paliure et de ronces régnait dans l'air, et Gavrouch dit "Je veux savoir ce qui se passe", et Meïr lui dit "Qu'est-ce qui peut donc se passer ?" et Gavrouch dit "Est-ce que je sais ? Voilà déjà une semaine que je n'ai eu aucune nouvelle d'elle. Elle a peut-être décidé de rompre. Elle a peut-être décidé de se remettre avec son mari" et Meïr dit "Peut-être", quelque part au loin, il sentit que l'impatience et la répugnance, dont il ne voulait à aucun prix, commençaient à se répandre en lui comme une brume légère au bord de l'horizon, "Eh bien qu'elle se remette avec lui, cela ne te concerne pas. De toute façon cette histoire est déjà complètement morte", et Gavrouch dit "Oui. C'est possible", un sourire inattendu, plein d'embarras, s'ébaucha sur son visage contracté et il arracha une tige et la mordit et dit "Mais je l'aime", et Meïr dit "Et alors ?" et soudain, l'espace d'un instant, Meïr se souvint de l'infidélité d'Aviva et se demanda s'il ne devait pas en parler à Gavrouch, qui après quelques secondes, avec une ténacité pleine de naïveté exaspérante, dit "Je l'aime, c'est tout. Je le sens", et Meïr dit "Si c'est comme ça, je ne vois pas où est le problème. Téléphone-lui", et Gavrouch, il ne semblait pas remarquer l'impatience de Meïr, dit "Elle me manque, et je veux savoir si je lui manque aussi. C'est tout", et il arracha une tige et dit qu'il était sûr que les sentiments de deux êtres qui s'aiment s'accordent parfaitement, à l'image des vases communicants, c'est-à-dire que lorsque l'un d'eux éprouve de l'amour, l'autre en éprouve aussi, et que lorsque l'un se languit de l'autre, la réciproque est également vraie, et qu'il en va de même lorsque l'amour de l'un s'affaiblit ou lorsqu'il se remplit d'indifférence. Meïr avait déjà entendu Gavrouch lui exposer cette théorie, qu'il surnommait "la théorie des vases communicants", un nombre incalculable de fois, et il hocha la tête et dit "Si c'est comme ça, alors pourquoi vouloir lui téléphoner ? Tu devrais savoir ce qu'elle ressent", et Gavrouch dit "Oui, mais on a toujours peur de se tromper", avec une naïveté si profonde que Meïr, en qui quelque chose s'était brusquement adouci par un flot de chaleur, se tourmenta à cause de l'impatience et de la résistance qui entravaient son amour pour Gavrouch, qu'il éprouvait maintenant dans toute sa profondeur et sa densité, comme s'il était une baleine occupant à elle seule tout l'océan, et ensuite Gavrouch dit "J'ai peur qu'elle m'oublie", et il repartit, et après avoir marché quelque temps en silence, ils descendaient à présent l'autre versant de la colline, il dit "Ils peuvent s'adapter à un nouvel environnement en l'espace de quelques mois. Ça s'est déjà vu. La vie de famille est un facteur puissant. Ils ont un don d'assimilation très développé. Qu'est-ce que tu en dis ?" et il s'arrêta, et Meïr dit "Je t'ai déjà dit tout ce que j'avais à dire", et il s'arrêta à son tour après que Gavrouch lui eut fait signe de se taire pour ne pas effrayer l'oiseau, il était posé sur un arbrisseau épineux sur la pente de la colline, non loin d'eux, et ils le regardèrent pendant quelques instants en silence, Meïr remarquait maintenant ses couleurs singulières, comme si on l'avait débarrassé d'un voile de poussière, et ensuite, Gavrouch s'agenouilla avec une infinie lenteur, et tandis qu'ils observaient l'oiseau, Meïr aperçut du coin de l'œil le transporteur de Turquie, qui avançait dans leur direction, et lorsqu'il se trouva devant eux, il s'arrêta et les regarda avec curiosité, eux et l'oiseau, et brusquement, comme par plaisanterie, il tapa du pied, fit de grands gestes des mains et effraya l'oiseau, qui s'envola et disparut dans la vaste vallée étendue sous leurs yeux. Le visage de Gavrouch prit une expression de colère, alors que Meïr souriait malicieusement, cet acte avait quelque chose de libérateur, et il adressa un signe amical de la main au transporteur de Turquie, qui s'était remis en marche et auquel celui-ci, sans ralentir, répondit, et au bout de quelques instants, il s'évanouit, et Gavrouch, qui s'était relevé, commença de descendre à grands pas furieux la pente sans desserrer les dents, mais Meïr demeura immobile, car la poursuite de l'oiseau le fatiguait et lui était devenue insupportable, il ne s'intéressait, somme toute, d'aucune manière aux oiseaux, et n'eût été son amour pour Gavrouch, il ne se serait probablement pas arrêté plus d'une minute pour jeter un coup d'œil sur cet oiseau particulier ni sur aucun autre, d'ailleurs, pour multicolore qu'il fût. Mais en plus de l'ennui et du désagrément, il les aurait supportés pour Gavrouch, il sentait de nouveau cette attirance joyeuse et solennelle, qui était comme tombée pendant un certain temps, pour la chose agréable, dont il ne se souvenait plus soudain très exactement, mais qui se tenait, solide et définie, derrière la fine membrane, presque translucide, de la mémoire. Et lorsque Gavrouch s'arrêta et lui lança un regard interrogateur, il dit "Je crois que j'ai déjà suffisamment contribué à l'amour de la nature pour aujourd'hui", et il sourit avec embarras, il savait qu'il décevait Gavrouch, et Gavrouch dit "Déjà ?" et Meïr dit "Je dois y aller, on m'attend", et Gavrouch se résigna et dit "Dommage. Quand nous reverrons-nous ?" et Meïr dit "Demain, après-demain", et agita légèrement sa main vers lui en signe d'adieu, Gavrouch en fit de même, ils savaient qu'ils allaient effectivement se revoir dans un jour ou deux, et il se retourna et continua à descendre la pente afin de traverser la vaste vallée pour arriver de l'autre côté, où se dressait une colline un peu plus escarpée, tandis que Meïr longea le flanc de la colline vers le sud jusqu'à ce qu'il parvînt à un sentier étroit et à peine visible qui paraissait être un ancien chemin à chèvres.

Tout autour se dressaient les collines avec leur végétation basse, une végétation d'herbes, de ronces et d'arbrisseaux clairsemés, et une odeur légère mais caractéristique de terre sèche et d'herbes d'été desséchées régnait dans l'air du crépuscule, dans le silence absolu et profond, et Meïr marchait d'un pas assuré et régulier sur le sentier à chèvres, qui tournait doucement, par de légers lacets, vers le vallon, comme s'il l'avait déjà emprunté un nombre incalculable de fois et qu'il le connaissait parfaitement, et il sentit dans chacun des pores de son corps la liberté qu'il avait acquise en quittant Gavrouch, et une vivacité se répandit en lui, chassant l'ombre de la somnolence qui l'accablait, et il se livra avec volupté à ces sensations, qu'il n'avait pas connues depuis bien longtemps, et brusquement, presque sans s'en rendre compte, comme poussé par ces mêmes sensations agréables, il abandonna le sentier et se dirigea droit vers le vallon où passait un chemin plus large.

Des cailloux et des mottes de terre entrèrent dans ses sandales lorsqu'il descendit la pente accidentée d'entailles et de monticules, et des épines lui égratignèrent les jambes, mais cela n'assombrit pas son humeur, au contraire. Il lui semblait que le silence était, dans le val, plus profond et plus transparent encore que sur les pentes, et tout en essayant d'éviter les ronces, sans trop de succès, il pensa aux tentatives délicates mais infatigables de Gavrouch pour éveiller en lui l'amour de la nature, il prétendait que l'amour de la nature était enfoui dans chacun dès la naissance, mais qu'il était étouffé par des tas de craintes et d'ignorances, et il se dit qu'il aurait peut-être quand même dû raconter à Gavrouch l'infidélité d'Aviva, mais au moment même où le mot "infidélité" se forma dans son esprit, il sentit réellement, dans sa bouche et dans son corps, que tout cela était ridicule et n'éveillait en lui nulle ombre de douleur, d'humiliation ou de jalousie, rien, comme s'il s'agissait d'une plaie dont le sang avait séché, puis dont la croûte était tombée d'elle-même et dont toute trace avait disparu de sa vie ou était devenue étrangère à sa vie, et pendant un instant, mais un instant seulement, il fut saisi par une grande perplexité et même par une sensation de chagrin car il avait la nette impression d'avoir perdu quelque chose d'important, peut-être même de décisif, quelque chose qui tenait profondément à sa vie, qui la définissait, précisément par l'humiliation et la douleur, comme une entité distincte et singulière, mais au bout de quelques instants, et peut-être même au cœur de la perplexité et de la peine, une sensation enivrante de soulagement se répandit en lui, il avait finalement réussi à surmonter, au prix de nombreuses peines, un obstacle lourd et inutile qui empoisonnait sa vie d'humiliation et d'hostilité, et lui donnait le sentiment d'être pitoyable, et cela, non pas à cause de ce qui s'était effectivement passé, mais à cause de l'arrogance et de la lâcheté avec lesquelles il l'avait pris, et un flot de gratitude le submergea. Et tout en marchant, un sourire épanoui sur son visage, il commença de réciter du plus profond de son cœur *"Per me si va ne la città dolente, per me si va ne la..."* la suite lui fit défaut, et immédiatement, tout en continuant à marcher, il remplaça les mots manquants par des combinaisons de sons qui lui traversaient l'esprit *"Dolore caiutto"*, et poursuivit *"per me si va ne la perduto gente, Giustizia mezzo mio alto fattore"*. Il n'était pas un seul de ces mots qu'il se rappelait et qu'il récitait dont il fût sûr qu'il ne l'écorchait pas d'une manière ou d'une autre, au contraire, il avait même le net sentiment qu'il les écorchait tous sans exception, et néanmoins, il récita à nouveau ces vers, avec plus d'ardeur encore, remplissant le silence et se demandant avec un étonnement amusé pourquoi le professeur d'histoire, lui et non un autre, avec sa tête gigantesque et son menton puissant qui s'élançait hors de son visage lourd et perpétuellement furieux, avait jugé nécessaire d'inscrire ces vers au tableau, après les leur avoir lus de sa voix enrouée, et avait exigé d'eux qu'ils les recopient dans leurs cahiers et les apprennent par cœur, et il les récita pour la troisième fois, il ne se souvenait plus guère que de leur sens général, et les mots s'envolèrent et se perdirent quelque part entre les pentes, qui devenaient plus raides et plus accidentées, avant d'être absorbés par le silence, et il continua de les répéter, animé par cette même gaieté malicieuse exaltante, tout en suivant la vallée, qui se rétrécit brusquement en un goulet sinueux encadré de parois rocheuses à pic, et soudain, avec une sensation de défoulement, tout en contemplant les parois escarpées, il cria "Etre italien !" et il s'arrêta et écouta avec un sourire plein de satisfaction l'écho répercuter son cri de paroi en paroi, comme s'il rebondissait de l'une à l'autre dans la sinuosité du goulet jusqu'à ce qu'il se fracassât, et il mit alors ses mains en porte-voix et cria "Etre poète !" et écouta à nouveau l'écho jusqu'à ce que retombât un silence absolu, ce silence des oueds plein de majesté et de mystère.

Une ombre fraîche imprégnée d'odeurs de pierre et de vieille humidité remplissait le goulet, quelque part en haut, à une distance inaccessible, se déployait une bande de ciel bleu foncé, et Meïr, qui s'était remis en marche, fut subjugué par la sensation de majesté, de mystère et de solitude, qui était tellement différente de la solitude qu'il avait ressentie entre les collines nues, au point qu'il cessa de réciter et de crier, même le sourire s'effaça de son visage, et il fixa son attention sur sa marche au milieu du sentier onduleux tout en scrutant du regard les parois escarpées, balafrées d'interstices et de petites fissures, qui enfermaient l'oued de toutes parts, seules çà et là, à des distances assez éloignées, surgissaient entre elles des gorges étroites et ombreuses, que le goût de l'aventure le poussait à explorer, et pourtant il hésitait, non seulement à cause des dangers qu'elles recelaient, mais surtout parce qu'il craignait de ne pas retrouver son chemin, ou au moins de s'attarder bien plus longtemps qu'il n'était prêt à le faire, mais la curiosité finit par l'emporter, et il s'engagea dans l'une de ces gorges, après avoir décidé de ne pas trop s'éloigner, et il y marcha sans enthousiasme, tout en s'efforçant de ne pas perdre la direction de l'oued. Le ravin se fit plus étroit d'instant en instant et l'ombre qu'il contenait plus épaisse, si bien qu'elle finit par se transformer en une pénombre, mais Meïr, malgré sa décision de faire quelques pas dans le ravin et de rebrousser chemin, continua d'avancer dans le ravin accidenté de pierres et de rocs, même lorsqu'il devint tellement escarpé que la marche se transforma en une difficile escalade, c'était précisément la peur sourde et en particulier l'effort physique qui l'incitaient à continuer, brusquement, après des années, il sentait son corps et cela le gonflait d'orgueil et d'ambition, et au bout d'un certain temps, le ravin prit fin et il se retrouva sur le plateau découvert au-dessus de l'oued. Il s'assit sur une grande pierre et laissa les mouvements de l'air lui rafraîchir le visage, comme la sensation de son corps trempé de sueur et épuisé par l'effort lui était agréable maintenant, et ensuite il se leva et commença de descendre du plateau en direction de l'oued où il avait marché auparavant, il avait décidé d'y parvenir par un autre ravin que celui qu'il avait emprunté pour monter, et il y arriva en effet après un court moment et marcha au bord des parois de pierre à pic, en proie au vertige, qu'il essayait de temps en temps de calmer en s'arrêtant brièvement et en détournant le regard vers le plateau. Il pensait sans cesse qu'il lui fallait s'éloigner du bord du ravin pour ne pas y tomber, mais une force tenace le poussait à continuer de braver ce danger, cela avait, d'une certaine manière, quelque chose d'amusant, et tout en avançant et en jetant par moments, tout à fait malgré lui, un regard vers les profondeurs ténébreuses qui s'ouvraient à ses pieds, il se dit avec un sourire qu'il aurait tellement aimé naître italien ou français, ou peut-être suédois et vivre tranquillement au bord d'un des fjords bleus, mais surtout italien et poète, et plus il y réfléchissait, plus ce désir s'approfondissait et devenait douloureux, il sentait que cela, et cela seul, était le destin qui lui convenait, à cette aspiration se mélangeait maintenant un sentiment de ratage, et il finit par voir dans la non-réalisation de cette aspiration non seulement une machination personnellement dirigée contre lui, mais également l'expression de l'illogisme et de l'inhumanité de la nature et de la création tout entière, car peu importait à la nature ou à la création qu'il naquît italien et poète, et cela l'affligea plus encore, et il s'arrêta, regarda au fond du ravin et aperçut, quelque part en contrebas, le creux de l'oued auquel il devait retourner, et il se remit en marche, et tout en cherchant un endroit praticable pour descendre, il réfléchit à la liberté et au libre arbitre, à l'insignifiance de leur valeur et de leur poids dès lors que l'homme ne pouvait décider ni de ses parents, ni de sa nationalité, et moins encore de sa naissance, ils ne lui inspiraient que mépris amer et surtout désespoir, et lorsqu'il voulut reprendre courage et retrouver sa bonne humeur, il sourit et dit "La liberté est la reconnaissance de la nécessité, la liberté est la conscience de la nécessité", et il se demanda si cette affirmation utile avait été formulée par Marx ou par Lénine, elle était en tout cas de l'un des deux, et il se répéta "La liberté est la concience de la nécessité", mais, sous la pellicule du sourire, il n'éprouva aucun entrain, car son esprit se refusait à cette conscience, et l'eût-il acceptée que cette conscience n'aurait qu'assombri davantage son humeur, car pour lui, la liberté était la liberté totale de réaliser chaque envie et chaque souhait. Et de vains regrets s'infiltrèrent en lui et le tourmentèrent impitoyablement, si bien que le fait d'être né et d'avoir vu le jour le remplit de fureur, s'il avait pu, il aurait effacé à l'instant même toute son existence, et au même moment, il se dit qu'il était impossible que quelqu'un soit attiré par quelque chose avec tant de regrets et de désirs torturants, avec tant de sentiments d'affinité et d'intimité profonds aussi, sans que la chose qui l'attire soit en quelque sorte enracinée au plus profond de son être, et il fut alors saisi par la vague impression qu'il avait en effet peut-être été à l'origine italien et poète mais que cela s'était perdu dans le tourbillon de la vie, car sinon, comment expliquer les regrets et la sensation d'affinité et d'union, comment expliquer les vagues souvenirs, et lorsqu'il se remit en route, après s'être arrêté quelques instants et avoir mesuré des yeux les parois de l'oued à la recherche d'une pente douce, elles s'abaissaient lentement et l'oued s'élargissait et devenait moins profond, il se dit qu'il ne pouvait peut-être pas affirmer avec certitude qu'il était né italien, mais que cela n'avait rien d'impossible, et lorsqu'il descendit vers l'oued, la descente était beaucoup plus ardue qu'il ne se l'était imaginé, il se dit qu'il était italien et poète, il en avait maintenant la conviction, et aussi français et suédois et qu'il vivait dans la quiétude verte ourlant un fjord – il ne voulait en aucun cas être américain –, et poète et architecte et explorateur et important homme d'Etat, et également philosophe et guide spirituel révéré par de nombreux fidèles pendant des générations et peut-être même pour l'éternité, et qu'ainsi délesté de la banalité et de l'anonymat désespérants, il vivrait sa vie tumultueuse et bouleverserait, en vertu de sa personnalité et de ses actes, la poésie, l'architecture et l'histoire tout entière. Et un sourire débordant de joie s'élargit en lui et un frisson lui parcourut la peau et s'infiltra dans sa chair et couvrit son corps des pieds à la tête, il se demanda un instant s'il ne s'agissait pas de la légère brise qui lui balayait le visage, imprégnée de fraîcheur et d'une vivifiante odeur de végétation, une lumière apparut sur les parois rocheuses et l'ombre de l'oued s'éclaircit, et il répéta gaiement, presque en chantant "La liberté est la conscience de la nécessité."

Bientôt, et de manière assez brusque, l'oued prit fin et devant lui s'étendit à perte de vue une plaine verdoyante, et il s'arrêta, l'humeur joyeuse et ému, il s'attendait à voir ce paysage après l'oued, et contempla les étendues immergées dans leur verdeur violente ainsi que le ciel d'un bleu comme peint à l'encre. Çà et là, éloignés les uns des autres, se dressaient des arbres de taille moyenne aux frondaisons fournies et larges telles des ombrelles qui projetaient autour d'eux un cercle d'ombre foncée et il les appela intérieurement des "caroubiers", et regretta, pendant un bref instant, que Gavrouch ne l'eût pas accompagné jusqu'ici. Après s'être repu du paysage, il commença à marcher parmi les tendres herbes sauvages qui lui caressaient les jambes et exhalaient une haleine humide, étouffante recouvrant la plaine comme une couverture chaude et épaisse et détrempant son corps de sueur, elle ruisselait sur son visage, son cou et sa poitrine et dégageait une odeur forte, différente de la précédente odeur de sueur, et elle se mélangea à l'odeur de la terre et des herbes, odeurs d'arroche et de paliure, de raifort et d'invisibles lauriers-roses, ainsi qu'à l'odeur de la mer, qui se cachait dans le lointain au bout de la plaine, et c'était l'été dans toute sa richesse sur les étendues ouvertes, des racines de la terre jusqu'aux limites du ciel, il l'enveloppait, tandis qu'il marchait dans l'épaisse haleine chaude et tremblait sur le bord de ses narines, en l'enivrant, et cette sensation de l'été et elle augmenta au fur et à mesure qu'il avançait, dégoulinant de sueur, dans la lourde vapeur chargée d'odeurs, et du cœur du tourbillon des odeurs surgirent, comme des entités abstraites incarnées chacune par un parfum singulier, le temps illimité et la jeunesse avec le hâle agréable, et la souplesse du corps et de l'esprit, et la santé allant de soi, et la confiance naturelle et la liberté de volonté et d'action, et coiffant le tout, ce sentiment extraordinaire dirigé principalement vers la sexualité, que tout était possible et à portée de main. Il avait l'odorat d'un animal, et suivait avec émerveillement et émotion ce qui se passait en lui, et en particulier la fraîche sexualité, qui traversait tout cela tel un jet glacé dans le large flot d'un fleuve, et il alla vers l'un des arbres, dont le feuillage lui paraissait particulièrement touffu, et il se dit qu'au moment où il s'allongerait par terre à l'ombre de cet arbre, il éprouverait de nouveau ces plaisirs qui ne subsistaient en lui que sous la forme de souvenirs vides de sensations, et tout en marchant, il avançait lentement au rythme de l'été infini, il s'arrêta à deux ou trois reprises, se baissa, creusa la terre chaude et moite et en tira un peu d'humus qu'il écrasa entre ses doigts et approcha de son nez et sans remuer les lèvres, il dit "L'odeur de la vallée." Et lorsqu'il parvint à l'arbre, il s'allongea dans son ombre, les paumes de ses mains sous sa tête, regarda sa frondaison touffue, s'abandonna au plaisir d'être allongé sur la terre et à celui des odeurs ténues qui en montaient et des feuilles sèches qui l'entouraient et fusionnaient avec les chaudes odeurs de la plaine, et il suivit du regard les flocons de lumière qui filtraient et fondaient sur les feuilles sombres, et des voiles de sommeil légers et mielleux comme les voiles du sommeil des enfants couvrirent ses yeux, et au sein de la désagrégation paisible du temps dans l'air vaporeux de l'été sur les étendues ouvertes, il eut l'impression de s'entendre dire, à moitié endormi, "C'est le séjour rêvé", comme ces mots étaient doux à prononcer "C'est le séjour rêvé", et dans le silence de l'instant qui suivit ces mots, monta des profondeurs de son corps et peut-être des profondeurs de la parcelle de terre sur laquelle il était allongé, le poème d'Ozer Rabin dans son intégralité, sans qu'il se souvînt des mots qui le composaient, comme si le poème existait sous la forme d'une entité pure, différente des mots particuliers, bien que tous les mots, avec leurs intonations et leurs allusions y fussent compris, comme si elle était une olive posée sur la langue ou l'ombre d'un cyprès. Et il sourit et se tourna sur le côté et pensa au monde de l'avenir qui s'édifierait en vertu de l'évolution historique, qui était inexorable, après que l'Etat disparaîtrait avec toutes les formes de la servitude et de l'oppression, il le vit s'amenuiser et s'écrouler comme une bougie avec cette même inexorabilité silencieuse qui régnerait dans un monde tout de bonté, radieux, plein de pelouses, de champs verdoyants, de petits bocages avec des ruisseaux, et çà et là des orchestres en train de jouer et des oiseaux pépiant, le tout débordant de fraîcheur et d'allégresse, car tous les hommes seraient satisfaits puisqu'ils ne feraient que ce qui leur chante et ce qui leur plaît, il voyait la plupart d'entre eux se promener dans des champs et des jardins, écouter de la musique ou faire du sport ou l'amour qui serait toujours frais et émouvant parce qu'il n'obéirait qu'à un penchant véritable, momentané, et à l'instinct, qui présiderait à tout, mais dans le cadre d'une certaine discipline, dont il ne voyait pas du tout l'origine et l'objet, et sur lesquels reposerait un monde de liberté totale, et cela évacuerait de la vie toute mesquinerie, tout ennui et toute monotonie, et la transformerait en une aventure incessante, pleine d'ivresse et d'élévation, au nom de la société et pour elle. Un sentiment d'agréable fatigue l'enveloppait, comme si les pensées avaient aspiré ses forces, et la terre dégageait une chaleur et des vapeurs de sommeil qu'il inspirait et l'entouraient comme les toiles de soie entourent le ver, et il se tourna sur le côté, et sortit machinalement de sa poche le journal qu'il déploya devant ses yeux, et toujours à moitié endormi, il le parcourut et lut un article concernant une secte, dont le centre se trouvait dans la ville d'Hebron en Amérique, qui prétendait que la terre était creuse et que nous, ses habitants, vivons à l'intérieur, collés à la face interne de son écorce, et qui le prêchait avec fanatisme dans des brochures de propagande pleines de preuves logiques scientifiques circonstanciées, au moyen desquelles ils escomptaient convertir l'humanité à leur conviction, et il sourit et parcourut du regard les autres titres et se demanda quelle raison pouvait-on avoir d'adhérer à cette croyance et quelles en étaient les implications pour ceux qui y avaient foi, et il écarta légèrement le journal et regarda l'horizon qui apparaissait sous la cime de l'arbre, et il essaya de se représenter le monde tel que le concevaient les membres de cette secte, et il vit une sphère creuse avec, collés à l'intérieur de sa paroi interne, lui et l'arbre sous lequel il était allongé, et à l'extérieur, un rempart infini d'air bleu, et il se dit "Le pays de Ploussider, le pays de Ploussider", et dans le même élan de pensée il vit cette sphère creuse emboîtée dans une autre sphère creuse, et cette autre sphère creuse, emboîtée à son tour dans une troisième sphère creuse, à l'instar des poupées russes, et tout en regardant le bord du ciel, où aucun mouvement de l'air, aucun nuage et aucun oiseau n'était visible, il essaya de s'imaginer allongé en haut, contre la paroi interne de la sphère, et ce ciel déployé à ses pieds, mais en vain, car son instinct naturel s'y refusait, mais il s'obstina, et juste avant de glisser dans le sommeil, avec une ténacité relâchée, il s'acharna à vouloir vaincre ses sensations en vertu de son imagination, et il finit par sentir réellement qu'il était allongé en haut comme dans un berceau renversé et que le ciel s'étendait à ses pieds, la sensation du triomphe, du flottement et des étendues lui était tellement agréable, mais il fut immédiatement assailli par un malaise et par une angoisse qui ne s'expliquaient pas uniquement par un vertige ou par la crainte de tomber, mais par la peur de la remise en cause de toute la nature, avec ses lois et les forces qui la dominent, si bien qu'il voulut se sentir dans l'instant de nouveau couché en bas avec le ciel déployé au-dessus de sa tête, comme auparavant, mais la sensation contraire se cramponnait à lui avec tant d'obstination qu'il posa le journal sur son visage et se livra à l'envie de dormir qui remplissait déjà ses membres détendus et glissa dans un doux sommeil d'enfant.

Dans son sommeil, il sentit que quelqu'un se tenait au-dessus de lui, si près qu'il lui touchait le bras de sa jambe, et il sut qu'il s'agissait de Rayia, car il était sûr qu'elle viendrait, et sans ouvrir les yeux, plongé dans la zone d'ombre entre le sommeil et la veille, il tendit le bras et caressa lentement sa jambe, et la volupté excitante coula de ses doigts le long de son bras, se répandit dans son corps et se mélangea au plaisir du réveil, même les yeux fermés, il pouvait sentir la douceur et le hâle de sa peau, et ensuite il entrouvrit les yeux et la regarda un instant à travers l'ouate du sommeil, elle portait un short et un débardeur blanc, et il les referma, et avec une parfaite aisance, sans hésitation, il continua de caresser sa jambe du mollet jusqu'à la cuisse, il aimait le creux du genou et l'intérieur de la cuisse, et Rayia resta immobile, se livrant à ses caresses, et il sentit que les dernières traces de timidité et de crainte se détachaient de lui de minute en minute et se dissipaient et que son corps s'ouvrait et se remplissait de désir comme un fruit d'été plein de suc, et il porta la main à son short avec naturel et simplicité, la crainte d'être repoussé ou humilié ne lui vint même pas à l'esprit, il eut l'impression qu'il allait bientôt fondre de plaisir, et la caressa là, rien n'existait plus au monde hormis son corps débordant de désir comprimé et tendu et le corps dressé au-dessus de lui dans la chaleur enivrante de l'été, et Rayia elle aussi se livrait à ce plaisir, il s'en rendait bien compte à son immobilité et à quelque chose d'invisible mais de net qui émanait d'elle, et ensuite il lui dit de se déshabiller, ou peut-être se contenta-t-il de le lui faire comprendre, et elle s'exécuta et demeura debout au-dessus de lui, ses jambes un peu écartées tandis qu'il lui caressait doucement les cuisses et contemplait le visage tendu, d'un regard halluciné, la fente de la vulve ainsi que les poils qui l'entouraient. Au-dessus de sa tête, était déployé le dais sombre des feuilles avec les pastilles de lumière argentées, le temps s'écoulait comme du miel épais, avec une infinie lenteur, et il réprima difficilement le désir exacerbé à en exploser qui s'était comprimé dans son corps, et ressentit comme pour la première fois sa force et sa souplesse et cette confiance naturelle que rien n'était hors de sa portée, et il dit "Viens", et elle s'allongea à côté de lui, la chaleur de l'été dans les étendues ouvertes les enveloppait tous deux, et il l'enlaça et essaya de se souvenir de cette position particulière de *la Joie du sexe*, et sentit que c'était superflu et ridicule et n'y pensa plus et il coucha avec elle dans l'odeur des herbes et des lauriers-roses invisibles et dans l'odeur de la terre et de l'humus mélangée à l'odeur de sa peau, et ensuite il sombra dans une quiétude absolue et regarda derrière son visage la plaine verdoyante et la frondaison foncée avec les pastilles de lumière argentées qui s'effilochaient et se désagrégeaient, puis il s'endormit de nouveau.

Il se réveilla lentement, comme s'il émergeait d'un lac de pudding, avec l'impression que quelque chose de bon et d'agréable lui était arrivé, et la sensation de pureté des matins de vacances de la Pâque, pendant les années d'école, avec le soleil jaune à la fenêtre, une tache de lumière était sur le mur et sur la fine couverture de laine, et la conscience de pouvoir rester au lit entre les draps moelleux et de disposer de tout le temps qu'il le souhaitait l'inonda, et il finit par ouvrir les yeux et regarda, encore mal réveillé, la cime de l'arbre avec les flocons de lumière, il lui semblait tout ensemble que quelques minutes seulement s'étaient écoulées depuis qu'il s'était endormi mais aussi de nombreuses heures ou même des jours, et ensuite, sans redresser la tête, il regarda les herbes et les restes des feuilles mortes et les minces morceaux de branches et les mottes de terre qui se trouvaient près de lui, et il suivit une fourmi qui coltinait une miette de quelque chose, il n'était accablé par aucun sentiment de culpabilité, par aucun regret et par aucune aspiration douloureuse, mais au contraire tout au plaisir du moment présent et au fait d'exister. Jamais, excepté durant les années d'école, il n'avait connu cette sensation, et pourtant, sans rien ôter à la tranquillité, il fut de nouveau doucement poussé mais fermement, après un moment de somnolence, à aller vers la chose agréable qui l'attendait au bout du chemin, et il s'étira et s'assit, puis il se leva et s'étira de nouveau tout en scrutant la plaine verdoyante qui se confondait avec le ciel en une seule étendue immense et vide, et il se demanda quelle direction il devait suivre afin d'arriver aux dunes de sable et à la mer, car il ne disposait d'aucun point de repère dans cette plaine, que cernait de toute part un horizon bleuâtre, et les rares arbres qui y étaient disséminés ne firent que le troubler davantage, car il lui semblait tantôt être déjà passé, en venant de l'oued, devant l'un, puis devant l'autre, et il promena un regard circulaire autour de lui, désemparé, pourtant lorsqu'il avait débouché de l'oued et s'était dirigé vers l'arbre, la direction à suivre lui était parfaitement claire, et il leva la tête vers la cime et ferma les yeux afin d'effacer le paysage et lorsqu'il les rouvrit, il se mit en marche, guidé par une prescience vers les dunes et la mer. Et effectivement, au bout d'un certain temps, de façon presque imperceptible, d'abord, le rempart de touffeur qui recouvrait la plaine se troua, et ensuite de légers souffles, frais comme l'air dégagé lorsqu'on agite des draps humides, se levèrent et balayèrent l'étendue ainsi que son visage embrasé, et l'odeur de la mer et des algues se fit plus forte et au loin, le long de la ligne d'horizon, s'étira un ourlet clair comme celui de l'écume, qui s'étendit et s'élargit au fur et à mesure qu'il se rapprochait, et il s'arrêta brusquement et scruta brièvement la plaine qu'il laissait derrière lui, et repartit, et lorsqu'il arriva aux dunes de sable lisses, qui moutonnaient, enveloppées d'un silence de jour du shabbat jusqu'à la mer, dont seule était visible la vapeur brun grisâtre, immobile comme le panache de fumée figé d'un bateau, il fut pris par l'envie de courir, d'y gambader et de s'y rouler, de s'y rouler, surtout, mais il se retint car il ne voulait pas porter atteinte à leur virginité exempte de toute tache, qui semblait avoir été créée par les ailes des anges, mais finalement, après avoir marché un certain temps, il ne put plus réprimer son envie en voyant le bonheur recelé dans ces merveilleuses pentes qui fusionnaient tendrement les unes dans les autres sur toute la surface de l'étendue lumineuse, et il enleva sa chemise, ses sandales et son pantalon, les roula en tapon, puis il courut et gambada vers le sommet d'une colline et lorsqu'il y fut parvenu, il se baissa et roula jusqu'à la base de la pente, puis il se releva, un rayonnement de bonheur l'entourait, et il grimpa au pas de course au sommet de la colline d'en face et roula à nouveau jusqu'en bas, et il poursuivit ce jeu jusqu'à ce que la mer se dévoilât complètement, puis secoua le sable de ses bras et de ses jambes, et il repartit, vêtu de son seul slip, s'abandonnant au vent de mer humide et aux rayons du soleil, il sentait comment ils pénétraient dans les pores de sa peau et réveillaient les pigments, et il bronza et la sensation du hâle frais s'ajouta aux sensations de force et de souplesse, qui augmentaient à chaque pas, comme cette sensation lui était agréable, et il entendit le clapotis doux et monotone des vaguelettes, un clapotis sourd et répétitif comme le mouvement paisible d'un lointain pendule, qui semblait filtrer à travers le rempart de l'air transparent, dont la limpidité augmentait au fur et à mesure qu'il se rapprochait de la mer. Et il hâta un peu le pas, la proximité de la mer l'avait complètement réveillé, et enfonça les pieds dans le sable des dunes qui le séparaient encore de la bande fraîche du rivage, puis il traversa cette dernière et s'arrêta au bord de l'eau, le visage tourné vers le large, et les yeux grands ouverts, il contempla avec avidité l'étendue bleue infinie – une voile blanche fine comme une plume était plantée, immobile, quelque part au loin –, qui lui donnait l'impression d'avoir fait fondre les limites de son corps et de l'avoir absorbé en elle jusqu'à devenir un avec l'air et l'eau, et qui pourtant était séparée de son corps peut-être plus que jamais en raison, précisément de la sensation du hâle et de celle de force et de souplesse. Et il laissa les vaguelettes, qui roulaient en clapotant, lui lécher les pieds, et le sentiment de communion naturelle, évidente, qui était comme étouffé par des tas d'ignorances et de peurs, avec la mer qui ressemblait aux mers des marines ou des broderies, une mer qui ne se déchaînerait jamais et dans laquelle il serait impossible de se noyer, s'éveilla alors en lui et il laissa tomber le paquet de ses vêtements, et courut joyeusement vers l'eau en éclaboussant autour de lui, puis il s'y jeta la tête la première et plongea, et après quelques instants, il remonta à la surface et nagea jusque derrière l'horizon d'où le rivage et les dunes étaient à peine visibles, et là, dans l'étendue tranquille, il se mit sur le dos et s'abandonna au contact de l'air et du soleil et au bercement agréable de l'eau, qui, par son mouvement perpétuel, donnait l'impression que c'était la mer, avec ses profondeurs et son fond ainsi que le soleil au-dessus de sa tête qui se balançaient. Et couché sur le dos, ses yeux clos tournés vers le ciel, il eut l'impression que la profondeur obscure qui béait sous lui était une compression souple sur laquelle il reposait comme sur une poutre, et lorsqu'il se rétablit sur le ventre afin de regagner le rivage, il en avait soudain assez de flotter passivement, il discerna quelque part au-dessous de lui, dans les profondeurs de l'eau, une grande tache sombre qui lui inspira une peur panique, et il se dit que c'était un rocher, mais au même instant, il lui vint à l'idée qu'il s'agissait de la bouche d'un souterrain qui conduisait jusqu'à la mer des Sargasses, située sous cette mer, et lorsqu'il mit le pied sur le rivage, à l'heure du crépuscule, il le raconta à Posner, qui était étendu dans le sable avec les raquettes et le "cahier de jeux" d'Itzhak Posner, 3e B, et construisait quelque chose avec des canaux et un bassin. Et Posner se mit à rire et dit qu'à ce compte-là il y avait peut-être également une mer au-dessus de cette mer, et Meïr dit "C'est possible", et Posner dit "Alors pourquoi est-ce qu'elle ne coule pas sur la tête ?" et Meïr dit "Je ne sais pas. Peut-être que son fond est en quartz", ce brusque "quartz", jailli de sa bouche, avait fait pencher la balance en sa faveur, lui semblait-il, mais Posner sourit et dit que le quartz n'était pas capable de résister à de telles pressions, sans mentionner le fait qu'il se serait immédiatement combiné avec les nitrates qui se trouvent dans l'eau et aurait produit des acides, finalement, il manifestait de nouveau sa supériorité, et Meïr dit "Je ne comprends rien en sciences naturelles", et prit la raquette que Posner lui tendait, et lorsqu'ils se dirigèrent vers le bord de l'eau pour jouer, Posner sourit et dit "Tu as peut-être raison. Beaucoup d'hypothèses scientifiques ont commencé sous la forme de propos fantaisistes", et ils s'éloignèrent l'un de l'autre et s'immobilisèrent et jouèrent pendant un long moment avec plaisir et excellence, jusqu'à ce que Meïr dît qu'il devait partir et arrêtât de jouer, et Posner dit "Où est-ce que tu cours comme ça ? Il est encore tôt", et Meïr dit "Je suis obligé de partir", et Posner dit "Encore une demi-heure. Allez", et Meïr dit "Non, non. On m'attend", et il rendit la raquette à Posner et alla se rhabiller, il était content que son départ fît de la peine à Posner, et Posner jeta les raquettes dans le sable et dit "Quand est-ce que tu arrêteras d'être enfin un bon garçon", et Meïr, cette phrase l'avait piqué, dit "On m'attend", et demanda à Posner s'il pouvait utiliser sa serviette, et Posner dit "Quelle question", et la lui lança, ils se tenaient maintenant l'un à côté de l'autre sur la plage déserte, et Posner essuya ses lunettes de soleil, des lunettes de soleil d'aviateur, et dit que la fin du monde était pour bientôt, et Meïr, qui était en train de s'essuyer, dit "C'est absurde", les propos de Posner l'irritèrent avant même qu'il en eût saisi le sens, et Posner dit qu'il l'avait lu dans un journal scientifique américain, et il esquissa un sourire, qui sembla à Meïr légèrement railleur, et il dit "C'est ridicule. A chaque fois, on invente quelque chose. C'est sûrement de la publicité pour un film", il s'employait de toutes ses forces à garder une apparence sereine, mais Posner poursuivit et dit que plusieurs scientifiques, parmi les plus célèbres, avaient développé une théorie selon laquelle une des étoiles de l'espèce des "naines blanches" se réchaufferait tellement, sous l'effet de réactions diverses qui se produiraient en elle et grossirait dans une telle proportion, qu'elle finirait par avaler la terre et les autres étoiles du système solaire ainsi d'ailleurs que le soleil lui-même, et Meïr répéta "C'est absurde. C'est sûrement une publicité pour quelque chose", et que pouvait-il donc dire d'autre, et sous la façade confiante et même insolente de Posner, il discerna, c'est en tout cas ce qui lui semblait, une trace d'angoisse, et il ajouta "Je n'y crois pas", mais Posner continua et dit que préalablement à tout cela, l'atmosphère se réchaufferait tellement que la végétation et les mers et la terre avec tout ce qui se trouve dessus s'évaporeraient et se transformeraient en gaz bruissants, la chaleur serait si épouvantable que même le soleil s'évaporerait et disparaîtrait, et alors, après sa disparition, une obscurité totale, noire comme poix, régnerait, il répéta ces mots à plusieurs reprises, comme s'il craignait qu'ils ne fussent pas parfaitement compris, et une pluie continue, un déluge de roche chauffée à blanc et de plomb fondu et de goudron tomberait pendant des jours et des jours sur la terre accompagné par une tempête de cendre incandescente, et ce n'est qu'alors que le globe serait absorbé par l'étoile mourante. Meïr regarda la mer bleue, sereine, et le ciel limpide et les dunes blanches comme s'il les voyait pour la dernière fois, tout paraissait si paisible et éternel, et il rendit la serviette à Posner et il dit "Quand est-ce que cela va arriver ?" et Posner dit "Bientôt", son obstination avait quelque chose d'exaspérant, et Meïr dit "Ça n'arrivera jamais", et il espéra que Posner rétracterait ses propos, ou, au moins, qu'il les atténuerait en signe d'amitié, mais Posner ne sembla nullement disposé à renoncer à son opinion ou à la nuancer, au contraire, son visage exprimait une tension intransigeante et il dit que beaucoup de gens, dont certains d'une grande intelligence, avaient affirmé à propos de beaucoup de choses qu'elles n'arriveraient pas – et elles étaient arrivées –, et Meïr dit "Ça n'est pas une preuve", il se sentait si déçu et furieux, "C'est des salades, tout ça", et il enfila son pantalon et Posner dit "Je comprends que ça te dérange. D'accord. Il n'y a pas de nature, il n'y a rien. C'est de la blague", et il éclata de rire et Meïr, que ce rire franc embarrassa, se contint et termina de boutonner silencieusement son pantalon, il se sentait en quelque sorte vaincu, et au bout d'un instant, avec une intonation d'indifférence et de curiosité dans la voix, il demanda à Posner s'il croyait à la résurrection des morts, il était lui-même gêné et surpris par la question, et Posner dit "Quelle espèce de résurrection est-ce qu'il peut bien y avoir s'il n'y a plus de monde", et Meïr dit "Supposons que cela n'arrive pas et que le monde subsiste", et Posner dit "Il n'y a pas de supposons dans la nature" et il donna un coup de pied dans un monticule de sable, et Meïr dit "Il y a d'autres mondes en dehors du nôtre", et Posner, cette réponse inattendue parut un instant le prendre au dépourvu, dit que s'il faisait allusion à la réincarnation, il n'y croyait pas, en toute hypothèse, la loi de la conservation de l'énergie s'appliquait à la nature dans sa totalité et partant, à tous les phénomènes naturels, mais que le mort puisse sortir de sa tombe et ressusciter sous les traits qui avaient été les siens de son vivant, il n'y croyait absolument pas car cela était en entière contradiction avec les lois et Meïr lui demanda "Quelles lois ?" et Posner dit "Les lois de la nature. Je n'en connais pas d'autres", et Meïr dit "Et si Dieu le voulait ?" et Posner dit "Tu crois en Dieu ?" et Meïr dit "Non. Mais si Dieu le voulait ?" Un violent désir de battre en brèche le mur de l'intelligence et des connaissances de Posner l'avait saisi, et Posner dit "Dieu ne peut pas vouloir quelque chose qui soit en contradiction avec les lois de la nature." Et Meïr, il se sentait brusquement désemparé et impuissant, dit "Alors tu ne crois pas à la résurrection des morts dans la chair", il avait l'impression que cette question touchait quelque chose qui lui tenait plus à cœur que sa propre vie, et Posner dit "Non", il n'avait visiblement pas réalisé combien cette question était capitale pour Meïr qui sourit avec embarras et dit "Mais tu m'as dit toi-même que tu croyais que l'esprit avait le pouvoir d'opérer des miracles", et Posner dit "Je vois que tu veux que je te mente un peu, pour que tu aies l'esprit tranquille, mais je refuse", et Meïr dit "Je ne veux rien. Je veux simplement que tu sois un ami, c'est tout", et il ajouta aussitôt "D'où est-ce que tu sais ce qui est un mensonge et ce qui n'en est pas un ?" et Posner, il avait maintenant quelque chose de franc et de dénué de toute ironie ou arrogance, dit qu'une telle résurrection des morts était incompatible avec la conception de la physique moderne, selon laquelle toute distinction entre le passé, le présent et l'avenir est dépourvue de sens et n'a aucune réalité en dehors du champ limité de la vie quotidienne, et Meïr, qu'une morosité et un courroux inexplicables enveloppèrent en entendant ces propos, dit "Je ne comprends pas de quoi tu parles", et il essaya de glisser ses pieds dans ses sandales, et Posner prit subitement une expression sérieuse, comme si un nuage couvrait son visage, et dit sur un ton douloureux et inattendu de confession "Je ne veux pas ressusciter. C'est tout. Je ne veux pas rencontrer mon père une seconde fois. Une seule me suffit", et Meïr dit "Je comprends", et il se baissa pour boucler ses sandales, et dans une illumination soudaine, comme si un rayon de soleil printanier l'enveloppait, il sentit combien leur amitié était profonde et inébranlable, et qu'elle résisterait à toutes les épreuves, à l'instar de son amitié avec Gavrouch. Et Posner dit "Reste encore un peu. Rien ne presse", sa voix avait retrouvé son timbre joyeux, et Meïr dit "Non. On m'attend", il pensa un instant lui céder mais en même temps, et peut-être pour la première fois au cours de leur amitié, il sentit combien il était libre de refuser, et Posner dit "Dommage. On aurait pu jouer encore un peu", et Meïr dit "Il n'y a rien à faire", une sensation de fraîcheur le remplissait, et il lui jeta, pour s'amuser, une poignée de sable et s'éloigna rapidement tout en lui faisant un signe d'adieu de la main, puis il longea le rivage vers le sud, plongé dans cette même sensation de joie fraîche, qui se mélangeait à la tension solennelle, d'abord retenue, qui l'enveloppait depuis qu'il avait quitté le bord de l'eau et avança sur l'étroit sentier qui traversait les terrains d'argile rouge et de sable couverts de ronces et d'herbes clairsemées.

Après avoir marché quelque temps, apparut soudain le verger sombre avec les fraisiers et le cyprès qu'il surnommait "la forêt bouclée", il faisait l'effet d'une tache d'ombre carrée dans les jachères qui l'encerclaient, et à sa vue, sa tension et son émotion, auxquelles il s'efforçait de ne pas accorder d'attention, augmentèrent, et lorsqu'il s'approcha du verger et en sentit l'ombre verte et l'odeur, une odeur de citrus et de terre irriguée, il s'arrêta un instant et l'embrassa du regard, la haie d'acacia était trouée à de nombreux endroits, et ensuite, il y pénétra lentement, et marcha penché sous ses arbres bas, un mélange d'orangers, de bigaradiers, de citronniers, de quelques fraisiers et de plusieurs cyprès, qui se dressaient immobiles, enjambant, comme par jeu, les canaux d'irrigation abandonnés, et contournant çà et là des arbustes épineux sauvages, tout en lançant de discrets regards alentour, prétendument involontaires, et lorsqu'il parvint à la petite clairière à côté du fraisier touffu, il savait pertinemment que là était l'endroit, sa grand-mère surgit, vêtue de sa robe à fleurs du shabbat, avec son sac à main tricoté et ses chaussures en chevreau du shabbat bosselées à l'emplacement des cors, et il courut vers elle et la serra de toutes ses forces dans ses bras et posa des baisers sur son visage large et ridé, le visage lumineux, sage et à la peau ridée et douce qu'il aimait plus que tous les visages du monde, et ensuite il approcha de son visage les paumes, épaisses comme des paumes de menuisier, de sa grand-mère et les baisa et les respira, tout était exactement comme il l'avait imaginé. Et ensuite, dans les lueurs du crépuscule du bombardement italien, tous deux étaient assis devant la table marron carrée, sa grand-mère était assise le dos à la mer et le visage tourné vers les jachères et le village arabe, tandis que lui tournait le dos à l'armoire marron, au bout d'un certain temps, on l'avait vendue et on avait mis à sa place une table en Formica au-dessus de laquelle on avait accroché le fameux portrait de grand-mère, et ils attendaient que sa mère arrive, et entre-temps, ils parlaient des prix qui augmentaient et de la situation politique et d'amis et de parents, il avait rassemblé toutes ses piètres connaissances en yiddish pour lui faire plaisir et avait même posé sa main sur la sienne pour qu'elle sentît la profusion d'amour qui l'emplissait, et il lui raconta qu'un parent de Los Angeles était en train de reconstituer l'arbre généalogique familial, et sa grand-mère eut un sourire indulgent, et tout en lissant de la paume, dans un geste qui lui était caractéristique, la nappe de velours comme si elle voulait aplatir un pli invisible, elle dit "Je n'ai pas besoin de cela. Je suis toujours avec ceux qui me sont proches", et elle lança un regard vers le verger touffu, et Meïr, qui saisit son regard, voulut lui demander quand sa mère viendrait, mais il prit garde de ne pas bouger et de ne rien dire, et elle le regarda et lui dit que sa mère n'allait pas tarder, et il hocha la tête, il lui était tellement reconnaissant, car il craignait que le moindre geste ou la moindre parole risquent de gâcher le bonheur de cette heure merveilleuse dont tout son désir était qu'elle dure éternellement, avec ses nuances de lumière et d'ombre, ses odeurs ténues et ses mouvements d'air de crépuscule d'été.

Sa mère sortit d'entre les arbres, portant sa jupe-culotte blanche, avec laquelle elle s'était fait photographier près de la cabane sur le fond du grand sycomore, et s'approcha d'eux, elle était un peu essoufflée et son visage pur et légèrement pâle accusait une rougeur due à sa marche rapide et à une sorte de fraîcheur, comme si le froid du crépuscule l'avait imprégnée, et elle dit "Le boulanger m'a retardée", et elle prit place en face de lui sur le canapé en bois à ressorts, et Meïr la regarda insatiablement, il voulait venir à elle et la serrer contre lui et l'embrasser, mais son anxiété et son désir de la toucher étaient tels qu'ils l'empêchaient de bouger et presque de respirer, et un écran de pluie douce comme le miel les enveloppa de la même manière que les arbres, elle tombait sans bruit et ses gouttes fines restaient suspendues à leurs cheveux comme des perles de clarté sur lesquelles jouaient les derniers rayons du soleil qui filtraient à travers les branches. Et sa mère sortit de son filet à provisions deux tablettes de chocolat "Rosemary" et deux paquets de chewing-gums et les posa sur la table et dit qu'elle les avait achetés pour les enfants de Weiss, et ensuite elle en sortit un foulard de soie bariolé, elle l'avait acheté pour leur jeune fille, après tout, c'était son anniversaire, et ensuite, après avoir fouillé au fond du filet, elle en sortit *Pour inventaire** et le posa sur la table et dit "Je l'emporte avec moi à Gibraltar, pour avoir de quoi lire", et finalement, elle sortit du filet les crayons de couleur, qui plurent beaucoup à Meïr et qu'il aurait tant voulu avoir, mais il n'en montra rien, et sa grand-mère les prit et les palpa de ses doigts épais et dit "De beaux crayons. Où les as-tu trouvés ?" et sa mère entreprit de tout remettre dans le filet et dit "A Main Road après le bureau de poste, mais on en trouve aussi non loin de King's Yard Lane", et elle lança un regard plein d'amour à Meïr, et dit "Lorsque tu iras à l'Ecole polytechnique on t'en achètera aussi", et il dit "Ça ne fait rien, je n'en ai pas besoin", dans la rédaction de fin de trimestre, il avait écrit qu'il voulait être leader politique et inventeur et écrivain et sportif et explorateur, et il savait qu'il en serait bel et bien ainsi, mais pour ne pas irriter ses parents, il était également prêt à apprendre quelque chose à l'Ecole polytechnique. Et sa grand-mère dit "Avant tout, qu'il soit en bonne santé", sa peur du mauvais œil, et surtout des discussions sans objet mais susceptibles de receler en leur sein des idées pour elle inacceptables, la poussa à changer de sujet de conversation, et sa mère dit

* Roman de Yaakov Shabtaï. *(N.d.T.)*

"Oui, bien sûr", mais elle ajouta que, de nos jours, il faut avoir une formation quelle qu'elle soit, sinon, on est perdu, et elle le regarda avec affection et dit que le temps passe vite – l'école, le lycée, l'armée, et c'est fini – les meilleures années, et que ce que l'on n'apprend pas alors, on ne l'apprendra jamais, et que lorsqu'on est adulte il est trop tard, et il dit "Oui", il pensait dans son for intérieur qu'elle avait raison, mais quelque chose en lui se révoltait et niait tout ça, car il sentait de tout son être qu'il était jeune et qu'il resterait jeune, il n'en avait aucun doute, car en tout état de cause, le monde se divisait en deux – les jeunes et les vieux, ceux qui étaient appelés à vivre et ceux qui étaient appelés à mourir – et lui avait eu la bonne fortune de naître jeune, ce pourquoi il n'était nullement concerné par les propos de sa mère, et le temps qu'elle avait évoqué avec une telle angoisse lui paraissait abondant et infini et riche de toutes les possibilités souhaitées, de même que l'air sans limites contenait la fraîcheur, la chaleur et la lumière du soleil. Sa mère dit "Je vais passer rapidement chez Weiss et régler quelques affaires en ville puis je reviens", et sa grand-mère dit "Tu cours trop. Tu finiras par t'écrouler", et sa mère dit "Ne t'en fais pas", et elle lui tendit le bras et dit "Viens", et lui prit la main et se mit à marcher entre les arbres en direction du chemin qui passait par le verger et sa grand-mère dit "Attends. Je vais t'accompagner", et sa mère dit "A quoi bon ? Attends ici. Nous allons bientôt revenir", mais sa grand-mère s'entêta et se hâta de les rejoindre, il en était tellement content, et lorsqu'ils parvinrent au large chemin d'argile rouge qui menait hors du verger, elle lui prit l'autre main, et ils avancèrent ainsi, sa mère à sa droite et sa grand-mère à sa gauche, et une sensation de bonheur et de sécurité ineffables le remplit, car il savait, en vertu d'une certitude intime et inexprimée, que rien ne romprait cette heureuse union. Et lorsqu'ils quittèrent le verger, un ciel clair de crépuscule était déployé au-dessus de leurs têtes, ils prirent le chemin de terre poussiéreux qui traversait les jachères et longeait la vigne misérable puis le champ de concombres avec la hutte entourée de mystère, après le grand tamaris. A l'endroit où le chemin de terre obliquait vers une jachère derrière laquelle se trouvait la vigne misérable, Gerda Altschuler vint à leur rencontre, elle avait une serviette sur l'épaule et semblait revenir de la plage, son sourire plein de vie illuminait son visage, et sa mère et sa grand-mère s'arrêtèrent, toutes deux l'aimaient et elle les aimait, et elles s'enquirent de sa santé et elle de la leur, de celle de sa grand-mère, surtout, et tout en bavardant avec elles, elle caressa la tête de Meïr, qui se tenait immobile, absorbant avec plaisir ses caresses pleines d'affection et ses regards souriants, elle était grande et robuste avec un visage franc et débordant de vitalité, et tellement différente de ses parents, comme si elle appartenait à un autre monde, et alors qu'ils étaient sur le point de se séparer, Mme Altschuler sortit de son grand sac en cuir une balle de tennis et la tendit à Meïr, mais sa mère dit

"Non, non. Il n'y a aucune raison", et voulut lui prendre la balle des mains et la lui rendre, mais Mme Altschuler la regarda avec bienveillance et dit "Laissez. Je l'aime bien et il y a déjà longtemps que je voulais lui donner une balle." Embarrassée, sa mère se confondit en remerciements, elle était mal à l'aise parce qu'elles n'appartenaient pas à la même classe sociale, et se tourna vers lui et lui dit de remercier lui aussi Mme Altschuler, et il s'exécuta, la balle lui procurait un bonheur incommensurable, et Mme Altschuler, que la pluie de remerciements gênait un peu, lui caressa de nouveau la tête et dit "Ce n'est rien. Ce n'est rien. J'espère seulement qu'il n'entrera pas dans ma salle de gymnastique par la fenêtre de l'abri", et elle rit, et sa mère dit "Non, non. C'est un bon garçon", et elles se séparèrent et repartirent. Et sa mère dit "Regarde ce que tu as reçu. C'est déjà pour ton anniversaire. N'y joue pas ici, c'est dommage, elle va se salir. Donne-la-moi ou mets-la dans ta poche avant de la perdre", et il caressa la balle et dit "Je ferai attention", il voulait tant la lancer en l'air et la rattraper, mais il se retint de le faire car il craignait, lui aussi, qu'elle se salisse ou se perde, et sa mère dit "Avec le train et le moulin, tu as maintenant beaucoup de choses", et il dit "Je n'aime pas le moulin", c'était à cause du cafard qui en était brusquement sorti, mais sa mère l'ignorait, et elle dit "Tu finiras par l'aimer", son esprit était obnubilé par la balle, qui lui faisait l'effet de diffuser des rayons de bonheur, et tourmenté par l'envie de la lancer en l'air et de la rattraper, et sa mère répéta "Mets-la dans ta poche. Elle va se perdre, ici", et Meïr lança la balle en l'air et la rattrapa, et sa mère dit "N'y joue pas ici. C'est dommage. Elle va se perdre ou se salir", mais il la lança à nouveau en l'air et lorsqu'il essaya de la rattraper, la balle lui échappa des mains et rebondit et alla rouler en bordure du chemin, et sa mère dit "Je te l'avais bien dit", son visage exprimait inquiétude et mécontentement, et il courut, la ramassa rapidement et souffla dessus pour en ôter la tache de poussière et sa mère répéta "Je te l'avais bien dit. Ce n'est pas un endroit pour jouer", et sa grand-mère dit "Mets-la dans ta poche", et il dit "Tout de suite", sa joie s'était assombrie, et il frotta la balle pour qu'elle reprenne sa blancheur immaculée, mais en vain, une légère marque, à peine perceptible, tachait toujours la balle, et sa mère dit "Mets-la dans ta poche", et lui ordonna de presser le pas, et il lui obéit et décida que lorsqu'il serait de retour à la maison, il la laverait avec du savon, il aurait donné le monde entier pour que la balle redevînt immédiatement blanche comme avant et il les rattrapa. Mais au bout d'un certain temps, il n'en put plus et sortit contre son gré la balle de sa poche et la lança en l'air à deux reprises, et sa mère répéta que c'était dommage de salir la balle et lui ordonna de se hâter étant donné qu'il les retardait, et il dit "J'arrive, j'arrive", et continua à lancer la balle, qui lui échappait de temps en temps des mains et allait rouler sur le chemin ou dans les jachères, mais peu lui importait, maintenant, et il n'arrêta pas plus lorsqu'il se rendit compte qu'elles commençaient à s'éloigner, après qu'elles lui eurent de nouveau commandé de se presser et qu'elles l'eurent menacé, sa mère surtout, de le laisser là. Un instant, comme il vit qu'elles étaient sur le point de disparaître, il pensa courir et les rattraper, mais l'envie de jouer était si inexorable, et il n'arrivait pas à croire qu'elles l'abandonneraient dans ce lieu désert et étranger, qu'il continua à jouer après que l'ombre douce du crépuscule les eut absorbées, et il resta complètement seul entre les jachères vides, la vigne et le champ de concombres, enveloppé par des sentiments de délaissement et de solitude, qui lui pinçaient le cœur et lui inspirèrent, en même temps qu'une peur panique, un flot d'autocompassion douce-amère, et le souhait qu'il lui arrive quelque chose de mal qui leur ferait beaucoup de peine, le soir tombait et l'endroit était insolite et désert, et à l'autre bout du champ de concombres, à un endroit qu'il ne pouvait apercevoir de là où il se tenait, se trouvait la cabane de l'Arabe. Le sentiment d'avoir été trahi et abandonné se répandit en lui, mélangé avec l'autocompassion douce-amère, et il espéra qu'elles seraient prises de remords et reviendraient le chercher, mais il ne les suivrait qu'après de nombreuses supplications. Le plaisir du jeu était gâché, et après quelques instants, il fourra la balle dans sa poche et s'assit sur une pierre au bord du chemin, et laissa la brise légère, imperceptible, sécher sa sueur, le silence des champs qu'il n'avait pas remarqué jusque-là était plein de bourdonnements et de stridulations ténues et d'un mouvement irritant et incessant de moucherons et d'insectes invisibles, et il décida d'attendre là que sa mère et sa grand-mère reviennent et le ramènent à la maison. Et alors qu'il était assis ainsi, enveloppé par l'odeur violente de l'été qui montait des jachères, une odeur lourde et poussiéreuse, qui se purifiait et remplissait l'air agréable chargé de voix, de bruits, de murmures à peine audibles et d'un mouvement rapide invisible, il conçut une peine incompréhensible, absorbante, qui couvrit ces jachères et les arbres et les arbrisseaux et les herbes les plus petites et la terre sur laquelle il était assis et le ciel du soir et l'univers tout entier, comme si quelque chose qui lui procurait tout le plaisir du monde était en train de lui échapper et de s'évanouir, et à cette peine se mêla l'inquiétude et la colère que lui inspirait l'absence prolongée de sa mère et de sa grand-mère, et un mauvais pressentiment, qui semblait monter comme une vapeur grisâtre de ces mêmes jachères désertes, et aussi la sensation de la disparition imminente, dont il percevait depuis longtemps déjà les signes précurseurs et qu'il savait, en son for intérieur, être inévitable. Aussi, lorsqu'il aperçut l'oncle Chmouel, qui venait à sa rencontre, éprouva-t-il un grand soulagement et de la joie, d'autant qu'il l'aimait plus que tous les autres parents et amis, et s'il n'avait pas été tellement étonné par son apparition, il se serait levé et aurait couru vers lui, mais il se contenta de rester assis et ne fit que se redresser légèrement.

L'oncle Chmouel se rapprocha, coiffé de son chapeau gris et vêtu de son lourd manteau d'hiver polonais, ils résumaient à eux seuls toute sa solitude, sa main droite cachée derrière son dos. Sur son visage pâle et jaune, la tuberculose en avait déjà pris possession et il était comme recouvert d'une pellicule de peau sèche, le sourire fin et malicieux était peint, ce visage exprimait tant de délicatesse et de bonté, et lorsqu'il arriva devant Meïr, il s'inclina et émit un sifflement aigu, puis comme par enchantement, il fit apparaître la main qu'il tenait jusque-là cachée derrière son dos et dans laquelle se trouvait une glace en cornet et il dit "Ceci est pour vous, sire. Je vous cherche depuis une bonne demi-heure pour vous la donner", et Meïr, sa joie et son bonheur ne connaissaient plus de limites, éclata de rire et le remercia et prit la glace, qui commençait déjà à fondre, et se mit à la lécher, et l'oncle Chmouel retroussa les pans de son manteau et s'assit à côté de lui sur la terre et dit "C'est bon pour tes amygdales", et il lui caressa la tête, et Meïr voulut lui dire que sa mère et sa grand-mère étaient allées chez Weiss et qu'elles reviendraient bientôt, au lieu de quoi, il lécha la glace de plus belle pour l'empêcher de dégouliner sur le cornet et de lui salir les doigts, et il lui demanda de lui siffler quelque chose, et l'oncle Chmouel lui dit "Quoi, par exemple ?" et il dit "N'importe quoi", et l'oncle Chmouel sourit, il émanait de lui une gaieté délicate et naturelle, comme il était différent de son père, puis il prit un air sérieux et contracta les lèvres et se mit à siffler une des chansons polonaises. Son sifflement était pur et doux, tantôt droit comme un fil, tantôt trillé comme le chant d'un oiseau, et flottait au-dessus du terrain de sable et des vastes jachères et des vignes et des champs de concombres, ceux qui étaient proches comme ceux qui se trouvaient dans les lointains, hors de portée du regard, et jusqu'aux vergers invisibles et aux bosquets d'eucalyptus poussiéreux qui se dressaient derrière les haies d'acacias et de cactus, dans l'odeur de la floraison sèche et de la poussière, de la fumée et des excréments des villages arabes invisibles, et s'élevait en tournoyant vers le ciel estival, où les sons se rassemblaient et s'attardaient quelques instants avant de se dissiper. Et Meïr, qui l'écoutait tout en léchant consciencieusement sa glace, il ne voulait en perdre aucune goutte, sentit combien il lui était proche et combien il l'aimait, et lorsqu'il eut achevé de lécher la glace, il croqua, à son habitude, la pointe du cornet et y fit un petit trou à travers lequel il aspira ce qui restait de glace, et pour finir, il mangea, très lentement, le cornet lui-même, et un sourire de plaisir et de gratitude illumina son visage, seuls ses doigts poisseux le gênaient, et il les frotta avec de la terre, avec des herbes, il cracha dessus et les frotta de nouveau avec de la terre, puis il les frotta les uns contre les autres, s'essuya à son pantalon et avec le mouchoir immaculé que lui tendit l'oncle Chmouel mais sans résultat, ses mains étaient toujours aussi poisseuses, et finalement, il se leva, il ne pouvait détacher son esprit de cette sensation désagréable, et rendit le mouchoir à l'oncle Chmouel et lui dit qu'il partait trouver un robinet pour se laver les mains, et l'oncle Chmouel dit "Mais fais attention à toi. Je t'attends ici", et Meïr dit "Je reviens tout de suite", et il prit le chemin de terre, il se souvenait qu'il y avait un robinet quelque part par là, après le champ de concombres, mais il voulait éviter de passer devant la hutte du champ, où Ahmad, l'Arabe, était couché sur un vieux matelas maculé protégé d'une moustiquaire déchirée et crasseuse, aussi bifurqua-t-il et s'engagea-t-il sur le chemin qui contournait la vigne, et il traversa un vaste terrain et arriva à l'endroit qui, dans son souvenir, se trouvait de l'autre côté, mais il n'y vit aucun robinet, et il s'arrêta et promena autour de lui un regard surpris et déçu, tout en fouillant dans sa mémoire, oui, il en était sûr, il y avait bien un robinet, à cet endroit, il se le rappelait parfaitement, avec la végétation sauvage verte qui l'encerclait et les taches de mousse sur le tuyau, et il pivota sur ses talons, somme toute, il commençait à se faire tard, mais il se souvint alors que le robinet se trouvait dans un autre terrain, un peu plus au nord, derrière le gigantesque sycomore, vers les collines calcaires, et il traversa la vaste jachère. Il pensa à l'oncle Chmouel qui l'attendait et à sa mère et à sa grand-mère, qui étaient peut-être de retour, et il hâta le pas et se dit que dès qu'il aurait trouvé le robinet, il se laverait les mains et reviendrait au plus vite, et il traversa une seconde jachère, puis une colline de sable, et ensuite un spacieux terrain, il tirait de cette marche solitaire dans les terrains et les jachères déserts un plaisir si vif, malgré la légère angoisse qu'il ressentait, et de loin, il aperçut le sycomore et derrière lui, le bouquet d'arbrisseaux, mais là non plus il ne trouva pas de robinet, et un instant, son regard étonné et déçu erra une nouvelle fois alentour, mais il lui revint immédiatement en mémoire que le robinet se trouvait un peu plus loin, derrière le tas de pierres et les haies de cactus, oui, il en était positivement certain, et il se remit en marche et s'engagea dans l'étroit sentier, il éprouvait maintenant cette impulsion douce et opiniâtre qui, jusque-là, était restée enfouie quelque part en lui, et il savait qu'aucune force au monde – ni l'oncle Chmouel ni sa mère ou sa grand-mère, qui l'attendaient sûrement avec inquiétude, ne pourrait l'empêcher d'atteindre son but, et il traversa l'immense terrain sablonneux qui s'étendait devant lui, un terrain concave, comme s'il s'agissait d'un lac qui s'était vidé, et ensuite il passa à côté du tas de pierres et des haies de cactus, tout était comme dans son souvenir, puis il traversa un autre terrain, et non loin, il aperçut un boqueteau d'arbres poussiéreux, et un vent agréable lui souffla sur le visage, probablement un vent de mer, et le rafraîchit, et lorsqu'il parvint en haut de la pente, il y arriva pratiquement sans se rendre compte qu'il avait quitté les terrains et qu'il marchait en vérité sur le sommet des collines, il distingua au loin, dans la plaine moutonnante située derrière le val, sur un fond de ciel bleu, un mur convexe noir, et il s'arrêta un instant et le contempla. Le vent était plus vif, ici, et pénétrait dans les pores de sa peau et s'y absorbait au point qu'il devenait, lui-même, aérien, et lorsqu'il descendit vers le vallon, le mur noir disparut brusquement, et il en conçut une inquiétude, qui emplit lourdement sa poitrine et ses jambes, et il pensa un instant revenir sur ses pas, en tout état de cause, l'acte et le propos dépendaient de sa volonté, mais il poursuivit sa marche, et lorsqu'il gravit le versant opposé, le mur apparut à nouveau, il était encore à une grande distance de lui, et il se dirigea vers lui, comme attiré par des fils de crainte et de curiosité indomptable, il lui semblait par moments qu'il piétinait sur place, et par moments, même, qu'il reculait, mais il continua de marcher, avec plus d'énergie encore, la curiosité s'était transformée en une profonde joie et elle enveloppait l'inquiétude comme l'huître enveloppe la perle, et soudain, la distance entre lui et le mur noir convexe, qui grandissait tant qu'il couvrit presque l'horizon et le ciel, commença de diminuer, et quelque chose se contracta en lui et palpita et il dit "C'est la fin du monde", et une fraction de seconde, il songea à battre en retraite, mais il se contenta de ralentir un peu le pas, jusqu'à ce qu'il atteignît le mur devant lequel il s'arrêta, quelque chose d'extrêmement lourd, une sorte de masse d'air épaisse, se retournait dans sa poitrine et lui coupait presque le souffle de puissance et de crainte, puis il leva les yeux mais rien n'était visible en dehors du mur noir qui couvrait le paysage et le ciel, et il tendit la main, les yeux fermés, et palpa le mur qui était comme une coagulation d'air léger et humide, et il se sentit doucement aspiré, comme en voguant, vers l'intérieur, et quelque chose qui était en même temps épais et mou, comme l'écume, le léchait avec une douceur inimaginable, et quelque chose au fond de lui dit, mais sans proférer un son, "le plaisir divin", et il sut qu'il en était bien ainsi.

Ensuite il ouvrit les yeux et vit une obscurité pure, épaisse et aussi noire qu'il est possible de l'être, et pourtant, elle était d'une transparence absolue et ne l'empêchait de voir ni les cercles de lumière multicolores, ils approchaient et fuyaient à la vitesse de l'éclair, ni les taches lumineuses qui tremblaient quelque part dans les profondeurs des ténèbres où elles étaient immédiatement absorbées, ni même la douce clarté, qui lui faisait l'effet des lueurs précédant le lever du soleil à chaque fois qu'il ouvrait les yeux, mais il ne les ouvrait pas souvent et passait la plupart de son temps replié sur lui-même et couché ou flottant debout, et peut-être était-ce la tête en bas, les yeux clos, dans un état de torpeur, plongé dans une sérénité limpide et dans une sensation agréable d'apesanteur, protégé du bruit comme de la douleur, et il vit le visage de sa mère et de sa grand-mère, qui n'étaient autres que ces taches de lumière, qui palpitaient et se dissi-paient, mais il n'en concevait aucun regret, aucune tristesse, comme si des déserts illimités de temps et de distance s'étendaient entre eux, et par moments, un oiseau passait, et lors de son passage, il laissait derrière lui un léger pli dans l'obscurité, qui se volatilisait dans l'instant. Et ensuite, ou peut-être avant, encore, ou simultanément, il sentit que sa chair devenait tendre et se purifiait de toute meurtrissure, de toute douleur et de toute impureté, comme si son corps évacuait des tas de poussière et de saleté et toutes ses rides s'effacèrent, et il en alla de même pour son esprit, qui se purgea de toutes volontés et craintes, et de toutes les pensées et de tous les souvenirs, tout cela tomba et se fondit dans les ténèbres juteuses, et sa chair et son esprit s'unirent en un jus épais et chaud, qui coulait dans ses vaisseaux invisibles, pleins de battements, jusqu'à ce que rien n'en subsistât, tandis que lui, ce qui était présent dans sa chair, demeura sous la forme d'une ombre portée sur un mur alors que l'objet qui la projette a disparu, et pourtant, bien que plongé dans l'agréable torpeur de la perte de sa matérialité, il continua de se sentir exister, et ensuite très lentement, comme par un mouvement infini, dans un flot chaud, agréable, tel un mince jet de lait dans la bouche, quelque chose de doux qui rappelait un moelleux duvet commença de se tisser autour de lui, et une odeur infime mais nette, comme l'odeur du lait rendu par les nourrissons, monta de lui, et son cœur se serra de plaisir et de nostalgie, et ensuite, avec brusquerie, il ressentit une douleur atroce, cruelle, comme si une force terrible voulait lui arracher un membre, et il essaya de résister, malgré sa frayeur, mais il fut poussé et secoué avec rudesse, soumis à de fortes pressions et vibrations, tout était terrifiant et implacable, et soudain, la pression augmenta intolérablement, douloureuse et cruelle, au point qu'un cri s'enfonça dans sa gorge, et une main robuste l'agrippa avec force et le tira, et il se laissa entraîner en glissant, et les pressions cessèrent subitement et il éprouva un soulagement momentané, et quelqu'un dit "C'est fini", mais une violente lumière lui blessa impitoyablement les yeux, et une claque froide lui fut assenée, si bien qu'il se mit à trembler et à pleurer d'anxiété, d'humiliation et de désarroi, sans s'arrêter même après qu'on l'eut nettoyé d'une main preste et enveloppé et qu'on eut essayé de le consoler, puis, épuisé, il se calma, et quelqu'un le tint avec précaution et le souleva un petit peu et dit "Quel beau bébé."

POSTFACE

Au cours de la dernière année de la vie de Yaakov Shabtaï, alors qu'il craignait de ne pas avoir le temps d'achever le livre qui l'absorbait depuis trois années, lorsqu'il quittait sa table de travail, après des heures d'effort, il avait l'habitude de déclarer, quand il était de bonne humeur : "J'ai fait mon pensum quotidien !" Puis, il tapotait de la main le manuscrit empilé dans un coin et disait : "Tu vois, femme, c'est mon testament !" et son sourire dissipait un peu l'anxiété qui s'était accumulée comme un nuage à la lisière de notre vie.

Ce sont ces mots-là qui m'ont encouragée à faire l'impossible – terminer le livre sans son auteur. Et pourtant le livre lui appartient entièrement. Il ne contient pas un seul mot qu'il n'ait écrit lui-même, mais tous les mots qu'il a écrits ne s'y trouvent pas.

Yaakov Shabtaï qui bouillonnait d'idées, de formulations, de synonymes – tous ceux qui travaillaient à ses côtés connaissaient bien cette profusion – et qui tendait au mot irremplaçable, à la formulation exacte, à la perfection absolue, a développé dans ce livre, son dernier livre, un système d'écriture de nombreuses alternatives, juxtaposées les unes aux autres, à tous les niveaux : le mot, la phrase, le paragraphe, l'intrigue. C'est de cette manière que le livre a été écrit (trois fois à la suite), comprenant de nombreuses variations, des versions différentes (mais proches) d'une même œuvre. Au printemps de la dernière année de sa vie, le jour de son anniversaire, il aborda la dernière phase de l'écriture – qui à ses yeux était la plus difficile – celle de la condensation où il lui fallait choisir, parmi toutes les possibilités, l'unique, la bonne, la définitive. Il réussit à le faire pour deux des chapitres du livre, le deuxième et le troisième, et ce qu'il laissa inachevé devint son testament.

Lorsqu'il me revint de choisir parmi les versions qu'il avait retenues, les nombreuses remarques et indications qu'il avait coutume de noter me servirent de repères. Je m'appuyai aussi sur ce qu'il m'avait dit du livre – il était son principal sujet de conversation pendant sa dernière année – sur sa façon d'écrire et sur ses préférences. Par ailleurs, il me montrait fréquemment des passages du livre et me demandait laquelle des "alternatives", c'est ainsi qu'il les appelait, me semblait la meilleure.

Quand il était là je pouvais me prononcer sur la meilleure alternative car je savais que ce serait lui qui déciderait en dernier ressort. Mais voilà que le manuscrit était posé devant moi, achevé pour moitié seulement, et afin qu'il puisse être publié, j'étais tenue de prendre la responsabilité du choix, la responsabilité du livre.

Heureusement, je n'étais pas seule responsable. A mes côtés, se tenait Dan Miron qui avait été très proche de Yaakov Shabtaï pendant les dernières années de sa vie, et qui l'avait incité sans relâche à terminer le livre. Dès le premier jour, alors qu'il était, lui aussi, bouleversé et accablé de chagrin, il n'arrêta pas de me répéter : "Le livre sera ! Nous le publierons." Dan a lu le manuscrit et m'a accompagnée de ses conseils dans le travail de mise au propre et de choix puis il lui a donné son aspect définitif. Je ne peux exprimer par des mots ma gratitude envers Dan pour cette merveilleuse association.

Le 8 mars 1983.
E. S.

TABLE

Et en fin de compte 5

Postface 443

BABEL

Extrait du catalogue

868. LEENA LANDER
   La Maison des papillons noirs

869. CÉSAR AIRA
   La Guerre des gymnases

870. PAUL AUSTER
   Disparitions

871. RUSSELL BANKS
   Hamilton Stark

872. BRIGITTE SMADJA
   Le jaune est sa couleur

873. V. KHOURY-GHATA
   La Maison aux orties

874. CLAUDIE GALLAY
   Dans l'or du temps

875. FRÉDÉRIC MISTRAL
   Mes origines

COÉDITION ACTES SUD – LEMÉAC

Achevé d'imprimer en février 2008 par Normandie Roto Impression s.a.s. 61250 Lonrai sur papier fabriqué à partir de bois provenant de forêts gérées durablement (www.fsc.org) pour le compte d'ACTES SUD, Le Méjan, Place Nina-Berberova, 13200 Arles. Dépôt légal 1re édition : mars 2008.
N° impr. : 080363
(Imprimé en France)